심장을 삼키다

심장을 삼키다

초판 1쇄 찍은 날 § 2009년 9월 15일
초판 1쇄 펴낸 날 § 2009년 9월 22일

지은이 § 님사랑
펴낸이 § 서경석

편집장 § 문혜영
편집책임 § 유경화
편집 § 조수희

펴낸곳 § 도서출판 청어람
등록번호 § 제1081-1-89호
등록일자 § 1999. 5. 31
어람번호 § 제5-0241호

주소 § 경기도 부천시 원미구 심곡 2동 163-2 서경B/D 3F (우) 420-822
전화 § 032-656-4452 팩스 § 032-656-4453
http://www.chungeoram.com
E-mail § eoram99@chollian.net

ⓒ 님사랑, 2009

ISBN 978-89-251-1929-8 03810

Chungeoram romance novel

심장을 삼키다

님사랑 지음

도서출판 청어람

목차

프롤로그

"자, 이제 출발해 볼까?"

배를 쑥 내민 두 여자가 올라타자 차는 기다렸다는 듯이 주차장을 빠져나왔다. 이제 그만 출발하자고 짐을 들고 나간 지 30분만의 일이다. 기다리는 동안 짜증이 날 만도 할 텐데 두 여자만큼이나 운전을 하는 남자도 꽤 즐거운 듯 연방 웃음을 달고 있었다.

유리창 너머로 눈이 부시게 푸른 하늘이 펼쳐졌다. 산등성이 위로 한 움큼씩 떠 있는 구름은 갓 뽑아낸 실처럼 그 말간 순백의 색이 투명할 정도였다. 너무 선명하게 대비되는 색을 바라보며 미라는 나직이 한숨을 내쉬었다.

“왜, 또 발로 차?”

“응, 간만에 외출을 했더니 좋은가 봐.”

“축구 선수가 나오려나 왜 그렇게 발길질이 심하다니. 우리 훈은 제 엄마 힘들까 봐 발로 차는 것도 간지러울 정도인데.”

피식하고 웃자 미순은 농담 아니라며 자신의 배를 부드럽게 쓰다듬었다. 임신 중독증 때문에 부기가 심한 미순은 아이가 조금 작다고 했고, 부른 배만 아니면 전혀 임신을 한지 모를 정도로 마른 미라는 개월 수보다 아기가 크다고 했다. 자연분만을 할 수 없는 미순 때문에 결국 같은 날 수술을 받기로 했지만 그다지 두렵지는 않았다. 지금보다 더 지독한 악몽은 없을 테니까.

“언니, 이 아이 말이야. 그냥…….”

“쓸데없는 생각 하지 마. 언니나 형부는 그 생각 절대 안 변해. 그리니까 내 몸이나 잘 챙겨.”

“나중에, 나중에 이 아이가 커서 날 원망하면…….”

“그런 일…… 절대 없어. 누가 안다고.”

그래, 그럴 테지. 한 생명이 자신을 통해 빛을 보게 되었다는 건 아무도 모를 테지. 다시 세상으로 나가면 언니와 함께 보낸 몇 달은 기억 속에서 지워 버릴 테니까. 뚝 끊어진 몇 달을 잊은 채 그렇게 살아가게 되겠지.

멍청하게 꿈에도 생각하지 못했다. 워낙 불규칙한데다 몇 달씩 건너뛴 적도 있어서 임신을 했을 거라고는 의심조차 하지 않았다.

'아무리 둔해도 그렇지 어떻게 임신한 것을 모를 수가 있어! 너 바보니? 바보야?'

봉긋한 배를 안고 언니 미순을 찾아간 그날, 미라는 수도 없이 등짝을 얻어맞았다. 퇴근하고 돌아온 형부가 두 사람을 떼어놓을 때까지 방 안엔 퍽퍽 등을 때리는 소리, 하나뿐인 동생을 제대로 살펴주지 못해 그런 거라며 가슴을 치며 자책하는 언니의 울음소리로 가득했다. 좀 더 일찍 알았더라면, 자신 안에 새로운 생명이 숨 쉬고 있다는 것을 너무 늦지 않게 알았더라면 어땠을까. 수도 없이 생각했었다. 그랬다면, 그랬다면.

"언니, 형부 고마워요. 평생 잊지 않고 살게."

"아니, 잊어. 단 한 조각도 네 머릿속에 남겨두지 말고 전부, 싹 잊어."

늘 다정한 언니지만 이런 대화만큼은 칼같이 잘랐다. 언니의 아이와 같은 날 태어난 아이는 세상 밖으로 나온 순간 그녀와 전혀 무관한 존재가 되는 거다. 처음부터 없었던 것처럼.

다시 고개를 돌린 미라는 무심한 시선으로 창밖을 바라보았다. 가을의 끝자락을 곱게 수놓고 있는 단풍과 사철 푸른 소나무가 어우러져서 한 폭의 그림 같은 풍경들이 끝도 없이 지나갔다. 언제나처럼 변한 게 아무것도 없다는 것이 신기했다. 마치 자신이 서 있는 이 좁은 공간만 세상에서 동떨어진 것 같은 느낌, 그날 이후 일어난 많은 변화와 달리 세상은 어쩌면 무심하게도 잘도 돌아가는지 울컥 복받쳐 오르는 서러움을 꾹꾹 누르며 미라는 나직이 노래를 불렀다.

"바람이 놀러 왔나 봐. 우리 아기 손을 잡고……."

늦은 밤 혼자서 옆으로 돌아눕기도 힘들어 짜증이 날 때, 갑자기 덮쳐 오는 불안감에 어찌할 줄 몰라 하며 방 안을 서성이다가도 이 노래만 부르면 이상하게 편안해졌다. 심하게 발길질을 하던 아이도 그 순간만큼은 조용해지는 걸 보면 끝까지 부르지도 못하는 자장가보다는 잠을 재우거나 투정을 부릴 때 제격일 거라는 생각이 들기도 했다. 노래를 불러줄 기회는 없겠지만.

'맹세해. 결코 오늘 이 밤을 잊지 않을 거라는 걸. 그리고 기억해. 내 심장이 허락한 단 한 명이 바로 당신이라는 걸.'

너무도 선명한 목소리에 온몸으로 소름이 쫘악 돋았다. 그녀는 아랫입술을 지그시 물며 고개를 가로저었다. 헛된 맹세를 기억하는 심장을, 아무 의미 없는 기억을 너무도 또렷이 각인해 버린 멍청한 심장을 도려내고 싶었다. 바보, 그래, 바보 멍청이였던 거지.

"미라야, 우리 사과 하나씩 먹자."

"그럴까."

"형부는 귤로 줘."

누가 자매 아니랄까 봐 입덧하는 것까지 둘이 똑같았다. 한밤중에 먹고 싶은 게 있을 때마다 등 떠밀려서 나간 형부는 알아서 두 사람이 충분히 먹을 정도로 사오곤 했다. 미라는 광이 날 정도로 반짝거리는 사과 두 개를 꺼내 들었다. 깎지 않고 먹어야 제 맛이라며 몇 번씩 박박 문질러서 닦은 사과는 보기만 해도 군침이 돌 정도였다. 유독 붉은빛이 강한 사과와 귤 두 개를 건네주기 위해 손을 내미는 순간, 시커먼 물체가 눈앞으로 빠르게 달려오는 모습이 보였다.

"……!"

형부가 소리치는 소리가 들리고 사과를 받아 들기 위해 뒤돌아 있던 언니가 앞으로 돌아앉는 모습이 마치 슬로모션처럼 느리게 느껴졌다.

꽝, 꽝, 꽝.

연거푸 어딘가에 부딪히는 소리와 함께 순식간에 주변은 암흑천지로 변했다.

"어, 언니."

눈을 아무리 껌벅여도 어둠은 사라지지 않았다. 분명 환한 아침이었는데 왜 이렇게 어두운지 모르겠다. 겨우 목소리를 내 언니를 불렀지만 대답이 없었다.

[다 잊어. 단 한 조각도 남겨놓지 마. 다 잊어.]

언니의 목소리 같기도 하고, 누군가 주문을 외우듯 속삭이는 것 같기도 한, 나른하지만 거부할 수 없는 소리가 늘어지듯 들렸다. 다 잊어, 다 잊어. 잊어야 한다. 잊어버리고 말겠다.

헉, 헉. 거칠게 몰아쉬는 숨소리와 급하게 움직이는 발자국 소리 사이로 으흐흐, 웃음인지 울음인지 알 수 없는 기괴한 소리도 섞여 들렸다. 손가락 하나도 꼼짝하지 못하고 그저 멍하니 눈만 뜨고 있는데 몸을 쪼개는 고통이 밀려왔다. 어둠 속에서 뾰족한 꼬챙이들이 수도 없이 몸으로 날아와 꽂혔다.

"아, 아악!"

하나

　분주히 움직이는 발자국 소리, 조잘조잘 무리들끼리 떠드는 소란스러움 사이로 탑승 안내를 알리는 방송이 들렸다. 공항 속 사람들의 표정은 참 다양했다. 몇몇은 목을 길게 빼고 게이트 쪽을 바라보기도 했고, 또 몇 팀은 드디어 기다리고 있다가 만났는지 서로를 부둥켜안고 기쁨을 감추지 못하는 사람들도 있었다. 탑승을 하려고 줄지어 서 있는 사람들의 표정 또한 무심함과 아쉬움이 드러난 채 각양각색이었다. 맨 마지막의 남자는 나란히 서 있는 여자의 손을 꼭 잡고 세상 근심은 다 짊어지고 있는 표정을 하고 있었다.
　11시 5분 전, 도착 안내 방송이 들리고 7번 게이트의 문이 활짝 열렸다. 한 무리의 사람들이 우르르 빠져나가고 한산해진 그곳에, 더는 나올 사람이 없을 것 같은데 뚜걱뚜걱 발자국 소리가 들렸다.

"……."

게이트에서 몇 걸음 걸어나온 남자는 잠시 걸음을 멈추고 숨을 깊게 들이마셨다. 그리고 주변으로 시선 한 번 돌리지 않고 곧장 공항을 가로질러 밖으로 나왔다. 훤칠한 키에 절도있게 움직이는 걸음걸이, 단정하게 손질된 머리와 달리 입술 주변은 푸르스름한 수염 자국이 느껴졌다. 그는 공항 밖으로 나오자마자 다시 숨을 깊게 들이마셨다.

"결국, 돌아온 건가."

한꺼번에 몰려드는 햇살이 버거운지 남자는 가방을 내려놓고 가슴에 꽂혀 있는 선글라스를 꺼내 들었다. 마치 낯선 곳에 홀로 떨어진 사람처럼 주변을 둘러보는 남자의 시선은 집요하면서도 진득했다. 4년 만에 돌아온 한국은 여전히 변함이 없었다. 보일 듯 말 듯 약간 휜 입술 끝이 냉랭한 눈빛과 함께 곧 단단히 굳었다.

남자는 손가락 사이로 빙글빙글 돌리던 선글라스를 도로 가슴에 꽂고 줄지어 서 있는 택시 승강장으로 걸어갔다. 이틀 먼저 도착했으니 느긋하게 피로를 풀면서 쉴 생각이었다.

"한국으로 돌아가든지 이곳에 머물든지 선택은 네가 해라."

그러나 그는 알고 있었다. 머물겠다고 했어도 어떻게든 한국으로 돌아갈 수밖에 없는 상황을 만들어놓고 말았을 거라는 걸. 자신에겐 한없이 인자하고 다정한 분이지만 서 회장은 충분히 그럴 수 있는 분이라는 걸 함께한 4년 동안 보고 깨달았다. 목소리를 높이고 명령을 하지 않아도 사람들의 생각을 마음대로 쥐락펴락할 수 있는 사람. 그래서 결국 원하는 걸 손에 넣고야 마는 사람이 바로 서 회장이었다.

건설 경기가 어렵다는 건 매스컴만 틀면 어디서나 들을 수 있었다. 그건 손가락 안에 꼽는 대명 또한 다른 곳과 다르지 않았다. 자재를 공급해 주던 작은 회사에서 지금의 자리에 오르기까지 대명의 중심부라고 할 수 있는 건설 쪽으로 갑자기 그를 밀어 넣는 이유는 단 하나, 이제 대명이라는 이름 위에 우뚝 서라는 거겠지.

"대부분의 사람들은 맹수를 두려워하는 이유가 날카로운 발톱이라고 하지만 진짜 맹수는 발톱 따윈 필요없단다. 그 존재만으로 두려움의 대상이니까."

굳이 발톱을 세울 필요도 으르렁거리지 않아도 맹수처럼 함부로 넘보지 못하는 무소불위의 존재가 되고 싶지 않느냐고 물었을 때 자신이 어떤 대답을 했는지 똑똑히 기억하고 있었다.

그때는 회사가 아닌 다른 길을 걷겠다고, 맹수가 되고 싶은 생각도 관심도 없다며 건방질 정도로 딱 잘라 말했지.

"……."

횡단보도 앞에서 신호등을 기다리고 있는데 검정색 차 한 대가 그의 앞을 가로막으며 멈춰 섰다. 선팅이 진하게 되어 있어 차 안은 보이지 않았지만 준우는 눈을 쓰윽 치켜뜨고 유리창을 노려보았다. 저 넓은 곳을 놔두고 하필이면 횡단보도 앞에다 세울 건 뭔지.

탈칵, 차 문이 열리고 짙은 선글라스를 낀 남자가 시선 안으로 들어오는 순간 그는 미간을 찌푸리며 인상을 썼다.

"늦어서 죄송합니다."

"……."

이 주일 먼저 출발해서 지금쯤 바쁜 시간을 보내고 있을 거라고 생각했는데, 역시 노련한 비서라 달랐다. 연락도 없이 이틀 먼저 출발했건만 도착 시간까지 알고 달려오다니.

그는 박 비서가 짐을 트렁크에 싣고 차 문을 열어줄 때까지 가만히 서서 지켜보았다.

"아파트는 이틀 정도 더 있어야 들어갈 수 있는데 어디로 모실까요?"

"가까운 호텔로 가주세요."

준우는 창밖으로 시선을 고정시킨 채 벚꽃 잎이 한꺼번에 우르르 휘날리는 모습을 바라보았다. 더러는 멀리까지 날아가기도 했지만 나무 밑에 수북이 쌓인 꽃잎 위로 뒤늦게 떨어진 꽃잎들이 마치 눈송이처럼 쌓여갔다. 휙휙 창가를 스쳐 지나가는 장면들이 오래전 어느 날을 떠올릴 만큼 너무 흡사했다.

그날도 오늘처럼 눈부신 햇살 사이로 마지막 남은 벚꽃 잎이 휘날리며 꽃비를 뿌렸고, 성질 급한 나뭇가지엔 연녹색 이파리들이 삐죽이 솟아 있었다.

"오랫동안 당신 주위를 맴돌았어요. 시선 한 번 받고 싶어서. 이 눈동자 안에 잠시라도 날 담아주었으면 하는 바람으로. 당신 품에 안겨 있는 지금 이 순간이 꿈이라면, 영원히 깨지 않았으면 좋겠어요."

그러나 한낱 바람보다도 더 가벼운 고백이었지. 그걸 깨닫는 순간 다시 돌아오지 않으리라 다짐하고 떠났었는데 결국 돌아오고 말았다.

"젠장."

나직이 욕설을 뱉어내자 박 비서가 놀란 시선으로 백미러를 살피는 게 느껴졌다. 모두 잊고 깨끗이 지웠다고 생각했는데, 돌아오자마자 떠오르는 얼굴이라니. 한 번 기억된 것은 이만큼의 시간이 흘렀어도 어쩔 수 없다는 것이 화가 났다. 그러나 그는 곧 한쪽 입술 끝이 실룩거리는 줄도 모르고 싸늘한 시선으로 어딘가를 노려보았다. 버리지 못한 기억 따위가 더는 심장을 흔들게 놔두지는 않을 것이다. 앞만 보고 달려온 지난 4년이라는 시간처럼 앞으로도 그럴 테니까.

"혼자 올라가겠습니다."

"룸까지만……."

"그럴 필요 없습니다. 출근도 혼자서 할 테니까 그전에 제 존재는 잊고 계십시오."

"흠흠."

"하실 말씀이 있으십니까?"

"그게 음, 이 호텔이 수빈 아가씨……."

"그런데요?"

"혹시나 해서 말씀드렸습니다."

"미국에 있는 걸로 아는데, 아닌가요?"

"얼마 전에 정리하고 돌아왔답니다."

그러나 군우는 그게 무슨 상관이냐며 시큰둥하게 반응했다. 수빈은 집안끼리 친분도 있는데다 워낙 살갑고 착착 감기는 성격이라 함께 있으면 정신이 없긴 하지만 종종 속이 펑 뚫릴 정도로 웃게 만들기도 했다. 대학을 들어와서 자주 마주칠 때마다 귀찮은 생각도 들었지만 크게 내색하지는 않았다. 그러던 어느 날 뜬금없이 좋아한다며 고백을 해왔다. 여동생이든 여자든 수빈에 대해서 생각을 해본 적이 없던 터라 단칼에 잘랐는데 그날 이후로 구내식당이나 도서관에서도 마주치는 일이 없었다. 한국을 떠나기 전 딱 한 번 만났을 때 수빈은 친구들과 술을 마시

고 있었고 그는 다른 일행이 있어 눈인사만 주고받았을 뿐이었
다.

"2401호로 예약해 놨습니다."

준우는 가방을 건네받고 돌아서다 말고 우뚝 멈춰 섰다. 어디
로 갈 거냐고 묻더니 이미 예약을 해놓았단 말인가.

"누구입니까?"

"네?"

"내가 오늘 도착하는 걸 박 비서님 말고 누가 또 알고 있는지
묻는 겁니다."

"없습니다."

박 비서가 그의 시선을 피하지 않는 걸 보고 준우는 거짓말을
하는 게 아니라는 걸 알았다. 그런데 뜬금없이 수빈이 이야기는
왜 꺼낸 것일까. 물어볼까 하다가 그만두었다. 이틀 정도 머물
곳인데 어딘들 무슨 상관이랴.

"출근하기 전까지 연락은 사절입니다."

✳

날이 더워지면서 포장마차 안은 사람들이 뜸했다. 건너편 테
이블에 앉아 있는 두 남자는 오래전 술병과 접시를 비웠으니 이
제 곧 파장을 할 분위기였다.

"아저씨, 여기 소주 한 병 주세요."

"뭐? 욘석 봐라! 음, 이 아저씨는 말이야, 미성년자한테는 술을 팔지 않는단다."

"내가 아니라 우리 이모가 마실 거라고요."

그것도 모르냐면서 입술까지 삐죽이 내민 훈은 이미에 송골 송골 땀방울이 맺히는 줄도 모르고 열심히 젓가락을 움직였다. 기막힘 반 기특함 반이 섞인 표정으로 훈을 바라보고 있던 백산이 빙그레 웃으며 소주 한 병을 꺼내와 테이블에 올려놓았다.

"한잔할래?"

잔을 앞으로 밀어주며 묻는 말에 미라는 접시에 반도 넘게 남아 있는 매콤한 닭발과 훈의 표현에 의하면 닭똥집이 아닌 닭 모래주머니볶음을 바라보았다.

"그래, 이렇게 안주가 푸짐한데 마셔줘야지. 그런데 오늘은 왜 이렇게 한산해?"

"이른 시간이기노 하지만 이렇게 날씨가 좋은 날은 뜸한 편이야."

"그럼 같이 한잔할까?"

"그러자. 나도 한잔 마시고 오늘은 일찍 들어가 봐야겠다."

"왜, 어디 안 좋아?"

묻고서 닭발 하나를 집어 들고 앞으로 내밀자 훈은 그 작은 입술을 쩍 벌리며 냉큼 받아먹었다. 입속에 넣고 오물거리는 모습이 마치 어미 새에게 먹이를 받아먹는 새끼 새 같다.

"어제 시골 갔다가 오늘 올라왔더니 피곤하네."

"시골 갔었어? 그럼 포장마차는?"

"당연히 주인이 없는데 안 열었지. 나한테 너무 무관심한 것 아니야?"

백산이 소주병을 탁 소리가 나도록 돌려서 열자 미라는 모른 체 우동 국물을 마시고 괜히 훈의 입술 주변을 휴지로 닦아주었다.

"알다시피 사는 게 워낙 타이트해서 말이지. 이것저것 신경 쓰려면 체력이 달리거든."

"좌우지간 핑계는 잘도 댄다니까."

크윽, 동시에 잔을 비우고 내려놓자 백산이 먼저 소주병을 집어 들었다. 불만스럽게 대꾸를 하면서도 표정은 언제나처럼 은은한 미소를 담고 있었다.

"나도 요 며칠 바빴어. 사무실 옮긴다는 이야기는 쏙 들어갔는데 퇴근 시간이 너무 불규칙해져서 훈이 때문에 걱정이야."

"정 안 되면 유치원을 옮기면 되지."

"그건 아마 훈이 녀석이 싫다고 할 거야. 사실 그런 유치원 찾기 힘들거든. 영어에, 미술에, 선생님도 괜찮고 환경도 정말 뭐 하나 흠잡을 데가 없으니까. 게다가 교육비까지 저렴하잖아. 끝나는 시간만 조금 느슨하면 딱 좋은데."

"다 좋을 수 있나."

"그러게 말이야."

아쉬운 마음에 소주를 들이켜자 백산이 또 얼른 빈 잔을 채워주었다. 한 잔, 두 잔 마시다 보니 소주 한 병이 금세 비워졌다. 같이 마신다고 했지만 백산은 따라놓은 두 번째 잔은 다 마시지도 않은 채였다. 열심히 수저를 움직이던 훈은 언제 옆의 빈 테이블로 갔는지 엎드려서 잠이 들어 있었고, 그녀가 들어올 때 한꺼번에 두 테이블이 비워지더니 방금 전 마지막 손님이 나가고부터는 포장마차 안은 조용했다.

"너무 조용하네."

"그러게."

"주인장이 이렇게 무관심하니 손님이 있을 리가 있나."

"……"

"도대체 장사를 하겠다는 건지 말겠나는 건시."

괜스레 툴툴거리는 말투에도 백산은 묵묵히 듣고 있다가 가끔씩 히죽거리며 웃기만 했다.

"덩치는 남산만 해서 무뚝뚝한 걸로 치면 으뜸인데다 서비스가 좋기를 하나, 음식이 입에 척척 붙기를 하나. 인상은 또 어떻고……"

"그만 일어나."

"어럽쇼, 왜 사람 말을 끊고 그래?"

"……"

"내가 술주정하는 걸로 보여? 나 말짱해. 볼래?"

그러나 말과 달리 일어서려던 미라는 몸을 휘청거리며 도로 의자에 털썩 주저앉았다. 생각대로 몸이 움직여 주지를 않자 인상까지 찌푸리며 다시 엉덩이를 들썩이는데 크큭, 웃음을 참는 소리가 들렸다.

"걸을 수 있겠어?"

"못 걸으면 업어주려고?"

"……."

"됐다. 물어본 내가 바보지. 그나저나 저 녀석 잠이 깊이 든 모양이네."

"그냥 놔둬."

가방을 챙기고 어깨를 흔들면서 깨우려고 하자 백산이 다가와 잠든 훈을 번쩍 안아 들었다. 괜찮다고 내려놓으라고 했지만 그는 말없이 먼저 포장마차를 나가 버렸다. 아무래도 정신을 차려야 할 것 같아 냉수를 벌컥벌컥 마신 후 후다닥 따라갔는데 백산은 벌써 저만치나 앞서 걷고 있었다.

"괜찮다니까 그러네."

"내가 안 괜찮아."

"가게에 손님 오면 어쩌려고?"

"기다리든가 알아서 먹든가. 아님 가버리든가 하겠지."

"장사 안 되는 데는 다 이유가 있다니까."

삐딱하게 들으면 꽤 기분 나쁠 수도 있을 텐데 백산은 그저 피식 웃기만 했다. 미라는 한 발자국 뒤에서 따라가면서 백산의 뒷모습을 바라보았다. 커다란 덩치에 어울리지 않게 순박한 미소를 짓는 사람, 든든한 오빠처럼 느껴질 때도 있지만 더할 수 없이 편한 친구. 그녀에게 백산은 그런 존재다.

'오빠는 무슨, 그래 봐야 몇 달 차이도 나지 않는데.'

우연히 들어간 포장마차에서 처음 만났는데 생긴 것 같지 않게 편안하게 대해주는 백산 때문에 금방 친해졌다. 무엇보다 훈을 많이 예뻐해 주고 살뜰히 챙겼다. 그래서인가 겨우 2년도 되지 않았는데 마치 오래전부터 알고 지낸 사람처럼 마냥 편하다. 가끔은 단단히 쳐놓은 울타리에 너무 가까이 다가와 있는 것 같아 불편하기도 하지만 격의없이 지낼 수 있는 사람이 곁에 있다는 건 꽤 큰 위안이 될 때도 있었다.

어느 나뭇가지에서 떨어졌는지 벚꽃 잎 한 장이 들고 있는 훈의 사방 위로 사뿐히 날아와 앉았다. 아파트 입구서부터 줄지어 서 있는 벚나무에 흐드러지게 핀 꽃을 본 지 며칠 되지도 않은 것 같은데 어느새 푸른 이파리들이 한가득 달려 있었다.

"올해도 꽃구경은 못하고 끝났네."

주변 풍경이 변할 때마다 시간의 흐름을 느낀다. 꽃이 피었다 지고 무더운 여름이 지나면 산과 들을 장식하는 알록달록한 단풍과 은행잎이 보이고 곧 눈 내리는 하얀 겨울. 일 년이 그렇게 지나고 나면 훈이 입었던 옷이 한 뼘씩 작아진다.

"이제라도 가면 되지."

"꽃 다 졌는데 무슨 재미로."

"벚꽃만 꽃인가."

"그럼?"

"튤립, 장미……."

"그렇긴 하지."

딱히 좋아하는 것도 아닌데 꽃구경 하면 왜 벚꽃부터 떠오르는지 모르겠다. 혼자서 고고하게 아름다움을 뽐내는 것보다는 한데 어우러져 화려하게 피어 있는 꽃이 더 보기 좋아서인가.

"갈래?"

"응? 어디를?"

"꽃구경."

"글쎄, 시간 낼 수 있어?"

"이래 봬도 사장이거든."

"그렇지. 사장이면서 종업원이지."

쿡쿡 웃는데도 백산은 별다른 반응이 없었다. 농담이 좀 심했나 싶어 그녀는 슬쩍 눈치를 보면서 물었다.

"정말 갈 수 있는 거야?"

"핑계 김에 나도 좀 쉬려고."

"나야 함께 간다면 좋지. 내가 김밥이랑 먹을 것은 준비할게."

"내가 할게. 어차피 재료도 있으니까."

"그럼 음료수와 과일은 내가……."

"그것도 내가 해."

"그럼 나는?"

"몸만 와."

툭 한마디 던지고 앞서 걸어가는 백산은 표정이 없었다. 그러나 꾹 다문 입술 끝이 살짝 휘어지는 걸 그녀는 보았다. 몸만 오라고?

"고마워."

훈을 침대에 눕히고 나온 백산은 별 인사를 다 한다는 듯 어깨를 으쓱해 보였다.

"차 한 잔 줄까?"

"가봐야지."

"언제는 손님이 알아서 할 거라고 하더니."

"말이 그렇다는 거지. 토요일 아침 9시까지 올 테니까 준비하고 있이."

"쇠뿔도 단김에 뽑겠다 이거지?"

"너무 늦게 출발하면 거리에서 버리는 시간이 많아. 일찍 가서 꽃구경도 하고 훈이 놀이기구도 태워주고……."

"이야, 우리 훈이 신나게 생겼네."

승강기까지 함께 가려고 따라나섰는데 그사이 문이 꽝 하고 닫혀 버렸다. 술기운이 돌기도 했지만 조금은 귀찮은 생각에 그녀는 고개만 빠끔히 내밀고 소리쳤다.

"돈 많이 벌어라."

토요일이라 그런지 놀이동산은 오전 시간인데도 사람들이 꽤 붐볐다. 절대 손을 놓으면 안 된다고 몇 번이나 강조를 했지만 훈은 마치 고삐 풀린 망아지처럼 여기저기 뛰어다녔다.

"이것도 타고 싶은데."

"그건 키가 안 돼서 탈 수가 없어."

아직 키가 130cm에 못 미쳐서 탈 수 없다고 하자 훈은 몹시도 실망한 표정으로 어깨까지 축 늘어뜨렸다. 게다가 그런 곳이 한두 군데가 아니다 보니 생전 안 하던 고집을 부리기도 했다. 그래도 안 되는 걸 어쩌겠는가.

"편식하지 말고 우유 많이 먹어서 키 크면 그때 또 오자."

"그때가 언제인데요?"

"그거야 잘생긴 우리 훈이 하기에 달렸지."

훈은 꽤 아쉬운 듯 몇 번이나 뒤돌아보다가도 타고 싶은 게 생기면 금세 눈이 반짝반짝 생기가 돌았다.

"후우, 지치지도 않나 보네."

안 그래도 놀이기구라면 질색인 그녀 때문에 백산이 함께 타 주는 게 미안한데 고집까지 부리자 괜히 함께 온 게 아닌가 하는 생각마저 들었다.

"애들이 다 그렇지 뭐."

"누굴 닮아서 저렇게 고집이 센지."

"그러게."

피식 웃으며 하는 말에 미라는 슬쩍 눈을 흘겼다. 눈가에 자잘한 웃음을 보니 누굴 닮았는지 다 안다는 표정이었다.

"우리 언니는 고집이 조금 세긴 했지만 저 정도는 아니었거든."

"그럼 아빠를 닮았나 보네."

"형부도 아니야. 얼마나 마음이 넓고……."

발끈해서 대꾸를 하다 그녀는 얼른 입을 꾹 닫았다. 멀리 떨어져 있긴 하지만 훈이 앞에서 금기 사항처럼 되어버린 부모 이야기를 생각없이 덜컥 해버리다니. 미라는 아련한 눈빛으로 쪼르르 어딘가로 달려가는 훈을 바라보았다.

"흐뭇해하실 거야."

"……."

"잘 자라고 있잖아."

그래, 다행히도 훈은 잘 자라고 있었나. 마치 보이지 않는 누군가가 둘레둘레 감싸서 보호하고 있는 것처럼.

"배고프지 않아?"

"벌써 시간이 이렇게 되었네."

정신없이 훈을 따라다니느라 시간 가는 줄 몰랐는데 어느새 한 시가 가까워져 있었다.

"가서 훈이 데리고 와. 내가 점심 준비해 놓을게."

"준비? 식당 가서 먹는 거 아니야?"

"내가 준비한다고 했잖아."

"설마 정말 김밥이라도 싸왔다는 말이야?"

"기대해도 좋아."

미라는 마치 칭찬받을 준비를 하고 있다는 듯 환하게 웃으며 돌아서 가는 백산을 바라보다가 훈에게 달려갔다. 점심을 먹고 다시 놀자고 해도 어찌나 놀이기구에 미련을 두는지 한참을 달래야 했다.

"우와, 꼬마김밥이다."

투덜대면서 오더니 김밥을 보는 순간 훈은 놀이기구 따위 까맣게 잊었는지 젓가락을 들지도 않고 작은 김밥 하나를 냉큼 입속에 집어넣었다.

"와아, 진짜 맛있다."

작은 입술을 오물거리면서도 한 손엔 벌써 김밥 하나를 들고 있었다. 그녀가 젓가락으로 먹으라며 잔소리를 하는 사이 백산은 주스를 따라서 건네주었다.

"안 먹고 뭐 해?"

"김밥, 치킨, 유부초밥, 샌드위치, 과일. 이걸 언제 다 준비한 거야?"

"다 있는 재료였는데 뭐."

별것 아니라는 듯 말하지만 아침 일찍 일어나 서둘렀을 생각을 하니 미안하고 고마웠다. 그녀가 미적거리며 손을 못 대고 있자 백산이 젓가락을 쥐어주면서 얼른 먹어보라며 음식을 앞으로 챙겨주었다. 한입에 쏙 들어가게 만든 샌드위치는 보기만 해도 군침이 돌더니 딸기 소스에 땅콩을 갈아서 넣었는지 고소하면서도 달콤했다.

"어때, 먹을 만해?"

"요즘 말로 짱이야."

그녀가 손가락까지 쭉 추켜세우며 칭찬을 하자 백산은 수줍은 듯 환하게 웃었다. 덩치는 하마만 한데 웃음은 어찌나 선해 보이는지 간 쓸개 다 빼줄 인상이다.

"오늘 저녁은 내가 책임질게."

"좋지."

아침을 먹지 않고 와서인지 훈은 정신없이 음식을 먹어치웠다. 천천히 먹으라고 몇 번 주의를 주었지만 그때뿐, 연방 작은 입술을 오물거렸다.

✳

"그럼 전 용인 현장으로 내려가겠습니다."

박 비서는 출근하고 세 시간 동안이나 회의실에 있다가 이제 막 내려온 상사가 숨 돌릴 사이도 없이 다시 나가 버리자, 그사이 약속 시간을 뒤로 미뤘다는 말은 하지도 못했다. 황급히 쫓아 나갔지만 이미 승강기는 몇 층 아래까지 내려간 후였다.

"좌우지간 불도저가 따로 없다니까. 도통 잠깐 멈춤이라는 말을 모르니 원."

하는 수 없이 박 비서는 사무실로 돌아와서 용인 현장으로 다시 전화를 걸었다. 2시 이후로 미룬 약속을 원래의 시간대로 진행한다고 하자 역시나 목소리가 불퉁하게 되돌아왔다. 그러나 어쩌겠는가. 이미 자신의 상사는 떠나고 없는 것을.

하준우, 서 회장의 외손자이자 하 사장의 큰아들. 미국에서 서 회장을 보필하고 있을 때부터 수도 없이 들어왔던 이름이다. 심지어 회사에 몸을 담고 있지 않을 때도 서 회장은 틈만 나면 준우의 이야기를 했었다.

"그나마 마음에 드는 건 준우 녀석을 내게 안겨준 거지. 이놈은 분명 대명을 지금보다 더 큰 자리로 올려놓을 녀석이야. 암, 그렇고말고."

서 회장은 사위인 하필득 사장을 별로 탐탁해하지 않았다. 워낙 속내를 보이는 사람이 아니라 자세히 알 수는 없었지만 딸이 원해서 결혼을 시켰을 뿐, 회사를 이끌 인재는 아니라는 생각을 하고 있는 듯했다. 그래서 저 나이에도 완전히 손을 놓지 못하고 있는 거겠지.

박 비서는 고개를 절레절레 흔들며 서 회장에 대한 생각을 떨쳐 냈다. 커피를 진하게 한 잔 타서 자리로 돌아와 일주일 동안의 스케줄을 다시 점검했다. 너무 빠듯한 게 아닌가 하는 생각도 들었지만 상사의 얼굴을 떠올리는 순간 이내 지워 버렸다. 이보다 더한 스케줄도 거뜬히 해치우는 사람이 바로 하준우 이사가 아닌가. 회사 일은, 사업엔 관심도 없다고 하더니 꼼꼼함과 추진력은 믿을 수 없을 정도였다. 서 회장이 일을 가르친다

는 명목하에 살인적인 후계자 수업을 시킬 때도 오히려 헉헉대
고 쫓아다닌 사람은 비서인 자신이었다.

"사람이 아니라니까."

중얼거리며 자리에서 일어서는데 전화벨이 울렸다.

"네, 이사실……."

—박 비서님, 저 황수빈입니다.

"……."

—설마 절 잊으신 건 아니죠? 회장님 뵈러 갔을 때 몇 번…….

"잊기는요. 무슨 그런 말씀을."

박 비서는 사무실에 혼자 있으면서도 혹시나 싶어 얼른 수빈
의 말을 가로막았다. 지금쯤이면 자신의 상사는 주차장을 벗어
나 도로를 달리고 있을 텐데 괜히 사무실 안쪽 문도 힐끔 쳐다
보았다.

"그런데 무슨 일로 전화를 하셨는지……."

—며칠 여행을 다녀왔더니 그사이 준우 씨가 우리 호텔에서
머물렀다면서요? 어쩌면 이러실 수가 있어요? 저한테 연락이라
도 해줘야 하는 것 아니에요?

"아, 그게 날짜보다 일찍 들어오시는 바람에……."

—그러니까 저한테 살짝 귀띔이라도 해주셨으면 좋았잖아요.

"그게 상황이 상황인지라……."

—정말 실망이에요, 박 비서님.

실망 아니라 더한 걸 한다고 해도 어쩔 수 없는 상황이었다는

걸 설명할 수 없으니 답답했다. 연락 사절이라고 못을 박는 바람에 출근하기 전까지 자신 또한 목소리 한 번 듣지 못했는데 어쩌란 말인가.

"준우 짝으로 제격이지. 여러모로 도움이 많이 될 아이야. 그러니 곁에 있으면서 잘 보필하도록 해."

함께 있을 때도 몇 번 언질을 하더니 한국으로 돌아오는 게 결정되자, 서 회장은 박 비서를 따로 불러서 은근히 압력 아닌 압력을 넣었다. 정작 당사자는 조금의 관심도 없는 것 같은데 전화를 걸어오거나 미국으로 찾아올 때면 서 회장은 꽤 아끼듯 수빈을 대했다.
—이미 지난 일이니 그건 어쩔 수 없고, 앞으로는 박 비서님이 저 좀 도와주세요.
"제가 도울 게 뭐가 있겠습니까."
—이것저것 모두요. 일단 준우 씨 좀 바꿔주세요.
"방금 전에 용인 현장으로 떠나셨습니다."
—용인이요? 언제 돌아오는데요?
"글쎄, 아마 늦지 않을까……."
뚜우뚜, 말을 채 끝내지도 못했는데 이미 전화는 끊겨 버렸다. 몇 번 봤을 때도 그렇지만 늘 제 할 말만 하면 그만이었다. 묻고서 대답도 제대로 듣지 않을 때도 많았고 원하는 걸 알게 되면 다음 말은 아예 들으려고 하지도 않았다.

박 비서는 수빈의 전화에 대해서 준우에게 알려줄까 하다가 그만두었다. 한동안 회사 일에 매달려야 할 사람한테 괜히 이 런저런 신경을 쓰게 해서는 안 된다는 생각이 들었기 때문이 다.

"좀 귀찮게 생겼네."

현장에 도착해서야 박 비서가 약속 시간을 변동했었다는 걸 알았지만 그는 개의치 않고 벌써 두 시간째 주변을 둘러보고 있 었다. 그사이 몇 번 핸드폰의 진동음이 울렸지만 모르는 번호라 받지 않았다. 현장은 생각보다 일의 진행이 너무 느려서 이 속 도로 가다간 도저히 약속한 날짜에 일을 마무리 지을 수 없을 듯했다.

"혹시 일하는 데 불편한 것이 있습니까?"

"……."

"아니면 다른 요구 사항이 있는 겁니까?"

차분하게 주변 설명을 하면서 현장을 함께 돌아보던 소장은 잠시 생각을 하는 듯하더니 준우의 집요한 시선에 하나둘씩 이 야기를 하기 시작했다. 지나가는 사람들이 사무실 앞에서 심각 하게 이야기를 주고받는 두 사람을 힐끔거리며 쳐다봤다. 준우 는 가끔 고개를 끄덕이다가도 이해할 수 없다는 표정을 하면서 묵직한 신음 소리를 내기도 했다.

"서로에게 좋은 쪽으로 생각해 보도록……."

"준우 씨."

느닷없이 들려온 목소리에 준우는 이야기를 하다 말고 무심코 고개를 돌렸다. 곧 환하게 웃고 있는 수빈을 보자 미간을 찡그리며 인상을 구겼다.

"여긴 무슨 일이지?"

손까지 흔들며 방실방실 웃으며 다가온 수빈을 보고도 준우는 잔뜩 찌푸린 인상을 풀지 않았다. 몇 년 만에 만났는데도 수빈은 마치 어제 만났다 헤어진 사람처럼 전혀 거리낌이 없었다. 게다가 공사 현장과는 전혀 어울리지 않는 하이힐에 하늘거리는 원피스를 입고 있어서 지나가는 사람들의 눈요기가 되고 있다는 걸 모르는지 신경도 쓰지 않는 듯했다.

준우는 급히 소장과 이야기를 마무리하고 함께 차가 주차된 곳까지 내려오는 동안 입술을 꾹 닫고 단 한 마디도 하지 않았다.

"점심 안 먹었다면서요? 네?"

"……."

"점심 한 끼 같이 먹으려고 이곳까지 내려온 성의를 봐서라도 같이 먹어주면 안 돼요?"

"……."

"몇 년 만에 만났는데 정말 심하네."

이대로 차를 타고 올라가 버릴까도 생각했지만 조금의 여지도 남겨놓고 싶지 않았다. 이렇게 기회가 있을 때 딱 잘라내야 더는 귀찮게 하지 않을 테지.

"좋아. 식사 시간은 딱 삼십 분. 그 이상은 안 돼."

허락의 말이 떨어지는 순간 수빈은 환호성까지 지르며 좋아했다. 그래서 준우는 그 삼십 분을 차로 움직이는 동안 모두 허비해 버렸다는 말은 하지 않았다.

"내가 특별히 우리 호텔 주방장한테 주문한 건데 어때요?"

도대체 점심을 왜 굳이 이곳까지 와서 먹어야 하느냐는 말에 수빈은 도시락을 준비했다고 했다. 배가 고프긴 했지만 그는 음식엔 관심도 없었다. 자리를 잡고 음식을 펼쳐 놓는 동안 무심한 시선으로 주변을 둘러보았다. 연인끼리 가족끼리 삼삼오오 짝을 이루며 지나가는 모습은 보는 사람까지 슬며시 미소를 짓게 했다. 주변의 모든 것이 생동감이 넘쳐 보였다.

"챙겨온 사람 성의를 생각해서라도 먹는 시늉이라도 좀 해봐요."

그는 심드렁한 표정으로 수빈이 건네는 젓가락을 받아 들었다. 익히 들어온 명성에 이틀 동안 호텔에 머물면서 먹어본 바로는 그곳 주방장의 음식 솜씨는 최고라는 거였다. 그러나 준우는 보는 것만으로도 군침이 돌 정도로 맛깔스러운 음식을 앞에 두고도 식욕이 동하지 않았다.

"내가 먹여줄까요? 잠깐만, 음, 이게 좋겠다. 자, 아."

"됐어. 내가 먹을게."

과일 한 조각을 입에 넣고 사각사각 씹고 있을 때였다. 무심코 돌아본 자리에 단란하게 보이는 한 가족이 까르르, 한꺼번에 웃음을 터뜨렸다. 여자는 어깨 아래에서 찰랑거리는 머리카락이 귀찮은지 손수건을 길게 펼치더니 질끈 묶어버렸다. 드러난 뽀얀 목선이 두세 테이블 떨어진 거리에서도 선명하게 보였다.

"자, 아."

이제 막 한입 가득한 음식을 꿀꺽 삼킨 것 같은데 벌써 여자는 꼬마김밥 하나를 들고 아이 앞에 내밀었다. 냉큼 받아먹은 아이가 헤벌쭉 웃는 동안 여자도 샌드위치 한 조각을 입에 넣었다.

"샌드위치만 먹지 말고 이것도 좀 먹어봐."

덩치에 어울리지 않게 다정한 목소리의 남자는 여자를 꽤 챙겼다. 여자가 입을 가리고 무슨 말인가를 하는 것 같은데 그에게까지 들리지는 않았다.

"뭘 그렇게 봐요? 누구 아는 사람이라도 있어요?"

수빈이 딸기 하나를 포크에 찍어서 내밀며 물었지만 그는 여전히 행복해 보이는 가족 속 여자에게서 시선을 떼지 못했다.

"준우 씨."

"그냥."

"나 좀 봐주지."

그가 건성으로 대답을 하고 포크를 받아 들자 수빈이 새치름하게 투정을 부렸다. 그러나 이상하게 자꾸 시선이 갔다. 고개를 돌렸을 때 얼핏 본 갸름한 턱 선, 하얗고 긴 목, 그리고 마치 부드러운 선을 그리며 내려온 듯한 좁은 어깨 라인, 한참을 보고 있어서인지 뒷모습이 낯설지가 않았다. 수빈이 다시 투덜거리자 그는 제대로 쳐다보지도 않고 과일 쪽으로 포크를 콕 찍었다. 입속에 넣고 보니 새콤달콤한 맛이 나는 오렌지였다. 톡 터지는 느낌과 함께 입안에 침이 그득 고였다.

"⋯⋯!"

한바탕 웃음을 터뜨린 여자가 무심코 고개를 돌리자 그와 시선이 마주쳤다. 아주 짧은 순간 마주친 여자의 눈동자는 맑고 깨끗해서 투명하기까지 했다. 준우는 숨을 훅 들이마시며 입안에 든 오렌지를 꿀꺽 삼켰다. 절대 보아서는 안 될 그 무엇을 본 듯 심장이 미친 듯이 요동을 쳐댔다. 겨우 숨을 뱉어내자, 온몸으로 쫘르르 통증이 밀려왔다. 그는 이끌리듯 자리에서 벌떡 일어나 여자를 향해 걸어갔다. 머릿속에서 생각하고 정리할 틈도 없이 몸이 저절로 움직였다. 마치 거대한 몸이 움직이는 것처럼 한 발자국씩 걸음을 옮길 때마다 쿵쿵, 귓속으로 파고드는 울림이 팽팽하게 부푼 심장까지 압박했다.

누군가 다가오는 게 느껴졌는지 여자가 힐끔 그를 쳐다보고는 이내 고개를 돌려 버렸다.

"아저씨, 왜요?"

두 걸음 떨어진 거리에서 멈춰 서자 호기심 가득한 시선을 한 아이가 물었다. 그러나 준우는 오직 여자에게만 시선을 향한 채 아무 말도 하지 못했다. 마주 앉은 남자가 조용히 젓가락을 내려놓으며 용건이 있느냐고 묻는 말에도 입조차 벙긋할 수 없었다.

"……."

꼼꼼히 살피듯 여자가 주스 잔을 집어 들고 벌컥거리며 마시는 모습을 보면서도 눈도 껌벅이지 못했다. 시간이 멈춘 듯 주변은 거짓말처럼 조용했다. 들리는 건 엇박자로 날뛰는 심장 박동 소리뿐, 그리고 산들산들 불어오는 바람의 느낌뿐.

"아저씨, 우리 엄마한테 할 말 있어요?"

처음 시선이 마주쳤을 때보다 더 큰 충격이 머릿속을 강타했다. 갑자기 볼을 스치는 부드러운 바람이 한겨울 칼바람처럼 시리게 후려쳤다. 준우는 매섭게 여자를 노려보다 앙다문 입술 끝을 실룩거리며 획하니 몸을 돌렸다. 그리고 주먹 쥔 손등 위로 퍼렇게 힘줄이 돋아난 줄도 모르고 뚜걱뚜걱 그곳을 벗어났다.

"어머, 준우 씨, 어디 가요? 준우 씨."

"아는 사람이야?"

미라는 겨우 고개를 흔들고 나직이 숨을 내쉬었다. 어찌나 긴장을 했는지 꽉 쥔 주먹을 펼치자 축축함이 느껴질 정도였다. 아니, 서로 눈이 마주칠 수도 있는 거지, 그게 무슨 대단한 잘못이라고 사람 무안하게……. 대놓고 투덜거리지는 못하고 속으로 구시렁거리며 입술만 삐죽이 내밀었다. 두 걸음 떨어진 거리에서도 강한 시선이 느껴졌고 훅 하니 들이마신 숨결엔 남자의 체취가 고스란히 스며들어 왔다.

"정말 모르는 사람이야?"

"처음 보는 사람이라니까. 내가 저렇게 잘생긴 남자를 어떻게 알겠어."

말을 하고 나니 더 열이 뻗쳐올랐다. 뚫어지게 쳐다본 것도 아니고 손가락 몇 개를 구부릴 정도의 아주 짧은 시간 동안 서로 시선이 마주쳤을 뿐인데, 그게 성큼 쫓아올 정도로 잘못한 건가 싶었다.

"뭘 그렇게 봐. 정말 모른다니까."

불퉁거리며 한마디 더 했지만 한순간 눈이 마주쳤을 때 느꼈던 그 강렬함은 쉽게 잊힐 것 같지 않았다. 속을 꿰뚫어 보는 것 같아 숨까지 턱하니 막힌 데다 심장은 왜 그렇게 날뛰던지. 휴우. 정말 이상한 사람이다.

점심을 먹고도 훈은 몇 개의 놀이기구를 더 탔다. 정말 지치지도 않는지 타고 싶은 게 있을 때마다 백산의 손을 잡아끌었고, 그때마다 그녀는 보는 것만으로도 속이 울렁거린다며 벤치에 앉아 두 사람을 지켜보고 있었다.

"꽤나 피곤한가 보네."

차가 막힐지 모르니 서둘러 출발하자는 말에 훈은 조금만, 조금만 떼를 쓰더니 놀이동산을 출발한 지 몇 분 지나지 않아서 잠이 들어버렸다. 그리고는 집에 도착할 때까지 깨어나지 않았다.

"내가 훈을 안고 올라갈 테니까 짐만 들고 와."

짐이라고 해봐야 작은 가방이 전부였다. 모처럼 훈에게 즐거운 시간을 보내게 해줬다는 생각에 뿌듯한 마음과 달리, 아침부터 내내 고생만 한 백산에게 미안했다. 그래서 미라는 집으로 들어오자마자 주방으로 향했다.

"오늘 정말 고생했어. 고마워."

"나도 좋았는데 뭐."

서글서글한 눈매가 오늘따라 더 부드럽게 느껴졌다. 친구처럼 말을 놓고 지내면서도 집에서 식사를 함께 하는 건 오늘이 처음이었다.

"음, 제법인데."

시장을 봐둔 게 없어서 냉장고에 있는 야채를 몽땅 넣고 고추장을 풀어서 끓인, 그야말로 이름도 없는 찌개인데 백산은 참 맛있게도 먹었다. 내심 걱정했는데 다행이다 싶었다.

"먹을 만해?"

"얼큰한 게 소주 생각난다."

"한잔할래?"

"좋지."

저녁 늦게까지 일을 하는 경우가 많아서 냉장고에는 항상 맥주 캔이나 소주가 비치되어 있었다. 그래 봐야 한두 잔이 전부지만 졸린 걸 참고 일할 때 가끔은 커피보다 시원한 맥주 한 잔이 더 효과가 있을 때도 있었다. 미라는 잔을 채우며 힐끔 백산의 표정을 살폈다.

"아까부터 느낀 건데, 혹시 무슨 일 있는 거야?"

"일이 있을 게 뭐 있어."

"그런데 표정이 왜 그래?"

"내 표정이 어떤데?"

"걱정돼서 물었는데 말하기 싫은가 보네. 알았어, 그만 할게. 하지만 혹시 내가 도울 일이 있으면 말해. 도움이 될지는 모르겠지만."

"지금도 충분히 도움되고 있어. 이렇게 옆에서 함께 술을 마셔주잖아."

"그런 일이라면 언제든지 가능하지. 아니, 환영한다고 하는 게 맞겠네."

소주 한 병이 꽤 오랫동안 비워지지 않았다. 피곤해서인가 그다지 생각도 없었고 오늘따라 백산도 한 잔을 홀딱 마시고부터는 두 번째 잔은 비우지도 않은 채였다.

"나…… 어때?"

"응? 뭐가?"

뜬금없는 질문에 미라는 물 잔을 집어 들다 말고 백산을 쳐다보았다. 평소 그답지 않게 진지한 시선이 느껴지자 괜스레 가슴이 철렁 내려앉았다.

"한 번도 가족에 대해서 진지하게 생각해 본 적이 없었어. 그럴 상황도 아니었지만, 가족이라는 거 그다지 필요하다고 느낀 적도 없었거든. 그냥 떠돌다 가끔 한 번씩 돌아보게 되는, 나한테 가족은, 집은 그런 의미였지."

"……."

"그런데 요즘은, 아니, 오늘은 가족이 있었으면 좋겠다는 생각이 드네."

"진짜 무슨 일이 있었나 보네."

"우리 있잖아……."

"힘들면 어깨 하나 정도는 내어줄 수 있어."

미라는 물 잔을 뚫어지게 쳐다보다 고개를 들었다. 시선이 마주치자 백산이 입술을 달싹이는 걸 보고 그녀가 먼저 말문을 열었다.

"만약 친구가 필요하다면 말이야."

"친구, 친구라……."

"그래, 친구."

그녀는 유독 친구라는 말에 힘을 실었다. 자신이 뱉어놓고도 너무 매정하게 딱 잘라 선을 긋는 게 아닌가 하는 생각도 들었지만, 지금은 누구든 그 선을 넘는 사람은 받아들이고 싶지 않았다. 아니, 어쩌면 앞으로도 영원히 그럴 테지.

"그렇구나."

"……."

"그래, 그렇구나."

백산은 마치 인정하기 싫은 걸 억지로 스스로에게 강요하는 사람처럼 같은 말을 반복했고 미라는 어색한 분위기가 불편해서 술잔을 단숨에 털어놓고 다시 잔을 채웠다. 뜨거운 불덩이를 삼킨 것처럼 목구멍이 뻐근했다.

"그만 가봐야겠다."

"그래. 피곤할 텐데 일찍 들어가서 쉬어. 오늘 정말 고마웠어."

오늘따라 백산은 꽤 지치고 피곤해 보였다. 순간 축 처져 보이는 어깨를 한 번쯤 잡아주어야 하는 게 아닌가 하는 생각도 들었지만 외면히기로 했다.

백산이 돌아가자 미라는 컴퓨터 앞에 앉았다. 마감 날짜를 느긋하게 잡긴 했지만 쉬이 잠이 올 것 같지 않았다. 문득 찌를 듯한 남자의 시선이 떠올랐다. 아주 잠깐이었지만 알 수 없는 묘한 감정이 담긴 눈빛이었다. 냉기 같기도 하고 열기 같기도 한.

"어디서 본 적이 있었나?"

분명 아는 얼굴은 아닌데 이상하게 낯설지가 않았다. 처음 보는 사람이라는 말을 하면서 왜 그렇게 심장이 아릿하던지.

"너무 잘생겨서 그런 건가."

맞아, 그런 걸 거야.

*

“이야, 오늘은 해가 서쪽에서 떴나 보네.”

준우는 늦은 시간 전화를 했는데 마치 기다렸다는 듯이 달려 온 경우에게 말없이 잔을 내밀었다. 쭈르륵 호박색 액체가 잔을 채우는 소리가 나른한 재즈의 선율에 묻혔다.

“환영회 해준다고 할 때는 무시하더니, 웬일이야?”

묻는 말에도 그는 입을 굳게 다물고 반쯤 남은 잔을 집어 들었다. 말동무가 필요하긴 했지만 지금은 저렇게 호기심 가득한 시선은 외면하고 싶었다. 순간, 괜히 전화를 걸었나 하는 후회가 일었다.

“조용히 술이나 마시라고?”

“……”

“알았어, 알았다고.”

홀짝 잔을 비우고 내려놓는 경우의 잔을 다시 채워주었다. 문득 그는 답답한 이 마음도 시원한 무언가로 채워질 수 있으면 하는 생각을 했다.

“일은 할 만해?”

“그럭저럭.”

“난 사실 형이 돌아온다고 해서 놀랐어.”

“……”

“좀 더 오래, 아니, 어쩌면 돌아오지 않을지도 모른다고 생각을 했었거든.”

“왜?”

“글쎄, 뭐랄까. 음, 왠지 그런 생각이 들었다고 할까.”

나란히 앉은 두 사람은 한동안 말이 없었다. 돌아온 걸 이렇게 빨리 후회하게 될 줄은 몰랐다. 한여름 광풍처럼 지독하게도 앓았던 그 시간으로는 부족했던 것일까. 도대체 그 긴 시간 동안 무엇을 잊으려 허둥대고 무엇을 지웠던 것일까.

“왜 그래? 무슨 일 있어?”

“그날 말이야.”

“그날? 무슨 그날?”

그러게, 어느 날을 말하고 싶은 걸까. 시간이 이만큼이나 흘렀는데 도무지 잊히지 않는 기억들, 그리고 너무도 선명하게 각인돼 버린 그날, 그 미소, 그 떨림, 그…… 하나도 지워진 게 없었다. 참 질기기도 하다. 잊었다고 버렸다고 생각했는데 기억이라는 놈은 몸속 어딘가에서 똬리를 틀고 숨어 있었는지 눈앞에 보이는 순간, 거침없이 용트림을 하기 시작했다. 그는 반쯤 남은 술을 단숨에 입속으로 털어 넣으며 허공 어딘가를 노려보았다.

“참, 며칠 있다가 우리 유치원에 한 번 안 올래?”

“유치원에?”

“응. 재롱잔치를 하거든.”

그가 대답을 하지 않자 경우는 마치 무슨 설명회를 하는 것처럼 아이들과 유치원에 대해서 주구장창 설명을 늘어놓았다. 그 작은 입술로 조잘조잘 노래를 부르고 시를 외우고 연극 대사를 하는 걸 보면 천국이 따로 없다니까. 혹시 아이들 눈 본 적 있어? 세상에 그보다 깨끗하고 맑은 게 또 있을까. 한 번 와서 봐. 그나마 동생이 유치원을 하고 있으니까 마음 놓고 볼 수 있는 거지. 형 나이에 결혼도 못했는데 말이야. 어디 가서 그런 예쁜 아이들의 재롱잔치를 보겠느냐고.

그러나 그는 재롱잔치 같은 건 귀에 들어오지도 않았다. 그럴 시간도 없지만 설사 유치원을 간다고 해도 경우와 같은 시선으로 아이들을 바라볼 수 있을지 의문이었다. 아이, 아이란 말이지.

"그런데 말이야. 그동안도 꽤 궁금했었는데. 경영학을 전공해 놓고 왜 유치원을 할 생각을 한 거야?"

"참 일찍도 물어본다."

"한 번쯤은 먼저 설명을 해주지 않을까 기다렸지."

"경영학을 공부한 것도 대학원을 교육학과로 선택한 것도 유치원을 염두에 두고 한 거였어. 알다시피 대학을 이쪽으로 갔으면 조용히 넘어가지 않았을 거잖아."

그랬을 것이다. 당연히 회사로 들어올 줄 알았는데 생각지도 않게 유치원을 하겠다고 했을 때 주변 모두가 놀랐고 하 사장 또한 불같이 화를 냈었다. 그러나 경우는 결국 자신과는 달리 원하는 일을 하고야 말았다. 진심으로 부러운 것 중에 하나였다.

"형, 천천히 달려."

“……”

“가끔 형을 보면 브레이크가 없는 사람 같아서 두려울 때가 있어.”

“내가 두려워?”

“응, 그리고 안타까워.”

그가 의아한 시선으로 돌아보자 딱히 설명할 그 무엇이 없는지 경우는 어깨만 으쓱해 보였다. 안타깝다. 안타깝다라…….

“우리 엄마한테 할 말 있어요?”

빌어먹을. 급하게 마신 술 때문에 명치끝이 국국 쑤셨다. 거칠게 술잔을 내려놓자 주위의 시선들이 힐끔힐끔 그를 돌아보았다. 속이 부글부글 들끓기 시작했다. 쿵 하고 내려앉은 심장을 추스르지도 못했는데, 엄마라니, 아이라니. 남…… 편이라니.

“형, 왜 그래. 무슨 안 좋은 일 있었어?”

“미안하다.”

“뭐, 뭐가? 그 말은 혹시 이대로 가겠다는 건 아니지? 내가 말이야, 황홀한 밤 시간까지 포기하고 달려왔거든.”

“다음에 다시 보자.”

“나도 나름 바쁜 사람이라고.”

“조만간 시간 내서 유치원으로 한 번 찾아갈게.”

"이 정도면 정말 심각한 배신인…… 어, 형, 형? 웬일로 전화를 다 했나 했더니. 대신 재롱잔치엔 꼭 와. 알았지?"

준우는 기막혀 죽겠다는 목소리를 뒤로하고 클럽을 나왔다. 평소보다 많은 양을 마셨는데 이상하게 정신은 또렷했다. 시원한 밤바람이 이 터질 것 같은 열기를 조금이라도 식혀주면 좋으련만, 시간이 지날수록 가슴은 더 들끓어올랐다.

"어떻게 넌 그런 모습으로 나타날 수가 있는 거냐."

돌아온 지 며칠이나 됐다고. 미친놈처럼 찾아 헤맬 때는 꽁꽁 숨어서 나타나지도 않더니 어떻게, 어떻게 이럴 수가 있어. 꽉, 움켜쥔 손이 부들부들 떨렸다.

"후우."

어딘지도 모르는 길을 터벅터벅 걸었다. 넥타이가 느슨하게 풀어지고 눈빛은 초점을 잃은 듯 공허했다. 심장이 제멋대로 부글부글 끓어오르다 싸늘히 식어버리기를 반복했다.

젠장. 그러나 욕설을 뱉어내면서도 가슴 한구석엔 기가 막힌 미련이 자라고 있었다. 좀 더 자세히 볼 것을. 목소리라도 들어봤으면……. 꽉 맞물린 톱니바퀴가 삐걱거리는 소리를 내며 틀어지기 시작했다.

"말도 안 돼."

질책 한마디에 한 발자국, 미련 한 덩어리에 또 한 발자국. 조금씩 느려지던 걸음이 어느 순간 우뚝 멈춰 섰다. 그래, 오늘 밤만 새벽이 오기 전까지 딱 그만큼만…… 헤매보자.

택시를 잡아타고 내린 곳은 어둑했다. 준우는 닫힌 정문에 커다랗게 금색으로 '대한대학교'라고 쓰여 있는 글씨를 한참 동안 바라보고 서 있었다. 한 걸음 다가가 글씨 끝에 손가락을 대었더니 차가운 금속의 느낌이 싸하게 전해졌다.

"후우."

달려오긴 했지만 선뜻 안으로 들어서기가 망설여졌다. 지난 시간이 고스란히 묻어 있는, 시작과 끝이 함께 있는 곳. 그때의 그 감정이 다시 심장 속을 파고들까 봐 두렵기까지 했다. 그냥 돌아설까 하다가 그는 기둥 옆으로 열려 있는 작은 문을 향해 걸음을 옮겼다. 곧장 넓은 잔디밭을 지나 틈만 나면 찾았던 꽤 긴 산책로로 걸어갔다. '만남의 오솔길'이라고 쓰인 나무 팻말은 조금 흐릿해지긴 했지만 여전히 그 자리에 있었다.

가로등이 미치지 못하는 곳은 흡사 깊은 숲 속을 걷는 느낌이었다. 도대체 얼마만인지 코끝을 스치는 공기의 흐름마저 낯설게 느껴질 정도였다. 그러나 한 걸음, 두 걸음. 걸음을 옮길 때마다 바싹 마른 스펀지가 물을 빨아들이는 것처럼 생생한 기억들이 깨어나기 시작했다.

은행잎과 단풍잎이 대부분인 이곳은 가을이면 늘 사람들로 붐볐다. 그날도 오후 늦게 책 한 권을 들고 왔는데 군데군데 있는 벤치엔 빈자리가 없었다. 가을이 무르익을 때라 바람이 불 때마다 후드득 떨어진 은행잎이 허공에 휘날렸고 청명한 하늘엔 구름 한 점 없었다. 커다란 나무에 등을 기대어 책을 읽고 있다가 문득 고개를 들었는데 빈자리가 있었다. 두 시간 정도 있을 생각으로 왔기에 앉자마자 다시 책을 펼쳐 들고 읽기 시작했다.

"죽을래, 거기 안 서! 그러다 흠집이라도 나면 가만 안 둘 줄 알아!"

교수님과의 약속을 딱 5분 남겨놓고 막 벤치에서 일어난 순간이었다. 급하게 소리치는 소리와 함께 쿵 하고 무언가에 부딪혔다. 꽤 속도가 있었는지 작은 여자의 몸이 우르르 쏟아지는 물건들과 함께 바닥으로 넘어졌다. 그걸 본 순간 손을 뻗었지만 이미 늦은 후였다. 괜찮으냐고 물어야 하는데 이상하게 말문이 열리지 않았다. 숨찬 조잘거림이 멈추고 여자가 바닥에 떨어진 책과 노트, 그리고 열린 가방에서 쏟아진 물건들을 집어 들 때까지도 그는 묵묵히 서 있기만 했다.

"아, 진짜 바빠 죽겠는데. 이게 모두 원희 그 계집애 때문이야. 알바 늦기만 해봐. 내일 만나면 최소 사망이라고, 사망."

여기저기 흩어진 물건들을 주워 들면서도 조잘조잘, 그다지 아프지 않을 것 같은 이마를 살살 문지르면서도 조잘조잘, 그 조잘거림은 발딱 일어서서 그와 시선이 마주칠 때까지도 멈추지 않았다.

"……."

바람이 느껴지는 순간 은행잎이 한꺼번에 후둑, 나뭇가지에서 떨어지는 소리가 들렸다. 노란 은행잎 한 장이 그녀의 어깨 위로 사뿐히 날아와 앉았다. 그날따라 유난히 저녁 빛이 강해서 햇살을 등지고 서 있는 그녀 주위는 제대로 바라볼 수 없을 정도로 눈이 부셨다. 그러나 그는 눈에 힘을 꽉 주고 코스모스같이 청순하고 맑은 모습의 여자를 찬찬히 살폈다. 느슨하게 묶은 끈 사이로 몇 가닥 흘러나온 머리카락은 바람에 흩날렸고, 처음부터 그랬는지 아니면 어쩌다 보니 그렇게 된 건지 알 수 없지만 단추 하나가 더 풀어진 블라우스는 깊은 가슴 굴곡을 고스란히 드러내고 있었다. 어려 보이는 외모 때문에 1학년인가 했었다. 그러나 거꾸로 들고 있는 책이 3학년임을 알려주었고 빤히 바라보고 있는 시선에 당혹감을 느낀 건 오히려 그였다. 한참 후, 조금은 수줍은 듯 반짝거리는 눈빛과 발갛게 물이 든 두 볼에 웃음이 보일 듯 말 듯할 때쯤 그가 다가갔다. 블라우스 단추를 넉넉하게 두 개 잠그고 머리카락을 귀 뒤로 넘겨줄 때까지도 꼼짝 않고 서 있더니 어깨를 한 번 툭 치고 지나쳐 걸을 때야 긴 숨이 터져 나오는 소리를 들었다.

모든 것은 마치 예정된 것처럼 자연스럽게 일어났다. 떨림과 두근거림 그리고 설렘.

며칠 동안 화장기 없는 말간 피부에 호기심을 가득 담고 쳐다보던 눈동자가 자꾸 떠올랐다. 결국 그는 책을 들고 주변을 어슬렁거리다 토요일이라 텅 빈 벤치를 꽤 오랫동안 차지하고 있었다. 다음날도, 그 다음날도.

그렇게 시작한 인연이고 사랑이었다.

"난 늘 바다가 보고 싶었어요. 중학교 수학여행 때는 감기 몸살이 심해서 못 갔고, 고등학교 때는 둘째 날 짝꿍이 다쳐서 함께 병원을 가는 바람에 제대로 바다 구경도 못했거든요."

"함께 바다로 여행갈까?"

"정말? 정말요? 약속한 거예요. 그 약속 꼭 지켜야 해요. 알았죠?"

계절마다, 아니, 그보다 더 자주 바다를 보여주리라 생각했었다. 함께한 모든 약속, 맹세, 다짐 하나도 빠뜨리지 않고 지키고 싶었다. 둘이 같이 해보고 싶은 것도 너무 많았는데.

무심코 던진 말 한마디도 허투루 흘려들은 게 없었다. 무엇을 좋아하고 싫어하는지, 흐린 날씨거나 눈 또는 비가 내릴 때 어떤 기분인지, 전부 다 모두 기억 속에 담았다. 그녀를 담은 그릇이 마음속에서 하나씩 늘어날 때마다 행복은 더 큰 크기로 자라났다.

결코 흔들리지 않을 거라고 생각했고 단단하고 굳건한 줄 알았다. 그러나 그건 혼자만의 착각이었지.

크크큭, 빌어먹을. 벤치에 아무렇게나 길게 드러누운 커다란 몸이 가늘게 떨렸다. 가로등은 저만치 서 있는데 이상하게 그날처럼 눈이 부셨다. 그는 긴 팔로 얼굴을 가리고 몰아치듯 달려드는 생각을 멈추기 위해 숨을 꾹 참았다. 하나, 둘, 셋, 넷……

아홉, 열. 열하나. 열둘…….

콜록콜록, 길게 들이마신 숨소리와 함께 마른기침이 터져 나왔다. 한참 동안 얼굴이 벌게지도록 기침을 하면서도 생각의 끈은 끊어질 줄 몰랐다. 그날, 그 자리에 그가, 아니, 그녀가 없었나면 어땠을까. 달라졌을까. 후우, 내쉬는 숨결에 알코올 향이 진하게 묻어났다.

얼마의 시간이 지났을까. 고요한 정적을 깨고 어디선가 찌르르 풀벌레 소리가 들렸다. 숨소리도 들리지 않는 적막함 사이로 찌르찌르. 침묵처럼 흐르는 시간을 비집고 또다시 찌르르 찌릇. 잠시 후 그는 길게 늘어진 몸을 화들짝 놀란 사람처럼 빌떡 일으켜 세웠다. 나른했던 몸이 일순 긴장감으로 바싹 곤두섰다. 텅 빈 눈동자에 그득 차오르던 냉기는 순식간에 사라지고 꽉 앙다문 입술 끝은 결연한 의지까지 엿보였다. 홱 돌아서서 걷는 어깨 위로 조용한 달빛이 길게 따라다녔다.

둘

"엄마!"

미라는 쪼르르 달려오는 훈을 꼭 끌어안았다. 피노키오 분장을 한 훈은 두 볼을 발그레하게 칠하고 한 뼘이나 되는 기다란 코를 달고 있었다.

"우리 훈이 진짜 멋지다."

"짝꿍도 내가 제일 멋있다고 했어요."

"당연하지. 누구 아들인데."

"우리 엄마 아들이죠."

"그래, 그렇지."

분장이 흐트러질까 봐 얼굴은 만져 보지도 못하고 미라는 작은 손을 꼭 잡아주며 웃었다. 여기저기서 아이들의 재잘거리는 소리가 들렸다. 주변을 둘러보니 옹기종기 모여 있는 사람들끼리 까르르, 깔깔 행복한 웃음소리를 내고 있었다.

"음, 훈아."

"네?"

"이모 혼자라고……."

"어? 할머니다. 할머니!"

설마하고 뒤돌아본 미라는 곱게 단장을 한 김 여사를 보고 눈이 휘둥그레졌다. 며칠 전 전화 통화를 할 때도 정신없이 바쁘다는 소리에 재롱잔치 이야기는 꺼내지도 못했는데 웬일인가 싶었다.

"엄마, 여긴 어떻게……."

"훈이가 어제저녁에 전화해서 알았지."

"아."

"내가 늦은 건 아니지?"

폴짝폴짝 뛰면서 좋아 어쩔 줄 몰라 하는 훈을 보자 미라는 아무 말도 하지 못했다. 어린 마음에 이모 혼자서 오는 게 싫었나 보다. 전화를 하기까지 저 작은 머리로 얼마나 고민을 했을까 생각하니 순간 울컥해졌다.

"미리 알았으면 올라오는 길에 반찬이라도 준비했을 텐데."

"바쁜 것 같아서 말하지 않은 건데."

"아무리 바빠도 우리 손자가 재롱잔치를 한다는데 와봐야지."

할머니 최고라고 손가락 하나를 쭉 올려 세우는 훈을 보면서 미라는 그냥 웃고 말았다. 곧 시작한다는 방송이 들리자 훈은 할머니 품에서 내려와 볼에 쪽 소리가 나도록 입맞춤을 하고 종종걸음으로 안으로 들어가 버렸다.

"멀미 때문에 고생하지는 않았어요?"

"고생은 무슨. 일전에 사다 놓은 약이 있어서 미리 마시고 귀 뒤에 붙이는 것까지 했더니 아무렇지도 않아."

차만 타면 얼굴이 하얗게 질려서 내린다는 걸 알기에 걱정스레 물었는데 의외로 김 여사는 편안한 얼굴이었다. 지난번에 봤을 때보다 얼굴은 햇볕에 타서 더 거무스레해졌지만 건강해 보여서 그나마 다행이라는 생각이 들었다.

"빨리 와. 빨리 오라니까."

강당 입구쯤에 도착했을 때였다. 훈이 예쁘게 공주 분장을 한 여자아이의 손을 잡고 급하게 두 사람을 향해 다가왔다.

"훈아, 무슨 일이니?"

"엄마, 얘가 내 짝꿍 은지예요."

"어머, 그렇구나. 은지야, 안녕."

그녀가 밝게 웃으며 인사를 하자 얌전히 배꼽 인사를 하던 은지는 뭔가 이상하다는 듯이 고개를 갸우뚱거렸다.

"내 말이 맞지?"

"응."

것 보라며 어깨를 쫙 펴고 우쭐해하는 훈을 보면서 미라는 무슨 일인지 대충 감을 잡았다. 그녀가 두 아이의 머리를 쓰다듬으며 어서 들어가 보라고 등을 떠밀자 훈은 할머니까지 오셨다고 자랑을 하고야 은지의 손을 꼭 잡고 복도 끝으로 걸어갔다.

"얘, 훈이가 지금 널 엄마라고……."

"사람들 있을 때만 그래요."

"그래도 그렇지. 내가 잘 일러야겠구나."

"뭐 하러요. 제 딴엔 엄마 없는 걸로 아이들한테 기죽기 싫어서 그러는 건데."

"다섯 살짜리가 뭘 안다고."

"어휴, 그건 엄마가 몰라서 하는 소리예요. 얼마나 생각도 깊고 똑똑한데."

"……."

"은근히 애어른이라서 가끔은 내가 다섯 살짜리하고 사는 게 맞나 싶다니까."

훈에 대해서 이야기를 하자면 밤을 새도 모자랐다. 미라는 사람들이 모두 들어가고 없다며 김 여사가 슬쩍 옆구리를 찌를 때까지 주절주절 이야기를 늘어놓았다.

[다음은 파랑새 반 친구들의 연극, 피노키오입니다. 많은 박수 부탁드립니다.]

안내 멘트와 함께 한껏 분장을 한 아이들이 행진을 하듯 걸어서 무대 위로 올라왔다. 훈은 제법 연습을 많이 했는지 발음도 또박또박한데다 주인공답게 분위기를 잘 이끌어갔다. 연극이 끝나자 박수 소리와 함께 간간이 휘파람 소리까지 들렸다. 입술이 길게 옆으로 늘어진 두 사람은 손바닥이 뻐근할 정도로 힘차게 박수를 쳤다.

재롱잔치가 끝나고 미라는 김 여사의 손을 잡고 강당에서 나왔다.

"우리 훈이 배우 해도 될 것 같지 않아요?"

"고슴도치가 따로 없네."

"왜요. 정말 잘하던데."

"잘하긴 하더라. 언제 그렇게 연습을 했는지. 기특한 녀석."

"그러게 말이에요. 예뻐 죽겠다니까."

"나 잠깐 화장실 좀 다녀올게."

"엄마, 밖에 벤치에서 기다릴 테니까 그쪽으로 오세요."

다행히 벤치는 텅 비어 있었다. 미라는 등나무 이파리들로 서늘하게 그늘이 만들어진 벤치에 앉아서 아이가 일찍 나온 가족들이 삼삼오오 짝을 지어 유치원을 빠져나가는 모습을 지켜보았다. 토요일이라 아빠들도 꽤 많이 참석을 한 듯했다. 한 아이가 제 부모의 양손을 잡고 폴짝폴짝 뛰어오르는 모습이 보였다. 까르르 웃음소리가 들리는 순간 미라는 고개를 슬그머니 돌려버렸다. 말은 안 하지만 훈이 저런 모습을 본다면 어떤 마음일지 생각하는 것만으로도 심장이 조여왔다. 그녀는 가끔 잠든 훈을 보면서 언니와 형부를 원망하곤 했다.

'핏덩어리만 달랑 남겨놓고 발걸음이 떨어지디? 악으로라도

버티지 그랬어. 저승에 있는 그 높은 사람한테 죽어라 매달리지 그랬어.'

제대로 눈도 감지 못했을 거라는 걸 알지만 훈을 보고 있으면 심장부터 아파왔다.

"어디 안 가고 유치원 밖에서 기다리고 있을 테니까 너무 막 뛰어오지 마세요."

얼마 전 늦어서 헉헉대고 달려갔는데 보고 있던 책을 책꽂이에 꽂아두고는 다 큰 아이처럼 말을 해서 정말 울컥 눈물을 쏟을 뻔했다. 그날은 약속이 있던 선생님과 함께 기다리고 있어서 얼마나 다행이었는지, 너무 고마워서 다음날 케이크 한 상자를 보냈는데 아이들 간식으로 나누어 주었다고 했다. 환경도 마음에 드는데 아이들을 위하는 마음이 저절로 눈에 보이고, 교육비 또한 다른 곳보다 저렴해서 이런 곳을 또 찾기는 힘들지 않을까 싶었다. 딱 하나 아쉬운 점이 있다면, 아이 데려가는 시간을 칼같이 지켜야 한다는 것. 가끔 퇴근 시간이 불규칙한 그녀에겐 늘 그 시간이 문제였다. 그렇다고 회사를 옮길 수도 없고.

훈의 모습이 담긴 카메라를 보다가 등나무 이파리 사이로 파고드는 햇살이 반짝반짝 너무 예뻐서 찰칵, 셔터를 눌렀다. 그리고 한 장 더 찍으려는 순간, 카메라의 사각 프레임 안으로 한 남자가 들어섰다.

“……..”

통화 중인 남자는 어디를 찾는지 두리번거리더니 그곳을 조금 벗어나 놀이터의 미끄럼틀 기둥에 몸을 기대고 한참 동안 움직이지 않았다. 거리 조정하는 버튼을 꾹꾹, 여러 번 누르자 남자의 모습이 금세 눈앞으로 확 다가왔다.

“……?”

옆모습이긴 하지만 어딘가 낯이 익은 것 같아 미라는 고개를 갸웃거렸다. 남자는 무슨 재미있는 이야기를 하는지 얼굴 가득 미소를 담고 이마를 손가락으로 톡톡 두드렸다. 각이 매끈하게 진 코끝을 툭 건드리며 턱 아래를 이리저리 쓰다듬는 손가락은 적당히 굵고 길었다. 그 모습이 너무 멋있어서 저도 모르게 찰칵, 찰칵 셔터를 눌렀다.

“아, 맞다. 그 남자구나.”

훈과 놀이동산에 갔을 때 봤던 그 사람. 겨우 눈 한 번 마주친 것 때문에 다가와서 얼마나 놀랐던지. 그 순간을 떠올리며 그녀는 몇 장의 사진을 더 찍었다. 옆모습이 정말 멋진 남자였다. 한쪽 입술이 부드럽게 말아 올라가는 모습에 찰칵, 약간 시선이 빗나가긴 했지만 카메라를 향해서 돌아서는 순간 또 찰칵, 바람이 단정하게 손질된 머리카락을 흔들고 지나가자 그 짧은 순간 나른한 미소를 짓기도 했다. 찰칵, 찰칵.

“엄마!”

훈의 목소리에 미라는 카메라를 내리고 고개를 돌렸다. 제 할머니의 손을 잡고 퐁당퐁당 걸어오는 모습이 여느 날보다 더 신이 나 있었다.

"할머니한테 우리 파랑새 반 구경시켜 주고 와도 돼요?"

그녀가 고개를 끄덕이자마자 훈은 냉큼 할머니의 손을 잡아끌었다. 성큼 걸이도 총총거리는 아이의 걸음을 따라잡기 버거운지, 김 여사가 웃으며 천천히 가라고 하는 소리가 그녀에게까지 들렸다. 미라는 두 사람이 사라진 현관 입구를 바라보다 다시 카메라를 집어 들었다.

"……?"

그러나 기대와는 달리 아무리 주변을 둘러봐도 남자의 모습은 없었다. 괜스레 아쉬운 생각이 들어 어깨를 축 늘어뜨리며 카메라의 전원 스위치를 꺼버렸다. 이럴 줄 알았으면 훈을 따라 들어갈 것을 후회하며 벤치에서 일어나 돌아섰는데, 갑자기 커다란 몸이 그녀의 앞을 막아섰다. 순간 미라는 너무 놀라서 하마터면 들고 있던 카메라를 떨어뜨릴 뻔했다.

"아!"

쌍꺼풀 없이 동그란 눈이 더할 수 없이 커다래졌다. 몰래 사진을 찍는 동안 남자와는 시선 한 번 마주치지 않았는데 설마 알고 온 건가. 그 짧은 순간 별의별 생각이 다 들었다.

한참 동안 남자는 말없이 그 깊은 시선으로 그녀를 바라보고만 있었다. 결국 참지 못한 미라는 슬그머니 뒤로 한 걸음 물러나 벤치 옆으로 휙 몸을 돌렸다. 찔리는 게 있으니 줄행랑이 상책이다.

"……."

꽤 날렵하게 움직였다고 생각했는데 남자의 몸이 더 빨랐다. 벤치 옆으로 몇 걸음 멀어지지도 못했건만 다시 위압감이 느껴지는 남자가 떡하니 앞을 가로막았다.

"무슨 일로……."

도대체 용건이 뭐냔 말이다. 그 와중에도 그녀는 카메라를 가방 속에 집어넣고 지퍼를 쓱 잠가 버렸다. 이제 발뺌을 하고 이곳을 벗어나면 그만이다.

"왜 사진을 찍었지?"

헉, 확신에 찬 말투에 미라는 발뺌을 해야 한다는 생각도 잊어버리고 가방을 허리 뒤로 냉큼 숨겨 버렸다.

"다시 물어야 하나?"

"……."

"나를, 왜 찍은 거지?"

턱 끝을 치켜든 남자는 눈을 가늘게 뜨고 바싹 곤두선 솜털마저 헤아릴 태세였다. 미라는 저도 모르게 꼴깍, 침을 삼켰다. 성미라, 제발 정신 좀 차리자. 끝까지 모르쇠로 가는 거야.

"무, 무슨 말을 하는지 모르겠어요."

말이 끝나는 동시에 남자의 긴 손이 그녀의 뒤에 감춰둔 가방을 홱 낚아챘다. 까치발로 펄쩍 뛰어오르며 가방을 뺏으려고 했지만 그녀의 키로는 턱도 없었다. 남자의 키는 길어도 너무 길었다.

"무슨 짓이에요? 내 가방 돌려주세요."

준우는 씩씩 숨소리를 내면서 벤치 위로 올라가 가방을 뺏으려는 그녀를 가소롭다는 표정으로 바라보다 획 몸을 돌렸다.

"이봐요! 어디 가는 거예요! 당장 거기 서지 못해요!"

너무 당황한 나머지 그녀는 꽥꽥 소리를 지르고 있다는 것도 몰랐다. 남자가 차에 올라타 시동을 거는 모습을 보자 아무 생각도 할 수 없었다. 이젠 카메라가 문제가 아니었다. 카드와 현금이 든 지갑과 틈나는 대로 일기 형식으로 쓴 메모장, 그리고 통장과 도장, 무엇보다 어제 퇴근을 하면서 집으로 가지고 온, 김 과장이 세상이 무너져도 월요일까지 꼭 제출을 해야 한다고 몇 번씩 강조를 한 서류가 그 가방 안에 있었다. 미라는 가방을 찾아야 한다는 일념으로 조수석 문을 열자마자 막 출발하려는 차에 올라탔다. 탁, 문이 닫히는 소리와 함께 차는 쏜살같이 유치원을 벗어났다.

"이봐요! 당장 차 세우고 내 가방 돌려달라고요."

"……."

"신고하겠어요."

"좋으실 대로."

"뭐 이런……."

"이런 뭐? 계속 해봐."

생각 같아서는 바락바락 소리를 지르고 싶지만 순간, 그를 자극해서 좋을 게 없다는 생각이 들었다. 침착하자, 침착하는 것만이 살길이다. 후우, 미라는 길게 숨을 들이마셨다가 내뱉고는 방금 전과는 달리 차분한 목소리로 입을 열었다.

"좋아요. 사실대로 말하죠. 그쪽 사진 몇 장 찍은 거 맞아요."

"그쪽?"

"이상한 의도 같은 건 없었어요. 그냥……."

"……."

"단지 조금 멋있어…… 보여서."

말을 하고 나니 마치 고백을 한 사람처럼 얼굴이 확 달아올랐다. 그러나 뱉은 말을 다시 주워 담을 수도 없고 이대로 입 다물고 가만히 있을 수도 없었다. 지금쯤 훈과 김 여사가 찾고 있을 텐데. 어서 가방을 돌려받고 유치원으로 가야 했다.

"정말이에요. 몇 장 되지도 않는다고요. 지금 보는 앞에서 모두 지워 버릴 테니까 가방 돌려주세요. 네?"

그러나 남자는 입술을 꾹 닫고 마치 화가 난 사람처럼 앞만 노려보고 있었다. 교차로에서 신호등이 초록색에서 주황색, 그리고 빨간색으로 바뀌는 순간, 옆의 차들은 모두 멈췄는데 그는 오히려 액셀러레이터를 더 힘껏 밟았다. 빠앙 하고 클랙슨 소리가 여기저기서 질책을 하듯 울려대도 눈도 깜짝하지 않았다.

"그깟 사진 몇 장 찍었다고 너무 심한 거 아니에요?"

"그깟?"

"그래요. 그깟!"

사실대로 인정을 하고 보는 앞에서 사진을 지워 버리겠다고
까지 했는데 차를 세우지 않으니 그만 발끈하고 목소리를 높이
고 말았다. 자기가 무슨 연예인도 아니고…… 설마 유명한 사람
인가? 그래서 이렇게 화를 내는 건가? 미라는 힐끗 남자를 훔쳐
보았다. 생김새로 봐선 정말 웬만한 배우 뺨치는 외모이긴 하
다. 그래도 그렇지, 이건 너무 심한 처사가 아닌가 말이다.

"도대체 날 어디로 데려가려는 거예요?"

"……."

"아이가 기다린단 말이에요. 내가 돌아갈 때까지 유치원에서
기다리고 있을 거라고요."

"전화해."

"다섯 살짜리한테 전화가 있을 리 없잖아요."

차분하게 이야기를 하려고 해도 자꾸 목소리가 높아졌다. 얼
마 지나지 않아 차가 신호등 앞에서 멈춰 섰다. 이번엔 웬일인
지 횡단보도를 지나칠 시간이 넉넉한데도 차를 세우고 그녀의
가방을 노려보기만 했다.

"할머니와 함께 있던데."

"엄마도 핸드폰이 없어요."

그러나 그는 믿지 않는 눈치였다. 자신 또한 가끔 저녁 늦게
까지 연락이 되지 않을 때가 있어서 핸드폰을 사주겠다고 했지
만, 워낙 기계치인 김 여사는 집 전화 하나만 있으면 되지 뭐 하
러 쓸데없는 데 돈을 쓰냐며 싫다고 했다.

“다시 사과할게요. 허락없이 사진을 찍어서 미안합니다. 그러니까 이제 그만 내려주세요.”

“타라고 한 적 없는데.”

미라는 기막혀 죽겠다는 표정으로 그를 노려보았다. 물론 말로 하지는 않았지. 하지만 가방을 가져가 버리는데 어느 멍청한 사람이 그대로 두고 보고만 있겠는가 말이다.

“행복…… 해?”

처음엔 잘못 들었나 싶었다. 떨리는 듯한 목소리가 정말 저 남자한테서 나온 건가 의심이 들 정도였다. 그녀가 멀뚱히 쳐다보고만 있자 그가 천천히 고개를 돌려서 마주 보았다.

“행복…….”

“나한테 행복하냐고 물은 거예요? 지금 이 상황에서 너무 황당한 질문이라는 생각 안 들어요? 나 참 기가 막혀서. 좋아요. 우리 이러지 말고 경찰서로 가자고요.”

“…….”

“몰래 사진 몇 장 찍은 사람하고 남의 가방을 뺏어 도망간 사람하고 누가 더 잘못이 큰지 경찰서 가서 시시비비를 가려보자고요.”

유치원에서 멀어지는 거리만큼 불안한 마음도 커졌다. 사과도 했고 애원도 했지만 통하지 않으니 어쩔 수 없지 않은가. 게다가 웬 행복? 혹시 이 남자, 정신이 좀 이상한 거 아냐?

“내가 물은 건…….”

"네! 행복하느냐고 물은 것 나도 들었어요. 그런데 말이죠. 방금도 말했지만 그 질문은 이 상황, 아니, 그쪽이 나한테 할 건 아니라는 거죠. 남이야 행복하건 말건 무슨 상관이래요. 아, 긴말 필요없고 경찰서 앞에서 무조건 차 세워요."

"이젠 협박이군."

"국어 공부를 참 특이하게 했나 보네요. 이게 정당한 방법이지 어째서 협박이라는 거예요? 아무튼 긴말하기 싫으니까 경찰서로 가요."

마침 모퉁이를 도는데 경찰서가 보였다. 준우는 그만 피식 소리를 내며 웃고 말았다. 전혀 웃을 상황이 아닌데도 웃음이 나온다는 게 기가 막힐 따름이었다. 카메라의 렌즈가 햇빛을 받아 반짝거리지 않았다면 누군가 사진을 찍고 있다는 생각은 하지 못했을 것이다. 처음엔 자신의 눈을 의심했고, 다음엔 주체할 수 없을 정도로 쿵쾅거리는 심장을 욕했다. 알은체를 해야 하나 무시하고 돌아서야 하나 잠시 고민을 하는데, 그날 보았던 꼬맹이가 폴짝거리며 그녀를 향해 다가가는 것이 보였다. 엄마라고 부르던 아이.

그 순간 잠시 고민을 했다는 것조차 화가 날 지경이었다. 홱 돌아섰는데 정작 발걸음은 전혀 다른 방향으로 향했다. 다행히 아이가 다시 유치원 안으로 들어가 버렸고, 그는 의지와 상관없이 그녀에게 다가갔다.

“무, 무슨 말을 하는지 모르겠어요.”

놀란 표정이 고스란히 드러나 보이는데도 천연덕스럽게 거짓말을 하는 걸 보고 하마터면 손이 언젠가처럼 그녀의 머리를 쓰다듬을 뻔했다. 그래 놓고 멋있어 보여서 찍었단다. 하!

그는 운전을 하는 내내 그녀의 말을 귀담아듣지 못했다. 뒤엉킨 머릿속은 시간이 지날수록 더 엉망이 되어갔다. 아이 이야기를 하면서 돌아가야 한다고 말할 때는 버럭 소리를 지르고 싶은 걸 겨우 참아냈다. 도대체 이 상황을 어떻게 이해해야 한단 말인가.

누군가 친절하게 설명을 해준다면 경찰서가 아니라 더한 곳이라도 가고 싶은 심정이었다.

“하나만 묻지.”

“네, 얼마든지 물어보세요. 대신, 가방도 돌려주고 차도 세워주세요.”

물론 그럴 생각이었다. 준우는 한적한 주택가를 지나서 낯익은 건물이 보이자 차를 세우고 시동까지 꺼버렸다.

“혹시 쌍둥이…… 아니면 언니나 동생이 있나?”

후우, 누군가 짧게 숨을 내쉰 것 같은데 보이는 건 기가 막힌다는 표정으로 입술까지 쩍 벌리고 쳐다보고 있는 그녀였다.

“이번에도 그 질문 나한테 한 거예요?”

“……”

“표정을 보니 그런 것 같네. 그런데 왜 그런 질문을 하는 거죠?”

“내가 먼저 물은 걸로 기억하는데.”

“아, 묻는 순서대로 대답을 해야 하는 건가 보네요. 좋아요. 대답해 주죠. 네, 있있어요.”

“……!”

“언니가…… 있었어요.”

목소리가 떨리고 있다는 것도 그는 눈치 채지 못했다. 잠시 숨을 멈추고 언니가 있었다는 말을 듣는 순간 믿을 수 없게도 희망이라는 놈이 슬금슬금 고개를 쳐들었다.

“하나만 더 물어…….”

“순서를 지키시죠. 나도 질문을 했는데. 기억 못한다면 다시 질문을 해줄까요?”

준우는 핸들을 잡은 손을 내려서 거칠게 마른세수를 했다. 내려달라고 사정을 할 때와는 달리 제법 날까지 세우며 달려드는 걸 보니 경찰서라는 말이 통했다고 생각하나 보다. 목소리가 제법 당당해졌다.

“아무래도 잊었나 보네. 그럼 다시 질문을 해주죠. 왜, 나한테 그런 질문을 하는 거죠? 도대체 이유가…….”

“내가 아는…… 알았던 사람과 너무 닮아서.”

그저 닮은 정도였으면 이런 행동은 하지도 않았다. 아무리 쌍둥이라고 하지만 이렇게까지 닮을 수 있을까 의심이 갈 정도로 닮아도 너무 닮았다. 아니, 닮은 게 아니라 자신이 알고 있는 그녀가 틀림없었다.

"단지 닮았다는 이유로 이런 무례한 행동을 했다면, 난 그쪽한테 사과를 받아야겠어요."

"……."

"물론 허락없이 사진을 찍은 건 잘못이지만 그래도 이러는 건 아니죠. 너무 심하다는 생각 안 들어요?"

"그 대답은 내 질문이 끝나거든 하도록 하지."

"좋아요. 어차피 사과를 해야 할 사람은 그쪽이니까 순서를 기다려 주죠. 또 뭐죠?"

"몇 살…… 이지?"

"아항, 그러니까 지금 내 나이가 궁금한 거예요? 그럼 다음 질문은 이름, 전화번호, 주소…… 또 뭐가 있을까. 아, 지금 무슨 일을 하느냐. 학교는 어디를 졸업했느냐. 기타 등등. 이 질문에 대한 답변을 모두 들어야……."

"아니. 나이만 말하면 돼."

한껏 비틀린 말투란 걸 알았지만 마음이 급했다. 생각 같아선 그녀가 주절주절 늘어놓은 질문에 모든 답을 해달라고 말하고 싶을 정도였다. 준우는 번뜩이는 눈동자로 미라를 뚫어질 듯 바라보았다. 동작 하나, 잠시 머무는 시선 그리고 내쉬는 숨결까지 모두 살피고 확인해도 성이 차지 않았다.

"좋아요. 친절하게 다음 질문까지 대답을 해주죠. 대신 가방,

아니, 카메라만이라도 돌려주세요.”

준우는 손까지 턱 내밀고 기다리고 있는 그녀에게 가방을 건네주었다. 의외다 싶었는지 눈을 동그랗게 뜨고 바라보더니 얼른 가방을 품으로 끌어안았다.

“나이는 스물여덟. 전화번호, 주소는 패스. 음, 또 뭐가 있었지? 아, 하는 일은 회사에서 사무를 보고 있고, 학교는 대한대학교를 졸업했어요. 이 정도면 충분한가요?”

준우는 미간을 좁히며 잠시 눈을 감았다 떴다. 나이, 학교까지 같은 여자인데, 어째서 왜?

갑자기 그녀가 틱틱 소리를 내며 사진을 지워가기 시작했다. 생각보다 많이 찍었는지 제법 여러 장을 지우는 동안 그는 숙인 고개 때문에 그녀의 긴 속눈썹이 깜박거리는 모습까지 지켜보았다. 가늘고 하얀 손가락이 분주히 움직였고 나직이 한숨 쉬는 모습도 눈에 콕콕 들어왔다.

“봐, 봤죠?”

혹시나 직접 확인이라도 할지 모른다고 생각을 했는지 미라는 카메라를 잠시 눈앞에 휙 보이더니 냉큼 가방 속에 넣고 지퍼를 끝까지 잠가 버렸다.

“이쯤에서 사과해야 하는 거 아닌가요?”

턱까지 살짝 치들고 묻는 말에도 준우는 대답하지 않았다. 여전히 머릿속은 텅 빈 것처럼 아무 생각도 할 수 없었다. 눈앞에 있는 사람이 정말 자신이 알고 있는 성미라, 그녀가 맞는지 확신을 하면서도 믿을 수가 없었다. 너무 무심하고 너무 당당하고 너무 낯설어하는 눈빛, 말투. 그녀에게 있어 자신은 완전한 타인이었다.

"아이가…… 기다리고 있다고 한 것 같은데?"

"그렇긴 하지만 사과받을 정도의 시간은 충분해요."

"좋을 대로."

그러나 그는 사과를 하고 싶은 마음은 조금도 없었다. 심장을 부글부글 들끓게 만드는 이 감정을 최대한 억눌러야 한다는 생각뿐이었다. 준우는 핸들을 꽉 움켜잡고 정면을 맹렬히 노려보았다. 엉킨 실타래 같은 감정을 견디지 못하고 그녀에게 시선을 돌려서 설명 좀 해보라고 다그치고 싶은 마음을 정말 꾹꾹 힘겹게 눌렀다.

"지금 사과를 못하겠다는 거예요?"

"그런 말 한 적 없는데."

"그런데 왜 아무 말이 없는 거죠? 미안하다고 한마디 하는 게 그렇게 어려워요?"

"생각 중이야."

"생각? 사과를 하는데 생각은 무슨 생각. 정말 생긴 것 같지 않게 여러 면으로 사람을 홀딱 깨게 만드네."

결국 미라는 구시렁거리며 가방을 챙겨 잡았다. 사과는 무슨 얼어죽을. 척 보니 처음부터 할 생각은 없었던 것 같은데.

"간밤에 꿈이 요상하더니 정말 별일이 다 있네."

탈칵, 차 문을 열고 그녀가 막 몸을 움직이는 순간 저도 모르
게 입술이 열리고 목소리가 터져 나갔다.

"성미라."

"네!"

✳

"성미라."

"네!"

그 순간 모든 움직임이 멈췄다. 이름을 부른 사람도, 버럭 내
지르듯 대답을 한 사람도 서로 멍하니 쳐다보고 있을 뿐 숨소리
조차 들리지 않았다. 미라는 다시 천천히 문을 닫고 남자의 얼
굴을 빤히 쳐다보았다.

"내 이름을 어떻게 알고 있는 거죠?"

"……."

"이봐요. 물었잖아요. 혹시……."

"혹시?"

"스토커…… 예요?"

준우는 깊은 시선으로 미라를 바라보다가 한순간 긴장의 끈
을 툭 놓아버렸다. 스토커라니.

잘생긴 입술이 비틀리고 바라보는 시선은 헤아릴 수 없을 정
도로 더 깊어졌다.

"성미라, 28세. 대한대학교 2001학번. 전공은……."

"그만! 더 들을 필요도 없네요."

"아니. 난 아직 할 이야기가 더 있어."

"나 내린 다음에 혼자서 실컷 떠들든지 웅변을 하든지 알아서
하세요."

"그렇게 모른 척하면 마음이 편한가?"

"도대체 무슨 소리를 하는 거예요? 아, 됐고, 난 이 시간 이후
로 그쪽하고 다시 마주치고 싶지 않으니까 우린 서로 모르는,
만난 적 없는 사이로 하자고요. 하나 더, 멋있어서 사진 찍었다
는 말 취소예요."

"우리가 알던 사이던가?"

"알게 뭐예요."

탁, 차에서 내리자마자 미라는 뒤도 돌아보지 않고 씩씩거리
며 걸었다. 어딘지도 모르는 곳이라 일단 왔던 길을 되돌아갈
생각이었다. 지나가는 택시라도 있으면 좋으련만, 벌써 유치원
을 벗어난 지 삼십 분이나 지나 있었다.

빌어먹을 남자 같으니. 생각할수록 기가 막혀서 자꾸 콧바람
이 뿜어져 나왔다. 생긴 거라도 좀 아니던가, 가슴 설렐 정도의
멋진 외모를 가지고 어쩌면 저리 황당함의 극치를 달릴 수 있을
까. 그러게 사람은 외모만 보고 판단해서는 안 된다니까. 미라
는 명언도 이런 명언이 없다고 고개까지 끄덕여 가며 열심히 걸
었다.

도무지 표정으로는 아무것도 읽을 수가 없었다. 우수에 젖은 눈동자, 뭔가 찾는 듯한 깊고 예리한 시선. 잠시라도 그 눈빛과 마주하고 있으면 심장이 쿵 하고 내려앉을 것만 같았다. 미쳤지. 한순간 자신한테 관심이 있나 하는 어처구니없는 생각까지 했던 머리를 쥐어박고 싶은 심정이었다.

"설마, 왔던 길을 다시 되돌아갈 생각은 아니겠지?"

차에서 얼마 벗어나지도 못했는데 불쑥 다가온 남자가 그녀의 팔을 잡고 제게로 확 끌어당겼다. 미처 피할 틈도 없이 휘청거리던 몸이 그만 딱, 그의 넓은 가슴 앞에서 멈춰 섰다. 미라는 온몸이 딱딱하게 굳었다는 것도 알지 못했다.

"……."

쿵쿵, 누구의 심장 소리가 이렇게 울려대는 것일까. 동굴 속 울림 같은 소리가 온몸으로 느껴졌다. 숨을 깊게 들이마시자 코끝으로 알싸하면서도 남성다운 체취가 훅하고 끼쳐 왔다.

미라는 천천히 고개를 들고 그를 올려다보았다. 카메라 렌즈를 통해서 봤을 때와 차 안에서 티격태격 말을 주고받을 때와는 확연히 달랐다. 낯설지만 익숙한, 마치 이런 상황이 처음이 아닌 것 같은 착각마저 들었다. 그가 손목을 꽉 움켜잡는 게 느껴졌다.

"……?"

그 순간 손목을 타고 느껴지는 짜릿한 전율이 정신을 번쩍 들게 했다. 미라는 손을 거칠게 뿌리치면서 뒤로 한 걸음 물러났다.

"어딜 만져요! 그리고, 돌아서 가든 옆으로 가든 그건 내가 알아서 해요."

"유치원에 빨리 가고 싶어했던 것 같은데."

"아무리 빨리 가고 싶어도 그쪽 차는 다시 타지 않을 거예요!"

"아까도 말했지만 난 타라고 한 적 없어."

"하."

말을 말아야지. 날도 더운데 괜히 여기서 시간 낭비할 필요가 없었다. 미라는 찌릿 남자를 노려보고는 휙 몸을 돌렸다.

"저 건물 뒤편이 유치원이야."

또각또각 걷던 걸음이 거짓말처럼 딱 멈췄다. 삼십 분이나 차를 타고 왔는데 바로 눈앞에 있는 건물 뒤가 유치원이라니. 미라는 남자가 자신을 놀리고 있다고 생각했다.

"지금 날 바보로 아는 거예요?"

"이 길을 따라서 칠 분, 아니, 오 분 정도만 걸어가면 유치원 후문에 도착할 수 있을 텐데. 믿지 못하겠다면 하는 수 없지."

머릿속은 저 남자의 말을 믿지 말고 어서 가던 길이나 가라고 명령을 하는데 몸이, 아니, 심장이 이상했다. 미라는 두어 걸음을 걸어가서 한참이나 키가 큰 남자 앞에 섰다.

"만약 거짓말이면, 가만있지 않을 거예요!"

"얼마든지."

이젠 아주 유들유들하기까지 하네. 역시나 이 남자는 카메라 렌즈를 통해서 보는 걸로 끝났어야 할 사람이다. 절대 상종을 할 인물이 아닌 건 분명했다. 그놈의 사진 몇 장 찍었다가 이게 웬 망신인가. 지우다 보니 생각보다 많아서 슬쩍슬쩍 눈치를 보던 그 순간이 억울할 지경이었다. 미라는 남자를 위아래로 쭉 훑어보고는 콧방귀가 튀어나오려는 걸 겨우 참고 건물 쪽으로 향했다. 등 뒤로 따가운 시선이 느껴졌지만 곧 유치원 후문이 보이자 도망치듯 걸음을 서둘렀다.

"뭐? 언니 동생? 쌍둥이? 핫, 어디서 개수작이야."

기죽은 표정으로 벤치에 앉아 있을 거라고 생각했는데 다행히도 훈은 할머니와 함께 놀이터에서 즐거운 시간을 보내고 있었다. 미라는 훈을 번쩍 안아 올린 뒤 김 여사에게 다가갔다.

"죄송해요. 갑자기 회사에서 연락이 오는 바람에……."

"말이라도 하고 가지 않고선. 걱정했잖니."

"그러게 엄마가 핸드폰이 있으면 좋잖아요."

"그놈의 핸드폰 타령은. 훈이 배고프단다. 어서 가자."

"우리 훈이 뭐 먹을까?"

말도 없이 어디를 갔다가 왔는지 꼬치꼬치 캐물으면 어쩌나 하고 고민했는데, 훈은 손가락을 볼에 대고 무엇을 먹을지 고민하느라 바빴다.

"음, 닭발, 닭 모래주머니 볶은 거."

“뭐?”

“우동도 먹어야지.”

“훈아.”

“아저씨네로 가요.”

신이 나서 생글생글 웃는 모습에 미라는 잠시 고민에 빠졌다. 갈비를 먹자고 하든가, 자장면 아니면 모처럼 돈가스나 스테이크 종류를 먹고 싶다고 할 줄 알았는데. 이 무슨 등골이 서늘해지는 소리인가.

그녀는 힐끔 김 여사의 눈치를 보면서 오늘은 좀 더 맛있는 걸 먹으러 가자고 은근히 압력을 넣었다. 그러나 훈은 먹고 싶은 걸 사달라고 끝까지 고집을 부렸다.

“지금 훈이 얘가 뭐라고 하는 거냐?”

그러게요. 이 꼬마 녀석이 뭐라고 하는 걸까요. 어린아이를 데리고 포장마차를 드나들었다고 말을 할 수 없으니 미라는 시치미를 뚝 뗐다. 결국 훈을 설득하지 못하고 집 근처로 차를 몰았다. 그러나 오늘 하루 운이 없는 건 그 빌어먹을 남자를 만난 것뿐인지, 다행히도 백산은 아직 포장마차를 열지 않았다. 평일과 달리 토요일은 점심때부터 시작하는 걸로 알고 있는데 웬일인지 모르겠다.

“그러지 말고 훈아, 우리 자장면하고 탕수육 먹으러 가자. 할머니도 좋아하시는데.”

훈은 심각하게 고민하는 표정으로 김 여사를 쳐다보더니 고개를 끄덕였다. 어휴, 예쁜 것. 혹시나 훈이 기다렸다가 포장마차로 가겠다고 할까 봐 미라는 서둘러서 그곳을 벗어났다. 김여사가 밀가루 음식을 좋아하지 않는다는 걸 뻔히 알면서 웬 자장면에 탕수육이냐고 눈치를 주었지만, 모른 체했다. 먹고 나오는 대로 제일 비싼 소화제 사드릴게요.

*

"누구?"

"파랑새 반이라고 하는 것 같던데."

아침 식사를 겸한 회의가 끝났을 땐 11시가 넘어 있었다. 앵무새처럼 똑같은 말만 반복하는 사람들과 긴 회의를 하는 건 꽤 큰 인내심을 필요로 했다. 그러나 오늘은 조만간 대대적인 인사이동이 있을 거라는 소문이 돌아서인가 다들 어찌나 열심들이신지 시간이 그렇게까지 흘렀다는 것도 몰랐다. 회의가 끝나고 사무실로 돌아와 커피를 마시는데 문득 경우 생각이 났다. 그날 그렇게 헤어지고 연락 한 번 못했는데 함께 점심이나 먹어야겠다 싶었다. 전화를 먼저 해볼까 하다가 그냥 왔더니 하필이면 오늘이 그토록 경우가 긴 설명을 했던 재롱잔치를 하는 날이라니.

"우리 유치원에 있는 파랑새 반 아이를 찾는다는 소리야?"

워낙 바쁜 시간을 보내고 있다는 걸 알고 있기에 노크도 없이 들이닥치는 모습에 정말 깜짝 놀랐다. 기대치에 못 미치는 아들이라 아버지나 할아버지한테 관심 밖으로 밀려난 지 오래여서 지금껏 식구들 중 누구도 유치원을 찾아주지 않았다. 어쩌다 함께 저녁을 먹을 때도 하 사장은 유치원에 대해서는 입도 벙긋하지 않았다. 이런 현실이다 보니 준우의 방문이 꽤 반갑고 고마웠다. 재롱잔치가 끝난 뒤라서 조금 아쉽긴 하지만.

그런데 갑자기 나타나서 하는 말이 뜬금없이 아이를 찾아달란다. 벌써 두 번째 같은 말을 반복하고 있지만 경우는 기가 막힌다는 표정만 짓고 있었다. 유치원에 아는 아이가 있을 거라는 생각은 해본 적도 없는데 도대체 이게 무슨 일이란 말인가.

"파랑새 반 아이가 스무 명인데 이름도 모르면서 생김새만 가지고 어떻게 찾으라는 거야? 게다가 형이 말한 대로라면 떠오르는 아이가 꽤 여러 명인데."

"후우."

"한쪽 눈만 쌍꺼풀이 졌고 코는 오뚝하고 입술은 작고…… 이런 아이가 어디 한두 명이야?"

아까도 얼핏 봤지만 놀이동산에서도 자세히 살필 겨를이 없었다. 오직 또랑또랑한 눈동자와 입술만 떠올랐다. 경우에게 물어보면 쉽게 알 수 있을 거라고 생각했는데 아닌 모양이다.

"엄마 이름이……."

"형은 예전부터 날 너무 과대평가하는 경향이 있단 말이야."

"아이에 대한 신상명세서 같은 게 있을 거 아니야."

“그러니까 이름을 알아야 찾든가 말든가 하지.”

“신상명세서에 사진 없어?”

“지금 나더러, 더군다나 오늘 같은 날, 파랑새 반 선생님께 신상명세서를 달라고 해서 그걸 찾아보란 말이야?”

“가지고만 와. 찾는 건 내가 할게.”

절대 물러설 것 같지 않은 표정으로 버티고 있으니 어쩔 수 없었다. 경우는 한숨을 푹 내쉬면서 원장실에서 나갔다. 생전 아이들한테 관심도 없더니 갑자기 무슨 일이래.

구시렁거리는 소리가 멀어지고 쾅 하고 문이 닫히자 그제야 준우는 소파에 털썩 주저앉았다. 이름, 나이, 게다가 학교까지 똑같은데 어째서, 어째서……. 시간이 아무리 흘렀다고 하지만 이해할 수 없었다. 아무리 그날의 약속을 깡그리 무시하고 다른 시간을 살았다고 해도 이건 말이 안 된다. 어떻게 처음부터 존재하지 않았다는 듯, 아무것도 모른다는 표정을 할 수 있단 말인가.

“날 가지고 놀았던 건가.”

젠장. 벌떡 일어나 테이블을 힘껏 내려치자 곱게 꽃꽂이를 해놓은 수반이 쨍그랑 소리를 내며 바닥으로 내동댕이쳐졌다.

“뭐, 뭐야? 그사이를 못 기다리고 지금 내 사무실을 부수고 있는 거야?”

하필이면 그때 문을 열고 들어온 경우가 기겁을 하며 소리를 질렀다. 그러나 그는 아무런 대꾸도 없이 경우의 손에 들린 서류를 홱 낚아채서 하나하나 책상 위에 펼쳐 놓았다.

"스무 명이라며?"

"맞아. 우리 유치원은 각 반마다 모두 스무 명······."

"그런데 왜 두 장이 부족해? 열여덟 장밖에 없잖아."

"아, 두 장은 이번에 꼬마 모델 콘테스트에 보냈거든. 사실은 유진이가 참, 형도 유진이 알지? 그동안 한국에 없어서 소식을 듣지 못했겠지만 그 친구 일성기업 강한 회장과 결혼했거든. 한동안 친구들 사이에서 봉 잡았다고 난리도 아니었어."

"요점만 말해."

경우는 유치원을 하면서 말만 많아진 것 같다. 또 긴 설명을 하려나 싶어 준우는 허리에 두 손을 두르고 냉큼 말을 잘랐다.

"좌우지간 급하긴. 결론을 말하자면 이번에 일성에서 아이들을 위한 새로운 화장품을 출시했는데 모델이 필요하다면서 잘생긴 아이 몇 명만 추천해 달라고 하더라고. 그래서 파랑새 반에서는······."

"이름이 뭔데?"

"이름? 파랑새 반에서는 준서와 훈을 보냈지."

끙, 분명 할머니한테 파랑새 반 구경시켜 줘도 되느냐고 묻는 말을 들었다. 그렇다면 두 명 중 한 명이라는 말인데.

"도대체 왜 이러는데? 나도 좀 알고 갑시다."

"언제 다시 가져오는데?"

"신상명세서? 내일쯤 결정한다고 했으니까 그거 끝나면 가지고 오겠지."

"혹시 두 아이 중에 엄마 이름이……."

경우는 한숨을 푹 내쉬었다. 자신과 달리 두 살 위인 형은 적당히 혹은 대충이라는 말은 아예 모르는 사람이다. 시작을 하지 않는다면 모를까 무슨 일이든 끝장을 봐야 하는, 머리가 이해하고 가슴이 받아들일 때까지 끊임없이 파헤치고 확인을 해대는, 한마디로 피곤한 성격의 소유자다. 그런 사람이 어째서 학교에 남겠다는 생각을 포기하고 회사로 돌아갔는지 모르겠단 말이지.

"아까도 말했지만 형은 날 너무 과대평가한다니까. 우리 유치원에 반이 몇 개인 줄 알아? 자그마치 여덟 개야. 이 근처에서 최고의 원생을 보유하고 있다고. 그러니 여덟 반에 스무 명씩 그 많은 아이들 이름 외우는 것도 벅차다는 말이지. 게다가 여자아이들은 은혜 혜은, 미선 선미, 은주 주은, 주현 현주…… 뒤집었다 엎었다. 그 어려운 함수 문제도 헷갈리지 않던 난데 이름 외우는 건 정말 힘들더라니까. 이런 나한테 그 아이들 엄마 이름까지 기억하라는 건 너무 심하다는 생각 안 들어?"

"내가 찾는 아이는 남자야."

"남자 이름은 안 그러는 줄 알아? 진우 우진, 우혁 우현, 강민 강인. 이건 뒤집는 게 문제가 아니라 비스므리해서 부르는 사람도 듣는 사람도 헷갈린다니까."

일장 연설에 준우는 머리 아프다는 표정으로 고개를 절레절레 흔들었다. 결국 내일까지 기다려야 하는 건가.

처음 만났을 때 무슨 정신으로 그녀 앞에 다가갔는지 지금 생각해도 아찔하다. 눈앞에 있는 여자가 그토록 찾았던 사람이라는 걸 안 순간 숨이 멎는 줄 알았다. 그런데 함께 있는 아이와 남자라니. 음, 나직한 신음 소리에 경우가 다가와 쫙 펼쳐 놓은 서류들을 하나씩 챙겨 들었다.

"정말 우리 유치원의 파랑새 반 아이를 찾는 거라면 기다려 봐. 가지고 오면 말해줄게."

"휴우."

"음, 준서 어머니 이름은 잘 모르겠고 훈은 성미……."

"성미라?"

"글쎄, 잘 기억은 안 나는데 성미…… 뭐였던 것 같긴 해. 성미라, 성미라. 하여간 그 비슷한 이름이었어."

"서류 오는 대로 주소와 연락처 좀 알려줘."

"알았다니까. 그런데 이거 점점 궁금증이 폭발할 지경이네. 이제 정말 이유라도 압시다."

"잊지 말고 꼭 전화해 줘."

다시 한 번 다짐을 받은 준우는 도대체 모르겠다는 표정을 하고 있는 경우를 남겨두고 유치원을 나왔다. 알아서 뭘 어떻게 하려는 생각도 계획도 없었다. 남편과 아이가 있다는 걸 눈으로 봤지만, 이대로 돌아서기엔 뭔가 개운치가 않았다. 마치 끈적거리는 흔적을 보고도 닦지 않은 것 같은, 무시할 수도 잊고 살 수도 없는, 그래서 알아야 했다.

"오늘 밤 날 당신 여자로 받아줄래요?"

몇 번을 물었었다. 후회하지 않겠느냐고. 그러나 그녀의 대답
은 단호했다. 후회 같은 건 하지 않을 테니 안아달라고, 사랑해
달라고. 도저히 멈출 수 없었던 그 순간도 물었지만 같은 대답
을 했었다. 그랬는데. 젠장, 꽉 움켜쥔 그의 손이 부들부들 떨렸
다.

"다섯 살이라……."

할아버지와 두 달을 보내는 동안 그녀는 결혼을 한 것이다.
어떻게 그럴 수 있단 말인가. 어떻게! 눈으로 보고도 믿기지 않
았다. 그 눈빛을, 그 고백, 맹세, 다짐을 믿었었다. 그런데 결혼
이라니, 아이라니. 젠장, 빌어먹을.

날 가지고 논 거냐. 그런 것도 모르고 미친 듯이 찾아 헤맸다
니. 그 절망적인 시간을 생각하는 것만으로도 분기가 치밀어 오
르고 배신감에 치가 떨렸다. 이대로 모른 척 묻어버리기엔 짧지
만 함께했던 시간이 너무 깊고 진해서, 긴 시간 힘들게 보냈던
자신이 억울해서 미칠 것 같았다. 흔들리는 눈빛이라도 보였다
면, 함께한 추억을 단 한 조각이라도 기억하고 있는 눈빛이었다
면, 그랬다면 이렇게까지 화가 나지는 않을 텐데. 아니, 단지 화
가 난다는 표현으로는 부족했다. 함께한 시간, 미친 듯이 헤맸
던 그 시간들을 생각하면…… 분노를 넘어 비참하기까지 했다.

　그녀에게 그 하룻밤의 사랑은 무엇이었을까. 단순한 유희였을까. 아니야, 그럴 리가 없다. 그토록 잊으려고 했지만 지금도 너무나 선명하게 기억하고 있었다. 그날 밤 그녀가 어떤 눈빛, 어떤 목소리, 어떤 몸짓, 애원을 했는지.

　"휴우."

　그래 놓고 까맣게 잊었다는, 아니, 전혀 모르는 사람을 대하듯 하다니. 기필코 알아내고 말리라. 알아내서 자신을 농락한 거라면……. 후우, 널 어떻게 해줄까.

　결국 숨결 하나조차도 기억하지 말고 잊어야겠지. 깨끗이 버려야겠지. 그럴 것이다. 눈곱만치의 미련 따위 남기지 않고 박박 긁어서 버리고 말겠다.

　밖으로 나온 준우는 바람에 흔들리는 나뭇잎 한 장을 잡고 눈앞이 뿌옇게 흐려지도록 노려보았다. 햇살이 너무 따가웠다. 그냥 돌아갈까 하다가 등나무가 우거진 벤치로 향했다. 텅 빈 그곳엔 아무런 흔적도 없지만 왠지 언젠가 느꼈던 은은한 향이 주변을 감돌고 있을 것만 같았다. 그러나 하늘하늘 부는 바람만 느껴질 뿐, 그리운 그 무엇도 없었다.

　"박 비서님, 저 하준우입니다."

셋

[제발 기억해 줘. 그날 밤 우리들의 맹세를~]

언제 또 벨소리를 바꿔놓았나 보다. 출근을 하면 핸드폰부터 진동으로 해놓는데, 가끔 잊고 있다가 목이 터져라 소리 지르는 노랫소리에 황당했던 적이 한두 번이 아니었다. 그럴 때마다 훈에게 잔소리를 하지만 대답은 잘도 하면서 어느 날 보면 또 벨소리가 바뀌어져 있었다.

"여보세요?"

—혹시 훈이 어머님이세요?

"네? 아, 네. 그런데 누구…… 세요?"

—전 밝음유치원 원장입니다.

입력해 놓은 유치원 번호가 아니라 원장이라는 말에 그녀는 순간 당황했다. 오늘은 늦지 않게 도착할 텐데 무슨 일일까? 더군다나 담임선생님도 아니고.

—어머니, 혹시 운전 중이십니까?

"네, 10분 정도 있으면 유치원에 도착할 텐데 혹시…… 우리 훈이가 무슨 말썽이라도 부렸나요?"

—드릴 말씀이 있는데 근처로 가서 차 좀 세워주시겠습니까? 부탁드립니다.

잘 달리고 있는 차를 왜 세우라는 건지 묻고 싶었지만 부탁한다는 말에 미라는 오른쪽 지시등을 켜고 도로변에 주차를 했다. 건물 사이로 가물가물 마지막 저녁 햇살이 비추고 있었다. 왠지 불길한 생각이 들어 자꾸 조바심이 났지만 애써 무시하고 목소리를 가다듬었다.

"말씀하세요."

—어머니, 놀라지 마세요. 훈이가 지금 병원에 있습니다.

"……!"

—친구와 조금 다퉜는데 계단에서 구르는 바람에…….

"다, 다시 말씀해…… 주실래요?"

—죄송합니다, 어머님.

"그러니까 우리 훈이…… 마, 많이 다쳤나요?"

—아닙니다. 일단 유치원 근처에 있는 새롬병원으로 오셨으면 하는데 운전…… 하실 수 있으시겠습니까?

무슨 정신으로 운전을 하고 병원까지 왔는지 기억도 나지 않았다. 오로지 훈이 다쳤다는 소리만 들렸다. 너무 놀라는 게 느껴졌는지 원장이 다친 상태를 알려주긴 했지만 아무 소리도 들리지 않았다. 운전을 하고 오는 내내 침착하자, 침착하자 수도 없이 주문을 외웠다. 자동차 문을 여는데도 어찌나 손이 떨리는지 손잡이를 몇 번이나 잡았다 놓치기까지 했다.

탈칵, 하필이면 앰뷸런스 옆에 주차를 해서 차에서 내리자마자 시뻘겋게 피로 물든 사람들을 이동 침대로 옮기는 모습이 보였다. 연달아 시끄럽게 울어대는 또 한 대의 앰뷸런스가 도착했고 금세 주변은 아수라장으로 변했다. 교통사고인시 피비린내가 진동을 했다. 나중에 도착한 사람의 손은 괴기스럽게 꺾여서 침대 밖으로 축 늘어져서 있었나. 그 모습을 본 순간 속이 뒤틀리고 머릿속이 텅 비어졌다. 다친 사람은 자신이 아닌데 심장이 불규칙하게 날뛰더니 숨도 쉬기 힘들 정도로 통증이 밀려왔다.

“으…… 윽.”

그녀는 차에서 내린 뒤 단 한 발자국도 움직이지 못하고 가슴을 움켜잡으며 헉헉거렸다. 주변이 빙글빙글 돌아 어지럼증까지 밀려왔다. 누군가 곁에서 거칠게 숨을 내뱉는 소리가 윙윙 귓속을 파고들었다.

“으…….”

겨우 이 사이를 뚫고 나온 신음 소리가 다시 심장을 뒤흔들었다. 사람들이 일사천리로 다친 사람들을 침대로 옮겨 응급실로 데리고 가는 사이 바닥엔 여기저기 핏물이 고였다. 울컥하고 속에서 무언가 터져 나오려고 하는데 목에 묵직한 돌덩이가 걸려 있는 느낌이었다. 울음소리, 비명 소리, 의사들이 다급히 소리치는 소리가 주차장까지 들려왔다. 듣고 싶지 않았다. 눈을, 귀를 막고 싶었다. 그러나 손가락 하나 꼼짝할 수가 없었다.

얼마의 시간이 흘렀을까. 다다닥, 시끄럽게 울려대는 발자국 소리가 멀어지고 사람들이 모두 사라진 주차장은 언제 그런 일이 있었냐는 듯 고요했다.

"하아, 하아."

여전히 심장은 누군가 비틀어 잡고 있는 것처럼 욱신거렸고, 바닥에 흥건히 고여 있는 핏물을 보자 눈 주위로 뾰족한 꼬챙이가 콕콕 찌르는 통증이 느껴졌다.

미라는 털썩 바닥에 주저앉았다. 낯선 광경인데 이상하게 그 모든 움직임 속에 자신도 속해 있는 것 같은 착각이 들었다. 심장이 아프고 팔이 아프고 배가, 다리가 지독할 정도로 아파왔다. 거친 시멘트 바닥에 무릎이 할퀴었는지 핏물이 배어 나왔지만 아무 느낌도 없었다.

"어, 언니."

가슴에서 치고 올라온 말이 입 밖으로 나온 순간, 눈앞이 뿌예지면서 눈물이 하염없이 볼을 타고 흘러내렸다. 그리움인지 아픔인지 안타까움인지 두려움인지 알 수 없는 감정들이 여기저기서 들쑤시고 올라왔다.

"괜찮으세요?"

누군가 다가오는 줄도 몰랐고 팔을 잡아 일으켜 세우는데도 머릿속은 여전히 멍했다. 몇 번이나 걱정스럽게 묻는 말에 그제 야 미라는 눈물 가득한 시선으로 하얀 가운을 입고 있는 여의사 를 바라보았다

"저런, 무릎을 다치셨네요. 일단 응급실로 가요."

부축을 받고 걷고 있는데 움직이는 건 자신이 아닌 듯했다. 응급실로 들어왔던 사람들은 그사이 다른 곳으로 옮겨갔는지 대부분의 침대들은 텅 비어 있었다.

"이쪽으로 누우세요. 혹시 무릎 말고 불편하거나 다친 곳은 없어요?"

"……."

그러나 미라는 침대에 눕지도 의사의 말에 대답도 하지 못했 다. 가방 속에서 벨소리가 울리고 있는 것도 몰랐는데 의사가 전화 왔다고 친절하게 알려주는 바람에 겨우 핸드폰을 찾아 들 었다.

"여, 여보세요?"

―훈이 어머님, 아직 도착 안 하셨나요?

"……."

―여보세요?

"병원에 왔어요. 지금 응급실인데 어디로 가야 하죠?"

원장의 목소리에 훈이 병원에 있음을 인지하고 정신이 번쩍

들었다. 텅 빈 머릿속으로 차가운 물이 순식간에 그득 차오르는 느낌이었다. 피로 범벅이 된 사람들을 보는 순간 무엇 때문에 병원을 왔는지 까맣게 잊어버리고 말았다. 미라는 주위를 둘러보면서 다급하게 물었다.

"몇 층이요? 금방 올라갈게요."

치료를 받고 가라는 여의사의 말은 귀에 들어오지도 않았다. 훈이 다쳤다. 얼마나 다쳤을까. 멍청하게 넋을 놓고 있었다니 머리라도 쥐어박고 싶은 심정이었다. 승강기가 왜 그렇게 느린지 7층까지 오는 시간이 너무 길게 느껴졌다. 내리자마자 곧장 702호라고 쓰인 병실로 달려가 문을 벌컥 열어젖혔다.

"훈아."

"어, 엄마."

목소리가 들리자 침대에서 고개를 푹 숙이고 있던 훈이 울먹이며 두 팔을 벌렸다. 달려가 품에 꼭 끌어안고 괜찮아, 괜찮아, 하고 다독이다 얼마나 다쳤는지 살피기 시작했다.

"세, 세상에."

퍼렇게 멍이 든 턱과 왼쪽 눈 바로 위에 제법 긴 거즈가 붙여져 있었고, 입술은 터져서 마른 핏자국이 그대로 묻어 있었다. 팔은 또 얼마나 다쳤는지 얇은 긴소매를 어깨 위로 잘라내고 팔꿈치까지 하얀 붕대가 칭칭 감겨 있었다.

"어, 얼마나 다친 거야?"

"얼굴은 네 바늘씩 꿰맸고, 팔은 골절되진 않았는데 타박상이 좀 크게 났습니다.”

굵직한 목소리에 미라는 훈을 안은 채 남자를 돌아보았다. 아이만 신경 쓰느라 병실 안에 다른 사람이 있다는 건 살필 여유도 없었다.

“전화드린 원장입니다. 좀 더 세심하게 살폈어야 했는데, 정말 죄송합니다.”

직접 이야기를 나눈 적은 없지만 몇 번 유치원에서 본 적이 있기 때문에 굳이 원장이라고 소개를 하지 않아도 알고 있었다. 그리고 그 옆에 미간을 찌푸리고 잔뜩 화가 나 있는 걸로 보아 함께 다친 아이의 엄마인 듯한 여자가 서 있었다.

“아이가 왜 이렇게 다친 거죠?”

“친구와 말다툼이 있었던 모양입니다.”

“어떻게 다투었기에 애가 이 정도까지 다쳤…….”

그러나 그녀가 채 말을 끝맺기도 전에 날카로운 여자의 목소리가 귀청을 때렸다.

“도대체 애 교육을 어떻게 시키는 거예요?”

“…….”

“아무리 환경이 그렇다고 하지만 하나를 보면 열을 안다고. 내 참 기가 막혀서.”

여자는 한눈에 보기에도 돈 좀 있다는 냄새를 풀풀 풍기고 있었다. 미라는 무슨 영문인지 몰라 원장을 바라보았다.

“흠흠, 훈과 다투다가 계단으로…….”

"다투기는 무슨. 원장님, 아까 우리 아이가 하는 소리 못 들었어요? 가만히 있었는데 밀었다고 하잖아요."

"어머님."

"그러다 정말 크게 다치기라도 했으면 어쩔 뻔했어요? 아시다시피 우리 아이는 삼대독자라고요. 그나마 애 아빠가 잠깐 외국에 나갔길 망정이지, 이 사실을 안다면 가만히 있을 것 같아요? 이래서 내가 수준있는 유치원에 보내야 한다고 그렇게 말했건만."

여자는 대놓고 그녀와 원장을 위 아래로 노려보면서 거침없이 말을 뱉었다.

"그나저나 병실은 왜 안 바꿔주는 거야?"

"어머님, 형범이는 입원까지 할 필요가 없다고 하니까……."

"원장님, 자꾸 이러실 거예요? 아까도 우리 아이보다는 재한테만 신경을 쓰는 것 같아서 내내 거슬렸는데, 이러시면 곤란하죠."

"그야, 훈은 혼자 있고 형범이는……."

"원래 부모도 없이 혼자 있는 아이라면서요."

"그게 무슨……."

"어머, 설마 모르고 계셨어요? 아는 엄마들은 다 알고 있는 것 같던데."

발끈하고 대들려고 하는데 품에 안긴 훈의 몸이 덜덜 떨리는 게 느껴졌다. 귀를 막았어야 한다고 후회했지만 이미 늦은 후였다. 설마하니 아이 앞에서 바늘처럼 콕콕 쑤시는 말들을 아무렇지도 않게 내뱉을 줄은 생각도 못했다. 미라는 훈을 꼭 안아주면서 여자를 향해 턱을 치켜세웠다.

"우리 훈이가 왜 혼자예요? 나도 있고 할머니도 있는데."

"이모와 할머니를 어디 부모한테 비교를 해. 게다가 아이도 낳아보지 않은 사람이 교육이나 제대로 시켰겠어."

비꼬는 말투에 더는 참고 있을 수가 없었다. 할 수만 있다면 저 빌어먹을 여자의 멱살을 잡고 병실 밖으로 끌어내고 싶은데 마음뿐이었다. 설사 훈이 잘못해서 아이가 많이 다쳤다고 해도 어떻게 아이 앞에서 저런 막말을 할 수 있을까.

"말씀이 너무 시나치시네요."

"없는 말을 하는 것도 아니고 지나치긴 뭐가 지나쳐. 그러게 삼대독자인 우리 귀한 아들을 왜 건드려. 주제를 알고 까불어야지."

만약 그때 의사가 들어오지 않았다면 그녀가 무슨 말을 했을지 알 수 없었다. 정말이지 생각 같아서는 무식한 방법으로라도 여자에게 대들고 싶은 심정이었다.

"선생님, 우리 아이부터 봐주세요."

독설을 퍼붓던 여자의 목소리가 간드러질 정도로 길게 늘어졌다. 그러나 의사는 잠시 기다리라는 말을 하고 훈에게 다가왔다.

"아프지 않니?"

다정한 목소리에 훈은 그렁그렁한 눈가를 손으로 쓱 닦아내며 고개를 끄덕였다. 눈 주위가 처음 보았을 때보다 조금 더 부어오른 것 같아 미라는 걱정 가득한 목소리로 물었다.

"선생님, 우리 훈이 괜찮은 건가요?"

"다행히 뼈는 다치지 않았지만 부딪힌 곳이 많이 아플 겁니다. 꿰맨 곳은 일주일 정도 있다가 실밥을 뽑을 텐데 어쩌면 턱 밑은 흉터가 남을지도 모르겠어요."

흉터라는 말에 그녀는 이를 악물고 신음을 삼켰다. 심장이 쩌억 하고 갈라지는 소리가 선명하게 귓속을 파고들었다.

"상처 치료도 해야 하고 먹는 약과 링거 주사를 함께 투여하는 게 회복이 빠르니까 이삼 일 정도 입원을 하는 게 좋을 듯한데, 그건 보호자 분이 결정을 하십시오."

"입원시키겠습니다."

날도 점점 더워지는데 상처가 덧나기라도 하면 큰일이지 않은가. 어차피 이 상태로 유치원에 갈 수도 없으니 그럴 바에는 병원이 나았다.

"진통제가 들어가고 있지만 아프다고 하면 간호사실에 말씀하세요."

"네."

"혹시 밤에 열이 오를지도 모르니까 틈틈이 살펴보셔야 할 겁니다."

그녀가 한숨을 내쉬듯 대답을 하자 의사는 너무 걱정하지 말라며 훈에게 다가가 머리를 부드럽게 쓰다듬어 주었다.

"우리 훈은 씩씩한 친구니까 금방 나을 거야. 선생님 말이 맞지?"

"네."

모기만 한 목소리로 겨우 대답을 한 훈은 슬쩍 미라의 눈치를 살피다 건너편 침대를 힐끔 쳐다보았다. 그러다 누군가와 시선이 마주쳤는지 얼른 고개를 돌렸다.

"어머, 선생님. 그냥 가시면 어떡해요? 우리 아이도 봐주셔야죠."

옷자락이라도 붙잡을 태세로 묻자 그냥 나가려던 의사가 표정 없는 얼굴로 여자를 향해 다시 돌아섰다.

"엑스레이도 이상 없고 조금 긁힌 것뿐이니 굳이 병원에 있을 필요가 없다고 말씀드린 걸로 아는데요."

"어디 겉에 보이는 상처만 상처인가요. 놀라서 밤에 열이라도 나면……."

"그럴 것 같진 않은데 혹시라도 열이 나면 해열제를 먹이시면 됩니다."

여자가 기가 막힌다는 표정으로 의사를 바라보았다. 아이가 많이 다치지 않았다는 걸 전혀 다행이라고 생각하지 않는 듯했다.

"아, 그리고 정 입원을 원하신다면 병실 옮기시지 말고 이곳에 있으셔야 할 겁니다. 지금 1인실뿐만 아니라 다른 병실도 빈 곳이 없거든요.”

“우리 아이가 예민해서 신경 쓰이는 게 있으면 잠을 못 자는데.”

“그렇다면 집으로 가시는 게 좋겠네요. 사실 병원이라는 곳이 언제 무슨 일이 일어날지 모르지 않습니까. 밤사이 응급실을 통해서 입원하는 환자라도 있으면, 더구나 상태가 좋지 않은…….”

“어휴, 그만 하세요. 말만 들어도 우리 아이 놀라겠어요. 하필 과장님이 안 계실 때 이런 일이 생겨가지고.”

의사는 투덜대는 여자를 놔두고 병실을 나갔다. 식구들끼리 입원을 하느냐 마느냐 한참 동안 시끄럽게 떠들더니, 결국 어지럽게 펼쳐 놓았던 짐들을 하나둘씩 챙기기 시작했다.

“밤사이 열이 나던가 아프다는 말만 나와봐. 내가 그 잘난 의사 생활 당장 그만두게 하고 말 테니까.”

말이 독이 될 수 있다는 걸 전혀 모르는 여자였다. 아이를 키우는 엄마가 어찌 저리도 모진 말을 하는지 이해할 수 없었다.

“원장님, 그럼 내일 유치원에서 뵙도록 하죠. 그리고 너, 한 번만 더 우리 형범이한테 못된 짓 하면 가만 안 놔둘 줄 알아. 알았어?”

여자는 눈을 위아래로 부라리면서 협박의 말을 하더니 그녀가 미처 무슨 말을 하기도 전에 쌩하니 병실을 나가 버렸다. 뭐 저런 여자가 다 있을까 싶었다.

"죄송합니다."

정작 사과를 할 사람은 따로 있는데 원장이 정중하게 고개를 숙였다. 여자가 병실을 나가자 미라는 도대체 어떻게 된 일인지 자세히 설명을 해달라고 했다. 가끔 엉뚱한 행동을 할 때도 있지만 여자의 말처럼 일방적으로 다른 아이를 괴롭힐 훈이 아닌데. 게다가 형범이란 아이는 너무 멀쩡한 모습인데다 의사 또한 아무 이상이 없다고 하지 않던가.

"저도 사실 경황이 없어서 자세한 이야기는 듣지 못했는데 아이들 말로는 형범이가 훈을 놀렸다고 하더군요. 그러다 아이들하고 짝꿍인 은지까지 훈의 편을 드니까……. 티격태격하다가 형범이가 밀었는데 하필 계단 옆에서 싸우는 바람에 많이 다친 것 같습니다. 죄송합니다."

미라는 한숨을 푹 내쉬며 훈을 바라보았다. 힐끔거리다 그녀와 눈이 마주친 훈은 얼른 고개를 숙이더니 어깨까지 잔뜩 움츠렸다.

"유훈."

"……."

"대답 안 하지?"

"네."

기어들어 가는 목소리에 미라는 다시 한숨을 길게 내쉬었다. 훈이 병원에 있다는 말만 듣고도 심장이 철렁 내려앉았었다. 절대 가까이하고 싶지 않은 곳인데 와서 보니 더더욱 그런 생각이 들었다. 그런데 무식하게 떠들어대는 여자라니. 잘잘못을 따져서 다다다 쏘아붙이지 못한 게 억울하기까지 했다.

"형범이가 뭐라고 놀렸기에 이렇게까지 된 거야?"

"……."

"말해봐."

그러나 훈은 작은 손을 꼼지락거리기만 할 뿐 아무 말도 하지 않았다. 그녀가 조금 엄한 목소리로 '어서' 하고 재촉했지만 여전히 묵묵부답이었다.

"방학 때 할머니한테 안 보내는 수가 있어."

"혀, 형범이가 내가 아니라고 하는데도 자꾸……."

"뭐라고 놀렸는데?"

"엄마 아빠도 없는…… 고아라고. 내가 엄마도 있고 할머니도 있다고 소리쳤는데 거짓말이라고."

"……."

"거짓말 아닌데. 나 고아…… 아닌데."

울먹거리던 훈이 그예 으앙, 하고 울음을 터뜨렸다. 뚝뚝 떨어지는 눈물을 보자니 심장을 도려내는 것처럼 아팠다. 미라는 침대에 걸터앉아 훈을 꼭 끌어안았다. 어린 게 얼마나 마음이 아팠을까. 그런 줄도 모르고 혹시나 이유없이 형범을 괴롭혔다면 엄하게 꾸짖을 생각을 했었다. 등을 토닥토닥 두드리며 달랬지만 훈은 한참 동안 서럽게 울었다. 그녀는 울컥해지는 마음을 꾹 누르고 머리를 쓰다듬어 주고 이마에 자잘한 입맞춤을 해주었다.

"훈이 말이 맞아. 우리 훈은 엄마도 있고 할머니도 있어. 그러니까 이제 그만 울어."

"선생님이 그랬단 말이에요. 할머니…… 이모가 있으면 고아 아니라고."

"그래, 그래."

"나, 고아 아닌데. 고아…… 싫은데."

"맞아, 우리 훈이 말이 다 맞아. 이모가 있잖아. 이모가 항상 네 곁에 있을 거야. 울지 마. 그만 울어. 착하지?"

달래주자 훈의 울음소리는 더욱 커졌다. 가끔은 또래 아이들보다 너무 일찍 철이 드는 것 같아 안쓰러울 때도 있었다. 저음 그녀를 이모가 아닌 엄마라고 불렀을 때는 너무 놀라서 대답도 해주지 못했다. 부모가 안 계시는 건 죄가 아니란다. 그건 어쩔 수 없는 상황일 뿐이라고 이해시켜 주려다 그만두었다. 김 여사는 결혼도 안 한 처녀가 아이를 키우는 것도 남의 말 하기 좋아하는 사람들 입에 오르내릴 텐데, 엄마라고까지 부르게 한다며 잔소리를 했지만 그게 무슨 상관이란 말인가. 그래서 이 어린 마음이 달래진다면 덜 외롭다면 아무 상관 없었다. 훈의 행복이 곧 그녀의 행복이니까.

약 기운 때문인지 지쳐서인지 훈은 울다가 그녀의 품에서 잠이 들었다. 고아라는 말이 이 어린 마음을 얼마나 난도질을 해 놨을까. 땀으로 눈물로 범벅이 된 얼굴을 조심조심 닦아주면서 미라는 울컥하고 터져 나오려는 울음을 꾹 삼켰다. 침대에 눕히고 시트를 덮어주는데 어찌나 서럽게 울었는지 자면서도 훌쩍거렸다.

"원장님, 심려 끼쳐 드려서 죄송합니다. 이제 그만 가보셔도 될 것 같아요."

"저희가 죄송합니다. 다음엔 더 많이 신경을 쓰겠습니다."

참 예의가 바른 사람이라는 생각이 들었다. 처음엔 젊은 남자가 유치원 원장이라기에 조금 의외다 싶었는데, 직접 이야기를 해보니 아이를 진심으로 사랑하는 마음이 느껴졌다.

"병원비는 저희가 알아서 할 테니 염려 안 하셔도 됩니다."

"아, 그건……."

"당연한 겁니다. 정말 죄송합니다."

병원비까지 생각하지 못한 터라 그녀는 무슨 말을 해야 할지 몰랐다. 그러다 곧 고개를 끄덕이며 훈을 돌아보았다.

"여러모로 신경 많이 써주셔서 감사합니다."

"이제 막 잠이 들었으니 잠시 자리를 비워도 될 것 같은데, 차 한잔하시겠습니까?"

뜻밖의 제안에 미라는 잠시 망설였다. 넓은 병실에 아이 혼자 두는 게 마음에 걸렸지만, 잠시라면 괜찮지 않을까 싶었다. 원장이 먼저 병실을 나가자 그녀도 조용히 뒤를 따랐다.

복도 끝에 있는 휴게실은 마치 작은 카페처럼 음악도 흐르고 몇 개의 테이블까지 놓여 있었다. 그녀가 커피를 뽑겠다고 했지만 원장은 무슨 소리냐며 자리에 앉아서 기다리라고 했다.

잠시 후 커피 두 잔이 테이블 위에 놓였다.

"감사합니다."

"담임선생님도 함께 병원에 왔었는데 반 아이들 때문에 유치원으로 다시 돌아갔습니다."

"네, 제가 걱정하지 마시라고 전화드릴게요."

"아이들하고 있다 보면 가끔 제 나이를 잊을 때가 있는데 오늘도 그러네요."

"……."

"사실 누가 잘못했건 똑같이 대해야 하는데 워낙 형범이 어머님이……. 너무 마음 쓰지 마셨으련 합니다."

"무슨 말씀을 하시려는지 압니다. 신경 써주셔서 감사합니다."

"저, 그런데……."

차를 마시자고 했을 때 짐작은 하고 있었다. 훈에 대해서 알고 싶은 거겠지. 그래도 다행이라는 생각이 들었다. 훈의 편에서서 말을 해준 것 때문만은 아니었다. 담임선생님께 물어봐도 될 텐데 직접 물어주니 굳이 말 못할 이유가 없었다.

"훈은 언니 아이예요."

"……."

"형부, 언니, 저 이렇게 셋이서 여행을 가다……."

그러나 막상 그날의 이야기를 하려니 가슴부터 먹먹해져 왔다. 미라는 따뜻한 종이컵을 두 손 가득 감싸 쥐고 잠시 숨을 골 랐다.

"교통사고가 났는데 언니는 훈을 낳고……."

누군가한테 훈에 대한 이야기를 이렇게까지 해보기는 정말 오랜만이었다. 굳이 아픈 기억을 더듬으면서까지 할 필요가 있 나 잠시 생각을 했지만 왠지 말을 해야 할 것 같았다.

"처음엔 혼자서 살았다는 죄책감 때문에 많이 힘들었는데 정 신을 차리고 보니 방긋방긋 웃는 아이가 눈에 들어오더군요. 훈 인 제 전부예요."

"네."

엄마라고 부르는 걸 봤기 때문에 생각지도 못했다. 경우는 무 슨 말을 해야 할지 몰라 그저 짧게 대답만 하고 말았다.

"워낙 밝아서 그런 아픔이 있는 줄은 몰랐습니다. 게다가 또 래 아이들보다 어찌나 의젓한지 가끔은 다섯 살짜리가 맞나 싶 을 때도 있죠."

"부모 없이 자랐다는 말을 듣게 하지 않으려고 늘 조심했는데 그래도 어쩔 수 없나 봐요."

방금 전 병실에서 있었던 일을 생각하니 다시 울컥해졌다. 삼 대독자면 다인가 말이다. 훈 또한 여느 아이들 못지않게 귀하고 소중하기만 한데.

"가끔 마주칠 때마다 느끼는 거지만 훈은 참 예의도 바르고 밝은 아이 같았습니다. 담임선생님도 그렇게 말씀하시고."

"모두 다 선생님들께서 잘 보살펴 준 덕분입니다. 늘 감사하고 있어요."

"앞으로는 더 신경을 쓰겠습니다."

고마움에 방금 전 병실에서 있었던 일들이 그나마 녹아지는 느낌이었다. 김 여사가 시골로 내려가고 일을 하면서 훈을 키우려다 보니 어쩔 수 없이 동네 놀이방에 보내야 했었다. 한동안 잘 다녔는데 어느 날 갑자기 놀이방을 가지 않겠다고 떼를 써서 알아봤더니 그곳에서 아이를 돌봐주는 아주머니가 무슨 일만 있으면 훈을 나무랐던 모양이었다. 당장 그 놀이방을 그만두고 다른 곳으로 보냈는데 그곳 또한 다르지 않았다. 결국 근처에서는 안 되겠다 싶어 지금 사는 곳으로 이사를 했다. 다행히 집하고 한참 떨어진 유치원이라 훈이 사람들 입에 오르내릴 일은 없겠다 생각했는데 그것도 아닌 모양이다.

"저, 그런데 혹시, 하준우라고 아십니까?"

"하준우요? 글쎄, 기억에 없는데 무슨……."

"아, 아닙니다. 혹시나 해서요. 전 이제 그만 가보겠습니다."

"오늘 고생하셨습니다."

"제가 고생한 것은 없지요. 그럼 다시 뵙겠습니다."

미라는 원장이 다시 한 번 죄송하다는 말을 하고 휴게실을 나가자 커피 한 잔을 더 뽑아서 병실로 돌아왔다. 다행히 훈은 깨지 않고 쌕쌕 숨소리를 내며 자고 있었다. 한참 동안 자는 모습을 지켜보다가 입술 주변에 묻은 핏자국을 닦아줄까 했지만 깨고 나면 하는 게 나을 것 같아 그만두었다.

"미안해."

언제나 그 생각을 했었다. 그날 자신이 죽고 언니가 살았어야 했다고. 그랬다면, 그랬다면 훈은 지금보다 더 행복한 모습으로 있을 테지. 이상하게 사고가 났는데 그날의 상황은 하나도 기억나지 않았다. 열흘이나 의식불명이었다가 깨어나고도 한 달 넘는 시간을 중환자실에 있었다. 팔 하나가 부러졌고 가슴 위와 배꼽 아래에 지금도 커다란 흉터가 남아 있다. 무릎은 앞 좌석에 부딪혀서 뼈에 금이 가고 심하게 어긋나는 바람에 몇 달 동안 입원을 하고 퇴원을 한 뒤에도 한동안 통원 치료를 받아야 했었다. 그 모든 현실을 받아들이고 충격에서 벗어나기까지는 꽤 많은 시간이 흘렀다. 그때 김 여사와 훈이 곁에 없었다면 지금의 자신은 없었을 것이다. 훈은 이제 그녀의 전부나 다름없었다.

"혹시, 하준우라고 아십니까?"

문득 원장의 말이 떠올랐다. 하준우라, 갑자기 왜 그런 질문을 했을까.

✳

"죄송합니다. 제가 공항으로 나갔어야 했는데."

차만 공항으로 보내달라고 했을 때도 박 비서는 같은 말을 했다. 그러나 준우는 긴 비행 시간이라 피곤할 거라며 다른 사람이라도 보내겠다고 하는 걸 거절했다. 번거롭고 수선스러운 건 딱 질색이다.

"사장님은 올라오셨습니까?"

"하루 더 머무신다고 비서실로 연락이 왔답니다."

"온천이 좋긴 한가 보네요."

열흘 동안의 긴 출장은 생각 외로 좋은 성과를 안겨주었다. 그곳에 머무는 내내 그는 하 사장이 던진 미끼를 기꺼이 받아들였다. 계약을 성사시키지 못해도 그다지 아쉬울 게 없는 일에 굳이 자신을 보낸 것은 실험대에 올려놓으려는 의도가 분명했다. 그러니 광대 짓이 필요했고 구경꾼이 있다는 걸 뻔히 알면서도 그는 하고자 하는 일을 거침없이 해냈다.

"비결이 뭡니까?"

마지막 날 경쟁업체에서도 고개를 절레절레 흔들며 그의 손을 잡고 칭찬을 아끼지 않았다. 그러나 이제 한 발을 내딛었을 뿐, 아직 시작한 것은 아무것도 없었다. 출장을 다녀오라는 말에 주어진 일이 무엇인지 알고 있었고 무엇을 어떻게 해야 할지도 빠르게 결정을 내렸다.

“제가 알아보라는 건 어떻게 되었습니까?”

“책상 위에 올려놓았습니다.”

“진하게 커피 한 잔 주시고 지시가 있을 때까지 사람 들이지 마세요.”

그가 몸을 돌리자 박 비서가 빠르게 움직여서 사무실 문을 열었다. 돌아오기로 한 날보다 하루 먼저 도착했는데 사무실은 언제나처럼 깔끔했고 테이블 위엔 싱싱한 장미꽃이 탐스럽게 꽂혀 있었다. 참 별난 취미다 싶었다. 꽃꽂이를 하는 남자라니. 그러나 박 비서는 의외로 잘 어울려 보였다. 가끔은 여자로 태어났어야 하는데라는 생각이 들기도 하지만 일할 때 보면 전혀 달라서 어느 게 진짜 모습인지 헷갈릴 정도였다.

똑똑, 노크 소리가 들리고 작은 꽃송이들이 박힌 커피 잔이 테이블 위에 놓이자 금세 진한 커피 향이 퍼졌다.

“시간 되면 먼저 퇴근하세요.”

“아닙니다. 오늘은 제가 모시겠습니다.”

“경우하고 저녁 약속이 있어요.”

“그럼 약속 장소까지 제가 모시…….”

“박 비서님, 회장님께 보고하는 것 때문이라면 오늘은 특별한 게 없습니다. 저녁만 먹고 헤어질 거거든요. 믿지 못하겠다면 따로 움직이셔도 됩니다.”

“이사님.”

“그만 나가보세요.”

서운해할 거라는 걸 알지만 한 번쯤은 확실히 못을 박아두어야 한다는 생각을 하고 있었다. 외국 지사에서 3년 넘게 일을 하는 동안 박 비서는 그의 수족과 다름없었다. 그러나 처음 시작을 서 회장 밑에서 했고 완전한 내 사람이 되었다는 확신이 든 건 꽤 시간이 지난 후였다. 함께 있으면서 자신의 움직임을 서 회장에게 일일이 보고하고 있다는 걸 알고 있었다. 그래 봐야 특별한 건 없었을 테지만 누군가 자신을 감시하고 있다는 건 꽤 불쾌한 감정을 느끼게 했다. 그는 박 비서를 버릴 것인지 내 사람으로 만들 것인가를 오래 고민하지 않았다.

"기다렸다가 약속 장소까지 모시겠습니다."

준우는 눈썹을 홱 주켜세우며 인사를 하고 나가는 박 비서를 쳐다보았다. 은근히 한고집 한다니까. 그러나 커피를 한 모금 머금은 그의 입술은 부드럽게 휘어 있었다.

피곤해서 당장이라도 쓰러질 것 같은데 이상하게 정신은 맑았다. 연거푸 커피 몇 모금을 마신 그는 몇 개의 서류들 중에 박 비서가 따로 준비해 놓은 봉투 하나를 집어 들었다.

"후우."

갑자기 출장을 떠나는 바람에 경우와 연락을 하지 못했다. 굳이 이렇게까지 해야 할 이유가 있을까, 수도 없이 생각했지만 결론은 항상 하나였다. 그는 늘 버렸고 버릴 때마다 차고 든 그리움 역시 냉혹히 잘랐지만 그때마다 보란 듯이 새로운 싹이 그자리를 차고 들었다. 그 짧은 시간 동안 이렇게 지독할 정도로 깊고 독한 감정을 품을 수 있다는 게 자신조차도 신기했다.

"……."

달랑 세 장 들어 있는 서류를 그는 몇 번이나 반복해서 읽었다. 모든 것이 알고 있는 그녀가 틀림없었다. 놀라운 건 결혼을 하지 않았다는 것, 그리고 아이의 엄마가 아닌 이모라는 것.

흥분한 심장이 미친 듯이 날뛰었다. 자리에서 벌떡 일어나 사무실을 이리저리 휘젓고 다니다 털썩 주저앉고는 남은 커피를 단숨에 꿀꺽 삼켰다. 멍한 머릿속으로 수없이 많은 생각들이 차고 들기 시작했다. 분명 엄마라고 부르는 소리를 들었는데 결혼을…… 하지 않았단다. 후우. 그는 긴 숨을 토해내고는 서류를 다시 꼼꼼히 읽어 내려갔다.

"교통사고라……."

서류를 내려놓고 의자 깊숙이 몸을 기대자 절로 묵직한 신음 소리가 흘러나왔다. 성미라, 그녀가 분명한데 전혀 모른다는 낯선 눈빛은 도대체 무슨 뜻일까. 서류를 보면 명확한 그 무엇이 있을 줄 알았건만 오히려 더 혼란스럽기만 했다. 그날 함께 했던 그 모든 감정이 그녀에게는 어떤 의미로 새겨졌는지 늘 궁금했었다. 그는 다시 몇 장의 사진을 들여다보면서 깊은 생각에 잠겼다. 언니는 모르겠는데 그녀는 어머니를 많이 닮은 듯했다.

윙윙, 핸드폰의 진동음이 울리고 있다는 것도 한참 후에야 알았다. 문득 정신을 차리고 보니 부재중 전화가 두 통이나 와 있었다.

"미안, 전화 온 줄 몰랐어."

폴더를 올리자마자 사과부터 했는데 마침 끊으려고 했는지 한참 후에야 경우의 목소리가 들려왔다.

—바쁜 거야?

"아니, 괜찮아."

—출장 갔었다면서.

"응."

—무슨 훈련병 뺑뺑이 돌리는 것도 아니고 들어온 지 얼마나 되었다고 벌써 출장을 보내. 그 회사엔 일하는 사람이 형밖에 없대?

"이디야?"

—유치원에 일이 있어서 병원에 들렀다가 지금 나오는 중이야. 피곤하면 다음에 만날까?

"피곤한 사람은 내가 아닌 것 같은데?"

—맞아. 그런데 쓰러져서 자는 것보다는 한 잔이 더 절실해.

"모처럼 통하는군."

웬일로 박 비서는 그가 혼자 가겠다고 하자 조용히 물러났다. 굳이 운전을 하겠다면 맡길 생각이었는데 가끔은 행동을 종잡을 수가 없었다.

잠깐씩 스쳐 지나가는 차창 밖은 한낮보다 더 활기차 보였다. 색색들이 번쩍거리는 불빛 아래 휘청거리는 사람들, 자신 또한 미친 듯이 마셔대고 흐느적거리면서 방황하고 절망하고 원망하

며 보낸 시간들이 있었다. 혹시 꿈을 꾼 것이 아닌가, 너무 바라
고 원했던 일이라 있지도 않은 일을 착각한 것이 아닌가. 기가
막힌 생각도 했었다. 그러나 돌아와서 그날 함께 했던 카페를
찾았는데 두 사람이 그곳에 있었다는 흔적이 그대로 남아 있었
다.

미라, 준우. 이제 시작하다.

각자의 이름을 써놓으며 반반씩 그려놓은 작은 하트 모양까
지 그대로 그곳에 있었다. 분명 시작한다고 썼고 변치 않을 거
라는 확신을 서로에게 심어주었는데, 마치 연기처럼 그녀만 사
라지고 없었다. 몇 번씩 왔던 길을 되돌아가며 걸었던 긴 둑길,
함께 본 영화, 리포트를 써야 한다며 늦은 시간까지 도서관에
있는 그녀를 위해 간식과 커피를 준비했던 일, 첫눈 내리는 날
카페 문을 닫을 때까지 하염없이 창밖을 바라보고 있다가 집 앞
에서 나눴던 첫 키스, 그리고 불같이 타오른 그날 하루 때문에
그가 어떤 시간을 보냈는지 그녀는 알기나 할까.
"벌써 시작한 거야?"
"그냥 목만 축였어. 어차피 형은 몇 잔 마시지도 않을 거니까
내 맘대로 시켰는데 괜찮지?"
"무슨 일 있는 거야?"
"글쎄. 확실한 건 정말 긴 하루를 보냈다는 거야."

두 살 차이지만 철이 들기 전에도 여느 집 아이들처럼 티격태격한 기억은 별로 없었다. 경우는 동생 역할을 너무 착하게 잘했고 자신 또한 형으로서 나쁜 점수 받을 만한 행동은 하지 않았으니까. 그는 말없이 경우가 따라주는 술잔을 받았다.

"승희하고 싸웠어?"

"싸우긴. 우리가 앤가."

"언제까지 기다리게 할 거야? 이제 그만 결혼해야지. 혹시 나 때문이라면……."

"이런 이야기 재미없다. 그나저나 형은 이제 정말 본격적으로 일 시작한 거야?"

한동안 떨어져 있었지만 오빠 동생으로 지내던 승희를 언제부턴가 여자로 보기 시작했다는 걸 알고 있었다. 그런데 웬일인지 늘 그 자리였고 시간이 꽤 지났는데도 도무지 진척이 없어 보였다.

"내 여자다 싶으면 확실하게 잡아야지. 괜히 미적거리다 놓치면……."

"승희는 내가 가라고 등 떠밀어도 돌아설 아이 아니야."

말을 해놓고도 기가 막혀 실소가 터져 나오려고 했다. 확실하게 잡으라니 그러는 넌, 하고 묻고 싶은 심정이었다. 그러나 입술은 전혀 다른 말을, 어쩌면 그동안 자신에게 하고 싶었는지도 모를 그 말을 서슴없이 뱉어냈다.

"오만하고 건방진 생각이네. 사람 마음은 장담하는 게 아니야."

"그런가."

"기회가 항상 있을 거라고는 생각하지 마."

"어제도 함께 있었는데 설마하니 뒤통수를 치겠어."

"어제의 적이 오늘은 친구가 될 수도 있고 오늘의 친구가 내일은 내 목을 조르는 적이 될 수도 있어. 그건 사랑하는 사이에서도 마찬가지지. 그 사람이 항상 같은 모습으로 곁에 있을 거라는 생각은 오산이야."

"가끔 형을 보면 사랑도 사업처럼 하지 않을까 하는 상상을 하곤 해."

"진실을 이야기했을 뿐이야."

서로를 바라보고 있었지만 마음을 드러내 놓고 확인한 시간은 그리 길지 않았다. 그러나 다르다고, 분명 다를 거라고 생각했다. 시간이 그 깊이를 말해줄 거라는 생각은 하지 못했기에, 짧지만 깊고 강한 그 무엇이 있을 거라고 믿었기에.

"형처럼 생각한다면 이 세상에 제대로 된 연애를 할 사람이 몇 명이나 있겠어. 사랑은 머리가 아니라 여기, 심장으로 하는 거거든. 그러니까 그 나이 되도록 아직도 혼자지."

심장이라. 은은한 음악 소리가 달그닥 달그닥, 얼음 부딪히는 소리에 섞여서 묘하게 들렸다.

"내 동생이 로맨티스트라니."

"지금 내 걱정을 할 처지가 아닌 것 같은데. 형이야말로 언제

까지 솔로를 고집할 거야? 설마 내가 모르는 무슨 아픈 상처라
도 있는 거 아니야?"

"……."

"그런 게 있을 리가 없겠지. 형은 말이야, 너무 정도를 걷는
게 문제야. 가끔은 어긋나기도 하고 옆길로 샜다가 제자리로 돌
아오기도 하고 그래야 사람 냄새가 나지. 이건 도통……."

"지금 나한테 비행 청소년이라도 되라는 거야?"

"그러기엔 너무 늦었지?"

그러게 왜 그렇게 반듯하게 살았는지 모르겠다. 경우 말대로
조금 어긋나기도 하고 옆길로 새어보기라도 할 걸. 그러다 진하
게 연애라도 해봤으면 어쩌면…….

"사람 사는 게 어쩌면 다 그렇게 다른지 모르겠어."

"유치원에 무슨 안 좋은 일 있었어?"

"사고가 있었는데…… 많이 심각한 건 아니고. 다행히 크게
확대될 것 같지는 않아. 아, 갑자기 출장을 가는 바람에 연락을
못했는데 형이 궁금해하던 아이 말이야. 훈이가 맞는 것 같아.
엄마 이름은 성미순 씨, 그런데."

"……."

"오늘 병원에서 알았는데 부모님 모두가 교통사고로 돌아가
셨대. 그래서 이모랑 둘이 살고 있……."

"병원이라니?"

빙글빙글 술잔을 돌리던 준우의 손이 우뚝 멈췄다. 이미 알고

있던 사실이라 조용히 듣고만 있었는데 병원이라는 말에 저도 모르게 가슴이 철렁 내려앉았다.

"병원이라니, 그게 무슨 소리야?"

다시 다그쳐 묻자 경우는 술잔을 비우며 한숨을 푹 내쉬었다. 이상하게 병원을 나서는 순간 심장이 욱신욱신 쑤셔왔다. 안타까운 사연이 있는 아이들이 어디 한두 명이겠는가. 유치원의 운영 방침이 최적의 환경, 최고의 교육. 거기다 저렴한 가격이다 보니 어려운 환경의 아이들도 꽤 있었다. 그러나 훈의 사연은 안타까움 그 이상이었다.

"하경우?"

"아, 미안. 다툼이 있었는데 한 아이가 훈을 계단으로 미는 바람에……."

"……?"

"생각 외로 크게 다치지는 않았는데 뭐랄까. 왜, 왜 그래?"

"병원이 어디야?"

"뭐?"

"병원이 어디냐고?"

"지금 훈이 입원한 병원을 묻는 거야? 형이 왜?"

"내가 알아내?"

벌떡 일어선 준우가 무섭게 노려보자 경우는 도무지 영문을 모르겠다는 표정으로 병원을 알려주었다.

"아, 진짜 궁금해 죽겠네. 도대체 훈하고 형하고 무슨……

형, 형?"

그러나 준우는 이미 카페를 나간 후였다. 이거, 이거 뭔가 냄새가 나는데 말이지. 술잔을 채우던 경우의 눈이 가늘게 좁혀졌다. 생전 사람들에게 관심있는 걸 보지 못했는데 도대체 무슨 일이란 말인가. 게다가 그 대상이 아이라니.

✳

은은한 조명등만 켜진 병실은 조용했다. 침대에 누워 있는 아이의 손을 꼭 잡고 그 옆에 엎드려서 잠이 든 여자. 넓은 병실엔 달랑 둘뿐이었다. 준우는 안으로 들어서고도 한참 동안 움직이지 못했다. 쌕쌕, 숨소리만 들리는 병실은 창문을 열어놓아서인지 서늘했다. 그는 조용히 걸음을 옮겨서 창문을 닫고 침대 곁으로 다가갔다.

"……"

아이의 손을 어찌나 꼭 쥐고 있는지 손가락 하나하나를 펼치는데 은근히 힘이 들어갔다. 다행히 그녀는 안아서 옆의 침대에 눕히는 동안 깨어나지 않았다.

4학년 때 휴학해서 2년 후 졸업했으며 지금까지 같은 회사를 다니고 있고 졸업 후 이사는 두 번 했음. 현재 만나는 남자는 없는 듯함.

학교생활을 꽤 즐겁게 하는 것 같았는데 왜 휴학을 한 것일까. 교통사고가 난 것은 11월쯤이었는데 휴학은 1학기가 거의 끝나갈 무렵이었다. 뭐 하나 시원한 답이 나오는 게 없었다. 준우는 잠든 미라의 얼굴을 물끄러미 바라보다 아이 곁으로 다가왔다.

"이런."

불빛에 비친 아이의 얼굴은 온통 땀투성이였다. 살짝 손끝을 대어보았는데 뜨거운 열기가 확 느껴질 정도였다. 그는 황급히 시트를 걷어내고 휴지로 얼굴을 닦아주었다. 하얀 거즈에 붉은 핏물이 배어 있는 걸 보니 안쓰러움을 넘어서 심장이 쿡쿡 쑤셨다. 휴지로는 안 되겠다 싶어 화장실에서 수건을 가져와 목까지 꼼꼼히 닦아주고 난 뒤 간호사에게 아이의 상태를 알렸다.

"한 시간 전에 와봤을 때만 해도 괜찮았는데."

간호사가 열을 재고 링거 병에 해열제를 투여하고는 조용히 병실을 나갔다. 뒤따라 나와서 괜찮은 거냐고 묻자 아마 놀라서일 거라고, 해열제를 투여했으니 조금 지나면 괜찮을 거라고 말해 조금은 안심이 되었다.

"계속 병실에 계실 거면 미지근한 물수건으로 아이의 몸을 닦아주면 더 효과가 있을 거예요."

그는 병실로 돌아와서 땀을 닦느라 갖다 놓았던 수건과 아이의 얼굴, 그리고 이 작은 소란에도 깨지 않고 깊이 잠들어 있는 미라를 번갈아 쳐다보았다. 벌겋게 열이 오른 얼굴엔 그사이 송골송골 땀방울이 맺혀 있었다. 아이의 몸을…… 닦는다고?

"……."

작은 아이를 이렇게 가까이서 대한 적이 없는 터라 그는 한참을 망설였다. 모든 게 너무 작았다. 손도 얼굴도 발도. 혹시 닦다가 실수라도 하면 어쩌지. 이러지도 저러지도 못하고 서 있는데 아이가 괴로워하며 앓는 소리를 냈다. 결국 그는 양복 상의를 벗고 와이셔츠의 소매 단추를 풀어서 둘둘 걷어 올린 뒤 화장실로 갔다. 플라스틱 그릇에 미지근한 물을 담아 와서 조심스럽게 아이 곁에 앉았다.

안 그래도 작은 얼굴에 빈창고기 두 군데나 붙어 있어서 닦는 데 꽤 조심스러웠다. 옷을 걷어 올리고 손과 팔을 닦을 때마다 그 큰 손이 살짝 떨리기까지 했다. 한 손에 쏙 들어오고도 남는 손은 정말 작아도 너무 작았다. 그 작은 손등 위에 링거 주사가 꽂혀 있는 걸 보니 심장이 욱신거리면서 짠했다. 물을 한 번 바꿔서 다시 닦아줄 때까지 아이도 그녀도 깨지 않았다. 준우는 잠든 미라의 얼굴을 한참 동안 바라보다가 창가에 우두커니 서서 밖을 내다보기도 했다. 아이는 무슨 꿈을 꾸는지 웃는 듯 찡그리는 듯 입술 끝을 실룩거리다가도 한 번씩 뒤척이면서 잠을 잤다. 보고 있으면서 자신의 입술 끝이 아이와 같이 실룩거린다는 걸 한참 지난 후에야 느꼈다.

병실에 온 지 꽤 시간이 흘렀다. 언제까지 이곳에 있을 수 없다는 생각이 든 건 새벽 2시가 넘어서였다.

"열이 떨어졌는지 좀 봐주시겠습니까?"

간호사에게 부탁을 하자 다행히 열은 많이 내렸고 새벽에 다시 확인을 할 테니 걱정하지 말라고 했다. 이제 그만 나가야 했다. 꽤 피곤했는지 지금껏 이 움직임에도 깨지 않고 있지만 언제 그 큰 눈을 뜨고 무슨 일이냐고, 왜 이곳에 있느냐고 물으면 뭐라고 대답해야 할지 난감할 게 뻔했다. 차마 볼을, 시트 속에 쏙 들어가 있는 손을 만질 수가 없어서 그는 그녀의 긴 머리카락을 한 움큼 움켜잡았다. 손가락 사이로 스르륵 빠져나가는 느낌이 허전하고 아쉬워서 몇 번이나 움켜잡았다가 놓아주고 다시 움켜잡았다. 문득 전혀 모른다는 눈빛으로 바라보던 그 순간이 떠올랐다. 저도 모르게 손끝에 힘을 실어서 머리카락을 꽉 비틀어 잡았는데 어찌나 세게 힘을 주었는지 손등 위에 퍼런 힘줄이 툭 튀어 올랐다.

"음."

준우는 나른한 그녀의 신음 소리에 놀라서 머리카락을 놓는 동시에 뒤로 한 걸음 물러났다. 다행히 깨지 않고 다시 깊은 잠에 빠진 듯했다. 이제 정말 가야 했다. 그는 차근차근 잠든 모습을 눈으로 담았다. 단아해 보이는 이마, 곱게 손질된 눈썹, 속쌍꺼풀을 가릴 정도로 길고 짙은 속눈썹, 오뚝한 코. 그리고 붉은 입술.

"……."

처음 느꼈던 그 느낌 그대로 지금도 남아 있을까. 그 밤 내내 달뜬 신음 소리와 뜨거운 호흡을 뱉어내던 입술을 수도 없이 삼켰었지. 서툰 몸짓이지만 하나도 남김없이, 그녀의 모든 걸 자신에게 주었다는 걸 알고 있었다. 그랬는데, 그랬는데 도대체 왜 그런 눈빛을 하고 있었는지 알 수가 없다. 핸드폰 번호는 왜 바꾸었는지, 그가 돌아왔을 때 어째서 흔적도 없이 사라졌는지 모든 것이 의문투성이였다.

넷

  아직도 머릿속은 그날 밤 다녀갔다는 사람이 누구인지 궁금
증으로 가득했다. 백산일 리는 없을 거라고 생각을 하면서도 혹
시나 하는 마음에 잠시 만나봤는데 아닌 게 분명했다. 그렇다면
도대체 그날 밤 누가 와서 자신을 침대에 눕히고 열이 떨어질
때까지 물수건으로 닦아주면서 훈의 곁을 지켜주었을까. 간호
사한테 그 말을 듣고 대충 생김새를 알려달라고 했는데 아무리
생각해도 도무지 떠오르는 얼굴이 없었다. 문득 생김새만 멀쩡
한 이상한 남자가 생각났지만 그녀는 곧 고개를 가로저었다. 그
럴 리가 없지 않은가.
  이틀 밤 동안 번역 일을 마무리하느라 잠을 못 잤더니 잠깐

눈만 붙인다는 게 그만 몇 시간을 내리 자고 말았다. 깨어나서는 아이가 아픈데 어떻게 그 정도까지 잠을 잘 수 있는지 죄책감까지 들었다. 그런데 정말 누가 왔다 간 것일까.

"이모, 얼른 가요."

병원에 있는 삼 일 동안도 출근하지 못했는데 며칠 더 회사를 쉬겠다고 할 수가 없었다. 그래서 결국 할머니한테 데려다 주기로 했지만 신이 난 훈과 달리 그녀는 모든 게 걱정이었다. 시골은 지금 한창 바쁠 때였고 호기심 많은 훈을 김 여사가 제대로 돌볼 수나 있을지, 혼자 여기저기 돌아다니다 다치지나 않을지, 날이 덥다고 물놀이를 하다가…… 후우, 이런저런 생각을 하다 보니 끝도 없었다. 출발하기 전, 비라는 차 안을 정리하기 시작했다. 앞좌석에 타고 싶다고 하는 걸 뒤에 앉으라고 했더니 지저분해서 싫단다. 그래 봐야 책 몇 권에 얇은 이불과 작은 베개 하나가 전부인데 그마저도 싫은 모양이다. 책은 트렁크에 넣고 이불과 베개는 얌전히 개어서 한쪽 구석에 놓고 창문을 열어서 환기까지 시켰다.

"유훈, 이모가 몇 번 말한 것 잊지 않았지?"

"네."

"어디 갈 때는 꼭 할머니한테 말씀드리고."

"네."

"덥다고 혼자서 물놀이 가지 말고."

"네."

"동네 어른들 보면 예의 바르게 인사하고."

"네."

진지하게 말하고 있는 그녀와 달리 훈은 입속 가득 과자를 넣고 오물거리며 겨우 들릴 정도로만 대답을 했다.

"더우면 에어컨 켜줄까?"

"네."

"일단 시원해지면 약하게 틀어놓을 거니까 추우면 말해."

"윽. 에어컨 냄새."

"냄새? 무슨 냄새가 나? 이모가 청소 싸악 해서 냄새 안 날 텐데."

"에어컨 냄새나요."

미라는 코를 틀어막고 인상을 찌푸리는 훈을 보자 여기저기 킁킁거리며 냄새를 맡아보았다. 그러나 시원하기만 할 뿐 인상을 찌푸릴 만한 냄새는 나지 않았다.

"무슨 냄새가 난다는 거야. 에어컨 끌까?"

"아니요. 끄면 덥잖아요."

"창문을 열면 되지."

"그럼 시끄럽잖아요."

어휴, 쪼맨한 놈이 까다롭기는. 한참 후, 훈은 흥얼흥얼 유치원에서 배운 노래를 부르다 과자를 먹고 음료수까지 쪽쪽 소리가 나도록 빨대로 빨아 마셨다. 그녀가 함께 노래를 따라 부를 때는 제법 목소리를 높여서 부르기도 했다. 그러다 어느 순간 조용해서 뒤돌아봤더니 그사이 잠이 들어 있었다. 안전벨트를 매는 바람에 고개만 옆으로 비스듬히 기울어져서 영 불편해 보였다.

"훈아, 훈아?"

몇 번 불러도 대답이 없기에 고속도로로 들어가기 전 차를 세워 훈을 제대로 눕혔다. 자면서도 과자 먹는 생각을 하는지 쩝쩝 입맛 다시는 소리를 냈다. 귀여운 녀석. 에어컨 바람 때문에 감기라도 들까 싶어 고개를 반대로 돌려주고 조수석 의자를 최대한 뒤로 당겼다. 입술에 쪽 입맞춤을 하고 다시 운전석으로 왔는데 주스를 마셔서인지 달콤한 향이 오랫동안 느껴졌다.

"아이고, 우리 강아지 왔니?"

시내를 지날 때쯤 미리 전화를 했더니 김 여사는 대문 밖에서 기다리고 있었다.

"딸은 안 보이고 손자만 보이지?"

"별걸 다 샘을 내네. 저런, 잠이 꽤 깊이 들었나 보네."

"약을 먹어서 그런가 봐요."

"저녁이라도 먹여서 재워야 할 텐데."

"출발하기 전에 밥도 먹고 군것질도 해서 배는 고프지 않을 거예요."

"그래? 그럼 너는?"

"난 주면 먹고."

훈을 방에다 눕히고 옷 가방과 장난감 가방 그리고 과자 봉지
들을 안에 들여놓고 나오자 푸짐한 식탁이 기다리고 있었다.
"우와, 이게 다 뭐야?"
"갈비찜하고 반찬 몇 개는 올라갈 때 가지고 가라고 따로 담
아놨어."
"뭐 하러요? 엄마도 바쁠 텐데."
"바빠도 반찬 할 시간 없을까. 배고플 텐데 얼른 먹어."
갈비찜과 더덕구이, 막 무친 김치 겉절이 때문에 밥 한 공기
를 뚝딱 비웠다. 거기다 누룽지까지 한 그릇 먹었더니 정말 숨
쉬기도 힘들 정도였다.
"후우, 너무 먹었나 봐."
"혼자서 애 키우느라 밥도 제대로 못 챙겨 먹어서 그런가 지
난번에 봤을 때보다 얼굴이 영 까칠하네."
"지금 그거 나한테 하는 소리예요? 어이구, 밖에 있는 똘이가
기막히다고 웃겠네."
늘 안쓰러워한다는 걸 알고 있었다. 언젠가는 이곳에 유치원
도 있고 미술, 음악학원도 있고 요즘은 젊은 사람들이 꽤 내려
와 살아서 예전처럼 늙은이들만 있지도 않다고 길게 설명을 하
기에 무슨 소리인가 했더니 훈을 데리고 있겠단다. 그녀는 두
번 다시 그런 말 같지 않은 소리는 하지도 말라며 딱 잘랐다. 한
번도 훈을 다른 사람에게 보낸다는 생각은 해본 적이 없었다.
그건 훈에게 할머니인 김 여사라고 해도 마찬가지였다.

"너도 언제까지 이렇게 살 수는 없잖니. 좋은 사람 만나
서……."

"훈이 도로 데리고 갈까?"

발딱 일어서며 말하자 김 여사는 한숨을 푹 내쉬었다. 청천벽
력 같은 일이 일어난 그날을 생각하면 지금도 자다가 벌떡 일어
나곤 한다. 전생에 무슨 죄를 그리 많이 지었는지 남편 먼저 보
내고 자식까지, 게다가……. 후우.

"그러다 땅 꺼지겠네."

"내 한숨 소리에 땅이 꺼지면 우리 동네는 벌써 지하에 묻혔
을 거다."

"어휴, 임마를 누가 말려. 땅 꺼지기 전에 우리 훈인 무사히
챙겨야 한다는 것 잊지 마세요."

"지 자식은 어지간히 챙기……."

"그럼, 난 훈이 없이는 못산다니까. 아, 그렇다고 오해는 하지
말아요. 훈이 챙기려면 엄마도 무사해야 한다는 소리니까."

"뭐 빠진 것 없나 챙겨볼 테니까 너도 얼른 준비해."

미라는 쫓기듯 밖으로 나가는 김 여사를 보면서 농담인데 뭘
그렇게 정색을 하냐며 한마디 했다. 생각해 보면 그녀는 늘 훈
이 먼저였다. 퇴근 시간에 쫓기고 남들처럼 여유있는 문화생활
은 즐기지도 못하지만 아무 상관 없었다. 가끔은, 그래 가끔은
혼자만의 시간을 갖고 싶을 때도 있다. 그러나 그건 정말 가끔
일 뿐이지 이젠 훈이 없는 그녀의 삶은 상상할 수도 없었다.

"콩자반하고 멸치볶음은 작은 통이 없어서 비닐봉지에 넣었
으니까 집에 도착하거든 옮겨 담아놔."

"그건 훈이 좋아하는 건데 그냥 놔두세요."

"그 말 할 줄 알고 넉넉하게 했으니까 걱정 마."

같이 살아서인가 입맛이 비슷해서 다른 집들처럼 아이를 위해
음식을 따로 만들지 않아도 된다는 게 그나마 다행이었다. 가끔
은 별난 훈의 식성 때문에 오히려 그녀가 눈치를 보면서 먹을 때
도 있었다. 추어탕이나 곱창볶음 같은 건 정말 싫어하는데 어떻
게 된 게 다섯 살짜리 꼬마는 좋아해도 너무 좋아한단 말이지.

"편식은 나쁜 거래요."

하는 수 없이 꾸역꾸역 먹기는 하지만 나중에 꼭 소화제를 찾
아야 하니 훈만 아니라면 정말이지 피하고 싶은 음식들이다.

"운전 조심하고."

"네."

"피곤하면 무리하지 말고 휴게소에서 잠시 쉬었다 가던가
해."

"네, 네."

장난스럽게 대답을 하면서 미라는 김 여사가 챙겨주는 반찬
을 트렁크에 모두 실었다. 많기도 하다. 훈에 대해서 이것저것
조심해야 할 것과 약 챙겨주는 것, 혼자서 아무 곳이나 가지 못

하게 하라는 등 긴 잔소리를 늘어놓자 김 여사는 눈을 흘기며 어서 출발하라고 등을 떠밀었다.

"자고 새벽에 일찍 출발하는 게 낫지 않으려나."

"그게 더 피곤해요."

가라고 해놓고 막상 차에 올라타서 시동을 걸자 걱정이 되는 모양이었다. 그러나 아침 일찍 움직이는 것보다 한 시간을 자도 집에서 잠을 자고 출근을 하는 게 편했다.

"토요일에 올게요."

"실밥 뽑는 것 때문이라면 내가 근처 병원으로 데려갈 테니까 걱정하지 마."

"올라가서 전화할게요."

평일이고 늦은 시간이라 도로는 한산했다. 라디오를 켜고 창문을 조금만 열어놓았는데도 시원한 밤바람이 불어왔다. 학교 때 면허증을 따놓긴 했지만 사고 때문에 운전을 하기가 쉽지 않았다. 그러나 훈 때문에 결국 운전대를 잡고 말았다. 회사 일을 할 때도 필요하긴 했지만 밤늦게 응급실을 몇 번 가기도 했고 아이와 함께 움직이다 보니 어쩔 수가 없었다. 더구나 유치원은 데려다 주고 데려와야 하는 곳이라 더더욱 필요했다. 집을 떠나 고속도로로 진입한 지 한 시간쯤 지났을 때였다. 한산하던 도로에 차가 하나둘씩 늘어나더니 속도가 나지 않았다.

"……."

밀릴 시간이 아닌데 웬일인가 싶었는데 열린 창문 사이로 요란한 사이렌 소리가 들리고 저 멀리 번쩍이는 불빛들이 보였다.
아무래도 사고가…… 났나 보다.

✳

멀리서 얼굴이라도 볼까 하고 찾아갔는데 퇴원하고 없었다.
주소는 이미 알고 있었지만 그는 한참을 망설였다. 얼굴을 본다
고 해서 달라지는 건 아무것도 없을 거라는 생각에 저도 모르게
자꾸 미간에 주름이 잡혔다.
"음."
병원에서 돌아온 다음날부터 정신없는 시간을 보내면서도 틈
만 나면 그녀를 떠올렸다. 결국 망설이면서도 그녀의 집으로 향
했고 근처에 도착했을 때쯤 아이와 미라가 남편이라고 오해했
던 남자와 다정하게 이야기를 하는 모습을 보고 말았다. 그 순
간 혼란스러운 마음은 온데간데없고 바라보는 시선에 불쾌감이
확 치밀어 올랐다. 마치 내 것을 누군가 야금야금 맛을 보고 있
는 것 같은 생각마저 들었다.
"미쳤군."
하루 이틀, 몇 달이 아닌 몇 년이었다. 그동안 얼굴 한 번 보
지 못했고 소식 또한 알지 못했다. 그러나 그 긴 시간이 왕창 잘
라져서 사라진 것처럼 심장은 여전히 그녀를 자신의 여자로 인
식하고 있었다. 그는 정면을 무섭게 노려보면서 넥타이를 신경

질적으로 확 풀어버렸다. 태어나서 처음 가슴을 열고 한 여자를 담았다. 영원할 거라고 믿었고 서로 주고받은 맹세가 변할 거라는 생각은 꿈에도 하지 않았다.

'여자는 그저 여자일 뿐이야.'

반박할 여지도 없는 말이기에 수도 없이 듣고도 무시할 수 있었던 건 어머니 때문이었다. 언제나 인자한 미소를 잃지 않으셨고 부족한 아버지의 사랑을 전혀 부족하다고 느끼지 못하게 할 정도로 사랑이 넘치는 분이셨다. 그러나 한편으로는 불만 또한 없지 않았다. 한 번쯤은 아버지께 불만을 터뜨릴 법도 한데 아프실 때조차도 어머니는 늘 그 모습 그대로였다.

"후우."

준우는 그녀가 탄 차가 출발하자 조용히 뒤를 따라갔다. 퇴원한 아이를 데리고 멀리 가지는 않겠지 생각했는데 고속도로로 접어든 순간, 시골집을 간다는 걸 알았다. 되돌아갈까도 했지만 고등학교 때까지 살았다는 주변이 궁금하기도 했다. 마을 어귀의 버스 정류장에서 내려다본 동네는 작고 아담한 곳이었다. 지대가 낮은데다 주변이 산으로 둘러싸여 있어서 푸근해 보이기까지 했다. 준우는 멀리서 미라가 아이를 안고 안으로 들어가는 모습을 지켜보았다.

"도대체 뭘 하자는 거냐."

오는 내내 스스로에게 물었지만 딱히 변명할 그 무엇도 없었다. 그녀에 관한 한 냉철한 이성은 언제나 뜨거운 심장에게 밀렸다. 얼마나 그렇게 서 있었는지 시간이 꽤 흘렀다는 것도 알지 못했다. 집에 불이 꺼지면 가야지 하고 있었는데 어느 순간 어머니가 나오고 잠시 후 그녀도 나왔다. 준우는 작은 파란색 승용차가 모퉁이를 돌아서 사라지자 곧 차를 출발시켰다. 도로가 한가해서 앞서 가는 차하고는 적당한 거리를 유지하며 따라갈 수 있었다. 그러다 어느 순간, 차가 하나둘씩 늘어나더니 가다 멈추고 가다 멈추는 시간이 길어졌다. 옆 차선의 차들이 모두 3차선으로 몰리는 걸 보니 이 시간에 공사를 할 리는 없고 사고가 났구나 하고 직감했다.

“……”

짐작대로 낮은 중앙분리대가 부서져 있고 몇 대의 차가 심하게 일그러져 있는 것이 보였다. 그중에 두 대는 처참할 정도였다. 차선 두 개가 사고를 수습하느라 가로막혀 있어서 밀려드는 차들로 인해 앞서 가는 그녀의 차를 놓치고 말았다.

“젠장.”

차 번호도 모르고 오직 파란색 승용차만 찾던 그의 눈에 불안하게 흔들리는 작은 차가 보였다.

“……?”

처음엔 잘못 본 건가 싶어 눈을 크게 뜨고 살폈는데 역시나 그녀의 차가 맞았다. 차선이 다시 정상으로 돌아오고 속도가 빨라졌지만 파란색 승용차는 오히려 더 머뭇거리다 뒤처지기만 했다. 여기저기서 신경질적으로 클랙슨을 울리는 소리가 들렸다.

"도대체 무슨 일이야."

속이 바싹바싹 타 들어갔다. 차라리 차를 세우기나 했으면 좋으련만 쌩쌩 달리는 차들 사이에서 이리저리 흔들리는 모습을 보고 있자니 답답해서 미칠 지경이었다. 핸드폰을 찾아서 단축 버튼을 꾹 눌렀다. 그러나 신호만 갈 뿐 받지 않았다.

"젠장."

욕설을 뱉어내는 눈동자에 시뻘건 불꽃이 일었다. 일단 갓길을 통해서 그녀의 차 앞으로 빠르게 파고들었다. 그리고 비상등을 켜고 속도를 천천히 줄여갔다. 차가 완전히 멈추자 닿을 듯한 거리에서 그녀의 자도 멈춰 섰다.

"……."

다시 갓길로 나와 차를 세우고 내리자마자 황급히 그녀에게 다가갔다. 차 문을 두드렸지만 고개를 숙인 미라는 꼼짝도 하지 않았다.

"문 열어. 문 열라고."

"……."

"성미라, 문 열어."

버럭버럭 소리를 지르는데도 그녀는 도무지 움직일 생각을 하지 않았다. 젠장, 젠장.

클랙슨 소리가 귀청을 때릴 정도로 시끄럽게 울려댔지만 들리지도 않았다. 준우는 창문을 부숴 버릴 듯 두드리면서 이름을 불렀다. 미라야. 성미라. 미라야.

꿈틀꿈틀 움직이던 그녀가 고개를 들고 주위를 둘러보는 게 보였다. 그는 더 세게 유리창 문을 두드렸다.

"문 열어. 당장 문 열라고."

멍한 시선이 그에게 닿고 얼마 지나지 않아 그녀가 잠금 장치를 풀었다. 탈칵 소리가 들리자마자 문을 열고 소리쳤다.

"무슨 운전을……."

"……."

"일단 내려."

사람 말을 듣고 있기는 하는 건지 여전히 멍한 시선을 하고 있는 그녀를 잡아끌다시피 차에서 내리게 해 조수석으로 데려가 앉혔다. 그리고 잽싸게 운전석으로 올라타서 차를 갓길로 몰고 가 세웠다.

"후우."

시동을 끄고 주위가 조용해지자 준우는 길게 한숨을 내쉬었다. 당장 입을 열면 버럭 소리를 지를 것 같아 잠시 정면을 응시한 채 한껏 치솟은 열기를 진정시켰다. 옆에서는 숨소리도 들리지 않았다.

"도대체 정신을……."

진정을 시켰는데도 목소리는 약간의 질책이 담겨 있었다. 그러나 하얗게 질려 있는 얼굴을 보자 더는 다그칠 수도 없었다.

"왜, 왜 그래?"

"내 잘못…… 아니에요."

"……."

"내가 잘못한 것 아니……."

기어들어 가는 목소리마저 들릴 듯 말 듯하더니 그녀의 고개가 힘없이 옆으로 푹 꺾어졌다. 도대체 무슨 일이 벌어지고 있는지 정신이 하나도 없었다. 이름을 부르고 어깨를 흔들다 혹시나 싶어 손가락을 코끝에 대어보았는데 다행히 숨결은 느껴졌다. 그는 의자를 뒤로 최대한 젖히고 그녀를 눕힌 뒤 핸드폰을 꺼내는 동시에 차의 시동을 걸었다.

"박 비서님, 제가 지금 45번 고속도로 여주 분기점쯤 있는데, 근처에 최대한 빨리 도착할 수 있는 병원 좀 알아봐 주세요."

다급한 목소리에 박 비서는 무슨 일인지 묻지도 않고 10분 정도 거리에 있는 의원 하나를 알려주었다. 다행히 병원은 도로에서 얼마 떨어지지 않은 곳이라 쉽게 찾을 수 있었다. 미라를 응급실 침대에 내려놓자마자 의사와 간호사가 바삐 움직였다.

"사고는 아닌 것 같은데 상황 설명 좀 해주시겠습니까?"

무슨 일인지 답답한 건 그도 마찬가지였다. 다행히 의사는 큰 이상은 없고 잠시 정신을 잃은 것뿐이라고 말했다. 좀 더 검사를 해봐야 하는 것 아니냐고 묻자 굳이 그럴 필요는 없는 것 같은데 정 원한다면 날이 밝는 대로 큰 병원으로 가보라고만 했다.

"후우."

의사가 돌아가고 준우는 응급실 침대에 누워 있는 그녀의 곁으로 다가갔다. 혈색이 돌아오긴 했지만 얼굴은 여전히 창백했다.

"무엇이 널 이렇게 힘들게 하는 거니?"

한참 동안 바라보고 있는데 문득 검사를 하느라 풀어놓은 단추가 잠겨 있지 않은 게 눈에 띄었다. 여며주고 시트로 덮어줄 생각에 손을 뻗었다가 살짝 들린 옷 사이로 뽀얀 가슴 둔덕이 보이자 그만 멈칫하고 말았다.

"……."

떨리는 손으로 다가갔다 멈추고 다시 다가가기를 몇 번 하다가 결국 그는 단추를 채워주지 못하고 시트로 덮어주기만 했다. 응급실 밖으로 나와 다시 박 비서에게 전화를 걸었더니 마침 기다리고 있었는지 벨이 울리자마자 목소리가 들렸다.

―괜찮으십니까?

"부탁이 있습니다."

―…….

"아까 말한 장소에 제 차가 있습니다. 아파트로 가져다주시고 내일 오전 스케줄은 뒤로 미뤄주세요."

―그럼 이사님은…….

"다른 차편으로 올라갈 겁니다. 그리고 박 비서님."

―네, 말씀하십시오.

준우는 잠시 생각을 가다듬었다. 분명 같은 사람이다. 그러나 그녀는 자신을 모르는 척하는 게 아니라 모르는 사람처럼 대했고 바라보는 눈빛엔 하준우라는 남자를 조금도 담고 있지 않았다. 말도 없이 사라졌다는 걸 안 그때만큼이나 황당하고 기가 막혔다.

"지난번 조사했던 성미라라는 사람에 대해서 좀 더 알아봐 주세요. 4년 전 교통사고가 났을 때 담당했던 의사가 아직도 그 병원에 있는지, 있다면 내일 오후 이후로 스케줄 좀 잡아주세요."

―네, 알겠습니다. 그런데…….

"하실 말씀 있으십니까?"

―내일 사장님하고 점심 약속은 어떻게 할까요?

"다른 날, 아니, 조만간 집으로 찾아가 뵙겠다고 하세요."

―그게…… 두 분만 만나시는 게 아니라서.

"무슨 말입니까?"

―수빈 아가씨도 함께 나오는 걸로 알고 있습니다.

음, 준우는 턱 끝을 이리저리 쓸다가 손가락을 탁탁, 소리가 나도록 튕겼다. 용인에서 잠시 얼굴을 본 뒤 몇 번 전화가 왔었지만 귀찮아서 받지 않았다. 시간적 여유도 없었지만 쓸데없는 일에 신경 쓰고 싶지 않아서였다.

"후우."

나직이 내쉬는 숨소리에 박 비서가 조심스럽게 그를 불렀다. 문득 고개를 들어 하늘을 올려다보니 어두운 밤하늘에 수많은 별이 총총히 빛나고 있었다. 그는 그중에 유독 밝게 빛나는 별

하나를 집어삼킬 듯이 노려보았다.

"앞으로 그런 약속은…… 박 비서님 선에서 해결하세요."

―그게…….

"그럼 내일 회사에서 뵙지요."

젠장, 핸드폰 폴더를 닫자마자 그는 거칠게 욕설을 뱉어냈다. 도대체 무슨 생각인지 알 수가 없었다. 회사가 아닌 학교에 남겠다고 했을 때도 아버지인 하 사장은 오히려 무관심했었다. 그런데 이제 와서 새삼 부모 역할이라도 하겠다는 건가.

"제발, 건드리지 마세요."

그는 어금니 안쪽을 지그시 물며 나직이 읊조렸다. 결국 학교에 남겠다는 결심을 접고 회사로 들어간 것은 외조부인 서 회장 때문이었다. 딸에 대한 사랑이 남달랐던 서 회장은 어렸을 때부터 유독 준우를 아꼈다. 틈만 나면 곁에 두려 했고 방학 기간 중에는 종종 외국을 데리고 나가기도 했다.

"내가 이렇게 손을 내밀어도 잡지 않을 것이냐?"

갑자기 건강이 나빠졌다는 연락을 받고 급하게 비행기에 오른 지 몇 달이 지난 후였다. 그사이 한국을 다녀갔기에 전처럼 학교에 남고 싶다는 말도 회사 일을 하겠다는 말도 하지 못했다. 살면서 그렇게 혼란스러운 적은 없었으니까. 그는 마치 물속을 걷는 사람처럼 위태로울 정도로 허우적거리며 끓어오르는 분노를 상대할 뭔가를 찾아 헤맸다. 그리고 그 대상을 찾았고 미친 듯이 손에 거머쥐었다.

응급실로 다시 돌아왔는데 그녀가 누워 있는 침대 곁에 의사와 간호사가 서 있었다. 순간 무슨 일인가 싶어 황급히 달려가 보니 의사의 물음에 겨우 대답을 하는 그녀의 목소리가 들렸다.

"두통만 심해요?"

"네."

"최근에 머리를 심하게 부딪친 적이 있었나요?"

"아니요."

"그럼 혹시 속이 메스껍거나 이유없이 토한 적은……."

"없었…… 이요."

미라는 대답을 하기도 힘든지 잔뜩 인상을 찌푸리며 누워 있었다. 의사가 청진기를 그녀의 가슴 부분에 대었다가 이리저리 움직여 보고는 차트에 무언가를 휘갈겨 썼다.

"진통제를 처방할 테니까 그래도 두통이 가라앉지 않으면 내일 큰 병원에 가서 검사를 받아보는 게 좋을 듯합니다."

"가끔 머리가 아프긴 했어도 이 정도는 아니었는데."

"진통제는 일시적인 효과일 뿐입니다. 아, 여기 보호자 분이 오셨군요."

의사의 말에 그녀의 시선이 그에게 향했다. 놀랐는지 동그란 눈이 더할 수 없이 커다래졌다.

"다, 당신이 어, 어떻게……."

“무슨 일입니까?”

미라의 말을 무시하고 묻자 의사는 두통을 호소해서 진통제를 처방했다고 짧은 대답만 했다. 간호사가 약과 물을 가져와 건네주자 그녀는 인상을 찌푸리며 침대에서 일어나 약을 삼키고 물 잔을 모두 비웠다.

“정말, 스토커예요?”

빈 물 잔을 받아 들자마자 그녀가 대뜸 물었다. 사람 심장을 철렁 내려앉게 해놓고 한다는 소리가 스토커라니. 준우는 대답 없이 컵을 옆 테이블에 내려놓고 의자에 털썩 주저앉았다.

“두통이 심해?”

“…….”

그녀는 여전히 믿을 수 없다는 표정이었지만 준우는 덤덤한 눈빛으로 마주 보고 있었다.

“후우, 내가 어떻게, 아니, 그쪽이 날 어떻게, 아니, 우리가 어디서 만났어요?”

“고속도로에서.”

“고속도로? 난, 기억에 없어요.”

“그 기억이라는 거 참 편리하기도 하군. 사람에 따라서 다른 건가. 아니면 상황에 따라 다른 건가?”

“그게 무슨 소리예요? 난 내가 어떻게, 그러니까 그쪽을 만난 것도 병원까지 온 것도 기억나지 않아서…… 도대체 뭐가 어떻게 된 거죠?”

오히려 묻고 싶은 사람은 그였다. 도대체 무슨 일이냐고. 고속도로 한가운데에서 정신을 잃을 만큼 힘든 일이 무엇이냐고. 그러나 정말 묻고 싶은 건 그게 아니다. 하준우란 남자를 잊은 거니? 기억 속에서 지운 거야? 긴 시간이 아니어서 그런 걸까. 사랑을 확인하고 나눈 시간이 너무 짧아서, 그래서 잊은 거였니? 묻고 확인하고 싶었다. 다른 누구도 아닌 그녀를 통해 직접 듣고 싶은 마음이 너무 간절해서 당장이라도 입 밖으로 쏟아낼 것만 같았다. 아니야. 아니다. 적어도 지금은…… 아니다.

마음은 간절했지만 아무것도 모른다는 표정 앞에서 입도 벙긋할 수 없었다. 준우는 팔짱을 낀 손을 꽉 움켜쥐며 솟구치는 마음을 꾹 눌렀다.

"사고가 난 고속도로를 지나가고 있었는데."

"사고?"

준우는 의심 가득한 시선으로 보고 있던 까만 눈동자가 불안하게 흔들리는 걸 보았다. 그러더니 물기가 차르르 차오르는 것이 아닌가.

"그, 그래서요?"

"앞에 가고 있던 당신 차가 속도도 내지 않는데다가 옆 차선으로 자꾸 파고들어서…… 내가 겨우 세웠어."

"……."

"차 문을 열고 옆 좌석으로 옮겨 태웠는데 정신을 잃는 바람에 어쩔 수 없이 병원으로 데리고 온 거야. 더 질문 있나?"

미라는 아무 말도 하지 못했다. 어렴풋이 문 열라고 소리치는 목소리를 들은 듯도 했다. 사고가 났다는 걸 안 순간 절대 돌아보지 않으리라, 생각하고 또 생각하면서 운전대를 움켜쥐고 있었는데 저절로 고개가 움직였다. 제대로 보지도 않았건만 그 모든 광경이 눈앞에 펼쳐지더니 마치 멀미를 하는 것처럼 속이 메스꺼워지기 시작했다.

"왜 그래? 어디 불편한 거야?"

"괘, 괜찮아요."

그 순간을 떠올리는 것만으로도 심장이 미친 듯이 쿵쾅거렸다. 운전을 하기 시작하면서 두려운 것 중에 하나가 이런 순간 훈과 함께 있으면 어쩌나 하는 거였다. 많이 망설이다가 결국 운전을 해야겠다는 결심을 하고 차를 사러 가는 길에 딱 한 번 사고가 난 것을 보았다. 큰 사고는 아니었지만 그 순간 정신을 잃었고 깨어난 곳은 병원이었다. 그래서 또 몇 달을 망설이고 고민을 했는데 다른 누구도 아닌 훈 때문에라도 차가 있어야 했다. 다행히 지금껏 운전을 하는 도중엔 사고 현장을 목격한 적은 없었다.

커다란 손이 어깨에 올려져 있다는 것도 알지 못했다. 어찌나 시트 자락을 꽉 움켜쥐고 있었는지 작은 손이 부들부들 떨리는 것도 몰랐다.

"……."

보고 있는데 이유없이 화가 치밀어 올랐다. 무엇을 두려워하고 겁내하는지 그 대상이 눈앞에 있다면 당장이라도 부숴 버리고 싶을 정도였다. 그러나 준우는 목소리를 한껏 낮춰서 부드럽게 물었다.

"불편한 데 있으면 말해."

"어, 없어요."

"그런데 왜 그렇게 떨어? 혹시 추운 거야?"

"내가…… 떨어요?"

달달 떨리는 손을 보고 있자니 서글픔이 밀려왔다. 처음 기절을 했을 때 정신과 상담을 받았는데 두려운 마음을 버리라고, 이미 사고는 났고 지난 시간은 되돌릴 수 없으니 이겨내야 한다고 했다. 그러나 말처럼 쉽지 않았다. 훈이 다쳤을 때 병원에서도 그렇고 지금도……. 혼자 살아난 죗값을 받는 건가 하는 생각도 들었다.

"내가 원한 것도 아닌데."

"무슨 소리야?"

"아, 아니에요. 이제 그만 가봐야겠어요."

"그 상태로 어딜 간다는 거야? 두통이 가라앉을 때까지라도……."

"괜찮다니까요. 당장 나갈래요."

"바보처럼 굴지 말고…… 제발 진정 좀 해."

버럭 소리가 터져 나오려는 걸 겨우 참고 목소리를 낮추었지만 그녀는 막무가내였다. 침대에서 내려서자마자 그를 노려보더니 홱 응급실을 가로질러 걷기 시작했다.

"성미라."

어찌나 목소리가 살벌하던지 의사와 간호사들도 눈만 껌벅거리 뿐 아무도 나서지 않았다. 그러나 그녀는 잠시 걸음을 멈추고 어깨를 움찔하더니 그대로 밖으로 나가 버렸다.

"젠장."

계산을 하고 급히 밖으로 나왔는데 승용차 옆에 쪼그리고 앉아 있는 모습이 보였다. 발자국 소리가 들렸을 텐데 고개도 들지 않고 손가락으로 바닥을 이리저리 휘젓고 있었다.

"열쇠가 없어요."

"나한테 있어. 내가 운전을 하고 왔으니까."

그제야 고개를 들고 그를 올려다보았다. 빤히 바라보는 시선에서 왠지 공허함이 느껴졌다. 마주 보고 있는데도 다른 곳을 보고 있는 듯한, 도대체 왜 그런 눈빛을 하고 있느냐고 뒤흔들고 싶었지만 꾹 참았다. 한 걸음 더 다가서자 잔뜩 인상을 찌푸리며 일어선 그녀가 손을 턱 내밀었다.

"그 생각을 못했네. 열쇠 주세요."

"직접 운전을 하겠다고?"

"그야 당연히……."

"타."

그 상태로 운전을 하겠다니. 아무리 고집을 부려도 열쇠를 돌려줄 생각은 없었다. 준우는 조수석 문을 열고 그녀가 타기를 기다렸다.

"이봐요. 이건 내 차라고요."

"그런데 키는 나한테 있지."

그가 호주머니에서 열쇠를 꺼내 보이자 창백하던 얼굴에 화
륵 열기가 느껴지고 불안해 보일 정도로 흔들리던 눈동자는 또
렷해졌다. 준우는 씨익 웃으며 약을 올리듯 자동차 열쇠를 한
번 더 찰랑찰랑 흔들었다.

"당장 키 돌려줘요."

"운전은 내가 하고 갈 거야."

"내 차라고요."

"계속 똑같은 말을 반복하자는 소리군."

푸웃 푸웃, 그녀가 입김을 불어 올릴 때마다 이마 위를 가지
런히 덮고 있는 짧은 머리카락이 제멋대로 휘날리다 다시 제자
리를 찾았다.

"이봐요."

"하준우."

"도대체……."

"하준우, 내 이름이야."

준우는 또박또박 이름을 새기듯 말을 뱉었다. 그러나 표정 하
나 숨소리 하나 살피듯 번뜩이는 눈동자는 이내 실망으로 가득
했다. 그녀는 하준우라는 이름을 듣고도 여전히 이해할 수 없다
는 표정이었다.

"다시 말해줄까?"

"이름 따위 내가 알 게 뭐예요."

"그래, 그런 것 같군."

머리까지 끄덕이고 있다는 것도 알지 못했다. 눈으로 보고 입술로 확인하는 순간 심장이 쩌억, 하고 갈라지는 소리가 들렸다. 그렇구나, 넌 그렇구나.

"시간 낭비하고 싶지 않아요. 그러니까 얼른 열쇠 돌려달라고요."

"다시 말해줄까. 운전은 내가 해."

"후우, 나도 다시 말하지만 이건 내 차예요. 그러니까 당연히 운전은…… 아, 그날 보니까 제법 근사한 차가 있던데 그사이 어디다 국 끓여 먹었어요? 아니라면 각자 자기 차 운전하고 제 갈 길 가자고요."

이제 두통은 사라졌나 보다. 발끈하고 열을 내는 모습에 어이없게도 웃음까지 나오려고 했다. 그러나 준우는 운전대를 맡길 생각은 추호도 없었다. 그는 차 문을 열어놓은 채 운전석으로 돌아와 긴 몸을 구부려서 올라탔다. 시동을 걸고 유리창 문을 내릴 때까지도 미라는 두 손을 허리에 얹은 채 씩씩거리고 있었다.

"보시다시피 운전은 내가 할 거야. 그리고 제법 근사한 차는 아쉽게도 지금 여기 없어서 말이야. 물론 국을 끓여 먹지는 않았지. 그러니까 각자 운전은 할 수 없는 상황이고 제 갈 길 가는 건 잠깐 미뤄야 할 것 같은데."

말을 할 때마다 조금씩 유들유들해지는 것 같더니 이제 아주 그 유들거림이 온몸에 밴 듯했다. 그래, 그날 유치원에서 사진 몇 장 때문에 실랑이를 할 때도 저 남자는 그랬다.

"여기서 밤을 새울 생각이 아니라면 타는 게 어때?"

더 버티어봐야 열쇠를 돌려받기는 힘들 것 같지만 그렇다고 덥석 올라타자니 자존심이 허락하지 않았다. 미라는 찌릿 준우를 노려보다가 문득 떠오르는 생각에 눈빛을 반짝거렸다.

"좋아요. 피곤하던 참인데 운전을 해준다니 편하게 한 번 가보죠. 그런데 큰 차를 운전하던 사람이 이렇게 작은 차를 운전힐 수 있으려나 모르겠네. 이 차가 겉보기는 멀쩡해 보여도 가끔 잘 달리다 길 한복판에서 멈출 때가 있거든요. 그런 경험 해봤어요? 안 해봤으면 힘들 텐데. 브레이크도 힘 조절을 잘해야 하는데 딱 보니……."

그래 봐야 앉아 있는 모습만 보일 텐데 미라는 준우의 위아래를 쭉 훑듯이 눈동자를 치떴다. 이쯤 하면 심각하게 고민하는 척이라도 해야 할 텐데 이 남자 꼼짝을 하지 않는다.

"딱 보니 힘이 넘쳐 보이는데 괜찮을까 몰라. 조금만 급하게 밟아도 끼이익……."

준우는 팔짱을 낀 채 그녀가 하는 모습을 느긋하게 지켜보았다. 포기한 듯하더니 은근슬쩍 협박을 하는 걸 보고 실실 웃음까지 터져 나오려 했다. 그러나 어금니 안쪽을 콱 물고 간신히 웃음을 참아냈다.

"아무래도 운전은 내가 하는 게 낫지 않겠어요?"

그녀가 은근히 물었다. 그러나 준우는 꼿꼿이 세운 손가락을 힘차게 좌우로 흔들다 얼른 타라며 조수석을 가리켰다.

"쇠심줄보다 더 질긴 황소고집 같으니."

하준우라고 했던가. 도대체 어딜 봐서 이 남자가 멋져 보였는지 문득 카메라에 담았던 그 순간이 생각나 실수도 그런 실수가 없다 싶었다. 미라는 비 맞은 중처럼 연신 중얼거리며 차에 올라타자마자 문이 부서져라 쾅 하고 닫았다.

"차 부서지겠네."

"내 차거든요. 상관 말아요."

"안전벨트 매줄까?"

말이 끝나기가 무섭게 미라는 신경질적으로 안전벨트를 길게 잡아당겨서 냉큼 매버렸다. 고속도로에서 도움을 받았다는 소리를 듣고 고마워하던 마음이 순식간에 싸악 사라지고 말았다. 자세히 설명을 듣지 않았어도 그 상황이 얼마나 위험했는지 알고도 남았다. 그러나 고마운 건 고마운 거고 얄미운 건 얄미운 게 아니겠는가.

"뭐 하나 물어봐도 돼요?"

"얼마든지."

"물론 우연이겠지만 어떻게 같은 고속도로를, 아니, 내 차라는 걸 알았죠?"

"보고 있었거든."

"그러니까 어떻게……."

"눈에…… 보이더라고."

그러니까 그게 어떻게, 그 많은 차 중에 눈에 띄었느냐고 묻는 거잖아요. 생각 같아서는 버럭 소리라도 질렀으면 속이 시원하겠는데 그마저도 못하니 답답했다. 늦은 시간 한낮의 열기가 식은 차 안은 서늘했지만 미라는 에어컨을 홱 틀어놓고 돌아앉았다.

"냄새가 심하군."

"냄새는 무슨, 청소한 지 며칠 되지도 않았는데."

"필터를 교환해야 할 것 같은데."

"교환한 지 딱 일주일째거든요. 뭘 알고나 하는 소리인가."

"그럼 차를 바꿔야 하나."

에어컨 냄새난다고 차를 바꾸는 사람도 있나. 미라는 기막혀 죽겠다는 표정으로 준우를 바라보았다. 도대체 왜 이렇게 눈앞에서 알짱거리는지 모르겠다. 벌써 몇 번째인가 말이다.

"3년도 안 된 차를 에어컨 냄새난다고 바꾸는 사람 있으면 나와보라고 하세요."

"손을 보긴 봐야 할 것 같아. 냄새가 심해."

"차 주인이 아무렇지 않다는데 무슨 상관이에요. 그리고 누가 냄새나는 차를 타라고 했어요? 싫다는데 굳이 운전을 하겠다고 나선 사람이 누구더라."

“내가 이상한가. 나 말고 냄새난다고 한 사람이 없었나?”

“그야 당연…….”

당연히 없다고 말하려고 하는데 그 순간 코까지 막고 잔뜩 인상을 찌푸리던 훈이 떠올랐다. 그러나 미라는 시치미를 뚝 떼고 정 그렇게 냄새가 나면 내리라고 톡 쏘아붙였다.

“이 밤중에 고속도로 한가운데에서 내릴 수는 없고 에어컨을 끄고 문을 여는 게 어때?”

“참, 그러고 보니 나를 본 곳도 고속도로라고 하지 않았어요? 그때 차 타고 있었을 것 아니에요. 그 차는 어떻게 했어요?”

“다른 사람이 가져갔지. 난 그쪽…….”

그가 힐끗 고개를 돌려서 보자 미라는 새삼스럽게 뭘 그러느냐며 낮게 코웃음을 쳤다.

“내 이름 알면서 뭘 그렇게 뜸을 들여요?”

“미라…… 씨 차를 운전하느라 그렇게 할 수밖에 없었어.”

굳이 사실대로 말할 필요는 없다고 생각했기에 준우는 대충 얼버무렸다. 그러나 미라는 믿지 못하겠다는 시선으로 그의 표정을 살폈다.

“정말 의문투성이야.”

“궁금한 것 있으면 물어봐.”

“너무 많아서 도대체 뭘 물어봐야 할지 모를 정도예요.”

“진실게임 한 번 해볼까?”

“진실게임?”

어차피 집까지 가는 동안 함께 있어야 하는데 그것도 나쁘지 않겠다 싶었다. 어느 정도 진실성있게 대답을 할지 모르겠지만 심심하지는 않겠지. 사실 얄밉기도 하지만 궁금한 게 많긴 하다. 이 남자와 달리 자신은 겨우 이름 석 자만 알고 있지 않은가. 도대체 뭐 하는 사람일까. 아니, 어떤 남자일까.

"그전에, 왜 나한테 반말해요?"

"……."

"아무한테나 반말 듣는 것 기분 나쁘니까 앞으로 삼가주세요."

"그 말 하기엔 시간이 좀 지나지 않았나?"

"다시 볼 일 없을 거라고 생각하고 그냥 지나쳤는데 어쩔 수 없이 한 시간 정도는 함께 있어야 하니까……."

"말을 높여달라?"

"네."

"난 서른둘이야."

생각보다 나이가 있구나. 그런데 그게 무슨 상관이란 말인가. 서른둘 아니라 셋, 넷이라도 함부로 반말하는 건 마음에 들지 않았다.

"나이 많은 게 무슨 유세인가."

"그건 아니지만 이제 와서 새삼 말을 높이려니까 어색해서 말이야. 처음부터 말을 놓고 지내서인가 난 이게 편한데."

"서로 협의하에 그랬다면 상관없지만 아니잖아요."

"억울하면 같이 반말하던가."

"나이 많은 사람한테 어떻게 그래요?"

"그럼 이대로 가던가."

또 나왔다 저 유들거림.

처음 봤을 때부터 편한 인상은 아니었다. 한쪽만 쌍꺼풀이 진 눈은 도무지 무슨 생각을 하는지 알 수 없을 정도로 날카로우면서도 깊어 보였고 그 잘생긴 입술이 부드럽게 말아 올라갈 때면 심장이 떨릴 정도로 멋있긴 했다. 그러나 유들거리는 말을 뱉어 내는 그 순간은 그냥 꽉 쥐어박고 싶어진단 말이지.

"내가 먼저 할까?"

"뭘요?"

"진실게임."

"아, 뭐 좋으실 대로."

그녀가 크게 선심을 쓰듯 어깨까지 으쓱해 보이자 준우는 빙그레 웃으며 차선을 바꿔 탔다.

✳

—정말 이렇게 나오실 거예요?

"죄송합니다."

개인적인 볼일로 지방에 내려와 있다고 벌써 수도 없이 말했지만 수빈은 믿지 않았다. 이 시간에 준우는 도대체 어디서 무

엇을 하고 있는데 연락이 안 되는지, 비서라는 사람이 상사가
어디에 있는지 모른다는 게 말이 되는 건지. 혹시 급할 때 연락
하는 다른 번호가 있으면 알려달라는 등. 한 시간이 가까워지도
록 도무지 끊을 생각을 하지 않았다.

"아가씨, 오늘은 취한 것 같은데 그만……."

—취하지 않았다니까요. 다른 사람은 몰라도 끄윽…… 박 비
서님은 알고 있잖아요. 제발 도와주세요. 네?

도와주고 싶은 마음도 없지 않았다. 그러나 몇 년 동안 곁에
서 지켜봤는데 자신의 상사는 이 여자에게 도통 관심이 없었다.
서 회장뿐만 아니라 하 사장까지 은근히 결혼으로 밀고 있지만
정직 당사자가 아니라는데 어쩌겠는가.

"아가씨, 아까 말씀드렸다시피 제가 지방에 내려와 있는데 지
금은 저도 이사님과 연락이 되지 않습니다. 저 또한 계속 연락
을 취해볼 테니까 일단 전화를 끊어……."

—박 비서님, 정말 이러실 거예요?

"아니, 제가 뭘 어쨌는데요. 전화를 끊어야 이사님께 연락을
해보던가 하지요. 그러니까……."

—박 비서님은 사랑 안 해보셨죠? 아니, 연애 못해보셨죠?

아, 정말 감당이 안 되네. 이래 봬도 결혼했거든요. 분명 일
부러 전화를 받지 않는 것 같은데 그렇다고 술 취한 수빈이 자
신을 괴롭히고 있다고 말을 할 수도 없고 속이 터질 것 같았
다.

─사랑을 해본 사람이라면…….

"……."

─이렇게 모질지 못할 거야.

태어나서 모질다는 말은 또 처음 들어봤다. 그렇다고 구구절절 술 취한 사람한테 도는 이렇고 모는 저렇다고 설명할 수도 없으니 답답한 속만 새카맣게 타 들어갔다.

"혹시 댁에서 주무시고 계신 게 아닐까요?"

제발 그렇게라도 믿어주면 고마울 텐데 말이죠. 그러나 그건 순진한 박 비서만의 생각이었다. 혀가 엉켜서 발음도 정확하지 않으면서 정신은 어찌나 말짱한지 조금도 빈틈을 주지 않았다.

─아예 퇴근도 안 했대요. 내가…… 크욱, 가봤거든요.

"그럼 친구 분들과 저녁 약속이……."

─박 비서님, 정말 이렇게 나오실 거예요?

"죄송합니다. 제가 알면 말씀을 드리죠. 전화를 끊지 않으니 연락을 해볼 수도 없고."

그러니 이제 그만 좀 끊으시란 말입니다. 고상함과 도도함, 거기다 살짝 막내 공주과다 보니 세상천지 무서운 게 없는 여자였다. 당사자는 '전혀 관심없음' 접근 금지라고 찬바람을 쌩쌩 내고 있는데 정작 본인만 모르고 있었다.

─박 비서님.

"네."

─나 꼭 준우 씨, 크욱…… 내 사람으로 욕심낼 거예요.

누가 말립니까. 타고 온 차는 이미 서울에 도착하고도 남았겠다. 그러나 정작 돌아가야 할 사람은 달빛 좋은 고속도로에서 자동차 바퀴만 발로 툭툭 치고 있어야 하다니.

—그러니까 좀 도와주세요. 네?

"제가 무슨 힘이 있겠습니까."

—박 비서님.

"네, 아가씨."

—좋아한다고요. 사랑한다고요.

모르는 사람이 들으면 오해하기 딱 좋을 말이네. 좋아하는 사람이 누구인지 그 대상이 빠졌단 말입니다.

—그런데 이제…… 크욱, 지치려고 해요. 이건 뭐…… 눈먼 해바라기도 아니고. 박 비서님.

그 순간 빵빵 하고 클랙슨 울리는 소리가 들리자 박 비서는 무슨 말인지 알아듣지 못해서 몇 번을 되물었다. 네? 뭐라고 하셨어요? 빵빵, 죄송합니다. 잘 안 들려서. 네?

—박 비서님, 이렇게 나오면…… 크욱, 정말 곤란하죠.

"여보세요?"

—도와달라고요. 박 비서님 도움이 꼭 필요하다니까요.

"여보세요? 전화를 끊으셨나."

—정말 이러실 거예요?

"말씀이라도 하고 끊으시지. 아가씨, 그럼 편히 쉬세요."

탈칵, 전화를 끊고 나니 막혔던 숨구멍이 확 트이는 듯했다.

왜 진작 이 방법을 생각하지 못했을까. 박 비서는 흐뭇한 미소를 지으며 차에 올라탔다. 혹시나 다시 전화가 오면 어쩌나 했는데 다행히 핸드폰은 서울에 도착할 때까지 울리지 않았다.

다섯

"준우……."

잘못 들었을 거라고 생각했다. 그러나 눈만 감고 있었을 뿐 온 신경은 그 어느 때보다 날카롭게 곤두서 있던 터라 절대 잘못 들었을 리 없었다. 준우는 숨 쉬는 것도 잊은 채 미라를 돌아보았다. 방금 전까지 보았던 그 모습 그대로 잠이 들어 있었다.

"미라."

속삭이듯 부른 이름에 대답이라도 하는 듯 그녀의 입가에 살짝 미소가 걸렸다가 사라졌다. 진실게임과 훈의 이야기를 할 때는 조잘조잘 잘도 떠들더니 어느 순간 조용해서 돌아보니 잠이 들어 있었다. 낯선 사람 취급하면서 잔뜩 날을 세울 때하고는 너무 다른 모습이라 그는 운전을 하면서 자꾸 돌아보았다. 그러다 슬쩍 그녀의 머리카락을 만져 보기도 하고 조금 더 대담하게 손가락 끝으로 작은 턱을 쓰윽 문질러 보기도 했다. 차가 그녀의 아파트 앞에 도착한 지 벌써 30분이 지나 있었다. 깨울까 하다가 조금만, 조금만 더 기다려 보자고 했는데 설마 잠꼬대라도 한 것일까.

"……."

아직도 놀란 가슴은 진정이 되지 않아 호흡이 자꾸 거칠어졌다. 처음 보는 낯선 사람인 양 대하더니 어째서 이름을 부른 것일까. 일부러 모른 척했다고 하기엔 그녀의 눈동자는 너무 무심했었다. 그 순간이 떠오르자 눈동자로 불쾌감이 확 치밀었다.

"후우."

준우는 흥분된 마음을 가라앉히고 머리를 거칠게 쓸어 넘겼다. 그녀는 믿을 수 없게도 너무 편안한 얼굴이었다. 살짝 옆으로 기울인 고개 위로 뽀얀 달빛이 쏟아져 내리고 있었다. 저도 모르게 손가락이 그녀를 향했다. 달빛을 받아 우윳빛 같은 두 볼이 더 뽀얗게 보였다. 그는 아예 몸을 돌아앉아 좀 더 가까이 다가갔다. 어찌나 곤히 잠이 들어 있는지 얼굴을 바싹 들이밀고 있는 것도 모르는 듯했다. 며칠 아이와 함께 병원에 있느라 잠을 제대로 못 사서인가 꽤 피곤한 모양이었다.

"믿을 수 없군."

그러나 그 혼란스러움도 피부를 간질이는 숨결과 살짝 벌어진 붉은 입술이 닿을 듯한 거리에 있자 더는 아무 생각도 할 수 없었다. 준우는 마치 유혹하듯 벌어져 있는 그녀의 입술에서 시선을 떼지 못했다.

몇 번을 망설이던 손가락이 결국 붉은 입술에 닿았다. 순간, 손가락 끝으로 뜨거움이 확 몰려와 얼른 뒤로 물러나고 말았다.

"으음."

몸을 뒤척이며 나른한 숨결을 뱉어내던 그녀가 오히려 그에게 더 가까이 다가오자 준우는 그만 눈을 질끈 감았다 떴다. 미처 피하지 못한 귓가에 그녀가 뱉어내는 호흡이 그대로 느껴졌다. 달콤한 향내가 나는 듯했다. 인정하고 싶지 않지만 너무…… 그리운 향기였다.

"……"

심장이 미친 듯이 날뛰기 시작했다. 단 하루, 그러나 그 밤 내내 서로를 품었던 그 순간이 마치 어제의 일처럼 선명하게 떠올랐다.

"사랑해 줘요. 더 안아줘요."

까무룩 정신을 놓을 때도 그녀는 그의 사랑을 원했다. 마지막 불꽃을 피우는 사람들처럼 사랑을 하지 않으면 안 될 것 같은 절박함으로 서로를 안았던 그 밤, 그 순간, 그리고 두 사람. 그녀의 움직임, 뜨거운 숨결 단 하나도 잊은 게 없었다. 잊어버리리라, 심장에서 지우고 말리라. 수도 없이 다짐하고 또 다짐했던 그 순간조차도 놓지 못했던 여자인데.

주먹 쥔 그의 손이 부르르 떨렸다. 준우는 마치 자석에 이끌리듯 그녀를 향해 다가갔다. 당장 저 붉은 입술을 느껴보고 싶어 미칠 지경이었다. 온몸이 터질 듯이 부글부글 들끓어올랐다.

"……."

마침내 입술이 그녀의 입술에 살짝 닿았다 떨어진 그 순간, 그는 숨 쉬는 것도 잊고 있었다. 그저 닿기만 했는데 입술이, 온몸이 터질 듯이 뜨거워졌다. 제대로 맛도 못 본 입술 끝이 자꾸 그녀의 입술을 욕심냈다. 여전히 모든 게 혼란스러웠지만 지금은 아무 생각도 나지 않았다. 제발 조금만 더 있다가 깨어나길 바라며 고개를 숙였는데 거짓말처럼 꼭 감고 있던 그녀의 눈꺼풀이 천천히 열렸다.

"……."

껌벅이던 눈동자가 더할 수없이 커지고 놀라서 벌어진 입술은 금방이라도 비명 소리가 터져 나올 것만 같았다.

"뭐, 뭐 하는…… 읍!"

놀란 눈동자를 무시하고 그대로 입술을 삼켜 버렸다. 온몸이 빳빳이 경직되는 게 느껴졌지만 멈출 수가 없었다. 웅얼거리느라 허우적거리는 혀를 찾아 단단히 옭아 쥐고 빨아 당길 때도 그녀는 밀어내는 것조차 하지 못했다. 거칠게 몰아붙이는 입술

사이로 통증을 호소하는 신음 소리가 들렸다. 그러나 준우는 그마저도 무시했다. 입술이 닿는 순간 미처 몰랐던 갈증마저 터져버렸는지 속이 타고 목이 말랐다.

"하아, 하아."

"대리운전을 했으니 대가를 받아야지."

기가 막힌 핑계라는 걸 알지만 멈추고 싶지 않았다. 준우는 다시 입술을 삼키고 금방이라도 피가 터질 것 같은 붉은 입술을 혀로 부드럽게 핥았다. 밀어내지도 그렇다고 마주 안아주지도 않던 그녀의 손이 허공에서 천천히 내려왔다. 그는 야금야금 단 즙을 빨아 마시듯 그녀의 입속을 핥아서 타액을 마셨다. 머뭇거리면서도 혀끝에 칙칙 깅겨오는 느낌은 부드러우면서도 감칠맛이 나서 숨이 턱까지 차올라 얼굴이 벌게지도록 입술을 놓을 수가 없었다.

"왜……."

"하아, 하아."

마침내 입술을 놓아주고 두 손으로 발갛게 달아오른 그녀의 볼을 감싸 쥔 그는 혼란스러운 시선으로 물었다.

"왜, 밀어내지 않았지?"

"……."

"이럴 때 보통은……."

"뺨이라도 칠까요? 아니면……."

"……."

"소리라도 질러야 했나요?"

어찌나 세게 물고 빨았는지 그녀의 입술은 톡 건드리기만 해도 붉은 물이 뚝뚝 흘러내릴 것만 같았다. 준우는 그녀의 입술과 눈동자를 번갈아 쳐다보면서 정신없이 날뛰는 심장이 잦아들 때까지 기다렸다. 그러나 이미 달콤함을 맛본 심장은 더 미친 듯이 날뛰고 눈동자엔 끝도 없는 열기가 몰려들었다.

"궁금한 게 있어요."

그녀가 먼저 볼을 감싸고 있는 준우의 손을 잡아서 내리며 입을 열었다.

"말해."

"먼저. 조금만 뒤로 물러나 줄래요?"

너무 침착한 목소리였다. 미라는 뒤로 물러날 때까지 기다리겠다는 듯 그의 눈동자를 빤히 쳐다보았다. 뒤죽박죽 엉킨 머릿속은 이상할 정도로 차분했다. 마치 바람 한 점 없는 호숫가에 홀로 서 있는 듯한, 그러나 느끼지 못할 뿐 바람은 곳곳 어디에든 있다는 것을 알고 있었다. 미라는 움직임도 없이 천천히 준우가 뒤로 물러나는 모습을 지켜보았다. 시선은 그녀에게 향한 채 그가 운전석으로 완전히 몸을 기대자 참았던 숨이 한꺼번에 토해져 나왔다.

꿈을 꾸었다. 푸른 들판 같기도 하고 조용한 음악이 흐르는 카페 같기도 한, 넓은 공간에 단둘이 있었다. 햇살이 마치 그 남자를 향해서만 쏟아지는 듯 눈이 부셔서 제대로 얼굴은 보지 못했지만 느낌만으로도 알 수 있었다. 절대 낯선 남자가 아니라는 걸. 아니, 가슴 깊이 사랑으로 새겨진 남자라는 걸. 그가 다가와 입술을 부드럽게 삼켰다가 뒤로 물러날 때 이름을 불렀던 것 같다.

"……."

그러나 답답할 정도로 그 이름이 떠오르지 않았다. 아무리 꿈이라고 하지만 목소리로 입술로 뱉어진 이름이 기억나지 않다니 기가 막혔다.

"말해."

"이런 말 어떻게 들릴지 모르지만…… 처음부터 그랬어요."

"……."

"이상하게 낯설지가 않았어. 그런데 당신은 내 기억 속에 없는 사람이에요. 혹시……."

그녀가 말을 끊고 올려다보자 준우는 기대감 가득한 시선으로 마주 보았다. 그래, 말해. 도대체 이 기막힌 상황이 어떻게 된 것인지, 이 혼란스러움을 해결해 줘. 그렇게 한다면 그동안 모른 척, 아니, 몰라봤던 것까지 잊어줄게. 말해. 제발.

"우리가 만난 적이 있었나요?"

"……."

"왜 이런 생각이 드는지 모르겠지만……. 읍."

순식간에 일어난 일이라 무슨 행동을 하고 있는지조차 알지 못했다. 오물오물 움직이는 그녀의 붉은 입술만 보였다. 입술이 닿고 삼켜지는 순간, 그는 이대로라도 상관없다고 생각했다. 설사 잊었다고 해도 기억을 잘라냈다고 해도 상관없어. 지금 이대로의 모습으로 곁에 있으면 돼. 너만 있으면, 너만 내 곁에 있으면 아무 상관 없어. 엄청난 소유욕이 잠금 장치를 뚫고 거침없이 터져 나와 버렸다.

거칠게 부딪힌 입술에서 통증이 느껴졌지만 개의치 않았다. 이렇게 간절히 원하는 마음이 자신 안에 숨어 있다는 것조차 놀라웠다. 모든 걸 잊고 오직 일만, 앞으로 달리는 것만 하겠다고 다짐한 그 순간은 까마득한 곳으로 던져 버렸다. 둑이 무너지자 과거는 거친 물결에 쓸려가 버리고 현재와 미래만 보였다.

"으으…… 읍."

다급한 손길이 그녀의 뭉긋한 가슴 위를 움켜잡고 비틀었다. 그녀가 거칠게 반항을 하며 그를 밀어내려고 했지만 가뿐히 한 손으로 저지해 버렸다.

"그, 그만."

마침내 입술을 놓아주자 미라는 원망 가득한 시선으로 그를 노려보았다. 막연히, 낯설지 않다는 느낌만으로 밀어내지 않았는데 허용할 수 있는 범위를 넘어섰다. 이 남자를 보면 마치 뿌연 안개 속을 걷는 느낌이었다. 보일 듯 말 듯, 알 듯 말 듯. 경계선이 불분명한 위치. 시원하게 쏟아냈으면 좋겠는데 콱 막혀서 나오지 못하는 게 있는 것 같아 답답했다. 미라는 움켜쥔 주먹으로 그의 가슴을 힘껏 내려치고 목소리를 높였다.

"당신 누구야. 도대체 누군데⋯⋯."

"알아내."

"⋯⋯."

"스스로 알아내라고. 내가 누군지."

"도대체 무슨 소리를 하는 거예요?"

"그 질문엔 대답하지 않겠다는 말을 하는 거야."

"이봐요!"

"하준우."

"그딴 이름 따위⋯⋯. 후우, 이런 대화를 해야 하는 이유를 모르겠어. 이봐요, 제발 부탁할게요. 이제 다신 내 앞에 나타나지 밀아요."

"아니, 그 부탁 못 들어주겠어."

속이 펑 하고 터져 버렸으면 오히려 시원할 것 같았다. 확실한 거부라도 했으면 이렇게까지 밀어붙이지는 못했을 것이다. 그런데 그녀는 약간의 저항은 있었지만 분명 담담하게 그를 받아들였다.

"하나만 묻자."

"⋯⋯."

"날 어떻게 생각해?"

"무슨 소리예요?"

"지금 느낌 그대로 말해봐. 날 어떻게 생각하느냐고."

완곡하게 밀어내지 못하고 잘 알지도 못하는 남자와 깊은 키스를 했다는 것도 혼란스러운데, 이 남자 도대체 무슨 말을 하는지 모르겠다.

"생각해 본 적…… 없어요."

"그럼 지금 이 순간부터 생각해."

준우는 꽉 주먹 쥔 그녀의 작은 손을 커다란 손으로 덮었다. 빼내려는 걸 꼬옥 움켜쥐고 놓아주지 않았다. 어느 순간 손끝의 떨림이 잠잠해졌다. 아무 말도 없었지만 그녀의 생각이 손끝을 타고 느껴지는 듯했다. 시선은 오직 그녀를 향했고 뱉어진 호흡은 작은 공간에서 서로 뒤엉켜졌다. 그가 그녀에게 그녀가 그에게 끌려 들어가는 듯한 느낌. 마주 보는 시선이 팽팽하게 당겨졌다.

"그만, 가봐야겠어요."

"……."

"내려서 열쇠 주세요."

그녀가 먼저 시선을 피하고 그의 손길을 벗어났다. 탈칵, 차문이 열리고 작은 몸이 내릴 때까지 준우는 아무 움직임도 없이 지켜보기만 했다. 꿈이라면 제발 깨어나지 말고, 꿈이 아니라면 함께 있는 이 순간이 멈춰 버렸으면 좋겠다.

고요한 달빛이 그녀의 어깨 위로 내려앉았다. 순식간에 솟아오른 욕망이 거짓말처럼 사라지고 난 뒤의 허탈함이 그를 지배했다. 그녀가 깨지 않았다면, 아니, 거절하는 목소리가 들리지 않았다면 어땠을까. 그 순간 멈춰야 한다고 명령을 내린 이성을 부숴 버리고 싶었다.

준우는 거칠게 얼굴을 쓸어내렸다. 그녀를 태우고 어디든, 아니, 둘만 있을 수 있는 곳으로 숨어버리고 싶었지만 그럴 수 없다는 걸 알고 있었다. 한순간의 욕망이 모든 것을 해결해 주지는 못할 테니까. 단지 그것만으로 만족하지 못할 테니까. 후우, 정말이지 꿈을 꾼 게 아닌가 싶을 정도였다. 돌아선 그녀의 어깨가 살짝 들렸다 내려앉는 게 느껴졌다. 넌 지금 무슨 생각을 하고 있는 거니.

*

하늘에 시커먼 구름이 가득했다. 병원에서 나온 뒤 준우는 마치 입이 굳어버린 사람처럼 아무 말도 하지 않았다. 가끔 박 비서가 힐끔거리며 쳐다봤지만 일부러 모른 척했다.

"죄송합니다."

"……."

"그게 겨우 시간을 낸 거라……."

4년 전 미라를 치료했던 의사는 다행히 병원에 있었다. 그러나 그 짧은 만남이 오히려 더 심한 답답증을 몰고 왔다.

"우리 과에서 제일 오래 치료를 받긴 했지만 워낙 여러 과에서 함께 본 환자라…… 글쎄요. 알고 싶은 게 정확히 무엇인지 모르겠지만 내가 해줄 수 있는 말은 별로 없을 것 같군요."

학회 참석 때문에 공항으로 가야 한다는 의사는 10분도 안 되는 짧은 시간만 허용했다. 4년이라는 시간이 지났지만 워낙 큰 사고인데다 두 대의 차에 타고 있던 사람 중 단 한 명만 살아남았다고 했다. 아, 두 명이라고 해야 하나. 긴 숨을 토해내며 읊조리는 말에 준우는 그 깊은 시선으로 미세하게 떨리는 의사의 표정을 놓치지 않았다.

"기적이라는 말은 이런 때 쓰는 거겠지. 아이도 그렇고."

그날을 회상하는 의사는 한 생명을, 아니, 두 생명을 살렸다는 기쁨보다는 아쉽고 안타까워하는 모습이 더 커 보였다. 묻고 싶은 말이 너무 많았지만 결국 준우는 시간이 없다고 서두르는 의사를 더는 붙잡지 못했다.

"나보다는 도움이 될 만한 사람이 있긴 한데. 그전에 물어볼 말이 있습니다."

의사는 가운을 벗고 양복 상의를 걸친 뒤 그를 향해 돌아서지도 않고 물었다.

"환자 분과 어떤 사이죠?"

그 순간을 생각하니 다시 온몸에 소름이 쫘악 돋았다. 그러게, 무슨 사이라고 말해야 하나. 그는 의사의 질문에 한참 동안 말을 하지 못했다. 무려 4년이 지났고 이제 와 새삼 그때의 일을 물어오는 사람이 좋게 보일 리 없겠지. 처음 자신의 명함을 받아 든 의사는 시큰둥한 표정을 지으며 환자에 대한 비밀 엄수에 대해서 짧게 말을 했다.

"오랫동안 찾았던 사람입니다."

의사는 준우의 말을 듣고도 등을 돌린 채 잠시 그렇게 서 있었다. 그리고 이제 정말 시간이 없다면서 가방을 들고 나가기 전, 검은색 바탕에 은색 글씨가 쓰인 명함 하나를 건네주었다.

봄빛병원 원장, 박수석.

의사는 마치 그 자리를 회피하는 사람처럼 다급해 보였지만 더 잡을 수도 없었다. 준우는 의사가 택시를 잡아타고 병원을 빠져나가는 모습을 지켜본 다음에야 차에 올라탔다. 저녁 빛과 함께 더 싙어신 하늘은 금방이라도 한바탕 비가 쏟아질 것처럼 어둑했다.

"댁으로 모실까요?"

박 비서가 조심스럽게 물어왔지만 그는 아무 말도 하지 않았다. 길가 가로수가 세찬 바람을 이기지 못하고 이리저리 휘둘렸다. 봄빛병원이라. 봄빛병원이라.

"여기서부터는 혼자서 가겠습니다."

"제가 모시……."

"내일 회사에서 뵙겠습니다."

박 비서가 허리를 굽혀 인사하는 사이 그는 급하게 핸들을 꺾었다. 화가 난 듯 꽉 다문 입술이 더욱 단단해졌다. 옛일을 털어놓듯이 슬슬 이야기해 줄 거란 기대는 하지 않았지만 오히려 더 답답해질 줄은 몰랐다. 달랑 명함 한 장 받았을 뿐, 박 비서가 미리 조사해 온 내용과 다를 게 하나도 없었다. 아니, 오히려 부족했다.

"봄빛병원이라."

찾아간 병원은 10층 건물에 진료과는 달랑 산부인과와 소아과가 전부였다.

주차장에 차를 세운 준우는 한참 동안 병원을 노려보고만 있었다. 병원 입구엔 산부인과에서 진료하는 종목들이 쭉 나열되어 있었다. 산부인과에 소아과라.

"음."

그녀의 언니 미순은 병원에 도착하고 채 하루도 견디지 못했다고 했다. 그 몸으로 아이가 무사히 태어났으니 아이의 운명이 참 대단하다는 생각이 들었다. 그런데 궁금해한 사람은 언니가 아니라 동생 미라인데 왜 이곳을 알려주었을까. 명함을 다시 한 번 확인한 그는 차에서 내려 곧장 병원 안으로 들어갔다.

"후우, 쉬운 게 없군."

원장은 다음 주까지 병원에 나오지 않는다고 했다. 준우는 차에 올라타면서 낮게 욕설을 뱉어냈다. 후두둑, 그예 하늘에서 굵은 빗방울이 쏟아져 내리기 시작했다. 차창을 두드리는 빗소리가 마치 머릿속을 쿡쿡 쑤셔대는 것처럼 크게 울렸다.

"미라, 성미라."

조용히 불러본 이름이 심장 안으로 묵직하게 스며들었다. 무려 4년이라는 시간이 흘렀는데, 그 힘든 시간을 무사히 버티어 냈다고 생각했는데 작은 감정 하나도 버린 게 없었다. 다시 만나지 않았다면 어땠을까. 그녀의 존재를 까맣게 잊고 살아간다면…… 그랬으면 어땠을까.

한꺼번에 쏟아지는 빗물은 마치 폭우를 연상케 했다. 그는 길 잃은 아이처럼 주차장 구석에 차를 주차해 놓고 후두둑, 후두둑 떨어지는 빗소리를 들었다.

얼마의 시간이 흘렀을까. 의자 뒤로 기댄 몸을 일으킨 준우는 정신없이 오고 가는 와이퍼를 노려보다 주차장을 빠져나왔다.

"결국 여기였나?"

무작정 차를 몰았는데 도착한 곳은 그녀가 있는 아파트 앞이었다. 곧고 굵은 빗줄기가 와이퍼가 무색할 정도로 쏟아져 내렸다. 그러나 시원하게 쏟아지는 빗줄기를 보면서도 마음은 더 답답해졌다.

✳

이제 고작 이틀이 지났을 뿐인데 몇 주일은 훈 없이 지낸 것 같은 허전함이 밀려왔다. 시골에 있는 줄 뻔히 알면서도 왠지 퇴근을 하면 유치원으로 가야 할 것 같은 생각이 들 정도였다. 간단히 저녁을 해결하려고 제과점에서 샌드위치를 사가지고 왔는데 샤워를 하고 나와보니 비가 쏟아지고 있었다. 끈 면 티에 짧은 반바지만 입은 미라는 열어놓은 베란다 창으로 세찬 빗줄기가 쳐들어오는 모습을 한참 동안 바라보고 있었다. 그러다 문득 생각이 나 냉장고로 달려가서 이것저것 꺼내놓기 시작했다. 먼저 걸쭉하게 밀가루 반죽을 하고 호박, 감자, 부추, 청량 고추를 알맞은 크기로 썰어 넣고 냉동실에 있는 오징어까지 넣었더니 벌써부터 입 안에 침이 가득 고였다.

"너무 많이 했나?"

훈과 함께 살면서부터 혼자 먹기 위해 음식을 해본 기억은 별로 없었다. 퇴원을 하고 공황상태로 보냈던 몇 달은, 아니, 김여사와 함께 사는 동안은 주방엔 거의 들어오지 못했다. 자라면서 할머니를 많이 따르긴 했지만 아직 걷지 못했을 때 훈은 그녀의 품을 좋아했다. 잠투정을 할 때도 그랬고 미열이라도 있어서 보챌 때는 더더욱 그랬다.

"그러더니 오늘은 전화도 없네. 배신자."

어제는 일어나서 한 번, 용케 점심시간을 맞추어서 또 한 번, 집에 도착했을 때 저녁을 먹기 전 후, 두 번이나 더 전화를 해서 기특하다고 했더니. 마지막으로 졸린 목소리로 전화를 했을 땐 행복해서 큰소리로 웃음을 터뜨리고 말았다.

"품 안의 자식이라더니."

미라는 투덜대면서도 스스럼없이 자식이란 말이 나오자 혼자서 피식거리며 웃었다. 지글지글 프라이팬에서 노랗게 구워지는 부침개를 보고 있자니 막걸리라도 한 병 사올 걸 하는 생각이 들었다.

"막걸리는 무슨, 소주가 제격이지."

맥주는 배가 불러서 싫고 막걸리는 마실 땐 좋은데 크윽, 하고 올라올 때의 그 느낌이 싫어서 즐겨 하지 않는다. 한 장을 굽고 냉장고에서 시원한 소주를 한 병 꺼냈다.

"날씨 받쳐 주시고 안주 좋고……."

두 잔의 소주를 연거푸 마셨더니 얼굴이 금세 확 달아올랐다. 불어오는 바람은 시원하고 자글대는 기름 소리는 시원한 빗소리에 묻혔다. 많다 싶을 정도의 부침개를 다 구워놓고 한 조각만 먹은 뒤 거실로 나왔다. 비가 어찌나 세차게 들이치는지 베란다 바닥이 흥건히 젖어 있었다. 꼬맹이도 보고 싶고 누군가 곁에 있다면 주절주절 떠들고 싶기도 한데 혼자 있는 이 시간도 싫지 않았다. 도대체 이런 한가한 시간을 보낸 적이 언제인지 기억도 없었다.

"날 어떻게 생각해?"

숨 막히는 키스를 하고 난 후 그는 마치 코너로 몰 듯 그녀를 밀어붙였다. 이해할 수 없지만 단순한 기시감이라고 하기엔 남자의 존재가 너무 익숙하고 편안하게 느껴지긴 했다. 혹시 스치는 인연으로라도 만난 적이 있었나 그 밤 내내 머리를 쥐어뜯으며 생각을 했지만…… 없었다. 있을 리가 없지 않은가. 적은 나

이도 아닌데 누군가를 가슴 깊이 담아본 적도 없었다. 문득 참
재미없이 살았다는 생각이 들었다.

　"항상 조심하고 또 조심해야 한다. 스스로를 아껴야 다른 사람
들도 나를 아껴주는 거야."

　잔소리처럼 말씀하시는 엄마 때문만은 아니었다. 처음 1년은
기숙사 생활을 했고 2학년 때부터는 언니 미순이 있는 곳과 학
교가 너무 멀어서 근처 원룸에서 혼자 지냈다. 그리고 학교 앞
서점에서 아르바이트를 했는데 한 달에 두 번 시골에 내려갈 때
를 제외하고는 일요일도 일을 했었다. 그러다 보니 흔한 미팅
한 번 못해봤고 딱히 남자친구라는 명목으로 누군가를 사귄 적
도 없었다.

　"청춘을 그렇게 모범생으로 썩히면 나중에 후회만 남는다는
걸 왜 몰라. 학교 서점, 학교 서점. 지겹지도 않니?"

　미팅 자리에 끌고 가려고 속살거리는 친구들의 말도 사실 그
리 달갑지 않았다. 다섯 살 차이나는 미순이 용돈을 주긴 했지
만 그냥 앉아서 고생한 돈을 받아쓸 수 없다는 생각으로 시작한
일인데 생각처럼 힘들지도 않았고 꽤 즐거웠다. 그리고 사고가
났고 남들보다 2년 늦게 졸업을 했다. 한 번도 훈을 한 다리 건

너 조카라는 생각을 해본 적이 없었다. 가끔 엄마라고 부를 때도 있지만 그녀 또한 훈을 친자식 이상으로 아끼고 사랑하니까.

미라는 문득 깊게 파인 티셔츠 때문에 삐죽이 올라온 짙은색 흉터를 손가락으로 쓸었다. 이제는 아무런 감각도 없지만 한동안 손끝에 닿는 울퉁불퉁한 느낌을 견디지 못해서 집에서도 한여름에 목까지 감싸는 옷을 입곤 했었다. 하지만 보이지 않아서 더 아픈 것보다 눈으로 보고 손으로 만져지는 상처는 차라리 낫다. 이깟 흉터, 라고 생각하기까지 꽤 시간이 흘렀지만 어쨌든 자신은 살아서 숨을 쉬고 있으니까.

"에잇, 겨우 두 잔 마셨는데……."

날씨 탓이다. 아니, 그 남자 때문이다. 하준우, 하준우라.

꼭꼭 닫아놨던 기억을 꺼내놓는 건 별로 달갑지 않다. 도무지 알 수가 없었다. 아무리 거부할 수 없는 매력을 가진 남자지만 어떻게 그런 깊은 키스를 하게 했을까. 분명 거절할 수 있었는데 마치 그 순간을 기다렸던 사람처럼 그의 입술을 달게 받았다. 거칠면서도 달콤하고 부드러운 입술의 감촉은 한순간 짜릿함까지 느끼게 했다. 아니, 이상할 정도로 익숙하기까지 했다. 분명 처음인데, 낯설지 않은 그 느낌은 무엇이었을까.

"이제부터 생각해."

도대체 무슨 의도인 걸까.

우르르 쾅쾅. 혼란스러움을 떨쳐 내려고 고개를 흔드는데 폭우를 뚫고 요란한 굉음이 들려왔다.

"벌써 장마가 시작인 건가?"

벌떡 일어나 베란다 밖을 내다보니 세찬 비바람에 가로수가 제멋대로 휘청거리고 있었다. 전화가 올 때까지 기다려야지 했는데 천둥소리에 번쩍번쩍 번개까지 치자 꼬맹이 목소리가 듣고 싶었다. 유치원을 다니고 얼마 지나지 않아서 이제부터는 혼자 자겠다고 당당히 말하더니, 천둥소리에 후다닥 베개를 들고 뛰어들어 와 한다는 소리가 이모 무서울까 봐 왔다고 했었지. 그 표정이 떠오르자 절로 웃음이 새어 나왔다. 귀여운 녀석.

가방에서 핸드폰을 꺼내 들고 막 폴더를 올렸는데 딩동, 초인종 소리가 들렸다.

"누구지. 누구세요?"

"……."

딩동, 대답없이 다시 초인종이 울렸다. 올 사람이 없을 텐데. 중얼거리다 다시 누구세요, 하고 소리를 지르던 미라는 순간 헙, 하는 소리와 함께 입술을 꾹 닫고 말았다.

"……."

아무리 인디폰 화면을 보고 또 보아도 믿을 수 없게 내내 신경을 곤두서게 한 그 남자가 맞았다.

"뭐, 뭐야. 여긴 또 어떻게 알고 온 거지?"

그냥 없는 척, 모른 척해 버릴까. 하지만 이미 누구냐고 목소리를 내지 않았던가.

미라는 이러지도 저러지도 못하고 손톱을 잘근잘근 씹으며 모니터 화면과 현관 입구를 번갈아 쳐다보았다. 아, 진짜 대책이 안 서는 남자네.

"나이가 서른둘이나 된다면서 이팔청춘도 아니고 왜 비를 쫄딱 맞고 다니느냐고."

화면 속 남자는 흠뻑 젖어서 온몸으로 물기를 뚝뚝 떨어뜨리고 있었다. 모른 척했으면 좋겠는데 수건이라도 건네주어야 할 것처럼 애처로워 보이는 건 또 뭔지. 아, 진짜 신경 쓰이는 남자네. 결국 그녀는 문을 열고 얼굴을 삐죽이 내밀었다.

"열지 않을지도 모른다고 생각했는데."

누구 놀리는 것도 아니고, 그녀가 찌릿 노려보면서 문을 더 열어젖히자 준우는 성큼 안으로 들어섰다.

"욕실은 저쪽이에요."

아무래도 수건으로는 해결이 될 것 같지 않아서 미라는 불퉁한 목소리로 욕실을 알려주고 홱 돌아섰다. 그가 지나간 자리마다 바닥에 흥건히 물이 고였다. 걸레질을 하다 보니 은근히 화가 치밀었다.

"예의는 어디다 국 말아 먹었나. 어떻게 그 몸으로 남의 집에 올 생각을 했는지 몰라."

문을 열어준 사람은 어떻고? 그럼 있는 것 알았을 텐데 안 열어주니? 혼자서 중얼중얼 투덜투덜대다가 욕실 문을 찌릿 노려보면서도 기운없어 축 처진 것 같은 뒷모습이 자꾸 떠올랐다. 무슨 일이 있는 건가.

쏴아아, 물줄기 소리가 들리고 얼마 지나지 않아 탈칵, 욕실 문이 열리는 소리가 들렸다. 머리는 물기만 닦은 것 같은데 방금 전보다는 그나마 나아 보였지만 와이셔츠와 바지는 여전히 젖은 채였다. 그가 들고 있는 수건으로 바지 끝을 꾹꾹 누르는 동안도 물방울이 뚝뚝 떨어졌다. 그러게 철없는 소년도 아니고 왜 비를 쫄딱 맞고 다니느냐는 거지.

"흠흠, 닦아도 소용없을 것 같은데."

"설마 이 상태로 다시 나가라고?"

"내가 집에 없었다면…… 하여간 그런 차림으로 있을 수는 없잖아요."

"어떻게 하길 바라는데?"

"그쪽이 알아서 해야지 그걸 왜 나한테 물어요?"

"하준우."

"후우, 하준우인지 상준우인지, 아니, 중준우인지. 상중하 내 알 바 아니지만 이거 하나는 분명히 하자고요. 지금 그쪽이 내 집에 온 거거든요."

"내가 걸칠 수 있는 게 있나?"

"지금 우리 집에서 샤워…… 씻기라도 하겠다는 거예요?"

놀라서 묻는 말에 준우는 어깨를 으쓱해 보였다. 질척대듯 달라붙어 있는 옷을 벗어 던지고 씻고 싶은 마음이 간절했다. 아파트 입구에서 조금 떨어진 곳에 차를 주차했는데 우산이 없었다. 처음부터 그는 비를 조금이라도 덜 맞기 위해 달리는 행동은 하지 않았다. 아니, 오히려 천천히 걸어서 온몸으로 비를 흠뻑 맞았다. 이 혼란스러움이 씻길 수 있다면, 지나간 시간을 무시하고 자꾸 허우적거리고 있는 자신이 한심해서 그럼에도 불구하고 바보처럼 놓지 못하는 미련을 쏟아지는 빗물에 모두 씻겨 버릴 수 있다면, 이 정도의 비는, 아니, 더 세찬 비라도 상관없었다. 어쩌면 문을 열어주지 않을지도 모른다는 생각을 하고 올라왔는데 그나마 얼굴을 볼 수 있어서 다행이었다.

"이렇게 바닥에 잠깐 앉았다 갈 테니까 차라도 한 잔 줘."

뚝뚝 떨어진 물방울이 고인 곳에 그가 털썩 주저앉으며 말하자 미라는 한숨을 푹 내쉬었다. 정말 씻겠다고 할까 봐 잠깐 사이 어찌나 머리를 굴려댔는지 어질하기까지 했다.

"좋아요. 백번 양보해서 마음씨 넓은 내가 차 한 잔 정도는 대접하죠."

"대단히 고맙군."

"당연히 그래야죠. 홍차, 녹차, 둥글레차, 그리고 믹스커피 있는데 뭐 마실래요?"

"커피."

짧게 대답을 하자 그녀는 입술까지 삐죽이 내밀며 툴툴거렸다. 커피도 별로 없는데…… 차를 마시면 좀 좋아. 좌우지간 마음에 안 든다니까.

"뭐 하는 건지 모르겠네."

저 남자하고는 왜 만날 때마다 이해불가라는 말이 떠오르는
지 모르겠다. 그러나 정말 이해가 되지 않는 건 낯선 남자와 게
다가 진한 키스까지 한 사람인데 단둘이 집에 있는 이 상황이
전혀 불안하지 않다는 거였다.

"……."

주방에서 달그닥거리는 소리가 들리자 준우는 벽에 비스듬
히 몸을 기대고 주변을 둘러보았다. 아담하게 꾸며진 거실 풍경
은 아이가 있는 집답게 한쪽 벽면은 반 정도 책으로 채워져 있
고 책상 옆으로 커다란 장난감 상자가 두 개나 놓여 있었다. 작
지 않은 아파트인데 아이의 짐이 대부분 거실로 나와 있었다.
그럼 방엔 침대만 있나. 괜히 궁금했다. 그러나 그는 단순히 궁
금한 게 아니라 아이의 존재를 부러워하고 있다는 걸 금세 인정
했다.

"우리 엄마한테 할 말 있어요?"

라고 묻던 당돌한 눈빛, 마치 낯선 침입자를 경계하는 듯한
작은 사자의 모습 같았다. 조카라…….

곧 그녀가 커피 두 잔과 토끼 모양으로 깎은 사과 한 접시를
담은 작은 상을 들고 거실로 나왔다. 사과를 본 그가 피식 소리

를 내며 웃자 미라는 못마땅한 시선으로 힐끔 쳐다보고는 커피 잔을 집어 들었다.

"무슨 일로 왔어요?"

"……."

"그보다 집은 어떻게 알았어요?"

"……."

"그리고 왜 그렇게 비를 쫄딱 맞고 다니는 거예요? 서른 하고도 둘이라면서요. 좀 심하다는 생각 안 들어요?"

그녀가 입술을 삐죽삐죽 내밀며 질문인지 투덜거림인지 모를 정도의 말을 했지만 준우는 대답없이 커피 잔을 들고 그 향기를 입속 가득 담았다. 그는 차 종류를 좋아하지 않는다. 커피도 달지 않은 걸 좋아해서 믹스도 설탕 부분은 한 스푼 정도 넣지 않고 마시는데 입에 딱 맞았다.

"설탕을 뺐나 보군."

"아, 습관이 돼서. 난 믹스커피에서 설탕을 조금 빼고 마시거든요. 쓰면 좀 넣어줄까요?"

"아니, 나도 이렇게 마셔."

"그래요? 다행이네요."

두 사람이 동시에 커피 잔을 들었다 내려놓았다. 침묵이 빗소리에 조금씩 흔들렸다. 휙 불어온 바람이 커튼을 흔들고 두 사람을 휘돌다가 주변으로 흩어졌다.

이제 낯설다는 표현은 할 수 없을 것 같다. 손가락에 꼽을 정

도의 만남이지만 그때마다 너무 깊숙이 다가오는 것 같아, 단둘
이 있는 이 순간마저도 익숙할 정도였다. 고개를 든 순간 준우
도 막 커피 잔을 내려놓고 그녀를 바라보았다.

"……."

애써 냉정을 찾으려 했지만 저도 모르게 눈동자에 열기가 몰
렸다. 처음엔 이 상황을 어떻게 받아들여야 하나 고민을 했는데
그녀의 눈동자와 마주친 순간, 오히려 얄팍한 흑심을 품어버린
자신이 민망할 정도였다.

"무슨 일로 우리 집에 온 거죠?"

아무리 기다려도 먼저 입을 열 것 같진 않았다. 궁금한 건 잽
싸게 물어오면서 정작 다른 사람이 궁금해하는 건 알아서 말을
해주지 않는 사람이다. 그래서 물었는데 이 남자 커피만 홀짝거
릴 뿐 대답이 없었다.

"이봐요. 아, 좋아요. 이름 불러주는 게 뭐 어렵다고."

이봐요, 하는 순간 그의 눈썹이 획 추켜 올라가자 미라는 얼
른 말을 바꿨다. 까짓것 선심 좀 쓰겠다는 말투에도 그는 마음
에 들지 않는다는 듯 꾹 다문 입술 끝을 눈에 띄게 실룩거렸
다.

"하준우 씨, 이젠 말 좀 해야 하는 것 아니에요?"

"그냥…… 왔어."

"아항, 그냥, 그러니까 그냥 왜 왔는데요?"

"보고 싶어서 왔다고 해두지."

"말을 참 두루뭉술하게 하는 것 알아요?"

"내가?"

"네, 그쪽…… 아니, 하준우 씨요. 그냥 깔끔하게 보고 싶어서 왔다. 그렇게 말을 하면 듣는 사람도……."

"보고 싶어서 왔다는 말이 듣고 싶은 거야?"

"무슨 말을 못해. 누가 그렇대요?"

펄쩍 뛰는 모습에 준우는 피식 웃었다. 계획도 없이 무작정 왔다고 하면 어떤 표정일까. 의문투성인데 아무것도 해결된 것이 없어 답답해서 왔다고 하면 무슨 말을 해올까. 그는 한 모금 남은 커피를 비워 버리고 창밖으로 시선을 돌렸다. 뿌연 유리창이 빗줄기 때문에 하염없이 흔들렸다. 윙윙, 핸드폰의 진동음이 들린 건 그가 막 시선을 돌려 그녀를 바라봤을 때였다.

"훈이니?"

준우는 그녀가 아이의 이름을 다정하게 부르며 활짝 웃는 모습을 물끄러미 바라보았다. 그의 시선을 느꼈는지 슬그머니 자리에서 일어나 방으로 들어갈 때까지도 뒷모습을 끝까지 지켜보았다. 문을 살짝 열어놓고 들어가서 통통 튀는 듯한 목소리가 그대로 들려왔다.

"그랬어? 정말 재미있었겠다. 약은 먹었고?"

묻는 목소리에 사랑이 가득 느껴졌다. 자신과 대화를 할 때와는 너무 다른 톤이라 그는 방문 사이를 바라보며 눈썹을 꿈틀거렸다. 씻고 나올 때도 옷차림이 눈에 들어오지 않았는데 마주 앉는 순간, 눈빛에 광채가 날 정도였다. 가느다란 하얀 끈 사이로 훤히 드러나는 어깨와 아슬아슬할 정도로 위태롭게 보이는 풍만한 가슴. 일순 머릿속이 하얗게 변해서 질문에 건성으로 대답을 하고 말았다. 그러나 정작 그녀는 자신의 옷차림에 대해 아무것도 느끼지 못하는 듯했다. 일부러 보지 않으려고 시선을 돌렸지만 자꾸 질문을 하니 어쩔 수 없이 마주 봐야 했다.

"음."

봉긋 솟은 가슴 위로 길게 난 상처 자국이 떠오르자 준우는 묵직한 신음 소리를 냈다. 손끝에서 발끝, 머리카락 한 올까지도 모조리 소유했던 그날 밤에는 없던 상처였다. 많이 아프고 힘들었을 거라는 생각이 들자 심장 한쪽이 아릿하게 젖어들었다.

"이번 주 말고? 그렇게 좋아? 음, 그건 생각 좀 해봐야겠다. 글쎄…… 알았어. 일단 할머니하고…… 고집쟁이. 좋아. 다음 주까지 있는 걸로 하자."

아쉬운 듯 전화를 끊는 목소리가 들리고 한참 지난 후에야 미라는 거실로 나왔다. 눈가가 촉촉하게 젖어 있었다.

"……"

준우는 그녀가 무슨 말이라도 먼저 해올 때까지 기다리기로 했다. 아이에 대한 애정이 꽤 남다른 모양이다. 다른 곳도 아니고 할머니와 있는데 저렇게 애타하니.

"누구였어요?"

"……."

"전에 나보고 누구를 닮은 것 같다고 했잖아요."

"닮은 게 아니라……."

그는 빈 커피 잔을 빙글빙글 돌리며 잠시 말을 멈췄다. 무슨 말인가를 하길 바랐지만 이런 질문을 하리라고는 생각 못했다.

"같은 사람이야."

"그게 무슨……."

"그전에 부탁이 있어. 옷을 갈아입던가 뭘 걸치던가 했으면 좋겠는데."

무슨 뜻인지 몰라 말똥거리던 눈동자기 시선을 밑으로 내리는 순간 짧게 비명까지 질렀다. 세상에. 후다닥 방으로 들어간 뒤 쿵쿵거리는 소리가 들리자 준우는 빙그레 웃던 웃음을 천천히 지워갔다. 그사이 한쪽 어깨 끈이 슬며시 내려와 가슴 둔덕이 더 아슬아슬하게 보였다. 피가 뜨겁게 끓어오르려는 걸 막아야 했기에 결국 옷을 갈아입어 달라고 부탁하고 말았다. 비에 젖은 옷이 더 칙칙하게 달라붙었다.

어찌나 빗줄기가 세차게 내리치는지 피부가 아플 정도였다. 아파트 입구에 서서 온몸이 흠뻑 젖어가는 동안 그는 생각하고 또 생각했다. 이렇게까지 하는 이유가 뭐냐. 다시 시간을 되돌릴 수도 없는데. 그러나 수없이 반복되는 생각의 끝엔 늘 같은 말이 맴돌았다.

‘끊어낼 수 없다면 잡아버리자.’

지난 시간 따위 무슨 상관이랴. 이미 자신의 여자였고 그가 건넌 길을 그녀는 아직 건너오지 않았을 뿐이라고, 그렇게 생각해 버리기로 했다. 심장에서 지웠다면 다시 새기게 하면 된다. 눈동자에서 버렸다면 다시 주워 담게 하면 된다. 보지 않겠다고 하면 보게 할 거고, 손을 잡지 않겠다고 하면 자신이 잡은 손을 놓아주지 않으면 된다.

혼란스러웠던 머릿속이 갑자기 청명하게 맑아졌다. 어쩌면 결혼을 한 게 아니라는 걸 안 순간부터 이미 결론은 나 있었는지 모른다. 그때부터 심장은 다시 뛰고 있었으니까.

“흠흠.”

인기척 소리에 준우는 창밖을 바라보던 시선을 그녀에게 향했다. 위험스럽게 입었던 옷을 벗어 던지고 정말 꼼꼼하게도 싸매고 나왔다. 무릎 아래까지 내려온 반바지에 목을 반이나 감싼 반팔 티셔츠. 지퍼를 살짝 내리긴 했지만 더운 날씨에 입기에는 답답해 보였다.

“미, 미안해요.”

“뭐가?”

“갑자기 찾아오는 바람에 생각을 못했어요.”

“날 위해서 부탁한 거니까 신경 쓰지 마.”

“……”

씨익 웃는 미소에 미라는 경계의 눈빛으로 그를 바라보았다.

정말이지 생각지도 못했다. 알았다면 문을 열기 전 옷차림부터 살폈겠지. 그러나 옷을 갈아입으면서 거울에 비친 긴 흉터 자국을 보자 혹시 이것 때문이 아니었을까 하는 생각을 했다. 정면으로 보였을 테고 흉했겠지. 민망해서 화락 달아오른 얼굴이 일그러지고 입술 끝이 자꾸 비틀어졌다.

"커피를 한 잔 더 마시던가 다른 거라도 줄까요?"

"내가 불편한가?"

"잘 알치도 못하는 남자와 한집에 있는데 당연한 것 아니에요?"

"나에 대해 생각해 보라는 것……."

"그 생각이라는 것, 하지 않으려고요."

목소리는 마치 무언가를 싹둑 잘라내는 것처럼 단호했다. 준우는 빈 커피 잔을 맹렬히 노려보다 열기를 식힌 시선으로 그녀를 바라보았다.

"왜?"

"일일이 설명하기 싫어요. 다만 난 내 감정에 충실하고 싶고 그 안에…… 하준우 씨가 없을 뿐이에요."

"진심이야?"

"네."

"그거 참 안됐군. 나 또한 내 감정에 충실할 거고 그 안에는 성미라라는 여자가 아주 크게 차지하고 있는데 말이야."

지나가는 말이라고 하기엔 준우의 눈빛은 너무 진지했다. 도대체 왜 저런 눈빛으로 바라보는 것일까. 이해할 수 없었다. 오래된 연인을 바라보는 듯한, 깊고 열망이 가득한 그래서 거부할 수 없고 빠져들게 만드는 늪 같은 눈동자. 미라는 찌르는 듯한 시선을 외면하고 자리에서 벌떡 일어섰다. 그러나 한 걸음을 내딛기도 전에 손목이 잡혀 홱 끌려갔다.

"뭐, 뭐 하는 거예요?"

놀라 발끈하고 대드는 목소리가 제법 날카로웠다. 무릎에 앉아서 넓은 품에 쏙 안겨 있다는 걸 깨닫는 순간 벗어나려고 몸부림을 쳤지만 그는 꿈쩍도 하지 않았다.

"두 번 놓칠 생각 없어."

"무슨……."

"함께하는 동안 충분히 서로의 마음을 확인하고 받아들였지. 그리고 그날 하루는……."

"……."

"누구와는 달리 난 절대적이었거든."

"도대체 무슨 소리를……."

"내가 없는 생각 따윈 하지 마. 이제부터 성미라 당신 인생 안으로 들어갈 테니까."

"으읍."

왈칵 삼킨 입술을 아프도록 빨아 당겼다. 준우는 도리질을 하는 그녀를 단단히 부여잡고 짓누르듯이 입술을 물고 빨았다. 잠깐 얼굴이라도 보고 갈 생각으로 왔는데 보고 나니 마치 기다렸다는 듯이 하나둘씩 욕심이 생겨났다. 아랫입술을 살짝 물고서 벌어진 틈 사이로 혀를 깊숙이 밀어 넣었다. 알싸한 소주 향과 함께 고소한 맛이 느껴졌다. 여린 살갗을 헤집고 들어가 움츠리고 숨어드는 혀를 낚아채 강하게 빨아 당겼다.

"읏."

당겨 안은 가는 허리가 꺾일 듯이 휘어졌다. 미처 삼키지 못한 타액을 달게 빨아 마시고 제왕처럼 휘젓고 다니는 그의 혀는 거침이 없었다. 거부하지 마라. 도망가지 마라. 그녀의 심장에 닿도록 주문처럼 외웠다. 어느 순간 밀쳐 내는 그녀의 손에서 힘이 스르륵 빠져나갔다.

"하아, 나, 성미리예요."

"알아."

"닮았다는 그 여자가……."

"닮은 게 아니라…… 같은 사람이라고 했잖아."

"말이 되는 소리를 해요. 난 당신을 모른다고요."

"상관없어. 내가 알고 있으니까."

"그게 말이 된다고…… 읍."

다시 삼킨 입술 사이로 신음 소리가 새어 나왔다. 그녀 없이 지낸 4년을 훌쩍 마셔 버리고 싶다. 무슨 생각을 하면서 어떤 심정으로 그 긴 시간을 보냈는지 까맣게 잊어버리고 싶다. 단 하나라고 했는데, 살면서 사랑이라는 이름으로 심장에 새기는 단 한 사람이라고 했는데. 믿지 못하고 사라져 버린 널 어떻게 하면 좋을까. 어쩌나 세게 물고 빨았는지 비릿한 피 맛이 느껴졌다. 그래도 준우는 그녀의 입술을 놓아주지 않았다.

"제, 제발, 그만……."

숨찬 호흡 사이로 애원하는 소리가 들렸다. 무시하려고 했다. 외면하고 더, 더 깊숙이 그녀를 느껴보리라 생각했는데 또르르 볼을 타고 흘러내린 눈물이 입술 사이를 비집고 들어왔다.

"왜, 울지?"

"……."

"젠장, 왜 우느냐고 묻잖아. 내가 그렇게 싫어졌나?"

"스, 슬퍼서요."

"뭐?"

"당신 마음이, 그 여자를 원하는 당신 마음이 느껴지는데. 내가 아니잖아요. 당신 안에 있는 사람이 내가 아니잖아요. 그게…… 슬퍼요."

그렁그렁 고여 있던 눈물이 하염없이 볼을 타고 흘러내렸다. 흔들리는 시선 속에 파르르 떨리는 눈썹이 보이고 말간 눈물이 보이고 도톰하게 부풀어 오른 붉은 입술이 보였다. 준우는 길게 숨을 토해내면서 눈가에 맺힌 눈물을 닦아주었다.

"처음엔 화가 났었지."

"……."

"다 잊은 척, 모르는 사람처럼 대하기에 가면을 벗겨내고 내가 보낸 그 지옥 같은 시간을 보여주리라 생각했었다. 그런데.”

“……..”

“여전히 이 상황은 이해할 수 없지만 이젠…… 아니야. 아무 상관 없어. 잊고 묻고 싶다면 그렇게 해. 나만 기억하고 있으면 되니까. 내가 전부, 모두를 기억하고 갈게. 하지만 지금부터는 아니야.”

“…….”

“이제부턴 지우지 마. 잊지 말고 기억해.”

“난…….”

“나에 대한 모든 것, 우리에 대한 모든 것. 전부 다 잊지 말고 기억해.”

눈물샘이 고장이 났나 보다. 아랫입술을 지그시 깨물며 참으려고 해도 도무지 멈춰지질 않았다. 왜 그렇게 눈물이 나는지 알 수 없었다. 그가 하는 한마디 한마디가 심장 안으로 콕콕 파고들어 자꾸 흔들어댔다. 축축하게 젖은 옷 속으로 스며든 물기가 심장까지 적셔갔다.

“나한테 원하는 게 뭐예요?”

✳

“늦었습니다.”

5분 정도 늦었지만 그는 정중하게 허리를 숙여 인사하고 맞은편 의자에 앉았다. 돌아온 지 두 달이 넘었지만 회사에서 잠깐씩 마주칠 때를 제외하고는 단둘이 만난 적이 없었다. 두 번의 점심 약속을 그가 지키지 못한 것도 있지만 주말마다 하 사장은 집에 없었다.

"경우하고는 몇 번 만났다고?"

"네."

"그런데 이 애비 만날 시간은 없는 모양이구나."

"죄송합니다."

"무슨 죄송까지야. 어제 회장님하고 통화를 했는데 네 안부를 묻더구나. 설마 회장님께도 연락을 안 하는 게냐?"

"좀 바빴습니다."

"그 양반 네가 생각하는 것처럼 그렇게 허술한 분 아니다. 괜히 눈 밖에 나는 행동은 하지 않는 게 좋아."

보는 앞에서는 아버님이라고 깍듯이 대하지만 뒤에서는 늘 호칭이 다르다는 걸 알고 있었다. 서 회장, 장인어른, 아이들 조부. 그런 이중성이 준우는 마음에 들지 않았다. 그가 미간을 구기며 물 잔을 집어 들자 하 사장은 담배 한 개비를 꺼내 물고 라이터로 불을 붙였다.

"담배 피우세요?"

"가끔 피곤 했었지. 경우한테는 진즉에 들켰는데 그 녀석이 말을 하지 않은 게구나."

"피우던 사람들도 끊는다고 하는데 늦게 뭐 하러 피우세요."

"늦게는 무슨, 오래되었는걸."

준우는 회색빛 담배 연기가 길게 허공으로 흩어지는 모습을
지켜보았다. 서 회장도 싫어했지만 돌아가신 어머니도 담배 연
기라면 질색을 했다. 그래서인가 하 사장이 담배를 피울 거라는
생각은 하지 못했는데 의외였다.

"네 엄마가 워낙 질색해서 보는 앞에서는 피우지 않았지만
끊어볼 생각은 안 해봤다. 이게 그래도 내게는 숨구멍이었거
든."

"……."

"그보다 수빈이는 어떻게 할 참이냐?"

"제가 어떻게 해야 한다는 생각은 해본 적 없습니다."

"평생 혼자 살 게 아니라면 이제부터라도 생각해 봐."

"결혼은 제가 알아서 하겠습니다."

"설마 그 말이 회장님한테도 통할 거라는 생각을 하는 건 아
니겠지?"

"무슨 말씀이십니까?"

"너하고 경우는 닮은 것 같으면서도 전혀 닮지 않았어."

하 사장은 담배를 비벼 끄며 입안에 가득 담긴 연기를 길게
뿜어냈다. 어렸을 때부터 그랬다. 한 녀석은 너무 눈치가 빨라
서 얄미울 정도였고 한 녀석은 꽉 찬 알토란 같아 도무지 빈틈
이 없어서 답답했다. 적당히 어우러졌으면 좋았을 텐데.

"수빈이 너무 멀리하지 마라. 사람 사이라는 게 언제 어떻게

변할지 아무도 모르는 거니까."

"수빈이하고는 절대 엮일 일 없습니다."

"회장님이 수빈이를 네 짝으로 아끼신다."

"얼마 전 수빈이한테도 제 생각을 분명하게 전했습니다."

그러니까 애쓰지 말란 말입니다. 그가 회사가 아닌 학교에 남겠다고 했을 때 무덤덤한 반응을 보이던 하 사장은 경우가 유치원을 운영하겠다고 했을 때는 불같이 화를 냈었다. 그러나 결국 경우가 원하는 길을 막지는 못했다.

"마음에 두고 있는 아이라도 있는 게냐?"

"네."

"어떤 여자인지 물어봐도 되겠니?"

"평범한 사람입니다."

"음."

"……."

"술 한잔할까?"

미리 주문했던 음식이 나오고 술잔이 놓이자 준우는 먼저 하 사장의 잔을 채웠다. 잔을 비운 뒤 또 한 잔을 채워주자 하 사장이 그의 잔에도 술을 따라주었다.

"네 엄마하고 결혼을 하기 전에 난 따로 마음에 든 여자가 있었다."

처음 듣는 이야기였다. 준우는 무표정한 시선으로 먼 곳을 바라보는 듯한 하 사장의 얼굴에 씁쓸한 미소가 떠오르는 걸 보았다.

"둘 다 넉넉하지는 않았지만 헤어질 거라는 생각은 해본 적이 없었는데…… 돈 앞에서는 사람이 어쩔 수가 없더구나. 그 사람이 먼저 등을 돌렸는데 결혼은 내가 먼저 했지. 나중에 네가 태어나고 경우가 생긴 걸 안 후에야 알았다. 내 인생을 쥐고 흔든 사람이…… 회장님이라는 걸."

"……."

"알고 그 여자를 찾아갔는데 이미 우리한테 선택할 기회는 없는 거라고, 각자 길을 간 순간 인연은 끝나 버린 거라고 하더구나. 난 되돌리고 싶어했는데 그 여자는 단호했어. 그걸 회장님이 아시고 그 어자의 가징을 무니뜨리려고 했지. 결국 난 아무것도 할 수 없었다."

어렸을 땐 늘 인자하신 할아버지였고 커서는 묵묵히 지켜보는 분이셨는데 믿을 수 없었다. 그러나 부정을 하기에는 하 사장의 표정이 너무 어둡고 아파 보였다.

"믿기 어렵겠지. 너한테는 좀 남달랐으니까."

"……."

"사람은 말이다, 나보다 강한 사람 앞에서는 두 종류로 반응을 하지. 무릎을 꿇거나 맞서 싸우거나."

"……."

"네가 마음에 두고 있다는 아이, 지킬 자신 없으면……."

"전 아버지하고 다릅니다."

고해성사를 하는 것처럼 하 사장이 지난 이야기를 하는 동안 묵묵히 듣고만 있던 준우는 스스로에게 다짐을 하듯 말을 뱉었다.

"허허허, 나 또한 다르길 바란다."

"수빈이……."

"네 생각이 정 그렇다면 난 상관하지 않겠다. 그러나 회장님은 나하고 다를 게야. 당신이 원하는 아이랑 결혼하길 바랄 거다."

"제가 알아서 하겠습니다."

한 번도 할아버지를 넘어야 할 벽이라고 생각한 적이 없었다. 오히려 아버지와 남편의 자리에 무관심한 하 사장에게 불만이 더 많았었다.

"난 그만 회사에서 물러날 생각을 하고 있다."

"그게 무슨 말씀이십니까?"

"회장님이 널 앞에 세우고 싶어하신다. 나 또한 바라던 바고."

"이제 겨우 걷고 있는데 그건 말도 안 됩니다."

"그건 네 생각이지. 이미 오래전부터 준비하고 있었을 테니 그리 오래 걸리지는 않을 거다."

"제 능력껏만 할 생각입니다."

"능력이야 나보다 네가 훨씬 낫지."

잔을 비우고 내려놓자 하 사장이 금세 채워주었다. 이렇게 마

주 앉아서 긴 이야기를 한 적이 없으니 희끗해진 머리카락이 새
삼 눈에 들어왔다.

"내 도움은 기대하지 마라."

여섯

"온천?"

회사에서 버스 정류장까지는 10분 정도 걸어야 한다. 같은 거리를 운전하고 다니는 것보다 길게는 30분 정도 차이가 나지만 마음은 편안했다. 늦잠을 자는 날에도 차라리 아침을 먹지 않고 화장도 하지 않은 채 버스를 이용했다.

"말도 안 돼. 그럼 이모는?"

버스 기다리는 동안 잠깐 목소리라도 들을까 하고 전화를 했는데 온천을 간다는 말에 타야 할 버스가 지나가는 것도 모르고 있었다. 미라는 벽에 기대고 있다가 아예 의자에 자리를 잡고 앉았다.

“이모가 거길 어떻게 같이 가? 그러지 말고 빨리 할머니 바꿔.”

며칠 사이에 어쩜 배신을 해도 이렇게 심하게 할 수 있는지 토요일을 학수고대하고 있는데 갑자기 웬 온천, 게다가 이 더위에 말이다. 그러나 훈은 수영장처럼 생긴 곳에 더운물이 있다는 소리를 듣고 홀딱 넘어갔는지 꼭 가고 싶다고 했다.

“유훈, 너 이모가 보고 싶지 않은가 보구나?”

—참았다 보면 기쁨이 두 배가 되잖아요.

“뭐?”

—만나면 뽀뽀 열 번 해주려고 했는데 열 번, 또 열 번 그래서 스무 번 해줄게요.

“누가 그래?

—뭐가요?

“참았다 보면 기쁨이 두 배가 된다고 누가 그랬냐고. 혹시 할머니가 그러셨어?”

별소리를 다 해서 아이를 꾄다니까. 며칠 밤만 있으면 훈을 볼 수 있겠다 싶었는데 토요일 날 온천을 갔다가 일요일 날 저녁 늦게야 온다니, 게다가 일주일을 더 있겠다고 한 걸 허락까지 한 상태였다. 밤에 자다가 혹시 찾을까 내심 걱정했는데 잘 지내고 있는 걸 보면 기특하면서도 서운한 마음도 들었다.

—후우.

“왜 대답을 안 해? 할머니가 그렇게 말씀하신 것 맞지?”

―할머니는 이렇게만 말씀하셨어요.

"뭐라고?"

―뜨거운 물에 몸을 푹 담그면 할머니 허리 아픈 게 다 나을 것 같다고요. 그리고 저녁에 맛있는 것도 많이 먹을 수 있고 한밤 자고 나서 아침에 바닷가에서 조개도 잡는다고 했어요.

졌다! 김 여사만 온천을 다녀오라 하고 둘이서 집에 있자고 살살 꼬일 생각으로 열심히 머리를 굴렸는데 이미 홀딱 넘어간 게 분명했다. 미라는 한숨을 푹 내쉬며 어깨를 축 내려뜨렸다.

―이모.

"왜?"

―사랑해요.

"그래."

―하늘만큼 땅만큼 사랑해요.

"이모도."

―난 이모가 우리 엄마 같아요.

"……."

―진짜 많이많이 사랑해요.

가슴 끝이 찡하게 울려왔다. 엄마 같다는 소리에 양쪽 볼에 잔뜩 붙어 있던 심술이 사라지고 몽실몽실 웃음이 피어올랐다. 사람들이 있을 때 엄마하고 부를 때하고는 또 다른 느낌이었다.

"그래. 이모도 우리 훈이 많이많이 사랑해."

쪽, 소리와 함께 전화가 끊겼지만 미라는 핸드폰 폴더를 내리지 못했다. 귓가에 댄 채 가만히 눈을 감았다. 조잘거리는 훈의 목소리가 여전히 들리는 듯했다. 보고 싶다.

"나야말로 뜨거운 물에 푹……."

얼른 집에 가서 뜨거운 물에 목욕을 하고 싶다는 생각으로 의자에서 벌떡 일어선 미라는 눈앞으로 성큼 다가온 남자를 보고 놀라서 엉거주춤 뒤로 물러났다.

"어, 어떻게……."

"23분 동안 통화를 하더군."

"……."

"배고프다. 가자."

그러니까 지금 통화를 하는 내내 지켜보았다는 건가. 도대체 이 남자는 무슨 깜짝쇼 전문도 아니고 툭하면 짠 하고 나타나서 사람을 깜짝깜짝 놀라게 하는지 모르겠다.

"어디를 간다는 거예요?"

"배고파."

"그래서 어쩌라고요. 배고프면 알아서 먹으면 되지 나보고 쭈쭈라도 달라고요?"

헙, 말해놓고 놀라서 미라는 두 손으로 입을 틀어막고 홱 돌아섰다. 세상에, 도대체 무슨 소리를 한 거야. 훈과 장난처럼 하던 말이 저도 모르게 튀어나왔는데 하필이면…… 쭈쭈라니. 이젠 유아어를 사용하지 않지만 가끔 훈과 장난을 하면서 치카치카, 까까, 쭈쭈, 놀리듯 말하곤 했는데 저도 모르게 불쑥 튀어나올지는 몰랐다.

"아, 그, 그게……."

"함께 먹고 싶어."

뭐, 뭐를요? 그나마 소리 내서 묻지 않은 게 얼마나 다행인지. 태연한 척하려고 손부채질까지 했지만 화륵 달아오른 두 볼은 식을 줄을 몰랐다.

"나야 뭐든 준다면 기꺼이 먹겠지만 지금은…… 식사를 하고 싶은데."

은근한 눈빛으로 바라보는 시선이 더 볼을 화끈거리게 했다. 그냥 모른 척 넘어가 주면 고마울 텐데. 꼭 한마디 짚고 넘어가 준단 말이지.

"이, 일단 가요."

그녀가 조수석에 앉자 준우는 늘 그래 왔던 것처럼 안전벨트를 잡아당겨서 매어주었다. 의자에 찰싹 달라붙어서 그와 최대한 멀어지려고 했지만 훅하고 끼쳐 오는 체취에 불퉁하게 튀어나온 입술만 꾹 닫아버렸다. 아, 이 남자는 도대체 어디까지 다가오려는 걸까. 감당하기 벅찬데. 점점 밀어내기…… 싫어지는데.

"어디로 가는 거예요?"

"먹고 싶은 것 있어?"

"사줄 거예요?"

그가 피식 웃으며 핸들을 돌리자 미라는 새침해하던 눈빛을 반짝거렸다. 일찍 들어가서 쉬고 싶기도 하지만 누군가와 주절주절 이야기를 했으면 하는 생각도 없지 않았다. 그날 하염없이 눈물을 흘리는 그녀를 그는 더할 수 없는 다정한 키스로 달래주고 안아주었다. 그 부드러움과 따뜻함이 심장 안으로 깊숙이 스며들고 있다는 것을 그녀는 인정했다. 한순간 이 남자의 여자였던 그 누군가가 부럽다는 생각까지 들었으니까.

“내가 바라보는 건, 성미라 당신이야.”

그 진한 눈빛을 하고서 고백처럼 하는 말에 아무것도 생각하지 않고 그대로 믿고 싶었다. 마음이 흐르는 대로, 감정이 이끄는 대로, 심장이 움직이는 대로 따라가고 싶다는 생각이 우후죽순처럼 여기저기서 튀어 올랐다.

“사준다면 먹어줄 생각은 조금, 아주 조금은 있는데.”

“고맙군.”

“사실은 먹고 싶은 게 있는데 말해도 돼요?”

“말해.”

그녀가 말 대신 두 손으로 열심히 써는 시늉을 하자 준우는 알았다고 고개를 끄덕였다.

“그냥 돈가스 집 말고 제대로 된 곳에서 먹고 싶은데. 음, 덤으로 와인 한 잔 정도 추가되면 더 좋고…….”

“원하는 것 있으면 말해.”

"다 들어줄 거예요?"

"뭐든지."

"내가 무슨 말을 할지 알고 뭐든지래. 좋아요. 그럼 밑져 봐야 본전이니까 말할게요. 음, 이왕이면 분위기있는 곳이면 더 좋겠죠. 시끄럽지 않고 조용한, 멋진 야경이 내려다보이고 맛있는 음식에 와인까지…… 후훗."

생각만 해도 즐거운지 미라는 낮게 웃음소리를 냈다. 늘 쫓기듯 달려왔기에 그런 여유로움은 사치나 다름없었다. 회사가 끝나면 훈을 데리고 와야 했고 함께 있는 날도 분위기 좋은 레스토랑을 찾는 건 생각할 수도 없었으니까.

그러나 막 교차로를 지나 모퉁이를 돌아갈 때쯤 미라는 한숨을 푹 내쉬며 고개를 가로저었다.

"왜?"

"설사 그런 곳에 간다고 해도 내 옷차림이 아니잖아요. 청바지에 티셔츠, 게다가 운동화라니. 회사에서는 가운을 입으니까 특별한 약속이 없는 날은 늘 이런 차림이거든요. 하는 수 없죠. 뭐, 오늘은 간단하게 먹자고요."

신호등 앞에 잠시 멈췄는데 그가 어딘가로 전화를 걸었다. 짧은 통화를 하면서 몇 번을 힐끔거렸지만 미라는 배가 부른 채 유모차를 밀고 가는 창밖의 여자를 보느라 눈치 채지 못했다. 볼록하게 배 나온 여자를 보니 이상하게 가슴이 아릿했다. 7개월이나 8개월쯤 되었겠다. 햇빛 가리개 때문에 유모차의 아이는 볼 수 없었지만 두 아이를 키우려면 힘들겠다라는 생각과 함께 언뜻 보이는 여자의 미소에 왜 그런지 부럽다는 생각도 들었다.

"15분 후에 손님 모시고 갈 겁니다. 음, 168에 55정도? 약간. 네, 그럼 있다가 뵙죠."

미라는 차가 출발하고 사이드미러 속에서 점점 멀어지는 유모차와 여자를 바라보았다. 횡단보도를 건너려는지 멈춰 서는 게 보였다. 차가 또 한 번 모퉁이를 도는 순간 두 사람은 그녀의 시선 속에서 완전히 사라졌다.

"여긴 왜요?"

차에서 내리자마자 손을 잡아끄는 바람에 엉겁결에 들어오긴 했지만 미리는 눈앞에 펼쳐진 광경에 눈만 동그랗게 떴다. 힌눈에 보기에도 값비싸 보이는 옷들이 1층, 2층으로 가득했고 눈에 확 들어올 정도로 화려한 옷차림을 한 마네킹은 그저 바라보기만 해도 주눅이 들 정도였다.

"그러니까 여긴 왜 온 거냐고요?"

"옷 사러."

대충 봐도 여자들 옷만 있는 것 같은데 무슨 소리냐고 물으려는 순간, 늘씬하게 쭈욱 뻗은 여자가 환하게 웃으며 다가왔다. 와우, 우아한 걸음걸이로 다가온 여자는 목과 어깨가 훤히 드러나고 가슴만 아슬아슬하게 가린, 발끝까지 한 번에 쭈욱 내려오는 진한 푸른색 드레스를 입고 있었다. 안 그래도 긴 몸이 감탄사가 나올 정도로 더 길어 보였다. 움직이지 않고 가만히 서 있다면 아마 마네킹인 줄 알았을 것이다.

"이 아가씨?"

"네."

"음, 좋은데. 한 바퀴 돌아볼래요?"

무슨 상황인지 알지도 못한 채 그녀는 준우에 의해서 한 바퀴 획 돌려졌다. 여자가 만족스러운 미소를 짓고 돌아가자 미라는 한껏 목소리를 낮춰서 물었다.

"정말 말 안 할 거예요?"

"옷 사러 왔다고 했잖아."

"그러니까 왜……."

"옷이 어울리지 않는다면서."

"……."

"마음에 드는 걸로 골라."

한 달 월급이 얼마나 되는지 알고나 이런 곳으로 온 거예요? 따지고 싶었지만 그럴 사이도 없이 여자가 양손에 옷을 들고 다시 나타났다.

"정확히 어떤 자리에 가는지 몰라서 일단 골라오긴 했는데 이건 앞과 뒤가 좀 많이 파이긴 했지만……."

"다른 걸로 주세요."

"어머, 그렇게 한 번에 잘라 버리는 게 어디 있어. 내가 얼마나 심사숙고해서 골라왔는데. 일단 입을 사람한테 물어봐야 하는 것 아니야?"

"많이 파이지 않고 좀 얌전한 스타일로 주세요."

"얌전한 스타일이라. 그럼 우선 이것부터 입어봐요."

등 떠밀려서 들어간 피팅룸은 그녀가 알고 있던 소박한 곳이 아니었다. 함께 들어온 준우는 대기실에서 기다리겠다고 하고 그녀를 안으로 들여보냈다. 꽃무늬가 넘실거리는 화려한 벽지에 마주 보는 두 벽은 전면이 거울이었다. 그리고 질 좋은 나무로 깎아 만든 듯한 옷걸이가 세 개. 고풍스러운 화장대, 1인용 침대 같은 소파가 전부인데 그녀의 안방보다 더 넓었다. 한쪽 구석에 놓인 스탠드는 무슨 조각 작품처럼 멋들어진 자태를 뽐내며 천장까지 닿아 은은한 조명 빛을 뿜어내고 있었다.

"이거 이디 겁니서 옷이니 갈아입겠나."

청바지와 티셔츠를 입고 들어오기엔 주변 모두가 너무 화려했다. 괜히 주눅이 들었다. 그때 똑똑 노크 소리와 함께 준우의 목소리가 들렸다.

"들어가도 돼?"

"네? 아, 안 돼요."

"옷을 두 개 정도 더 가져왔는데……."

들고 온 것도 아직 입어보지 않았는데 무슨 옷을 또 가져왔다는 건지. 투덜대면서 그녀는 황급히 티셔츠와 청바지를 벗어 던졌다. 그래, 입어보는 거야 못할 것도 없지.

그러나 브래지어와 팬티만 입은 상태에서 거울을 본 순간 온몸이 딱딱하게 굳어버리고 말았다. 가슴 위와 배꼽 아래에 벌레처럼 달라붙어 있는 흉측스러운 흉터. 갈아입으려고 들고 있던 옷이 바닥으로 툭, 하고 떨어지는 줄도 모르고 미라는 상처 위에 손가락을 가만히 대어보았다. 아무렇지 않을 수는 없지만 이제는 어느 정도 무심히 바라볼 수 있는데 오늘은 박혀 있는 가시처럼 신경에 거슬렸다. 순간 보기 싫어서 홱 돌아섰다. 그러나 똑같은 모습이 또 거울 속에서 보였다.

"이런 모습을 보고도……."

좋아할 리가 없지. 아무리 사랑하던 여자와 닮았다고 해도, 그 여자로 착각하고 있다고 해도 이런 몸을 본다면 돌아서고 말 거야. 바보처럼 왜 그런 생각을 이제야 하는 것일까.

"왜 나한테 그렇게 말해요? 내가 마치 지난 시간을 잊은 사람처럼, 당신을 기억 못하는 사람처럼. 이해할 수 없어요."

묻지 않을 수 없었다. 이제부터 잊지 말고 기억하라고 말할 때 그는 부탁이 아니라 명령을 하는 사람 같았다. 애절한 눈빛 속에 예리하고 날카로운 칼날 같은 시선이 느껴졌고 그 깊은 시선으로 그녀를 꼼짝도 못하게 잡고 있었다. 그는 말없이 한참 동안 그녀를 바라보기만 했다. 온통 젖은 몸으로 젖은 눈빛을 하고서.

"이해하려고 하지 마. 지금 이 순간부터 다시 시작할 거니까."

그 눈빛을, 그렇게 말해주는 입술을 믿고 싶었다. 그래서 아주 잠깐 헛된 꿈을 꾸고 말았는지도 모른다.

거울 속 흉터를 바라보고 있는 그녀의 눈동자가 싸늘하게 식
어갔다. 미라는 갈아입을 옷은 쳐다보지도 않고 청바지와 티셔
츠를 도로 집어 들었다.

똑똑, 다시 노크 소리가 들렸다. 미라는 거울 속 모습과 문을
번갈아 쳐다보다 입술을 앙다물었다. 이런 옷들은 필요없다고
말하고 쌩하니 나가 버릴 수도 있었다. 그러나 또 다른 생각이
유혹하듯 생겨났다. 볼 수 없게 하면 된다. 저 남자만 모르면 그
만인 것이다. 입어보고 흉터가 보이지 않는 옷 하나만 산다면
그가 알 리 없지 않은가. 그 짧은 시간에 무수한 생각들이 머릿
속을 어지럽혔다. 그러다 퍼뜩 비를 흠뻑 맞고 찾아온 그날이
떠올랐다. 그때 분명 흉터를 보았을 텐데…… 후우.

연거푸 숨을 크게 들이마신 그녀는 마른침을 꿀꺽 삼키고 천
천히 입술을 열었다.

"들어와서…… 도와줄래요?"

탈칵, 문이 열리고 그가 들어오는 동시에 미라는 손에 들고
있던 옷자락을 툭 놓아버렸다.

"……."

준우는 걸음을 멈추고 오로지 시선은 그녀를 향한 채 턱 끝을
살짝 추켜올렸다. 불안하게 흔들리는 눈동자, 파르르 떨고 있는
입술. 불끈 쥔 두 손, 그녀의 몸 전체가 떨고 있었다. 무엇을 보
여주고, 알게 하려는지 알고도 남았다.

"뭘 어떻게 도와주어야 하는데?"

“…….”

“옷은 입어보지도 않은 것 같군.”

성큼 다가가서 바닥에 떨어진 옷을 집어 들고 아이에게 하듯 오른쪽, 왼쪽 팔을 차례대로 움직이게 해서 천천히 입혀주었다. 소매가 없는 아이보리색 원피스는 목이 알맞게 파여서 흉터는 보이지 않았다. 등 뒤의 지퍼를 올려주고 허리끈을 느슨하게 매어주는 동안도 그녀는 꼼짝 않고 서 있었다. 동그란 무릎이 훤히 보이는 치마 길이는 조금 짧다 싶었지만 꽤 잘 어울렸다.

“마음에 들어.”

아이보리색 원피스가 다시 그의 손에 의해서 벗겨졌다. 그리고 새로운 옷이 입혀졌다. 연한 보라색 원피스는 딱 보기에도 너무 화려했다. 목 주위로 번쩍이는 보석들이 한 움큼씩 박혀 있고 가슴 부분은 조이듯이 주름이 많이 들어가 볼록함이 더 강조되어 보였다. 게다가 발목까지 내려온 치마 길이가 허벅지까지 길게 파여서 요염해 보이기까지 했다. 얌전한 스타일로 달라고 했건만.

“좀 요란하군.”

다시 검정색 옷이 입혀졌다. 목이 브이 자로 파이긴 했지만 다행히 흉터는 보이지 않았다. 심플한 디자인에 허리를 강조한 벨트는 같은 검정색인데도 그 화려함이 눈에 확 띌 정도로 요란했다. 지퍼를 올려주고 벨트를 느슨하게 매어준 준우는 꼼짝 않고 서 있는 그녀의 턱을 들어 올렸다.

"검정색과 아이보리색 어때?"

"……."

"더 고르게 하고 싶은데 내가 못 참을 것 같아서 안 되겠다."

흔들리는 시선 안으로 그가 온전히 들어왔다. 미소를 짓고 있지만 눈빛은 뜨거운 열기로 가득했다. 몸을, 흉터를 보고도 그런 눈빛을 하는 거예요? 어째서 그 눈빛은 그대로인 거죠? 흉하잖아요. 보기 싫잖아요. 그럼 그런 눈빛을 하면 안 되는 것 아닌가요? 도대체 당신이란 남자는…….

심장이 갑자기 한꺼번에 공기를 삼켰는지 터질 듯이 부풀어 올랐다. 미라는 두 팔을 그의 목에 두르고 뒤꿈치를 발딱 추켜올렸다. 아무 생각도 할 수 없었다. 몸이 먼저 움직였고 입술이 저절로 그를 향했다. 쪽 입맞춤 소리에 그가 강하게 허리를 조여 안았다. 단 한 번도 벗은 몸을 남자에게 보여주게 될 거라고는 생각하지 않았다. 자신조차도 바라보기 힘든데 하물며 타인은……. 그런 순간은 생각하기도 싫었다. 그런데 어느 날 나타난 이 남자, 그런 건 아무것도 아니라고 해준다. 흉터 따위 잊으라고 말한다. 어떡해, 어떡하면 좋아.

"으읍."

맞물린 입술이 서로를 흡입하듯 빨아들였다. 핥고 욕심껏 빨아 마셔도 부족했고 부족함은 갈증을 불러와 허기진 욕망을 불처럼 타오르게 했다. 준우는 거침없이 그녀의 입속을 탐하며 허리를 바싹 조였다. 벗은 몸으로 눈앞에 들어온 순간, 걸어서 그녀에게 다가설 때까지 야수처럼 으르렁거리는 욕망을 겨우 눌렀다. 태연하게 옷을 입혀주었지만 눈으론 수도 없이 그녀를 범했다. 탱탱하게 부푼 가슴을 감싸고 있는 브래지어를 찢을 듯이 노려보았고 은밀한 숲 속을 가린 얄미운 천 조각은 보는 순간 이미 흔적도 없이 날려 버렸다. 옷을 갈아입히는 손길이 떨리는 걸 들키지 않기 위해서 얼마나 안간힘을 썼는지 그녀는 모르겠지.

그런데 겁없이 달려들다니. 성미라, 네가 먼저 시작한 거다.

준우는 입속 구석구석을 마음껏 침범하고 약탈했다. 어린 살갖을 훑는 혀끝은 조금의 자비심도 없었다. 그녀가 먼저 다가왔다는 생각에 풀어헤쳐진 욕망은 이성 따위 저 멀리 날려 버렸다. 헉헉대는 숨소리, 사륵사륵 옷이 부딪히는 소리. 피팅룸 안은 순식간에 뜨겁게 달아올랐다. 허겁지겁 파고든 혀를 낚아채 쭈욱 빨아 당기자 그녀가 앓는 소리를 냈다.

"아."

"멈추게 하고 싶으면 사람을 불러."

마치 그녀에게 모든 선택권을 쥐어준 것처럼 속삭였지만 입술을 놓아주지는 않았다. 핥고 빨아들이고 마시고 또다시 핥아댔다. 소리를 지를 수 없게. 이대로 멈추고 싶지 않아서.

"……"

입술을 놓아주고 이글거리는 시선으로 바라보고 있는데도 미라는 숨만 할딱였다. 온몸으로 위험하다는 걸 느꼈지만 목소리는 나오지 않았다. 오히려 그가 주는 나른함과 뜨거움 때문에 믿을 수 없게도 달뜬 신음 소리만 흘러나왔고 지퍼가 내려가 등이 훤히 드러났다는 것도 그녀는 알지 못했다.

"주, 준우 씨."

"말해."

그 순간 브래지어가 힘없이 풀어져 볼록한 가슴이 출렁 모습을 드러냈다. 조금의 망설임도 없이 덥석 베어 물자 온몸의 신경이 쫘르르 그곳으로 몰렸다. 생각할 틈도 주지 않는 그가 얄미웠지만 멈추게 하고 싶지 않았다. 미라는 몸을 뒤로 꺾어서 커다란 손과 입술이 마음껏 가슴을 주무르고 빨게 했다. 착 달라붙어 있는 두 몸이 유연하게 휘어져 거울 속에 그대로 비쳤다.

상처 위로 그의 뜨거운 혀가 길게 핥고 지나갔다. 자잘한 입맞춤 뒤로 꼼꼼히 닦아주는 것처럼 혀로 핥고 쪽 소리가 나도록 입맞춤을 할 때마다 마치 흉한 상처가 노골노골 몸에서 사라지는 느낌이었다. 아, 몸이 미친 듯이 들끓어올랐다. 그가 무릎을 꿇고 앉아 배꼽 아래의 흉터를 핥아주고 손으로 부드럽게 어루만지며 입맞춤을 할 때는 몸이 저절로 배배 꼬였다. 저도 모르게 다리가 벌어지고 어떻게 좀 해달라고 애원하는 소리가 터져나올 것만 같았다.

검은색 원피스가 발아래서 짓이겨졌다. 바싹 긴장한 몸이 금방이라도 펑 하고 터질 것 같아 미라는 그의 어깨를 꽉 움켜잡고 신음 소리를 삼켰다. 그의 혀가 팬티 라인을 따라 내려와 검은 수풀이 몰려 있는 곳을 오랫동안 핥았다. 온몸이 팬티 속처럼 축축하게 젖어갔다.

"아악."

이를 세워 팬티 안쪽을 꽉 움켜 물자 열기를 감당하지 못한 몸이 끝도 없이 덜덜 떨렸다. 날름날름한 혀의 움직임이 세포를 간질이며 둥둥 떠오르게 한다면 날카로운 잇자국은 몸이 흔들릴 정도로 짜릿함을 안겨주었다. 허리를 비틀고 소리를 지르자 준우는 몸을 일으켜 다시 입술을 왈칵 삼켰다.

"그, 그만 해요."

"진심…… 이야?"

"제발, 그만."

어느 순간, 폭풍같이 밀어붙이던 그가 뒤로 한 걸음 물러나 할딱이는 그녀를 내려다보았다. 바라보는 시선이 불같이 끓어올라 당장이라도 통째로 집어삼킬 것만 같았다.

"후우."

"미, 미안해요. 난 그런 뜻으로……."

아무렇지도 않게 옷을 갈아입혀 주는 걸 보면서 저절로 몸이 움직였다. 그러나 겨우 한 걸음을 내딛었는데 거부할 틈도 주지 않고 성큼 다가와 통째로 흔들어놓다니. 정신이 하나도 없었다.

"널 원해."

"주, 준우 씨."

"다시 말하지만 내가 원하는 사람은 다른 누구도 아닌 성미라 당신이야."

"……."

"그러니까 내가 항상 멈출 거라고는 생각하지 마. 솔직해지자면 지금도 너무 힘들게……."

"알아요."

온몸으로 그녀를 원하고 있고 정말 힘들게 멈추었다는 것도 안다. 그러나 한순간 이대로 이 남자 품에 안겨 자신의 전부를 주고 싶다는 생각까지 들자 덜컥 겁부터 났다. 두려웠다.

"아주 잠깐 나도 당신을 원했어요. 거부하기엔 당신은 너무 멋진 남자니까. 하지만."

"……."

"찾는 그 여자, 그 여자가…… 나타나면."

바라볼수록 두렵고 겁이 났다. 심장은 무방비 상태로 그를 받아들이고 있는데 그나마 남아 있는 이성이 만약이라는 상황을 기억해 내고 있었다. 심장을 온통 차지해 버렸는데 찾는 사람이 나타난다면 자신은 어떻게 되는 것일까.

"그런 일은 절대 없어."

"내가 그 여자라는 말은 하지 말아요. 난 그냥 나일 뿐이에요."

"그래, 맞아. 당신은 당신일 뿐이야. 그리고 내가 원하는 사람도 성미라 당신이지."

“준우 씨.”

“두려워하지 말고 겁내지도 마. 그냥 날, 날 받아들이기만 하면 돼.”

“…….”

“절대 다시 놓지 않는다고 했어. 도망가게 두지 않을 거야. 숨는 것 따위 못하게 할 거야.”

“도망가지 않아요. 숨지도 않아요. 다만…….”

그가 다시 깊게 키스를 해왔다. 눈물이 쏘옥 날 것처럼 부드러운 키스였다. 그녀도 기꺼이 뜨거운 혀를 맞아들였다. 뒤엉킨 혀가 풀렸다가 서로를 옭아 쥐듯 감겨들었다.

“얼른 가서 이 대단한 발전을 축하해야겠군.”

그의 말이 끝나자마자 똑똑 노크 소리가 들렸다. 헉헉대는 숨소리를 겨우 진정시킨 미라는 주변을 둘러보다가 기겁을 하고 짧게 비명을 질렀다.

“어머, 어떡해.”

마음에 든 검은색 원피스는 어찌나 밟혔는지 운동화 자국이 선명하게 나 있었고 나머지 옷들도 심하게 구겨진 채 바닥에 아무렇게나 놓여 있었다. 툴툴거리는 사이 그가 다가와 브래지어 끈을 잠가주고 아이보리색 원피스를 입혀주었다. 얼마나 놀랐는지 온몸을 훤히 드러내 놓고 있다는 것도 몰랐다. 세상에. 가격이 얼마인지는 모르겠지만 큰맘 먹고 하나는 사볼까 했는데 이 노릇을 어찌한단 말인가.

“아, 아무래도 이 검은색 옷을 사야 할 것 같아요. 이걸 보면……”

“둘 다 사면 되지.”

“난 좀 평범한 시민과거든요.”

“……”

“이런 옷을 입고 갈 데도 없지만 설사 있다고 해도 저렴한 곳에서 사 입을…… 어, 준우 씨 잠깐만.”

뜬금없이 무슨 말인가 하고 옷을 챙기다 돌아본 준우는 그녀의 말에 껄껄 웃음을 터뜨렸다.

평범한 시민과라니.

그녀가 다시 일장 연설을 하려고 하지 그대로 허리를 감싸 안고 밖으로 이끌었다. 엉겁결에 끌려 나온 미라는 주인 여자와 시선이 마주치자 얼른 고개를 숙였다. 묘하게 반짝거리는 눈빛은 그 안에서 무슨 일이 일어났는지 다 알고 있음이라고 쓰여 있는 것 같았다. 옷 몇 벌 입어보는 시간치고 너무 오래 걸리긴 했다. 준우가 신발을 보여달라고 하자 미리 준비를 해두었는지 옷 색깔에 맞추어 신발 몇 켤레가 쭈르륵 놓였다. 옷도 그렇지만 신발 치수도 모두 신어볼 필요도 없이 딱 맞았다. 아이보리색 구두는 신고, 검은색 구두와 무난해 보이는 하얀색 구두는 가방에 담았다. 도대체 무엇이 들어 있는지 알 수 없는 가방을 몇 개나 들고 두 사람은 다시 차로 돌아왔다.

“아까도 말했지만 난 평범한 시민과라고요.”

"나도 그래."

"얼마인지도 모르는 저걸 몇 달 동안 할부로 내란 말은 하지 말아요. 만약 그런 생각으로 샀다면 당장 차 돌려요."

"차는 왜?"

"가서 환불하려고요."

"이미 일시불로 계산했어."

"이걸 전부 다요? 딱 보기에도 꽤 비싼 것 같은데."

"원하는 것 있으면 뭐든지 말해. 내 지갑이 조금 두둑한 편이거든."

"오홀, 진짜요? 돼지꿈 중에서도 완전 대박나는 꿈을 꾸었나 본데 왜 기억이 안 나지?"

원하는 걸 말하라고 하는 순간, 하마터면 하준우 당신! 이라고 말할 뻔했다. 그래서 그녀는 일부러 과장된 몸짓을 하며 횡설수설했다.

"이야, 정말 오늘 내가 하고 싶은 걸 모두 해줄 생각이에요?"

호텔에 도착해서 승강기에 올라탈 때까지도 그녀는 분위기있는 레스토랑으로 가는 줄 알았다. 그러나 이끄는 대로 도착한 곳은 호텔에서 가장 전망이 좋은 스위트룸이었다.

"여, 여기서 식사를 한다고요?"

"이리 와봐."

룸 안으로 들어선 순간 방금 전 피팅룸에서 나눴던 은밀한 감각들이 되살아나는 것 같아 미라는 잔뜩 긴장했다. 그러나 그의

손을 잡고 넓은 창가에 서자 아, 하는 감탄사가 절로 흘러나왔
다. 언젠가 훈과 함께 보았던 남산타워의 야경보다 더 아름다운
밤 풍경이 눈앞에 펼쳐졌다.

평범한 삶을 살아왔다. 일찍 아버지가 돌아가셨지만 공부하
는 데 큰 어려움도 없었고 언니가 주는 용돈과 아르바이트로 일
한 돈을 모아서 학비에 보태기도 했다. 생각해 보면 사고가 나
기 전까지 조용한, 흐르고는 있지만 느껴지지 않는 작은 움직임
같은 삶을 살았던 것 같다. 그러나 악몽 같은 그날 이후 그녀의
모든 것이 변했다. 잃은 게 너무 많았고 살아남았다는 게 죄스
럽고 미안했으니까.

"고마워."

"……."

"지금 이렇게 내 앞에 있어주어서."

"준우 씨하고 이야기를 하다 보면 마치 내가 정말 그 여자가
된 것 같은 착각이 들 때가 있어요. 그래서 미안하고 한편으로
는 부러워요."

그녀의 어깨 위로 그의 긴 팔이 감겨왔다. 귓가에 간질이는
숨소리가 느껴지고 나른한 목소리가 들렸다.

"착각 아니야."

"착각 맞아요. 난 그 여자가 아니니까. 그래서 당신 마음을 보
는 게 미안해."

"어떻게 하면 내 마음을 믿을까."

"사실 너무 혼란스러워요. 아니라는 걸 알면서도 자꾸 돌아보고 기다리게 되고 이건 아니다, 이래선 안 된다 하면서도 자꾸만……."

"말했잖아. 지금부터는 둘이 함께 가는 거라고. 그러니까 내 손, 놓을 생각 꿈에도 하지 마."

"내가 정말 당신 손을 잡아도 되는 거예요?"

"잡아. 꼭 잡고 놓지 마."

혼란스럽기는 자신도 마찬가지라는 말은 할 수 없었다. 학회에서 돌아온 의사는 더 이상 해줄 말이 없다며 그와 만나는 걸 거부했다. 그녀는 4년 전과 별반 달라지지 않았다. 단 하나, 그를 기억하지 못할 뿐, 기억 속에 존재한 하준우란 남자만 없어진 것이다.

"내가 당신 손을 잡았는데, 이제 정말 놓기 싫어졌는데 놓아야 된다면, 놓을 수밖에 없다면, 난 그 순간을 견디지 못할 거예요."

"그런 일은 절대 없을 거라고 약속할게."

"당신의 그 여자가…… 나타난다고 해도 그 약속 지킬 수 있어요?"

"날 믿어. 언제까지 지금 내 눈앞에 있는 성미라 당신만 원하고 사랑할 거니까."

달콤한 그 어떤 밀어보다 더 유혹적으로 들렸다. 미라는 돌아서서 그를 마주 안고 싶은 마음을 꾹 누르고 목에 감긴 팔을 부드럽게 쓸었다.

"할 수만 있다면…… 당신이 원하는 그 여자가 되고 싶어요."

"그냥…… 시작하는 출발선이 서로 달랐다고 생각하자."

"그럼 내가 너무 미안하잖아요."

"늦게 온 만큼 더 많이 사랑해 주면 되지."

그래, 그래 주면 돼. 여전히 이 모든 상황을 완전히 이해할 수 없지만 지금은 그녀가 자신을 바라보게 하는 게 더 우선이라고 생각했다. 잊고 지워진 기억 위에 다시 하준우란 남자를 하나씩 심어놓으면 된다. 함께라면 자신있었다.

"예전에 어떤 영화에서 사람한테 기억을 주입하는 걸 봤어요. 직접 겪지도 않은 일들을 마치 자신힌데 일이닌 것처럼 느끼게 되는…… 그럴 수 있다면……."

"내가 원하는 건 기억이 아니야."

"……."

"성미라 당신이지."

준우는 그녀를 품으로 꼭 당겨 안으며 작은 어깨에 고개를 묻었다. 음, 숨을 깊게 들이마시자 익숙하면서도 너무 그리운 향기가 온몸으로 스며들어 왔다. 아침 햇살 같기도 하고 아쉬우면서도 아련한 저녁 햇살 같기도 한 그녀만의 체취.

생각해 보면 결코 평범하지 않은 만남들이 여러 번 있었던 것 같다. 갑자기 비가 쏟아져서 무작정 도서관을 갔는데 그곳에 그녀가 있었다. 가려고 나왔는지 가방을 둘러메고 발을 동동 구르고 있었지. 첫 만남 이후 다시 보고 싶어서 틈만 나면 그 벤치를 찾았는데 없었다. 그런데 다시 기회가 온 것이다.

"같이 갈래?"

묻는 말에 그녀는 망설임도 없이 폴짝 우산 속으로 뛰어들어 왔다. 손을 잡았는지 기억은 나지 않지만 급하게 가야 할 곳이 있다면서 교문을 나서자마자 택시를 잡아타고 떠났었지. 아쉬운 마음에 그는 한참 동안 그녀가 사라진 모퉁이를 바라보고 서 있었다. 비가 그친 줄도 모르고, 보일 듯 말 듯 얇은 무지개가 저녁 하늘을 수놓은 줄도 모르고 그렇게 하염없이.

"오늘은 내 우산 쓸래요?"

그날도 비가 내렸었다. 가방 안에 우산이 있었지만 환하게 웃으며 묻는 말에 대답도 없이 그 작은 우산 속으로 성큼 들어갔다.

"날 기다린 건가?"

"그날 날 기다린 거였어요?"

"아니."

"나도 아니에요."

서로 한쪽 어깨가 흠뻑 젖고 있었지만 둘은 약속이나 한 듯이 천천히 걸었다. 그날 그는 교문까지 가는 거리가 좀 더 멀었으면 하는 생각을 했었다.

"준우 씨."

"음."

대답을 하면서도 그는 긴 상념 속에서 쉽게 빠져나오지 못했
다. 기억하는 모든 것이 너무 선명해서 가슴 저 밑이 아릿해져
왔다. 눈동자까지 축축해지는 것 같아 그는 얼른 목소리를 가다
듬었다.

"아, 배고프다."

"우리 정말 여기서 식사를 하는 거예요?"

"그럼 다른 걸 하고 싶어?"

느물거리는 말투에 그녀가 새치름한 표정을 하며 그를 올려
다보았다. 함부로 숨소리를 낼 수 없을 정도로 진시한 눈빛을
하다가도 그는 어느 순간 장난기 그득한 시선으로 바라보기도
한다. 어느 모습이 진짜인지 궁금하다니까.

"왜 이러실까. 아까는 대담하게 먼저 덤비더니."

"내, 내가 언제요?"

"기억이 안 난다면 다시 그 상황으로 돌아가 볼까?"

"모, 몰라요. 혼자서 식사를 하던지 마음대로 해요."

팽 토라진 얼굴로 거실을 가로질러 가는데 이 남자 느긋하게
팔짱을 낀 채 그녀를 바라보고만 있는 게 아닌가. 뭐야, 정말 이
대로 가라는 거야.

"흥, 그럼 누가 못 갈 줄 알고."

사람 홀딱 넘어갈 정도로 달콤하게 속삭일 때는 언제고 간다

는데 잡지도 않는다 이거지. 씩씩거리면서 문까지 걸어갔는데 딩동, 초인종 소리가 들렸다.

"얼른 열어주지 않고 뭐 해?"

"내가 왜요?"

"문 열어주려고 열심히 걸어간 것 아니야?"

"아니거든요?"

"이런, 내가 너무 앞서 갔나 보군. 그럼 난 씻고 나올 테니까 배고프면 먼저 먹고 있어."

준우가 방으로 들어가 버리자 다시 초인종 소리가 울렸다. 잠시 열어주지 말까도 했지만 생각해 보니 배가 고프긴 했다. 지금 돌아가서 저녁을 해결할 생각을 하니 귀찮기도 했고 하필 그때 꼬르륵 소리까지 들렸다. 이대로 나가면 고작 간다는 곳이 포장마차겠지. 놀린 것이 얄밉긴 하지만 배고픈데 장사 없지 않은가.

문을 살짝 열었는데 두 사람의 목소리가 너무 적나라하게 들렸다.

"너무 심하게 하느라 못 듣는 것 아니야?"

"도착하고 30분 있다 올라오라고 확인 전화까지 왔다던데."

"그게 30분으로 부족한가 부지."

이야기를 하느라 문이 열렸다는 것도 모르는 듯했다. 문을 닫지도 그렇다고 더 활짝 열지도 못하고 있는데 이야기는 점점 더 야스럽게 흘러갔다.

"죽여주나 부다. 이거 우리 초인종 눌렀다고 한마디 듣는 것 아니야?"

"아마 초인종 소리도 못 들었을 거야. 한창 바쁜데 그런 소리 가 들리겠어."

"아흐, 내가 괜히 몸이 후끈 달아오르네."

"그나저나 계속 기다리고 있을 수만은 없고 어쩌지?"

"어? 문이 열린 것 아니야?"

결국 미라는 못 들은 척 문을 더 활짝 열어버렸다. 언제 수다 를 떨었느냐는 듯 두 남자는 공손하게 인사를 하고 안으로 들어 왔다.

"기다리게 해서 죄송합니다. 깜박 잠이 들어서 초인종 소리를 못 들었어요."

그녀가 나른하게 입을 가리고 하품까지 하자 카트를 밀고 들 어온 두 사람은 차마 고개를 들지 못하고 음식을 옮기기 시작했 다. 금세 테이블이 채워지고 와인까지 준비를 마친 사람들이 막 돌아가려고 할 때였다.

"……."

하필 그때 나온 준우의 옷차림은 방금 전 정장 차림은 어디다 벗어 던지고 샤워 가운을, 그것도 허리끈을 가슴이 보일 듯 말 듯 느슨하게 여민 채였다. 두 남자는 그럴 줄 알았다는 시선으 로 서로를 마주 보다 꾸벅 인사를 하고는 서둘러서 나가 버렸 다.

"무슨 샤워를 그렇게 빨리해요? 그리고 옷차림이 왜 그래
요?"

"……."

"정 그렇게 하고 나오려면 사람들이 가고 난 뒤에 나오면 좋
았잖아요."

"배가 고파서 서둘렀고 식사를 하는 동안이라도 편안하게 있
고 싶어서 가운만 걸쳤는데, 많이 신경 쓰이나? 갈아입고 나올
까?"

됐거든요. 이미 오해하고 가버렸는데 무슨 상관이람.

그녀가 투덜투덜 이야기를 늘어놓자 준우는 와인을 마시다
말고 푸하핫, 한참 동안 웃었다.

"그렇지, 삼십 분은 좀 짧긴 하지."

"뭐예요?"

"우리가 아니면 되지 사람들 말을 일일이 신경 쓸 필요 뭐 있
어."

"그래도 쓸데없는 말을 들을 필요는 없잖아요."

"그럼 쓸데없는 말이 아니게 하면 되겠네."

"자꾸 그렇게 삐딱선 탈 거예요?"

"말했잖아. 난 성미라 당신을 원한다고."

농담처럼 말하다 갑자기 목소리가 진지해지자 미리는 따라놓
은 와인을 단숨에 비웠다. 꿀꺽 넘어간 와인이 몸속으로 빠르게
스며들었는지 에이컨 바람이 느껴지는데도 몸에서 후끈하게 열

이 났다. 열기를 식히려고 손으로 부채질을 하자 그가 일어나서 온도를 조금 더 낮춰주었지만 더운 기운은 여전했다.

"그래도 조용히 지나가서는 안 되겠지?"

"뭐가요?"

"일류 호텔 이미지가 그러면 안 되지."

"무슨 소리예요?"

"아까 그 사람들 말이야."

"설마 고자질이라도 하겠다는 거예요?"

"이건 고자질이 아니라 최고의 서비스를 자랑하는 호텔에서 직원들 관리가 소홀하다는 걸 지적해 주는 거야."

"그러지 말아요. 나한테 직접 한 이야기도 아닌데 괜히 그 사람들한테 피해 가게 하고 싶지 않아요."

"그 사람들 때문에 호텔 이미지가 나빠지고 매출이 줄어들어서 결국 직원들을……."

"정말 앞서 가는 사람은 여기 있었네. 앞서 가도 너무 앞서 가는 것 아니에요? 설마 그 두 사람으로 인해 그렇게까지 될까."

"설마가 사람 잡지."

그다지 진지한 목소리는 아닌데 고기를 잘게 썰어서 입속에 넣을 때의 눈빛은 날카로워 보였다. 도대체 이 남자의 진짜 모습은 몇 개나 되는 걸까. 툴툴거리긴 했지만 설마하니 호텔 측에 이야기를 할 거라는 생각은 하지 못했는데.

"음, 정말 말할 거예요?"

"뭘?"

"아까 그 사람들이요."

"아직도 그 생각을 하고 있었어? 그럴 틈에 내 생각이나 하지."

"사실 듣는 순간은 기분 나쁘긴 했는데 다시 생각해 보니 문을 바로 열어주지 않아서 그렇게 오해한 거잖아요."

"슬쩍 귀띔 정도만 해줄게. 전혀 모르는 곳이라도 그랬을 텐데 이곳은 아는 분이 하시는 곳이거든. 누구라고 콕 찍어서 말하지 않을 테니까 걱정 마."

결국 그 선에서 물러서기로 했다. 식사를 마치고 두 사람은 와인과 과일 접시만 들고 창가로 왔다. 넓은 창 둘레엔 앉을 수 있도록 넉넉하게 턱이 만들어져 있었다. 준우는 와인 잔을 채워서 그녀에게 건네주고 조금 더 가까이 다가가 앉았다.

"음, 오늘 정말 고마워요."

"……."

"옷은 내가 감당하기 힘든 거라 고심을 좀 해봐야 할 것 같고 식사와 와인, 그리고 야경이 보이는 멋진 스위트룸. 아마 오늘을 잊지 못할 거예요."

"다른 건 다 잊어도 상관없어. 다만."

"……."

"나, 하준우만 잊지 말고 기억하면 돼."

"이제 정말…… 못 잊을 것 같아요."

그래, 이제 정말 이 남자를 잊지 못할 것 같다. 그냥 스쳐 가는 인연으로 흘려보낼 수 없을 것 같다. 짧은 만남이지만 너무 깊숙한 곳까지 침범해 버렸다는 걸 인정할 수밖에 없었다. 그녀는 와인으로 살짝 목을 축이며 피팅룸에서 그가 상처에 입을 맞추고 혀로 핥아주던 그 느낌을 떠올렸다. 멈추라고 했지만 정말 그가 멈추지 않았다면 더는 거절하지 못했을 것이다. 아니, 어쩌면 안아달라고 애원을 했을지도 모른다.

"무슨 생각을 그렇게 해?"

어느새 그가 바싹 다가와 앉아 있다는 것도 모르고 있었다. 잔이 비어 있어서 채워주려고 했었나 보다.

"그만 마셔야 할 것 같아요. 몇 잔 마셨는데 이러다 취하겠어."

"그럼 차를 한 잔 마실까?"

"아이스크림이 먹고 싶은데 될까요?"

"물론이지. 잠깐만."

전화를 걸고 몇 분 만에 딩동 초인종 소리가 들렸다. 미라는 창가에 앉아 있다 말고 벨소리가 들리자마자 쏜살같이 달려가 문을 열어주었다. 속을 모르는 직원은 커피와 아이스크림을 내려놓고 갔지만 준우는 고개까지 젖히며 한참 동안 웃었다.

"남자가 너무 웃음이 헤픈 것 아니에요? 아까도 푸하핫, 하고 웃더니."

"그러게, 함께 있으니까 자꾸 웃음이 나네."

　그가 손을 내밀자 미라는 새침한 표정으로 바라보다가 조금 떨어진 자리에 털썩 주저앉았다. 예쁜 유리 글라스에 색색들이 담긴 아이스크림과 커피 두 잔. 은은하고 달콤한 향이 금세 주변으로 퍼졌다. 미라는 슬쩍 고개를 돌려서 그를 바라보았다. 한쪽 무릎을 세우고 턱을 괸 채 밖을 내려다보고 있는 모습이 마치 만화 속 그림처럼 은근했다. 물기가 거의 마른 머리카락은 조금 헝클어져 있고 느슨하게 맨 끈 때문에 탄탄한 가슴 둔덕이 훤히 들여다보였다. 문득 속옷을 입지 않은 것 아닌가 하는 생각이 들었다. 하필이면 그 순간 침이 꼴깍 하고 넘어가는 소리가 들렸다.

　“훔쳐보지 말고 당당하게 봐.”

　“내, 내가 언제 봤다고 그래요?”

　창밖으로 시선을 두고 있었으면서 언제 봤을까. 그가 넌지시 던지는 말에 미라는 펄쩍 뛰며 시치미를 뚝 뗐다.

　“보지 않아도 다 느껴져.”

　온 신경이 그녀를 향해 있는데 어떻게 모를 수 있을까. 준우는 턱을 괸 채 한 모금도 안 되게 남아 있는 와인 잔을 빙글빙글 돌렸다. 시선이 마주치자 황급히 고개를 숙이는 모습에 빙그레 웃음이 나왔다. 한참 후 다시 시선이 마주쳤을 때는 피하지 않고 당당히 그를 바라보았다.

　“…….”

　짙은 눈썹 아래 검고 깊은 눈동자가 올곧이 그녀만 바라보고

있었다. 헝클어진 머리카락이 이마 아래를 살짝 덮어서 한결 부
드러워 보였지만 바라보는 눈빛은 강렬했다. 두 걸음 정도 떨어
져 있는데 그가 내쉬는 숨결이 고스란히 느껴지는 듯했다. 나른
하게 웃는 모습이 시선 안으로 콕콕 박혀왔다.

“당당하게 보라고 했더니 정말 눈도 껌벅이지 않고 보네.”

“내가 좀 착한 학생이거든요.”

“마음에 들어.”

“가까이…… 올래요?”

“아니.”

겨우 물었는데 냉큼 거절을 하는 그를 미라는 얄미운 시선으
로 흘겨보았다. 오기 싫으면 말라지. 녹아서 물컹해진 아이스크
림 대신 커피 잔을 집어 들자 그도 와인 잔을 내려놓고 커피를
한 모금 마셨다.

“아이스크림 다시 갖다 달라고 할까?”

“아니요. 이렇게 있으니까 커피 향이 더 좋네요.”

“가까이 가면 만지고 싶을 거고 만지면 하나씩, 하나씩 욕심
을 내게 될 거야. 그래서…… 가지 않은 거야.”

심장이 겁도 없이 쿵쿵 소리를 내며 높게 날뛰기 시작했다.
바라고 원하는 마음이 얼마나 깊은지 절로 느껴졌다. 미라는 잔
을 감싼 손을 하나하나 풀어냈다. 두려움 하나를 버리고, 두려
움 둘을 버리고, 두려움 셋을 버리고. 이미 식어서 향만 그득한
커피를 입안에 머금고 조금씩, 조금씩 삼켰다.

"겁내지 않을 때까지 기다릴 테니까."

꿀꺽.

"이렇게 곁에 있는 걸로…… 지금은 만족할 테니까."

꿀꺽.

"두렵지 않을 때 말해줘."

꿀꺽.

"그래 줄 수 있겠어?"

꿀꺽.

"어떤 모습이든 어떤 상황이든 상관 안 해. 성미라 당신만, 곁에 있으면 되니까."

더는 삼킬 커피가 남아 있지 않았다. 미처 버리지 못한 두려움이 꿀꺽꿀꺽 마셔 버린 커피 속으로 사라졌나 보다. 손가락 두 개로 간신히 잡고 있는 커피 잔이 파르르 떨렸다.

"그만, 집에 가고 싶어요."

택시를 타고 간다고 했지만 준우는 그예 대리 기사를 불렀다. 아파트까지 오는 동안 두 사람은 창밖을 내다보며 아무 말도 하지 않았다. 가만히 맞잡은 두 손이 꼼지락거릴 때마다 그는 손을 더 꽉 움켜쥐었다.

"택시 타면 된다니까 괜히…… 내일 일해야 하는데 피곤하잖아요."

"그럼 피곤하지 않게 인사를 확실히 해주던가."

차에서 내려 아파트 현관까지 걸어오는 동안 두 사람은 맞잡은 손을 놓지 않았다. 그만 가보라고 하는데도 그는 집까지 들어가는 걸 확인하겠다며 굳이 함께 걸었다.

"어? 여기는 웬일이야?"

안 그래도 올라오는 길에 혹시나 하고 포장마차 쪽으로 시선을 돌렸는데 아직 불이 켜져 있었다. 늦게까지 손님이 있나 보다고 생각했는데 정작 백산은 그녀의 아파트 입구에서 나오고 있었다.

"왜 이렇게 늦게 다녀?"

"응? 아, 약속이 있었어."

백산의 시선에 그녀가 슬그머니 손을 빼려고 하자 준우는 오히려 더 바싹 잡아당겨서 깍지까지 끼고 놓아주지 않았다. 획 추켜올라 간 눈썹이 묘하게 꿈틀거렸다.

"훈이도 없고 궁금해서 한번 올라와 봤어."

"궁금하긴 내가 애야?"

"피곤하지 않으면 잠깐 들렀다 갈래?"

"아니. 오늘은 그냥 쉴래. 너도 피곤할 텐데 얼른 정리하고 쉬어."

"그래, 그럼. 금방 들어갈 건 아니니까 생각 있으면 내려와."

커다란 덩치의 백산이 어깨를 툭 치고 지나가는 동시에 준우는 가는 허리를 제게로 확 끌어당겼다.

"앗, 왜 이래요?"

“확실한 인사 지금 받을까 하는데.”

“무, 무슨…… 읍.”

거칠게 부딪힌 입술 사이로 단박에 그의 혀가 비집고 들어왔다. 밤늦은 시간이긴 하지만 누군가 지나갈지도 모르고 더구나 백산이 아직 돌아가지 않고 있는 상태였다.

“준우…… 읍.”

도리질을 할수록 그는 더 깊숙이 파고들었다. 혀의 움직임은 마치 모든 신경 줄을 잡고 뒤흔드는 것처럼 조였다 풀어놓았다를 반복했다. 바싹 조이고 빨아들일 때는 심장까지 끌려들어 가는 느낌이었다. 그리고 느슨하게 풀어주며 부드럽게 핥고 쓸어줄 때는 온몸이 녹아내릴 것만 같다. 밀쳐 내려고 어깨에 두른 그녀의 두 팔이 스르륵 그의 목에 둘러졌다. 저벅저벅 발자국 소리가 멀어지고도 준우는 한참 동안 그녀의 입술을 놓아주지 않았다.

“친구 앞에서 너무 심하잖아요?”

“친구?”

“그래요. 백산하고 난, 아니, 친구라기보다는 오히려 내가 도움을 더 많이 받고 있다고요. 훈도 좋아하고.”

뜨거운 입맞춤을 하고도 그녀는 이미 텅 비어 있는 아파트 입구를 바라보면서 투덜댔다.

“아이도 좋아한다고?”

“아이가 아니라 훈이에요. 유훈.”

“나도 노력해 보지.”

“뭘요?”

“자신은 없지만 아이와 친해보도록 노력한다고.”

뾰족한 질문에 준우는 멋쩍은 듯이 대답을 했다. 좀 의외다 싶어 미라는 승강기에서 내려 아파트 문을 열다 말고 뒤돌아보았다.

“일부러 애쓸 필요 없어요.”

“앞으로 평생 같이 있을 건데 나보다 다른 사람하고 더 친하면 곤란하지.”

“평생 함께 있을 거라니, 그게…… 무슨 소리예요?”

“우리가 결혼을 하면 아이도, 아니, 훈도 함께 살아야지. 할머니한테 보낼 수는 없잖아.”

“…….”

“나에 대해 생각해 보라는 건 우리 만남이 그냥 지나가는 인연으로 끝나지 않을 거라는 뜻이야. 그러니까 빨리 적응해.”

이제 겨우 마음을 열고 있는데 이 남자 또 너무 앞서 간다. 결혼이라니. 게다가 훈과 함께 살 생각까지 하다니.

“준우 씨, 난…….”

“뒤로 물러나는 건 안 돼. 도망가는 것도 안 된다고 했어.”

“도망가지 않는다고 했잖아요. 하지만 이건…….”

“이제 그만 가봐야겠다. 조금만 더 있다가는 그 산적 같은 친구가 정말 오해하겠어. 나야 오해를 하든 상관없지만. 어때? 함께 들어갈까?"

"그럼 내 이야기만 듣고 가요."

"그전에, 내가 가면 저 친구한테 갈 건가?"

"포장마차예요? 아니, 가지 않을 거예요."

"그거 마음에 드는 결정이군. 그럼 굿나잇 키스를 할 차례겠지?"

준우는 그녀가 미처 무슨 말을 하기도 전에 부드럽게 입술을 삼켰다. 쪽 소리가 나도록 부딪힌 입술은 아쉬울 정도로 짧았다. 언제 눈을 감았는지도 모른 채 그녀는 이마에 콧등에 그리고 다시 입술에 자잘한 키스를 받았다.

"잘 자. 내일 아침에 데리러 올게."

"그러지 말아요."

"매일은 못해. 하루 이틀 시간이 있으니까 데리러 올게. 그럼 잘 자."

준우는 다시 입술을 깊게 삼켰다가 놓아주면서 그녀를 현관 안으로 떠밀었다. 쾅, 문이 닫히고 두 사람은 동시에 현관문에 등을 기댔다. 가슴 위에 올린 손가락의 떨림이 입술을 쓸고 있는 다른 손가락에도 고스란히 느껴졌다.

"하이, 너무 밀어붙이지 말아요."

서로 등을 기대고 있는지도 모른 채 미라는 나직이 중얼거렸다.

"다시 놓치지 않을 거야."

그가 문에 기대서 다짐 같은 말을 되뇌는 것도 그녀는 알지 못했다.

일곱

　"날 만나고 싶다고 하셨다고요?"

　박 비서가 겨우 약속 시간을 잡았다는 말에 준우는 점심도 거른 채 병원으로 향했다. 어쩌면 똑같은 대답을 들을지 모르지만 한 번은 만나고 싶었다. 의사는 생각보다 젊은 사람이었다. 그가 명함을 꺼내서 내밀자 잠시 바라보기만 할 뿐, 그대로 테이블 위에 내려놓았다.

　"성미라 씨에 대해서 알고 싶어서 왔습니다."

　"……."

　"4년 전에 교통사고를 당했는데 그때 함께 타고 있던 언니와 형부를 잃었지요. 그녀 또한……."

“어떤 사이인지 물어봐도 될까요?”

왜 다들 그녀와의 사이를 묻는 것일까. 궁금했지만 준우는 의사의 질문에 사실대로 대답을 했다.

“4년 전부터 알고 있던 사람입니다.”

“여기까지 온 걸 보면 이미 입원했던 병원을 찾아갔던 것 같은데 나 또한 따로 해줄 이야기는 없습니다.”

“환자에 대한 비밀 엄수 때문이라면.”

준우가 잠시 말을 삼키자 박 원장은 자리에서 일어나 창문을 열고 서랍 속에서 담배를 꺼내 들었다.

“좀 피워도 될까요?”

“네.”

“우리 간호사들이 하도 질색해서 이렇게 가끔 몰래 숨어서 한 대씩 피우곤 하지요.”

탈칵. 불이 붙여지고 긴 한숨 소리와 함께 담배 연기가 뿜어져 나왔다. 준우는 박 원장이 담배 한 개비를 모두 피우는 동안 묵묵히 지켜보았다.

“한 번 더 물어봐야 할 것 같군요. 미라와 어떤 사이입니까?”

미라? 마치 다정하게 연인을 부르는 듯한 목소리에 준우는 눈썹을 실룩거리며 미간을 좁혔다. 그 당시 정형외과 말고도 그녀는 몇 개의 과에서 더 치료를 받았다고 했는데 왜 산부인과 의사를 소개시켜 주었는지 지금도 의문이었다.

“저도 질문 하나 드리죠.”

“…….”

“미라 씨, 아니, 우리 미라 혹시 개인적으로 알고 계십니까?”

이번엔 박 원장이 눈썹을 실룩거리며 날카로운 시선으로 준우를 바라보았다. 처음 미라에 대해서 물어봤을 땐 가슴부터 철렁했다. 지난 4년 동안 아무도 그날의 사고에 대해 물어온 사람은 없었다. 처음부터 약속대로 모든 걸 해주었지만 늘 마음은 편치 않았고 가시를 품고 있는 기분이었다. 심지어 김 여사하고도 단 한 번 연락도 하지 않고 살았는데.

“개인적으로 안다고 할 수도 있지요. 그녀의 언니 미순과 함께 병원에 왔을 때…… 만났으니까. 난 미순 씨 남편 유민과 둘도 없는…… 친구입니다.”

그가 고개를 끄덕이는 동안도 박 원장은 그 날카로운 눈빛을 지우지 않았다. 박 원장은 준우를, 준우는 박 원장을 서로 살피고 있다는 걸 두 사람은 알고 있었다. 테이블 위에 놓인 커피 잔이 싸늘하게 식어가고 있었지만 아무도 잔을 집어 들지는 않았다.

“내 질문에 아직 대답을 하지 않은 걸로 아는데.”

“하나 더 묻겠습니다.”

“아니, 원하는 걸 들으려면 먼저 내 질문에 대답부터 해야 할 거요. 그 대답 여하에 따라서 내가 해줄 수 있는 이야기가 달라질 수도 있으니까.”

“사랑하는 사이입니다.”

"4년 전이니까 사랑했던 사이였다고 해야 맞겠지."

"아니요. 지금도…… 사랑합니다."

"음."

열어놓은 창문 사이로 에어컨 바람이 무색할 정도로 후끈한 열기가 흘러들어 왔다. 그는 일부러 아직 미라는 망설이고 있다는 말은 하지 않았다. 그녀만 곁에 있다면 마음이 온전히 그를 바라볼 때까지 기다릴 수 있으니까. 잃어버리고 찾아 헤매는 일 따위는 다시 하지 않을 테니까.

"그런데, 미라가 날 기억 못합니다."

다시 담배를 꺼내 들던 박 원장의 손이 미세하게 떨렸다. 그는 굳이 소파에서 일어나 창가로 걸어갔다. 딸깍, 매캐한 담배 연기가 안으로 스며들자 준우는 정말 담배라도 한 대 피워볼까 하는 생각을 했다. 담배라면 질색하는 서 회장 때문이기도 했지만 이상하게 담배에 대한 매력을 느끼지 못했다. 냄새도 싫지만 술과 달리 담배는 일부러 챙겨서 가지고 다녀야 한다는 게 귀찮았던 것 같다. 탈칵, 박 원장이 또 하나의 담배를 피워 물었다. 창문으로 들어오는 바람 때문에 길게 뿜어낸 연기가 고스란히 다시 안으로 날아들었다.

"혹시 미라가 기억 못하는 게 또 있던가요?"

"글쎄, 그건 잘 모르겠습니다. 4년 전 우리 두 사람은 서로 바라보고는 있었지만 긴 시간을 함께하지는 못했습니다."

"……."

"미라를 다시 만난 지는 얼마 되지 않았습니다."

박 원장은 채 반도 피우지 않은 담배를 꺼버리고 다시 소파로 돌아와 앉았다. 미지근한 커피를 단숨에 벌컥 들이켜더니 잔을 내려놓고 다리를 꼬고 앉았다.

"해리성 기억상실증이라고 하지요. 사고나 충격의 후유증으로 나타나는데, 짧게는 며칠 길게는 몇 년 동안 기억을 못하다가 어느 날 갑자기 돌아오기도 하는 아주 얄미운 병입니다."

어렴풋이 짐작은 하고 있던 터라 크게 놀라지는 않았다. 그녀인 게 분명한데 자신을 기억하지 못하니 사고 후유증인가 했었다.

"그럼 미라가 저 말고 기억 못하는 게 또 있습니까?"

박 원장은 선뜻 대답하지 못했다. 사람들마다 잊고 싶은 걸 기억에서 지우고 살면 얼마나 좋을까. 그녀가 잊고자 하는 기억이 무엇인지 알지 못하지만 그냥 어렴풋이 짐작만 하고 있을 뿐이었다. 아니, 어쩌면 마음 한구석은 영원히 기억을 못하고 살기를 바라고 있는지도 모르지.

"그건 나도 모르지요. 무엇을 기억 속에서 지웠는지. 미라는 자신이 해리성 기억상실이라는 것도 모릅니다. 그 한 면만 잘라냈을 뿐, 다른 건 모두 정상이니까."

"이해할 수 없군요."

"세상엔 이해할 수 없는 것들이 참 많지요."

"그럼 어떻게 해야 합니까?"

그러게, 어떻게 해야 하는 걸까. 박 원장은 손가락을 꼼지락 거리면서도 담배를 피우기 위해 일어서지는 않았다. 두 사람은 서로 시선을 비껴서 바라보는 곳을 뚫어질 듯 노려보았다.

"꼭 어떻게 해야 하는 건 아니지요."

"치료를 받아야 하지 않을까요?"

"누구를 위해서 말입니까?"

"네? 그거야……."

준우의 집요한 시선이 부담스러운 박 원장은 슬쩍 고개를 돌렸다. 중환자실에서 깨어나 그녀가 처음 한 소리는 언니를 찾은 거였다.

"언니는, 우리 언니는 어떻게 되었어요?"

아이부터 물을 줄 알았는데. 혼자 살았다는 걸 안 순간, 무의식 상태였다는 게 믿어지지 않을 정도로 미친 듯이 발악을 한 뒤에도 아이에 대해서는 단 한 마디도 언급하지 않았다.

"싫어. 나도 죽을 거야. 언니 따라갈 거야. 왜 나만 살렸어. 나도 죽게 해줘. 차라리, 언니를 살리지. 날 죽이고 언니를 살리지. 나보고 어떻게 살라고."

그 이후로 다시 일주일이 넘는 시간을 깨어나지 않았다. 그때는 살아 있는 사람도 지옥 속을 함께 걸었다. 하루하루가 가시덤불이었다. 혼자 자란 민은 친구들이 보내주었고 한꺼번에 사위와 딸을 잃은 김 여사는 거의 제정신이 아니었다. 그리고 알게 된 기막힌 사실에…… 몇 번이고 정신을 잃었었다.

“그 기억, 꼭 해야 하는 걸까요?”

“무슨 뜻입니까?”

“본인이 원해서 기억 속에서 지운 거라면…….”

“그럴 리가…… 없습니다.”

그럴 리가 없다. 설마 그녀가 자신을 기억 속에서 지워 버리길 원했을까. 아니야. 그럴 리가, 그럴 리는 없을 거다.

준우는 세차게 고개를 흔들었다.

“갑자기 혼란스러움을 주는 것보다는 자연스럽게 기억이 돌아오기를 기다리는 것도 한 방법이지요.”

“그 기억이라는 것이 돌아올까요?”

“글쎄요. 그건 아무도 모르지요.”

잊은 기억 따위 상관없다고 생각했는데, 곁에 있는 걸로 만족한다고 생각했는데 잊은 사람이 자신뿐이라니 충격이 아닐 수 없었다. 왜 지웠을까. 왜 잊고 싶어했을까.

시간이 한참 동안 흘렀다는 것도 모른 채 준우는 깊은 생각에서 빠져나오지 못했다. 경우에게 연락이 오지 않았다면 언제고 그렇게 앉아 있었을 것이다.

“긴 시간 내주셔서 감사합니다.”

“도움이 되지 못해 죄송합니다.”

그가 허리를 숙여 인사를 하고 돌아서는 동안 박 원장은 몇 번이고 주먹을 폈다 오므렸다를 반복했다.

“하준우 씨.”

준우는 문의 손잡이를 잡았다가 다시 놓고 뒤돌아서서 무심한 눈동자로 바라보았다.

"가끔은 잊고 사는 게 행복할 때도 있는 거랍니다."

글쎄, 맞는 말인지는 모르겠지만 지금은 아무 소리도 들리지 않았다. 그는 박 원장에게 다시 허리를 굽혀 인사를 하고 밖으로 나갔다. 쾅, 문이 닫히자 박 원장은 담배를 꺼내 들었다 내려놓기를 반복하다 핸드폰을 집어 들었다.

"부탁 좀 드릴 게 있습니다."

박 원장 또한 무엇이 옳은 건지 갈피를 잡지 못했지만 문득 떠오르는 생각에 가만히 있을 수 없다는 결론을 내렸다. 간단히 상황 설명을 하고 부탁을 한 뒤 전화를 끊고는 오래선 어딘가에 메모를 해놓았던 번호 하나를 찾아냈다.

"저 혹시 기억하시겠습니까? 민이 친구 박수석입니다."

*

"갑자기 무슨 일이야?"

카페 안으로 들어서는 그를 힐끔 보던 경우의 눈이 동그래졌다. 그러거나 말거나 준우는 자리를 잡고 앉자마자 냉수를 들고 벌컥거리며 마셔댔다.

"형, 얼굴이 왜 그래? 혹시 싸웠어?"

"싸우긴 내가 애냐?"

“그럼 그 상처는 뭐야?”

“그런 일이 좀 있었다.”

이마 위가 벌겋게 부어오른 준우는 인상을 찌푸리며 뒷머리를 긁적거렸다. 하필 자신의 차 앞에서 주먹다짐을 하고 있을 게 뭔지.

“맞은 곳은 이마 같은데 왜 머리를 자꾸 만져? 그쪽도 다친 거야?”

“한 움큼 뽑혔나 봐.”

“뽑혀? 설마 머리라도 잡고 싸웠다는 거야?”

“싸우긴 내가 언제 싸우는 것 봤어?”

“봤지.”

지금도 너무 선명해서 그날 봤던 사람이 자신이 알고 있는 형이 맞는지 의심이 될 정도였다. 술에 잔뜩 취해서 주먹을 휘두르는 준우는 도저히 바른생활 사나이라고 믿을 수 없는 모습이었다. 운동을 하고 있는 줄은 알고 있었지만 제법 덩치가 있는 두 남자를 그 정도로 뭉개놓을 줄은 상상도 하지 못했다.

“4년은 안 된 것 같고 3년 좀 넘었을 때였나. 형 미국에 들어가고 몇 달 지난 후에 내가 찾아갔을 때 말이야. 이야, 난 우리 형한테 그런 괴물이 숨어 있는 줄 처음 알았네. 그동안 까불지 않고 산 게 얼마나 다행이라고 생각했는지 모른다니까.”

“그만 해.”

“사진을 찍어놓았어야 하는 건데. 내가 그 말을 할아버지한테

했다가 오히려 혼만 났잖아. 형은 절대 그런 행동을 할 사람이
아니라나 뭐라나. 참, 내 눈을 무슨 해태 눈으로 아신다니까.”

“그나저나 이 시간에 무슨 일이야?”

“그보다 병원은 안 가봐도 돼?”

“살짝 맞은 것뿐이야.”

“쯔쯧, 누군지 겁도 없이 덤볐네. 그래서 상대는 무사히 돌아
가긴 한 거야?”

“내 차 앞에서 실랑이를 하는 걸 말리다가 한 대 맞았을 뿐이
야. 어찌나 허리를 굽혀 사과를 하는지 아픈 것도 몰랐네.”

욱신거리긴 했지만 빨갛게 부어오를 정도인지는 몰랐다. 피
하느라고 피했는데 한 대 얻어맞는 농시에 머리카락을 삽혔다.
무심결에 주먹을 휘두르긴 했지만 그나마 상대가 맞지 않아서
천만다행이었다. 그랬다면 사고가 커졌겠지.

“일단 시원한 것 한 잔 마셔.”

웨이터가 다가오자 경우는 주스 한 잔과 비닐봉지에 얼음을
조금만 담아달라고 부탁했다. 그렇게까지 하지 않아도 된다고
했지만 그대로 놔두면 며칠 고생을 한다면서 얼음찜질을 해야
한단다.

“자, 이마에 살짝 대고 있어.”

낮 시간이라 사람도 별로 없는데다 구석진 곳이라 그나마 다
행이었다. 준우는 이마가 아닌 머리 뒷부분에 얼음을 문지르며
인상을 찌푸렸다.

“유치원에 무슨 일 있는 거야?”

묻는 말에 경우는 방금 전과는 달리 입술을 꾹 닫고 오렌지 주스 속에 남은 얼음을 와작와작 씹었다. 워낙 속에 있는 걸 오래 담고 있지 못하는 녀석이라 금방 털어놓을 줄 알고 있기에 준우는 얼음 봉지를 이마로 머리 뒤로 옮겨가면서 조용히 기다렸다.

“형 여자 없어?”

“무슨 소리야?”

“아침에 잠깐 들르라고 해서 아버지한테 갔다가 왔는데, 갑자기 노망이 드셨나 대뜸 한 달 안으로 결혼을 하라는 거야.”

“……”

“아니, 무슨 결혼을 번갯불에 콩 구워 먹듯 하라는 건지.”

“그래서?”

“그래서는 무슨, 절대 못한다고 하고 형을 팔았지.”

“나를 팔아?”

준우는 눈썹을 휙 치켜뜨고 고개를 돌리고 있는 경우에게 무슨 뜻이냐며 물었다. 아무래도 물귀신 작전을 쓴 게 분명했다.

“순서대로 하겠다고 했지.”

“결혼에 순서가 어디 있어? 할 사람이 있으면 하는 거지.”

“정말 형은 결혼할 생각이 없는 거야?”

“그러는 넌, 언제까지 승희를 기다리게 할래?”

“기다리라고 한 적 없어.”

"그렇다고 가라고 하지도 않았잖아."

준우는 부정도 긍정도 하지 않는 동생의 어깨를 툭 치며 제게로 확 끌어당겼다. 그리고 바싹 고개를 들이밀고 조용히 속삭였다.

"그럼 조만간 국수 먹는 거냐?"

"형!"

"어차피 너하고 난 따로 나와 살고 있고 결혼을 한다고 해서 그다지 변할 건 없을 것 같은데 뭘 그렇게 겁을 내?"

"누가 겁을 낸다고 그래?"

"그럼, 설마 승희가 여자가 아닌 동생으로 보인다는 말을 하려는 건 아니지? 아니면 이제 그만 결혼해."

"아, 정말 이렇게 결혼하기 싫단 말이야."

"그럼 어떻게 하고 싶은데?"

머리를 마구 헝큰 경우가 자신의 빈 잔을 쳐다보다 입도 대지 않은 준우의 주스 잔을 집어 들려고 할 때였다. 잽싸게 낚아챈 준우가 보란 듯이 잔을 쭈욱 비웠다.

"머리카락 조금 뽑히더니 이상해진 것 아니야?"

"갑자기 목이 말라서 마신 것뿐이야."

"만날 유치원 아이들하고 노는 나도 그런 짓은 안 한다. 치사하게."

"그럼 하나 더 주문해서 마시던가."

"됐네요."

"별로 할 이야기도 없는 것 같은데 난 그만 가볼게. 언제 한 번 승희랑 함께 와. 저녁이나 먹자."

"정말 도와주지 않을 거야?"

"네 결혼을 내가 어떻게 도와줘? 그리고 나도 빨리 결혼하는 거에 찬성이다."

"어떻게 주변이 다 적군뿐이냐. 그러지 말고 형이 한마디만 해줘. 굳이 동생이 먼저 결혼해서 좋을 게 뭐 있어. 형 결혼하고 난 뒤에……."

"됐어. 내가 조만간 결혼을 한다고 해도 네 결혼과는 별개로 진행할 거야."

경우는 벌떡 일어나 나가 버리는 준우의 뒷모습을 멀뚱히 바라보았다. 지금 뭐라는 거야. 뭘 별개로 진행해? 잘못 들었나. 이미 반쯤 녹아서 물이 흥건히 고인 얼음주머니를 움켜쥔 경우는 이마에 쩍 올려놓으며 중얼거렸다.

"분명 뭔가 있는데 말이지. 웃, 차가워."

늦게까지 일을 한 미라는 졸린 눈을 비비고 샤워를 했다. 더운 여름에도 그녀는 늘 따뜻한 물로 샤워를 한다. 퇴근하고 돌아와서 간단히 씻기는 했지만 밀린 번역 일을 하느라 저녁 식사를 샌드위치 하나로 때웠더니 배가 고팠다.

일이 늦어서 오늘은 회사로 데리러 못 감.

달랑 문자 하나만 오고 오늘은 전화 한 통 없었다. 그날 이후 삼 일 내내 아침에 데리러 오고 저녁에 퇴근을 시켜주었는데 어제는 저녁도 함께 먹지 못하고 그는 회사로 돌아갔다. 꽤 바쁜지 얼굴까지 까칠해서 안쓰럽다는 생각도 들었다. 그러다 문득 그녀는 틈만 나면 준우를 떠올린다는 걸 느꼈다. 아침에 눈을 뜨고 나면 그가 먼저 생각났다. 점심 식사를 하면서도, 퇴근 시간이 가까워지면 더더욱.

"이러다 미치고 말지."

실실 웃음까지 흘리고 있다는 것도 모르고 있었다. 샤워를 마치고 나와서 옷을 간편하게 갈아입고 밖으로 나왔다. 출출하기도 하고 백산을 본 지 며칠 지났다는 생각에 우동이라도 한 그릇 먹고 자야겠다 싶었다. 조금은 짧다 싶은 반바지에 티셔츠를 입고 막 아파트 현관 입구를 나설 때였다. 탈칵, 문이 열리는 소리와 함께 익숙한 그림자가 앞으로 다가왔다.

"어? 언제 왔어요?"

"어디 가는 중이야?"

"친구한테……."

가로등 불빛을 받아 어둑한데도 꿈틀거리는 그의 눈썹이 선명하게 보였다. 성큼 다가와서 손목을 꼭 잡아 쥐자 미라는 그 기세에 놀라 움찔 뒤로 한 걸음 물러났다.

"같이 갈래요?"

"아니."

"나 배고파서 우동이나 한 그릇 먹을까 하는데."

"초밥 먹어."

"초밥?"

그가 한 손에 든 종이 가방을 획획 흔들었다. 올 거면 전화라도 하고 올 것이지. 항상 대기하고 있는 줄 아나. 갑자기 입술이 뿌루퉁하게 튀어 올랐다.

"싫어?"

"누가 싫대요?"

"캔 맥주도 두 개 있는데."

"맥주는 우리 집에도 있어요."

그녀가 먼저 홱 돌아서서 걷자 준우도 말없이 뒤를 따랐다.

피곤해서 그냥 집으로 갈까 하다가 마침 신호등 앞에 초밥 집이 보이기에 차를 세우고 이 인분을 주문했다. 늦은 시간이라 잠이 들었다면 어떻게 하나 하고 왔는데 막상 주차장에 도착해서는 금방 차에서 내리지도 못했다.

"누굴 위해서 말입니까?"

박 원장을 만나고 와서 내내 그 말이 머릿속에서 떠나질 않았다. 기억을 잃었다고는 하지만 그녀는 이제 그를 밀어내지 않는다. 어느 정도 깊은 마음인지는 모르겠지만 이제야 새로이 시작한다고 해도 상관없었다. 두 사람 중 한 사람은 그 기억을 잃지 않았으니까. 함께한 추억은 모조리 혼자서 삼켜 버리고 갈 것이다. 삼킨 추억을 그녀가 영영 기억하지 못한다고 해도 변하는 건 없을 터였다. 그러나 도대체 왜, 라는 의문은 사라지지 않았다. 도대체 왜 지워 버린 걸까.

"어? 이마는 왜 그래요?"

"부딪혔어."

"어쩌다가요? 왜요? 언제요? 많이 아파요?"

줄줄이 질문을 해대는 그녀가 예뻐서 준우는 피식하고 웃고 말았다. 늘 사람들에게 관심의 대상이었지만 이렇게 따뜻함이 담겨 있는 눈빛과 말투가 있었나 싶었다. 무뚝뚝한 하 사장도 어린 그가 아프다고 할 때면 가끔 집으로 달려오기도 했지만 대부분은 사람을 시켜서 병원을 데려가게 했다. 그리고 밤새워 곁을 지킨 사람은 늘 동생 경우였다.

"어디 봐요?"

"괜찮아."

"괜찮긴. 빨갛게 부었는데. 설마 싸운 거예요?"

"내가 싸움을 하고 다닐 사람으로 보여?"

"사람을 겉모습만 보고 어떻게 알아요?"

얼마나 얄미운 말을 했는지 모르는 그녀는 소파에 앉아 있는 그에게 다가와서 이마를 살폈다. 흠씬 느껴지는 그녀의 체취에 준우는 소파에 몸을 기댄 채 가만히 눈을 감았다. 머리카락을 쓸어 넘기고 이마를 조심스럽게 어루만지는 손길에 저절로 눈이 감기고 묵직한 신음 소리가 새어 나왔다.

"아픈가 보네. 가만히 있어봐요. 약 좀 가져올게."

"약 말고 다른 걸로 치료해 주면 안 될까?"

"다른 것 뭐요?"

이글거리는 시선과 마주치자 후다닥 몸을 뒤로 빼려고 했지만 그의 단단한 팔이 더 빨랐다. 허리를 단단히 감싸 안고 바싹 팔을 조이자 그녀의 몸이 좀 더 가까이 안겨졌다.

"아프잖아요."

"그러니까 치료해 줘."

"배, 배도 고픈데."

"난 아파."

"방금 전에는 괜찮다고 했으면서."

"그랬는데 누가 걱정해 주니까 갑자기 아파오네."

"칫. 진짜 엄살인가 봐."

이미 입술은 닿을 듯한 거리에 있었다. 방금 샤워를 했는지 상큼한 비누 향이 느껴졌다. 입술이 닿기 전 그녀가 눈을 감는 것이 보였다. 준우는 달콤한 입술을 허기진 사람처럼 허겁지겁 빨아 마셨다. 엉거주춤 그의 무릎에 걸터앉은 미라는 조금 더 몸을 당겨 앉았다. 목에 팔을 두르고 다른 때보다 더 적극적으로 다가오는 그녀 때문에 준우는 참을 수 없는 갈증을 느꼈다. 타액을 핥아 마시고 호흡을 마음껏 들이켜는데도 자꾸만 목이 말랐다. 혀가 거침없이 입안을 헤집고 다니는 동안 두 손은 그녀의 티셔츠 속으로 숨어들었다. 봉긋한 가슴을 꽉 움켜잡자 그녀가 허리를 휘며 달뜬 신음 소리를 냈다.

"으읏."

"멈추라고…… 하지 마."

몸이 불같이 끓어올라 이마의 상처보다 더 붉어졌다. 중심으로 몰린 피가 해갈을 요구하며 불끈거리고 호흡도 손길도 거칠어졌다. 두 사람은 허겁지겁 서로를 마셔댔다. 짧은 반바지가 허벅지 안쪽까지 끌려 올라가 커다란 손으로 쓰다듬자 움찔움찔 떨려왔다.

"하아, 준우 씨."

"걱정하지 마."

원하지 않는다면, 아직은 아니라고 기다리라고 한다면 멈출게. 그러나 지금은 아니야. 조금만, 조금만 더. 탱탱한 엉덩이를 움켜잡고 허리를 툭툭 부딪칠 때마다 짜릿한 전율이 몸을 감쌌다.

"아흑."

옷을 입은 채 준우는 그녀의 은밀한 곳을 수없이 탐했다. 퍽퍽 허리를 튕겨 올릴 때마다 그녀가 신음을 토해내면서 어깨를 움켜잡았다. 언제 티셔츠가 벗겨 나가고 와이셔츠 단추가 풀어졌는지 알지 못했다. 거친 호흡이 봉긋한 가슴 위로 쏟아지고 왈칵왈칵 삼켜졌다. 얇은 반바지가 찢어질 듯이 그에게 시달림을 당했다. 모든 게 너무 빨리 그에게 젖어들었다. 그러나 거부할 수도 거부하고 싶지도 않았다. 오히려 그를 더 가까이 느끼고 싶다는 생각이 울컥울컥 샘솟았다. 아무 생각도 할 수 없었다. 그러나 겁이 나거나 두렵지는 않았다. 이 남자라면, 이 남자 하준우라면, 괜찮지 않을까 하는 생각이 뼛속까지 그녀를 지배했다.

"으읏."

소파에 몸이 누이는 순간 그가 허벅지 안쪽을 강하게 짓눌러 왔다. 부글부글 끓어오르는 뜨거움이 심장까지 삼켜 버렸나 보다. 숨을 쉬고 있는지도 모를 정도였다. 두 사람이 토해내는 헉헉대는 숨소리가 거실을 가득 채웠다. 가슴이 벌겋게 짓이겨지고 입술은 터질 듯이 붉어졌다.

"하웃, 준우 씨."

이름이 불리는 순간 준우는 그녀의 입술을 삼켜 버렸다. 멈추라고 할까 봐. 그녀가 원한다면 멈추겠지. 하지만 죽을 것 같은 이 절박감을 이겨내기 힘들 것 같다. 입고 있는 마지막 한 꺼풀을 찢어버리지 않기 위해서 얼마나 이를 악물고 있는지 안다면, 제발 멈추라는 말은 하지 말아줘. 뒤엉킨 혀를 게걸스럽게 빨아대자 그녀가 그의 손을 잡고 반바지 위에 조심스럽게 올려놓았다.

"……."

준우는 고개를 들고 시뻘게진 눈동자로 그녀를 바라보았다.

날 받아들일 거니? 널 내게 줄 거야? 그녀가 가만히 고개를 끄덕였다. 작은 이마에 송골송골 맺힌 땀방울이 그제야 보였다. 준우는 열기가 그득 모인 눈동자를, 오뚝한 콧망울을, 터질 듯이 부풀어 오른 붉은 입술을 천천히 내려다보았다. 하얀 목 위로 붉게 찍힌 키스 자국이 너무 선명했다. 가슴 위의 상처 자국도 어찌나 핥아댔는지 그 붉은빛이 더 짙어졌다. 다시 그곳에 입술을 내려 부드럽게 핥았다. 작은 어깨에 우윳빛 같은 살결, 한 손에 꽉 찰 정도로 들어오는 풍만한 가슴, 잘록한 허리, 그리고 그녀의 모든 것. 하나하나 눈에 새기듯 바라보고 있자 그녀가 몸을 움츠리며 시선을 피하려고 했다.

"왜, 이제 정말 온전히 내 것인데."

"아직……."

"아직은 아니라고?"

"부, 부끄럽단 말이에요."

"부끄러워하지 마. 당신의 모든 게 내겐 사랑이니까."

"정말, 이런 나도 괜찮아요?"

"그러는 당신은 이런 나도 괜찮아?"

"당신은 내게 너무 넘치는 사람이에요."

"아니, 아니야. 내가 넘치는 사람이 될 수 있는 건 당신이 내 옆에 있기 때문이야."

"키스해 줄래요?"

"그런 부탁이라면 언제든지 환영이지."

폭풍처럼 몰아치던 방금 전과 달리 키스는 어르고 달래고 속삭이는 것처럼 부드러웠다. 혀끝에 달콤한 향이 묻어 있는 것처럼 그가 움직일 때마다 사르륵 녹아내리는 소리가 들렸다. 느리게 움직여서 오히려 애가 탔지만 그녀는 그가 주는 부드러움과 달콤함을 마음껏 음미했다. 혀끝이 입천장을 길게 핥고 지나가 구석구석 고인 타액을 훔쳐 갔다. 작은 혀를 감아올리고 부드럽게 빨아 당겼다. 으응, 마치 몸이 은근하게 달궈지는 느낌이었다.

"오늘은 여기까지."

준우는 벌떡 몸을 일으켜 그녀에게서 벗어났다. 브래지어는 치워 버리고 티셔츠를 찾아서 입혀주었다. 그리고 헝클어진 머리를 쓸어 넘겨주고 이마에 쪽 소리가 나도록 입맞춤을 한 뒤 성큼 걸어서 욕실 안으로 들어가 버렸다.

"후우."

아직도 몸 안의 열기는 그대로 남았는지 가슴에 손을 대보니 쿵쾅거리는 심장의 박동 위로 후끈함이 느껴졌다. 그가 주는 쾌락의 끝이 도무지 어디까지인지 알 수 없었다. 어떻게 먼저 손을 잡아끌 수가 있었을까. 생각할수록 얼굴이 화끈거렸다. 시간이 지날수록 점점 더 그에게 깊숙이 빠져드는 걸 느낀다. 아낌없이 주는 그의 사랑 안에서 자신 안에 있는 두려움이 모두 사라졌나 보다. 이대로 그의 손을 잡아도 정말…… 괜찮은 걸까.

"저녁 못 먹었어요?"

"용인 현장에서 곧장 올라오는 길이거든."

준우는 짧은 머리카락에 묻은 물방울을 털어내면서 그녀의 옆에 털썩 주저앉았다. 심하게 구겨진 와이셔츠는 단추를 몇 개 풀어놓아서 단정하게 넥타이를 매고 있을 때하고는 또 다른 느낌이었다.

"나 좀 잠깐 봐요. 약 발라줄게."

톡 쏘는 냄새가 나는 약은 의외로 시원함을 느끼게 했다. 그녀가 새끼손가락으로 이마 위의 상처를 살살 문지르는 동안 준우는 작은 턱과 뽀얀 목을 뚫어지게 쳐다보았다.

"사람 그렇게 쳐다보는 것 실례예요."

"이제부터는 내 마음이야."

"그런 게 어디 있어요?"

"내 거니까."

"사람이 물건이에요? 내 거, 내 거 하게."

"물건이 아니면서 내 거라고 당당히 말할 수 있는 단 한 사람. 나한테 그 사람은 당신이거든."

"좌우지간 말은 너무 잘한다니까."

"말만 잘하나. 다른 것도 잘하잖아."

"다른 것 뭐요?"

"글쎄, 뭘까. 다시 한 번 해볼까?"

눈빛을 반짝거리며 음흉하게 웃는 그를 보자 미라는 어깨를 툭 치고 초밥을 펼치기 시작했다. 미지근해진 캔 맥주는 냉장고에 도로 넣어두고 시원한 걸로 꺼내왔다.

"마실 거죠?"

"고민되네."

"왜요?"

"한 잔 마시고 나서 대리운전을 부를까, 그냥 마시지 말까."

"어떻게 하고 싶은데요?"

"사실은 조금 피곤해. 알코올이 들어가지 않아도 금방 쓰러져 잘 것 같은데."

"자고…… 갈래요?"

초밥 하나를 집어 들던 그가 손을 멈칫하더니 미라를 돌아보았다. 표정을 살피듯 눈을 가늘게 좁히며 바라보자 오히려 그녀가 '왜요?' 하고 물었다.

"지금 나 유혹하는 거야?"

"내가 뭘요. 피곤하다기에 그냥 물었는데. 훈이 방도 있고, 사이즈가 안 맞으면 내 방을 기꺼이 내줄 수도 있어요."

"함께 자는 거야?"

"꿈도 야무지셔라."

택도 없는 소리라며 미라는 캔 하나를 따서 그의 앞에 내려놓았다. 탁, 또 하나를 따서 막 마시려고 하는데 그가 캔을 들어서 짠 하고 부딪혔다.

"성미라, 하준우의 사랑을 위해서."

“…….”

“우리 사랑을 위해서.”

차마 말을 못하고 있는 그녀를 위해 그가 다시 한 번 사랑을 위하여, 라고 조금 큰 목소리로 말했다. 환하게 웃는 미소가 눈이 부실 정도로 빛이 났다. 정말 피곤했는지 준우는 맥주 캔을 하나 비우고 초밥 몇 개를 먹고는 소파에 기대서 금방 잠이 들어버렸다. 테이블을 치운 뒤 깨워서 방으로 들어가라고 할 수 없어 얇은 이불을 덮어주고 거실의 불을 껐다. 달빛이 은은하게 창을 통해서 들어왔다.

“지금 내 마음이 얼마나 이상한지 알아요? 설레고 두근대면서도 아릴 정도로 짠해. 하준우란 사람으로 꽉 찬 심장이 사꾸 욱신거려. 왜 그럴까요?”

잠든 모습을 오랫동안 바라보고 있던 미라는 방문을 살짝 열어놓고 침대로 올라가 누웠다.

“잘 자요, 준우 씨.”

✱

“그래서요?”

섬뜩한 목소리에 박 비서가 손에 들고 있던 서류를 냉큼 그의 앞에 내려놓았다. 벌써 일주일째 용인을 다녀오고 있는데 답답해도 너무 답답한 사람들이다. 요구 조건이 무엇인지 말은 하지 않고 무슨 숨바꼭질을 하려는 것도 아니고.

"절 직접 보고 싶다고 연락이 왔는데 왜 송 부장이 내려갔다는 겁니까?"

"그게…… 사장실에서 직접 지시가 있었답니다."

"박 비서님, 요즘 어디 아프십니까?"

"예? 아주 건강한데요."

뜬금없이 어디 아프냐는 소리에 박 비서가 눈을 동그랗게 뜨고 열흘 전 종합검진도 받았다는 말까지 했다. 준우는 보던 서류철을 탁 소리가 나도록 집어 던지고 자리에서 벌떡 일어섰다. 그 기세에 흠칫 놀란 박 비서가 한 걸음 뒤로 물러났다.

"그 종합검진이라는 것, 다시 받아보던지 아니면……."

"……."

꿀꺽 침이 삼켜지는 소리가 들렸다. 아무리 상사지만 나이 차이가 있는지라 준우는 처음부터 꼬박꼬박 존칭을 썼다. 그러나 일에 있어서는 작은 실수라도 언제나 칼같이 목소리를 높였다. 그걸 알기에 박 비서는 심장이 잔뜩 오그라져 어깨까지 떨릴 지경이었다.

"사장실에서 그 지시가 언제 내려졌습니까?"

"오늘 아침에 출근하자마자 연락이 왔답니다."

"그런데 박 비서님은 점심시간이 지난 지금에야 알았군요."

"그게 송 부장님만 은밀히 불러서 지시를 한 거라 아무도 몰랐……."

"이번엔 아무도 몰라야 하는 것이 몇 시간 만에 제 귀에까지 들렸다는 거군요. 지금 정보도 엉망, 보안도 엉망이라는 소리를 하고 계신 겁니까?"

"저쪽에서 이사님이 아니면 아예 상대를 하지 않겠다고 하는 바람에 어쩔 수 없이……."

"어쩔 수 없이라……."

어떤 단어 선택을 해도 불같은 저 성질을 가라앉히지 못할 거라는 걸 알기에 박 비서는 묻는 말에만 최대한 짧게 대답을 하는 게 상책이라는 생각을 했다. 이쯤이면 사장님의 행방을 물어봐야 하는 게 순서인데 웬일인지 준우는 조용했다. 힐끔 올려다봤더니 이마에 주름이 자잘하게 삽히고 한쪽 입술 끝은 연방 실룩거리고 있었다. 진짜 화가 단단히 났나 보다.

"사장실에서 다시 지시가 내려온 겁니까?"

"아닙니다. 송 부장님이 직접 연락을 해왔습니다."

"그럼 난 모르는 일입니다."

"네?"

비틀린 입술이 묘하게 휘었다. 해볼 테면 어디 해보라지.

"뭔가 보여주고 싶은 게 있는 모양인데 기다려 보지요."

"그래도 저쪽에서 찾는 사람은 이사님……."

"저 외출합니다."

"아니, 이런 상황에서 어디를 가신다는 겁니까."

"핸드폰 꺼놓을 테니까 시간되면 알아서 퇴근하세요."

"이사님, 이사님."

준우는 뒤도 돌아보지 않고 사무실을 나왔다. 승강기에 올라타는데 다급하게 부르는 박 비서의 목소리가 들렸지만 무시하고 닫힘 버튼을 꾹 눌러 버렸다. 도움을 기대하지 말라고 했을 때도 섭섭한 생각은 들지도 않았다. 지금껏 아버지란 존재에 대해서 어떤 기대를 한 게 있었나 싶다. 다만, 어머니를, 한 여자를 그렇게까지 외면하는 사람이 자신의 아버지란 것이 마음에 들지 않았다. 그렇다고 두 분이 목소리를 높여 서로를 헐뜯는 일은 없었지만 침묵이 얼마나 더 살벌하고 숨 막히게 하는지 어린 그도 알고 있었다. 어쩌다 딱히 어머니를 지목하는 건 아니지만 여자를 무시하는 말을 할 때도 하 사장은 절대 목소리를 높이지 않았다. 조용히, 그리고 마치 남의 이야기를 하듯이 그 싸늘한 눈빛으로 뱀처럼 느물거리는 목소리를 냈다.

"여자는 믿을 게 못 된다. 늘 선을 지키는 게 중요하지. 너무 곁에 바싹 들러붙지 못하게 하란 소리다."

흘려들었던 말들이 새삼스럽게 떠오르니 더 짜증이 났다. 그날 처음 술 한 잔을 마시면서 들었던 이야기도 그는 온전히 받아들일 수 없었다. 결국 선택은 아버지가 했고 그 책임 또한 당신 스스로 져야 하는 게 마땅했다. 어쩔 수 없는 선택이었다고 하지만 함께 사는 동안 그 힘든 무게를 아내를 무시하고 멸시하면서 자신을 정당화시키려고 한 건 이해할 수 없었다. 그럼에도 불구하고 어머니는 끊임없이 아버지의 등을 바라보고 사셨지. 허무하게 돌아가시는 그날까지.

그는 주차장을 벗어나자마자 곧장 고속도로를 향해 달렸다. 창밖으로 쌩쌩 스쳐 지나는 푸른 녹음이 한낮의 더위로 축 늘어져 보였다. 왠지 보는 사람까지 늘어지는 기분이었다.

"1시 50분, 얼마나 걸리나 볼까?"

경부고속도로에서 영동고속도로로 갈아타고 달리다가 중부내륙고속도로를 탄 지 한 시간도 지나지 않아서 목적지에 도착했다. 평일 오후라 서울을 떠난 지 두 시간 조금 안 된 시간이었다. 한 번 와본 곳인데 저녁에 보는 것하고는 또 다른 느낌이었다. 오는 길에 수박 한 통과 복숭아 한 상자, 그리고 아이가 먹을 만한 과자를 한 보따리 사긴 했는데 솔직히 무엇을 사야 할지 몰라 손에 잡히는 대로 집어넣었다.

오래된 집은 정갈하니 정리가 잘 되어 있었다. 들어가는 입구엔 개를 키우는지 나무로 만든 집이 있고 삐뚤한 글씨체로 '똘이 집'이라고 쓰여 있었다. 누구 솜씨인지 안 봐도 훤했다. 준우는 피식 웃음소리를 내며 마당 안으로 들어섰다. 사랑채 옆의 마구간은 여물통은 그대로 있는데 오래전부터 창고로 사용하고 있는 듯했다. 그는 안채 툇마루에다 들고 온 것을 내려놓고 마당 구석에 쪼르르 심어 있는 상추와 가지, 그리고 고추를 찬찬히 살펴보았다. 점심을 먹지 않아서인가 갑자기 입안에 침이 그

득 고였다. 기와집 뒤로 보이는 감나무가 푸르게 하늘을 향해
뻗어 있었다. 송알송알 달린 조그마한 감이 주황빛으로 변하고
말간 홍시가 될 때는 둘이 다정하게 손을 잡고 오게 되겠지. 상
상하는 것만으로도 절로 입술이 길게 늘어졌다.

"누구세요?"

꼬마는 그사이 햇볕에 그을려서 피부가 까무잡잡하게 변해
있었다. 강아지를 데리고 산책을 다녀오는 길인지 이마엔 송골
송골 땀방울까지 맺혀 있고 한 손엔 긴 줄을, 다른 손은 보실보
실한 강아지풀을 한 움큼이나 들고 있었다. 강아지라고 하기엔
조금 크고 그렇다고 개라고 부르기엔 작은 동물을 바라보면서
준우는 인상을 찌푸렸다. 싫어한다는 표시를 내지 않으려고 했
지만 자꾸 인상이 구겨졌다.

"그 강아지 풀어놓을 거니?"

"잠깐 생각 좀 해보고요."

"……"

똥글똥글한 눈망울이 그를 살피듯 요리조리 굴러다녔다. 그
러다 문득 아이의 검게 탄 미간이 쫘악 펴졌다.

"날 아는 것 같은데. 맞지?"

"놀이동산에서 아주 잠깐 봤는데 그건 아는 게 아니죠."

오홀, 제법인걸. 목소리가 어찌나 또랑또랑한지 가까이 다가
가 머리라도 쓰다듬어 주고 싶을 정도였다.

"그래도 전혀 모르는 사람은 아니잖니. 그럼 이제 그 강아지

를 어떻게 할 건지 정하는 게 어떨까?"

"아직 결정 못했어요."

여전히 마음을 정하지 못한 아이의 표정은 심각해 보였다. 눈빛은 진지했고 한쪽 입술 끝은 갈등을 할 때마다 실룩실룩 움직였다.

"생각을 너무 오래하는 것 같은데."

"뭐든지 신중한 게 좋은 거라고 하셨어요."

"누가?"

"할머니하고 이모가요."

"좋은 말씀이긴 한데 우리가 같이 저 그늘로 가려면 아무래도 강아지는 묶어두는 게 낫지 않을까."

준우는 강아지를 앞세워 낯선 사람을 경계하려고 하는 훈을 보면서 귀여워 자꾸 웃음이 나오려고 했다. 드디어 결심을 했는지 강아지의 끈을 벽에 걸고 마당을 가로질러 가서 수돗물을 틀어놓고 하푸하푸 세수를 했다.

"아저씨가 등목해 줄까?"

"아저씨만 없으면 혼자서 해결할 수 있는데."

"어떻게?"

"이 통에 물을 받아서 목욕을 하면 되거든요."

수돗가에 있는 커다란 통은 다섯 살짜리 아이가 목욕을 하기에 충분했다. 아무래도 자신 때문에 시원하게 목욕을 못하는 게 불만인 표정이다.

"그냥 목욕을 하면 되지."

"모르는 사람 앞에서 어떻게 목욕을 해요. 창피하게."

"팬티를 입고 하면 되잖아. 수영장이라고 생각하면 되지 않을까."

이번엔 아이도 길게 고민하지 않았다. 갈아입을 옷과 수건을 옆에 챙겨다 놓고 수돗물을 콸콸 틀어놓자마자 풍덩 안으로 들어가 앉았다. 조잘조잘 말을 할 때는 다섯 살짜리라고 하기엔 철이 너무 들었나 싶을 정도인데 물속에서 텀벙거릴 때는 천생 아이였다.

"아저씨, 저기 있는 물총 좀 주시면 안 돼요?"

아이가 가리킨 곳에는 크기가 비슷해 보이는 물총이 두 개나 놓여 있었다. 둘 다 줄까 하는 눈빛으로 바라보고 있자 오른쪽에 들고 있는 걸 달라고 했다.

"……."

찌익, 그는 다만 물총이 제대로 작동을 하는지 궁금했을 뿐이었다. 그래서 하나를 건네주고 남은 하나를 꾹 눌렀는데 하필이면 물이 아이를 향해 정면으로 발사가 되고 말았다.

"어, 미안. 난 그냥…… 윽."

찍, 찌익, 물이 연거푸 그를 향해 뿜어져 나왔다. 차마 어른 체면에 어디로 도망을 갈 수도 없어서 그는 아이가 발사하는 물총을 고스란히 맞고 서 있었다. 고작 그가 한 행동은 두 손으로 얼굴을 막는 것뿐이었다. 깔깔깔, 웃음소리가 뚝 그치고 물총도 더 이상 발사하지 않았다. 물이 떨어진 것이다. 찰랑찰랑, 그가 들고 있는 물총엔 제법 물이 넉넉하게 들어 있었다. 씨익, 웃음의 의미를 눈치 챈 훈은 잽싸게 머리를 숙였다. 너무 조용하다 싶어 가만히 고개를 드는 순간 찌익, 물이 정확히 작은 이마를 맞혔다.

"으앗."

그러나 영악한 훈이 그대로 당하고 있을 리 없었다. 숙인 고개 아래 손은 분주히 움직였고 곧 껄껄 웃는 준우의 웃음소리는 순식간에 사라졌다. 짠 하고 몸을 일으킨 훈은 정신없이 물을 발사했다. 어른은 피하느라 제대로 쏘지도 못하는데 아이는 멋진 포즈에 효과음까지 내면서 신나게 물총을 발사했다. 빵, 빵 빵, 빵.

"이게 무슨 일이야?"

갑자기 들려온 목소리에 훈도 준우도 일순 모든 동작을 멈추고 김 여사를 바라보았다. 일을 하다 잠깐 훈을 살피기 위해 돌아온 김 여사는 눈앞에 펼쳐진 광경에 할 말을 잃고 말았다. 이건 누가 어른이고, 누가 아이인지 분간이 되지 않을 정도였다. 그나마 훈은 목욕을 하고 있는 중이라 별 상관 없었지만 커다란 덩치의 남자는 와이셔츠는 흠뻑 젖었고 머리카락에선 물이 뚝뚝 떨어지고 있었다.

"훈이 너……."

"훈이 잘못이 아닙니다. 제가 먼저 시작했습니다. 죄송합니다.”

　정중히 사과를 했지만 김 여사의 표정은 풀어지지 않았다. 그 사이 훈은 조용히 물통에서 나와 신나게 노느라 젖어버린 수건과 갈아입을 옷을 들고 어딘가로 사라졌다. 그러자 김 여사는 툇마루로 올라가서 수건을 하나 꺼내 들고 와 그에게 건넸다.

　“죄송합니다.”

　“우리 훈일 아는가 봅니다. 낯선 사람하고는 쉬이 친해지지 않는 아이인데.”

　“전에 한 번 아주 잠깐 만난 적이 있습니다. 기억할 줄 몰랐는데 알아보더군요.”

　“애가 워낙 영악한 편이라…… 그런데 우리 집엔 무슨 일로…….”

　살피는 김 여사의 표정이 꽤 조심스러웠다. 얼마 전 생전 연락도 없던 박 원장이 전화를 했을 때 혹시나 하는 생각을 하긴 했었다. 훈의 웃음소리가 담장을 넘어서까지 들리기에 무슨 일인가 싶어 달려오다가 물총놀이를 하는 둘의 모습을 잠시 지켜보고 있었다. 훤칠하니 키가 큰데다 어디 한군데 흠잡을 데 없는 이목구비, 찡그리다가 환하게 웃는 모습은 꼭…….

　김 여사는 고개를 절레절레 흔들었다. 그러다 문득 구석에 놓인 상자를 보고 미간을 좁히며 인상을 구겼다.

　“뭐 하러 이런 걸…… 사온 마음은 고맙게 받을 테니 올라갈 때 복숭아는 가져가세요. 훈이 저 녀석이 복숭아 알레르기가 있어서 우리 집은 아예 쳐다보지도 않는답니다.”

“아, 그렇군요. 그럼 주변 분들한테 나누어 주세요. 가져간다고 해도 먹을 사람도 없고. 이거 되레 폐가 된 것 같아 죄송합니다.”

“죄송은요 무슨. 혹시 복숭아…… 알레르기가 있어요?”

딱히 그런 기억은 없었다. 경우가 복숭아 알레르기가 있어서 집에서는 절대 구경을 할 수 없었으니 아마 먹어본 기억이 없다고 하는 것이 옳았다.

“동생이 있긴 한데 전 고생한 기억은 없습니다.”

“아이고, 내 정신 좀 보게. 잠시만 있어봐요. 금방 시원한 거 한 잔 내올게요.”

괜찮다고 하는데도 김 여사는 선풍기를 틀어주고 주방으로 들어갔다. 다행히 처마에 긴 창이 달려 있어서 툇마루까지 햇볕이 들어오지는 않았다. 대문 옆에 있는 강아지는 훈한테 한참 시달림을 받았는지 얼굴만 삐죽이 내밀고 자고 있었다.

“아저씨?”

김 여사가 들어가고 없는 사이 훈이 살금살금 방에서 나와 그의 옆에 앉았다.

“과자 먹을래?”

끄덕끄덕, 과자 한 봉지를 건네주자 훈이 빤히 쳐다보기만 하고 가만히 있었다. 원하는 게 다른 건가 싶어 아예 큰 봉지째 내밀자 씨익 웃으며 하는 소리.

"두 개만 가져가면 안 돼요? 친구들과 나누어 먹으려고요."

"다 네 것이니까 먹고 싶은 만큼 가져가."

"고맙습니다."

준우는 과자 봉지를 양손에 들고 꾸벅 인사를 한 뒤 사라지는 훈을 한참 동안 바라보았다. 참 밝다. 그리고 웃음이 너무 예뻤다. 일단 얼굴은 확실하게 익힌 것 같아 기분이 뿌듯했다.

"몇 가지 넣고 볶아서 갈은 거라 고소할 겁니다. 시원하게 한 잔 마셔요."

"네, 감사합니다. 그리고 말씀 낮추세요."

"처음 보는 사이인데 그럴 수는 없지요."

"다시 정식으로 인사 올리겠습니다. 사실은 미라 씨 때문에 내려왔습니다."

그는 김 여사가 말리기도 전에 큰절을 올리고 하준우, 서른두 살. 회사를 다니고 있고 부모님은 아버지만 계시고 남동생 하나가 있다는 말까지 했다.

"그럼 집안에 여자는……."

"조부님은 미국에 계시고 아버지도 동생도……."

"조부님까지?"

그때까지 준우는 김 여사가 떨떠름한 표정으로 바라보는 시선을 이해하지 못했다. 집안에 여자가 없긴 하지만 그게 무슨 상관인가 싶었다.

"혼자 내려온 걸 보면 우리 미라가 아직 마음을 열지 않은 모양이군요."

"아닙니다."

"그럼 서로 이야기가 오고 갔다는 건가요?"

"많이 조심스러워하고 있지만 절 인정하고 있습니다."

줄줄이 남자만 있는 집안이라 그다지 마음에 들지는 않지만 사람은 속이 꽉 찬 것처럼 듬직해 보였다. 어쩌면 아픈 딸아이를 잘 감싸줄지도 모른다는 생각까지 들었다. 그러나 사람 일은 더구나 남녀 관계는 절대 모르는 법, 김 여사는 조심스럽지만 날카로운 시선으로 준우를 살폈다.

"혹시, 우리 아이 사고 소식 알고 있나요?"

"네. 알고 있습니다."

"힘든 시간을 보낸 아이라 행복해진다면 난 더 바랄 게 없어요. 그리고 혹시나 해서 하는 말인데 훈이는 걱정하지 않아도 됩니다. 내가……"

"훈이는 저희가 키울 겁니다."

"……"

"미라 씨는 훈이 없이 저한테 오지 않을 사람입니다. 그리고 저 또한 훈일 미라 씨와 떨어지게 할 생각 추호도 없고요. 자식처럼 키울 겁니다. 걱정 마세요."

김 여사는 짠한 마음에 눈물이 핑 도는 걸 얼른 속으로 삼켰다. 이제 집안에 남자들만 득실거린다는 생각은 까맣게 잊었다. 손을 잡아주고 싶은데 몸이 움직여지질 않았다.

"내가 주책없이……."

"절 받아주신다는 뜻으로 알겠습니다."

"그거야 우리 미라가 허락을 한 다음의 이야기지요."

마지막 자존심이라 생각하고 말을 했지만 그다지 효과는 없는 듯했다. 그냥 간다고 하는데도 김 여사는 굳이 저녁을 먹고 가라고 잡았다. 저녁을 준비하는 동안 준우는 훈과 함께 동네를 한 바퀴 돌았다.

"여기는 공동 우물이었대요."

"공동 우물?"

"옛날엔 여기서 물을 퍼가서 사용하고 빨래도 이곳까지 와서 했대요. 우리 이모가 옛날에 태어나지 않은 게 천만다행이지 뭐예요."

훈은 모든 이야기의 마무리를 이모로 했다. 이모도 여기서 목욕을 하고 놀았대요. 저기 저 감나무는 우리 이모가 하도 올라가 놀아서 지금도 반질반질하고요. 이 위로 조금 올라가면 동굴이 있는데 비가 많이 내린 다음에 그곳에서 놀다가 신발을 떠내려 보낸 적도 있대요. 이모가…… 우리 이모는요…… 이모가. 이모가.

조잘조잘 이모에 대한 이야기를 하라면 밤을 새도 모자랄 것 같았다. 이런 아이한테 어떻게 제 이모와 떨어지게 할 수 있단 말인가. 추호도 생각한 적 없지만 준우는 다시 마음을 굳게 먹었다. 제육볶음에 마당에 있는 상추와 고추, 잘 익은 열무김치

와 구수한 된장찌개까지 준우는 푸짐한 저녁 식사 대접을 받았
다. 훈을 데리러 올 때 함께 내려오겠다는 인사를 하고 동네를
떠난 시간은 8시가 가까워져서였다. 내려올 때 들렀던 마트에
다시 들러서 훈이 좋아한다는 사과와 귤을 넉넉하게 사고, 주스
두 상자, 피곤할 때 드시라고 인삼 드링크 두 상자, 물만 넣고
끓일 수 있게 준비가 되어 있는 닭 몇 마리, 그리고 과자들을 두
박스 가득 담아서 배달을 시켰다. 서울로 돌아오는 내내 그는
연신 웃음을 달고 있었다.

그러나 톨게이트가 보이고 익숙한 도로가 눈에 들어오자 웃
음은 거짓말처럼 싸악 지워졌다. 핸드폰을 들고 한참 망설이다
가 전원 스위치를 눌렀다. 부재중 전화 30통, 문자메시지 12개,
음성메시지가 5개나 들어와 있었다. 모르는 전화 서너 개와 미
라한테 메시지와 전화가 하나씩 와 있었고 나머지는 모두 회사
와 박 비서 번호였다.

바빠요?

달랑 하나 보낸 문자는 막 그가 시골에 도착했을 시간이었다.
바쁜 시간을 보내긴 했지. 나머지는 확인해 봐야 뻔한 것이기에
문자메시지 전부를 일제히 삭제 버튼을 눌렀다. 음성메시지도
지우려고 하다가 하나만 들어볼 생각으로 버튼을 꾹 눌렀는데
꽤 지쳤는지 박 비서의 목소리는 축 늘어져 있었다.

[이사님, 절 말려죽일 참이세요? 사장님, 아니, 비서실에서
아주 절 잡아먹으려고 합니다. 저 무능하다는 소리는 백번 들어

도 상관없는데 그래도 이건 아니지요. 제발 연락이라도 해주세요. 네?]

마침 신호등 앞에서 차가 멈췄기에 하나를 더 들었다.

[이건 연락이 되면 말씀을 드리려고 했는데 아무래도 이사님 주위에 사람이 붙은 것 같습니다. 오늘 사장실 들락거리면서 우연히 봤는데…… 이 정도만 말씀드릴게요. 이제 연락하실 생각이 마구 들지 않으십니까?]

그러나 준우는 음성메시지를 모두 삭제하고 핸드폰을 주머니 속에 아무렇게나 집어넣어 버렸다. 사람을 붙였다라. 안 그래도 궁금하던 차였다. 누가, 어느 모습이 진짜인지.

여덟

"뭐? 치사?"

오랜만에 우동 한 그릇 먹으려고 왔다가 미라는 푸대접을 하는 백산 때문에 한껏 열이 뻗쳐 있었다. 10시가 조금 넘어서 왔는데 30분이 지난 지금에야 달랑 우동 한 그릇을 내밀었다.

"치사한 건 내가 아니라 주인장이잖아. 나도 엄연히 돈 내고 먹는데 왜 우동만이야? 단무지도 줘."

탁, 물기가 촉촉한 단무지가 무지막지한 소리를 내며 테이블에 놓여졌다. 그녀가 찌릿 노려봤지만 남산만 한 덩치의 백산은 눈도 꿈쩍하지 않았다.

"나 닭똥집, 아니, 닭 모래주머니 볶음 하나 해줘. 소주도 한 병 주고.”

“오늘은 그 잘생긴 애인 어디다 팔아먹고 여기서 놀아?”

“남이사 어디서 놀든 뭔 상관이래.”

후룩후룩 우동을 먹으면서 툴툴거리자 백산은 더 탁탁탁 소리를 내며 칼질을 했다.

“오늘 훈이하고는 통화했어?”

“이걸 했다고 해야 하나 안 했다고 해야 하나. 점심때 잠깐 전화를 했을 땐 받지 않더라고. 오늘따라 어찌나 바쁜지 8시쯤인가 전화를 걸었는데 훈이 녀석이 전화를 받자마자 이모 이따가 전화해요, 하면서 뚝 끊어버리는 거야. 그리고 지금껏 번역 일하다가 너무 늦어버렸지 뭐. 우리 김 여사는 10시면 칼같이 주무시거든.”

“훈이 녀석 요즘 신났겠다.”

“말도 마. 저러다 올라오지 않겠다고 하는 것 아닌지 몰라.”

“그럼 내버려 두면 되지.”

“그건 내가 안 되지. 난 훈이 없이 못 살거든.”

한 번도 그 녀석과 헤어져서 산다는 생각은 해본 적 없었다. 어디를 가든 훈이 먼저였고 무슨 일을 해도 훈을 먼저 생각했다. 만약 준우와의 관계에서도 훈을 떼어놓고 생각을 해야 한다면 그를 온전히 받아들이지 못했을 것이다.

“한 잔 같이할래?”

“그럴까.”

소주병을 치켜들고 말하자 백산은 마치 기다렸다는 듯이 손을 털고 옆으로 와서 앉았다.

"거절하는 걸 못 봤다니까."

"간절히 원하는 사람이 있는데 거절을 왜 해."

"간절히는 무슨……."

쪼르르 따라서 마신 술잔에 다시 술을 채운 백산은 안주 대신 단무지를 하나 집어서 와작와작 씹어 먹었다.

"나 포장마차 그만 접을까 해."

"뭐? 왜?"

"전에 함께 있던……."

"그러지 마."

마시려던 술잔을 탁 내려놓은 그녀가 단호한 목소리로 말하자 백산은 잘게 씹지도 않은 단무지를 그만 꿀꺽 삼켜 버렸다. 컥컥거리는데도 미라는 물 한 잔 가져다주지 않고 찌릿 백산을 노려보기만 했다. 따라놓은 잔을 단숨에 비워 버리고 그녀의 잔까지 마시고 나자 겨우 기침 소리가 멈췄다.

"사람 말을 들어보지도 않고."

"들어보나마나지. 다시 전에 일……."

"그런 일 아니야. 여기 접고 전에 함께 있던 동생이랑 작은 가게를 할까 해."

"가게?"

"서로 이야기한 적은 꽤 됐는데 마침 좋은 자리가 하나 나왔거든."

"그럼 좋지. 내가 좀 성급했나 봐. 미안해."

"그럼 술 한 잔 따라봐."

"내가 언제 술 따르는 것 봤어?"

"남자한테만 따르지 않는다며, 내가 남자야?"

"그럼 여자야?"

"난 사실 남자이고 싶은데 누가 먼저 선을 확 그어놓아서 말이지."

말 참 불편하게도 하네. 그녀가 어색한 분위기를 지우려고 피식 웃으며 한 잔 따라주자 백산은 단숨에 그걸 비웠다. 빈 잔을 다시 따라준 미라는 백산의 어깨에 손을 척 올려놓으며 토닥토닥 두드렸다.

"그래, 나한테 정말 좋은 친구지. 가게가 멀지 않은 곳이면 좋겠는데."

"같은 서울인데 뭐."

"그나마 다행이네."

"지금처럼 자주 볼 수는 없겠지."

"그래도 친구가 편하게 일할 수 있다면 좋지. 틈나는 대로 놀러 갈 테니까 가끔 차비는 빼줘."

손을 내리고 잔을 집어 들자 이번엔 백산이 척, 그녀의 어깨 위에 팔을 걸쳤다. 이렇게 어깨동무를 해도 아무 느낌도 없는, 정말 친구라는 생각을 하니 백산은 씁쓸한 기분이 들었다. 처음으로 아무 사심 없이 다가갔던, 함께 있다는 것만으로도 가슴이 뛰었는데, 이런 사람을 다시 만날 기회가 있을까. 왠지 그럴 수 없을 것 같은 생각이 들었다.

"그 손 내려놓지."

차가운 목소리에 두 사람의 고개가 동시에 홱 뒤를 향했다. 마주 앉은 것도 아니고 엇비슷한 위치에서 남자의 손이 그녀의 어깨를 감싸고 있는 걸 보니 두 눈에서 시뻘건 불꽃이 튕겨 나왔다. 준우는 내려놓으란 말에도 꿈쩍을 하지 않는 남자를 무섭게 노려보았다.

"어? 내가 여기 있는 건 어떻게 알았어요?"

"당장 이쪽으로 와."

"이제 두 잔밖에 마시지 않았는데. 그러지 말고 같이 와서 한 잔할래요?"

"성미라."

굳은 인상에 목소리까지 잔뜩 힘이 느껴지자 미라는 쭈빗거리며 일어서려고 했다. 그러나 백산이 어깨를 지그시 누르고 있어서 엉덩이만 들썩거릴 뿐, 꼼짝을 할 수 없었다.

"뭐야? 팔 안 치워?"

"가만히 있어봐."

겨우 두 사람만 들리게 속삭였는데 하필이면 얼굴이 위험할 정도로 가까이 있었다. 미라는 백산을 노려보다가 힐끔 준우의 눈치를 살피고는 어색한 미소를 지었다. 그러나 바라보는 시선이 어찌나 살벌한지 간당간당 걸려 있던 미소마저도 순식간에 싸악 지워지고 말았다.

"팔 당장 못 치워?"

겨우 입술만 움직여서 협박을 했지만 백산은 느긋한 표정이었다.

"가만히 좀 있어보라니까."

"죽을래?"

"뭐 한 번 그래 보던가."

씨익 웃는 얼굴을 그냥 한 대 콱 쥐어박았으면 싶었다. 그러나 두 사람을 번갈아 쳐다보던 미라는 알 수 없는 백산의 눈빛에 가슴이 철렁 내려앉았다. 백산이 누구던가. 자세히는 모르지만 덩치로 보나 가끔 흘리는 이야기로 보나 분명 골목대장 이상이었을 것이다. 설사 그렇지 않다고 해도 저 주먹으로 한 대 퍽, 맞기라도 한다면.

으윽, 미라는 몸을 떨면서 백산을 윽박질렀다.

"좋은 말 할 때 얼른 팔 치워."

"나쁜 말도 한 번 들어보자."

오늘따라 왜 이렇게 능글거리는지 모르겠다. 찌릿 노려보면서 다시 윽박질렀지만 백산은 실실 쪼개는 웃음만 보일 뿐이었다. 그사이 준우가 다가오는 것이 느껴졌다. 미라는 손을 휘저으며 장난이라고, 이 친구가 장난을 치는 거라고 황급히 상황 설명을 했다. 그러나 그는 그 긴 다리로 성큼 다가와 떡하니 버

티고 서서 두 사람을 내려다보았다. 누가 먼저 움직였는지 알
수 없었다.

백산이 그녀의 어깨에 올린 팔을 치우는 것과 동시에 퍽! 소
리가 났고 누군가 바닥으로 쿵 하고 쓰러졌다. 그 소리가 어찌
나 큰지 포장마차 전체가 흔들리는 느낌이었다. 미라는 눈을 질
끈 감고 주먹을 부들부들 떨었다. 어떡해, 백산의 주먹에 준우
가 나가떨어졌나 봐. 그 순간 다시 퍽 소리와 함께 쿵 하는 소리
가 울렸다.

"야, 안백산! 너 진짜 내 손에 죽을래?"

꽥 소리를 지르며 자리에서 벌떡 일어섰다가 미라는 눈앞의
광경을 믿을 수 없어서 그저 커다란 눈을 끔벅거리기만 하고 있
었다.

"하나는 말로 죽이고 하나는 주먹으로 죽이고. 아주 천생연분
이네."

턱밑에 주르르 흐르는 핏물을 손으로 쓰윽 닦아내며 백산이
중얼거렸다. 그녀가 다가가려고 하자 준우가 팔을 홱 낚아채 단
단히 잡고 놓아주지 않았다.

"피 나잖아요."

"진짜 피를 흘리게 하는 수가 있어."

"지금 저것도 진짜 피거든요. 세상에. 당신도 혹시 뒷골목 출
신이에요?"

뒷골목 출신이라는 말에 백산과 준우가 서로를 경계하며 살

피듯이 노려보았다. 준우는 한쪽 눈썹을 쓰윽 추켜세우며 눈을
가늘게 좁히고 미라를 바라보았다.

"얼른 이 손 놔요."

"가만히 있는 게 서로에게 좋을 텐데."

"지금 그거 협박이에요?"

"이 상황을 설명 좀 했을 뿐이야."

"핫, 내 귀엔 딱 협박으로 들리거든요."

미라는 잡힌 손을 홱 뿌리치려고 했지만 준우의 손길은 단호
했다. 그 모습에 백산이 툴툴거리며 엉덩이를 털고 일어나서는
냉수를 벌컥벌컥 마셔댔다.

"시끄러우니까 싸우려면 나가서 싸워."

"괜찮아?"

"너 같으면 괜찮겠어?"

물론 뼈도 못 추렸겠지. 저 덩치를 한 방에 날려 버리는 힘이
라니, 눈으로 봤으면서도 믿을 수가 없었다. 그보다 강철 같은
이 남자의 손에 손목이 잡혀 있다고 생각을 하니 갑자기 오싹해
졌다. 그러게 왜 팔을 올려가지고는. 미라는 안되었다는 표정과
함께 원인 제공을 했다는 생각을 하면서 백산을 한 번 더 힐끔
쳐다보았다.

"어째 표정이 묘하다?"

"뭐가?"

"안도하는 것 같기도 하고 쌤통이라는 표정 같기도 하고."

"잘하면 돗자리 깔아도 되겠네."

두 사람이 투덕거리는 것도 준우는 못마땅했다. 올라오는 시간은 내려갈 때보다 30분 정도가 더 걸렸다. 당연히 집에 있을 거라고 생각하고 왔는데 그녀는 없었다. 핸드폰도 받지 않아서 혹시나, 정말 혹시나 하고 왔건만.

"주먹 힘이 장난 아니던데 제대로 힘을 실었으면 정말 뼈도 못 추릴 뻔했습니다."

"내 여자라는 걸 더 확실히 보여줘야 하나?"

"굳이 자랑하고 싶다면야 상관 않겠지만 일부러 보고 싶은 마음은 없습니다만."

"그럼 앞으로 행동 똑바로 해줬으면 좋겠는데."

"나처럼 똑바로 행동하는 사람 있으면 나와보라고 하세요. 미라하고 난."

이름을 부르는 것도 마음에 들지 않는다는 듯 그가 미간을 찌푸리며 인상을 쓰자 백산은 병이 심각하다면서 투덜거렸다.

"친구예요, 친구. 아까 봤겠지만 어깨에 손을 얹어도."

"어깨에 손 얹는 것 앞으로는 금지야."

"가끔 둘이서 식사를 해도."

"그것도 금지."

"뭐 앞으로는 그럴 일은 거의 없겠지만 이렇게 늦은 시간에 함께 술을……."

"절대 금지."

두 사람이 주고받는 대화를 들으며 그녀는 입을 딱 벌렸다. 순진한 듯하면서도 야생의 곰 같은 남자와 군왕 같은 호랑이의 기세로 당당하게 마주 선 남자. 툭툭 서로의 말을 받아치면서도 눈빛은 한 치의 물러섬도 없이 팽팽했다. 지금 뭐 하자는 건지 모르겠네.

"종종 내가 시장을 봐주기도 하고."

"그런 일은 다신없을 거야."

"그러다 조만간 집 안에 갇혀 사는 것 아닌지 몰라."

백산이 팔짱까지 끼고 비스듬히 서서 빈정거리자 준우는 못마땅하다는 듯이 그 짙은 눈썹을 홱 추켜세웠다. 때리는 걸 살짝 비껴서 맞았다는 걸 알고 있었다. 이 남자 또한 힘을 조절할 줄 안다. 그런데 왜 일부러 두 번씩이나 맞아주었는지 모르겠다. 그래서 더더욱 마음에 들지 않았다.

"그 정도면 충분히 알아듣고도 남았으니까 이제 그만들 가보시죠."

그녀가 바닥에 떨어진 그릇을 주워 들고 테이블을 치우려고 하자 백산이 과하게 거절을 하면서 포장마차 밖으로 등을 떠밀었다. 그래 봐야 치울 건 고작 그릇 몇 개가 전부였지만 저 기다란 남자가 또 이것도 금지, 저것도 금지. 잔소리를 늘어놓을 생각을 하면 머리가 지끈거렸다.

"혹시 뭐 더 금지시킬 게 있으면 빨리 말하고 그만 따라가 봐야 하지 않겠습니까? 밖이 더 위험한 세상인데."

두 사람만 남게 되자 백산은 아예 다리를 꼬고 의자에 앉아서 고개를 까닥까닥 흔들었다. 제대로 맞았다면 분명 병원 신세를 지고도 남았을 것이다. 더는 주먹이 날아오지 않을 테니 욱신거리는 턱을 진정 좀 시켜볼까 하고 손끝을 댔는데 인상이 대번에 확 구겨졌다. 젠장, 더럽게 아프네.

"2년 정도 지켜봤는데 요즘처럼 웃는 건 처음 봅니다."

"……."

"변한 건 딱 하나인데, 그 하나가…… 제법 쓸 만한 것 같긴 한데. 유효기간이 얼마나 될는지 궁금하단 말이죠."

그 잠깐 사이 표정이 참 다양하게도 변했다. 조금은 거만함이 느껴질 정도로 턱까지 살짝 치켜들고 우쭐해하더니 눈가에 힘을 팍 주고 내려다볼 때는 그만 입을 다물어야 하는 게 아닌가 하는 생각이 들 정도였다. 그러다 유효기간이라는 말이 나오기가 무섭게 이마 위에 퍼렇게 힘줄까지 툭 튀어 올랐다.

"뭐 별 뜻이 있는 건 아니고, 짧으면 기다려 볼까……."

"평생! 아니, 그 이후, 또 그 이후까지일 테니 괜히 시간 낭비하지 말라고 충고해 드리죠."

"상당히 길군요. 그 유효기간이라는 게."

체념인지 수긍인지 알 수 없는 말을 하면서 백산은 씨익 웃었다. 같은 남자가 봐도 멋있다는 생각이 드니 하물며 여자들은, 미라는…….

"미안합니다."

　그가 정중한 목소리로 사과를 하자 백산은 두 손을 발딱 들어 올리고는 고개를 끄덕였다. 진심으로 미안하다면 긴말하지 말고 이제 정말 나가달라는 뜻이었다. 준우는 명함 한 장을 테이블 위에 내려놓은 뒤 고개까지 숙여서 인사를 하고 밖으로 나왔다.

　"사과는 왜 해. 병 주고 약 주는 거야, 뭐야."

　투덜거리는 소리가 밖에까지 들렸지만 익숙한 뒷모습을 따라가는 그의 입매는 부드럽게 휘어 있었다.

✳

　"사람이 왜 그래요?"

　앞만 보고 씩씩거리며 걷던 미라는 아파트 현관 입구에 도착하자마자 그를 향해 팽 돌아섰다. 그러나 준우는 무슨 일이 있었냐는 듯 태연한 표정으로 그녀의 팔을 낚아채 승강기에 올라탔다.

　"친구라니까요. 날 그렇게 못 믿어요?"

　"믿어."

　"그런데 왜 그랬어요? 무슨 깡…… 패도 아니고."

　"순간 화가 났어."

　"그럼 앞으로 화가 날 때마다 주먹을 휘두…… 어멋."

　언제 손에 들려 있던 열쇠가 그에게 건너갔는지도 모르는데

현관문이 열리고 그녀는 안으로 들어서자마자 벽으로 밀쳐졌
다.

"읍."

꽝 하고 문이 닫히는 소리와 함께 그가 입술을 삼켰다. 언제
나처럼 다급하고 거친 키스에 그녀가 도리질을 하며 그를 밀쳐
냈다.

"싫어."

"언제까지 싫어할 건데?"

"……."

"사과까지 하고 왔는데 좀 봐줘."

"사과…… 했어요?"

"응."

착한 일을 하고 왔다는 듯 고개까지 끄덕이는 그를 보자 웃음
이 나왔다. 그러나 씨익 웃는 웃음 사이로 그의 입술이 다가와
부드럽게 핥고 물러나자 방금 전에 무슨 일이 있었는지 아무 생
각도 할 수 없었다. 그의 혀는 느리면서도 깊게 움직였다. 찰랑
찰랑 방울 흔드는 소리가 들리는 것처럼 입술 끝이 은은하게 달
아올랐다. 그녀는 입술을 한껏 벌려서 그를 받아들였다. 며칠
전 옷을 입은 채 사랑을 나눈 그날의 느낌이 몸속 어딘가에 숨
어 있다가 꿈틀꿈틀 깨어나기 시작했다.

"으응."

나른한 신음 소리가 흘러나오자 양쪽 벽을 잡고 있는 그의 손

에 불끈 힘이 들어갔다. 준우는 허리를 바싹 그녀에게 밀어붙이고 지그시 누르면서 압박해 갔다. 목을 감싸고 있는 두 팔을 머리 위로 올려서 잡고 한 손은 봉긋한 가슴을 왈칵 움켜쥐었다. 작은 움직임에도 현관 센서 등은 예민하게 반응을 해 꺼지자마자 반짝 불이 들어와서 두 사람을 밝혔다. 긴 다리로 그녀의 허벅지 안쪽을 파고들자 후끈하고 눅눅한 열기가 느껴졌다. 손안에 잡히는 몽실몽실한 느낌도 금세 탱탱해졌다.

"하읍."

혀가 뒤엉키고 타액이 섞이고 서로의 호흡이 엮여들었다. 감아올린 혀를 비틀어서 옭아 쥐고는 부드럽게 핥다가 쭉쭉 빨아당겼다. 파르르 떨면서 빨려 들어오는 짜릿한 혀끝의 느낌이 목을 타고 내려가 심장으로 퍼져 갔다. 준우는 그녀를 번쩍 안아들고 거실로 들어섰다. 곧장 방으로 걸어오는 동안도 입술은 서로를 놓지 않았고 그의 손은 탱탱한 엉덩이를 왈칵왈칵 움켜잡았다 놓기를 반복했다. 침대에 내려놓자마자 반바지와 티셔츠를 순식간에 벗겨냈다.

"……."

와이셔츠의 단추를 풀고 급하게 옷을 벗어내면서도 그는 나신의 그녀의 모습을 하나하나 눈에 담았다. 뽀얀 피부에 유난히 눈에 띄는 커다란 흉터까지, 순간 가슴이 뭉클해졌다. 고개를 살짝 옆으로 돌리고 있는데도 도톰하게 부풀어 오른 붉은 입술은 선명하게 보였다. 부끄러워하며 다리를 꼬고 가슴을 가리는 모습도 너무 예뻐 보였다.

"오늘은 인내심이 바닥인데…… 어쩌지?"

준우는 실오라기 하나 걸치지 않은 모습으로 침대 끝에 무릎을 꿇고 앉아서 그녀의 다리를 부드럽게 어루만지며 물었다. 고개를 돌리자 두 사람의 시선이 마주쳤고 그 순간 그녀가 작게 고개를 끄덕였다. 허락의 의미였다. 오늘은 멈추지 않아도 된다는.

다시 그녀와 사랑을 나눈다. 생각하는 것만으로도 심장이 미친 듯이 쿵쾅거렸다. 준우는 시선을 맞춘 채 천천히 고개를 숙여 그녀의 발가락 하나하나에 입을 맞췄다. 쪽, 쪽 소리가 날 때마다 움찔거리며 떨리는 게 느껴졌다. 마지막 작은 새끼발가락은 입속에 넣고 한참 동안 빨았다. 다시 오른쪽 발가락에 입을 맞추고 발등을 쭈욱 혀로 핥았다. 톡 튀어 오른 복숭아뼈 주위를 날름날름 핥아대자 오히려 그녀는 반대편 발가락을 꼼지락거렸다.

"시작은 있는데 끝은…… 없어."

"……."

"숨어도 찾아낼 거고."

미친 듯이 찾아 헤맸던 그날을 떠올리며 그는 동그란 무릎 위를 꽉 깨물었다. 선명하게 자국이 난 모습을 모른 척하고 손바닥으로 부드럽게 어루만졌다.

"기억을 잃는다고 해도 상관없어."

왜 그 순간 눈물이 핑 도는지 알 수 없었다. 미라는 몸을 일으켜 허벅지 안쪽을 부드럽게 핥고 있는 그의 얼굴을 가만히 감싸 안았다.

"왜 이렇게 날 사랑해 주는 거예요?"

"……."

"너무 벅차서 가슴이 터질 것 같아. 마치 꿈을 꾸고 있는 것 같아요."

"꿈 아니야."

"알아요. 그래서 더 겁이 나. 당신 하준우란 남자, 내가 껴안기엔 너무 큰 사람인데 이대로 당신 손을 잡아도 되는 건지 모르겠어요."

"제발 잡아줘. 그리고 절대 놓지 마."

"왜, 왜 이렇게 날 사랑해요?"

그녀가 다시 물었다. 왜 그렇게 당신을 사랑할까. 왜 이토록 당신만을 원할까. 왜 내 심장은 당신만을 향해서만 뛰는 걸까.

"당신이니까."

그래, 다른 이유 같은 건 없었다. 가랑비처럼 소록소록 내려서 눈을 적시고 심장을 적시고 온몸을 흠뻑 젖게 한 사람이 성미라 당신이니까.

무료하고 서걱거리는 일상이었다. 촉촉함이라고는 없는 바싹 말라서 살짝 흔들어도 부서질 것 같은 삶. 회사가 아닌 학교에 남겠다고 선언하고 난 다음부터는 아예 살얼음판을 걷는 느낌이었다. 그 속에서 당신을 만났지. 햇살이 하얗게 부서질 수 있다는 걸 처음 알았다. 웃음이 그렇게 환하게 빛날 수 있다는 것도 처음 알았다. 그렇게 내 심장에 스며들어 와서 박혔지. 그리고 그날, 서로에게 하나도 남김 없이 쏟아부었던 그 밤. 두 마음을 놓고 맹세했었다. 서로에게 단 하나의 의미가 되겠다고. 그는 벅찬 가슴으로 그녀를 안았고 수줍게 내어주는 걸 아낌없이 몸으로 심장으로 삼켰다. 바라볼 때의 그 설렘이 더 크고 넓고 깊게 마치 거대한 해일처럼 그를 채워갔었다. 꽉 차고 든 그 감정은 사라질 수 있는 게 아닌 줄 알았다. 각인되었다고 생각했고 지워질 수 없는 것인 줄 알았다. 절대 지나가는 감정으로, 하룻밤의 유희로 그녀를 안은 게 아니었기에 두 달이 아니라 더 긴 시간 동안 연락이 없다고 해도 당연히 그 자리에 있을 줄 알았다. 그 방심으로 얻은 대가가 너무 지독해서…….

준우는 그녀의 눈동자를 오랫동안 바라보았다. 그 안쪽 어딘가에서 길을 잃고 헤매고 있는 잃어버린 기억들까지 찾으려는 듯 집요하고 깊은 시선이었다.

"사랑해."

"준우 씨."

"나보고 왜 이렇게 사랑하느냐고 물었지?"

"……."

"그 사랑 앞으로도 영원히 변하지 않을 거라고 약속할게. 그러니까."

“…….”

“잊지 말고 꼭 기억해. 하준우가 성미라를 얼마나 사랑하는지.”

아, 이 남자는 도대체 끝이 없다. 가늠할 수도 따라가기도 벅찬 이 깊은 사랑을 어떻게 하면 좋을까. 그러나 감당하기 버겁다고 말을 할 수도 없다. 이젠 너무 소중하고 귀한 생명 같은 존재가 되어버렸으니까.

“사랑해요, 준우 씨.”

저절로 고백이 흘러나왔다. 어색하지도 않았고 너무 자연스러워 말하고 나서도 그녀는 자신이 정말 그에게 고백을 한 건지 실감이 나지 않았다. 심장으로 뜨거운 바람이 불어닥쳤다.

“모르겠어. 처음부터 그랬어요. 만나고 난 다음부터 이상하게 당신 생각이 났어요. 나도 모르게 내 안에 당신을 향한 사랑이 있는 건가 싶을 정도로, 그래서 믿어버렸나 봐요. 당신 안에 있는 사랑이 정말…… 나인지도 모른다고.”

“…….”

“사랑해요.”

“내 안에 있는 사랑은 오직 성미라 당신을 위한 것뿐이야. 영원히.”

“안아줘요.”

그녀가 그의 목을 안고 몸을 뒤로 누이자 준우는 이끌리듯 따라갔다. 입술을 삼키고 두 손은 그녀의 몸을 마음껏 쓸고 어루만졌다. 잘록한 허리와 봉긋한 가슴 사이를 오가는 손길에 점점 힘이 실렸다. 그는 숨찬 호흡을 뱉어내는 입술을 놓아주고 고개를 내려서 흉터에 꼼꼼히 입맞춤을 하고 혀로 핥았다.

"하지…… 말아요."

"부끄러워하지 마. 머리카락, 솜털, 당신이 뱉어내는 숨결. 모두 다. 그 안에 있는 상처까지도 전부 사랑하니까."

몸 안의 열기가 왈칵 눈으로 쏠렸나 보다. 핑그르르 도는 눈물까지도 뜨거움이 느껴질 정도로 온몸이 부글부글 끓어올랐다. 그의 입술이 닿는 순간 끔찍한 흉터는 더 이상 흉터가 되지 못했다. 입술이 닿고 혀로 핥아댈 때마다 흉터가 있다는 것도 잊을 만큼 감미롭고 달콤하고 뜨거웠다. 혀가 배꼽 아래 은밀한 숲 속 주변을 맴돌자 미라는 움켜쥔 시트 자락을 비틀며 신음 소리를 삼켰다. 뜨거운 호흡이 수풀 속으로 쏟아지고 매끄러운 혀의 감촉이 깊은 곳 안쪽을 핥아댔다. 쭈욱 빨아 당길 때마다 짜릿짜릿한 전율이 혈관 속을 내달렸다.

"으읏. 하읏."

엉덩이가 저절로 들썩이고 민망할 정도로 허벅지가 더 넓게 벌어졌다. 날름날름 혀의 움직임이 빨라질수록 이미 제 박자를 잃은 심장의 박동 소리가 더 크게 울렸다. 미라는 어깨까지 들썩이며 달뜬 호흡을 뱉어냈다. 미칠 것 같은 쾌감이 온몸을 집어삼킨 지 오래인데 더 크고 거대한 쾌락이 그녀를 부추기고 있었다.

“하아. 주, 준우 씨.”

순간 몽롱한 의식 속으로 뿌연 영상들이 스쳐 지나갔다. 마치 사랑을 나누는 두 사람이 그곳에도 있는 듯. 둘이면서 하나인 듯한 묘한 동질감, 기분이 야릇했다. 그녀가 쾌감으로 헉헉대면 그림자 속 여자도 허리를 비틀며 남자를 끌어안았다. 어느 순간, 보고 있는 사람이 타인 같고 안개 속의 보일 듯 말 듯한 그 안의 여자가 자신처럼 느껴지기도 했다.

“사랑해.”

속삭임이 바로 귓가에서 들리는데도 마치 환청인 양 울림처럼 아련했다. 힘겹게 눈꺼풀을 끌어 올리자 이글거리는 눈동자가 그녀를 내려다보고 있었다.

“보고 느끼는 모두를 기억해 줘.”

“준우 씨.”

“이 느낌.”

혀끝이 부드럽게 입술을 핥았다. 뜨겁게 달아오른 열기를 감당하지 못한 입술은 터질 듯이 붉어져서 그 붉은 기운이 고스란히 서로에게 느껴졌다.

“이 감촉.”

턱 끝을 핥고 내려온 입술이 봉긋한 가슴을 왈칵 삼켜서 목마름을 해결하고 싶다고 쭈욱 빨아들였다. 톡 솟아오른 징짐을 간질이다 잘근잘근 씹어대자 짜릿한 전율이 몸으로 퍼졌다.

“모두 기억해.”

부탁인지 명령인지 알 수 없는 말투에 괜스레 눈물이 핑 돌았다. 그녀가 눈빛으로 다짐을 하자 그의 고개가 곧장 허벅지 사이를 파고들었다.

"하웃."

무언가를 꽉 잡고 있는 것 같은데 모든 것이 흔들렸다. 작은 떨림은 해일과는 비교도 할 수 없는 세찬 바람이 되어 그녀의 안에서 깊은 소용돌이를 만들어냈다. 혀의 움직임은 마치 마법의 지팡이를 휘두르는 것처럼 펑펑, 열기를 뿜어냈다. 날카롭게 세워진 혀가 안쪽 깊숙한 곳까지 파고들어서 핥아대고 헤집어놓자 급기야 그녀의 안, 작은 세상이 요란한 폭죽을 터뜨리며 까맣게 사라졌다. 어둠 속을 붕붕 떠다니는 느낌은 불안하면서도 달콤했다. 그 달콤함이 너무 강해서 어떤 몸짓도 할 수 없었다. 그저 손에 잡히는 무언가를 목숨인 양 잡고 있는 것밖에는.

얼마의 시간이 지났을까. 축 늘어진 몸으로 간질간질 혀의 감촉이 느껴졌다. 어깨 위로 뜨거운 호흡이 쏟아지고 귀밑 예민한 곳을 오랫동안 핥더니 귓불을 잘근잘근 씹기도 했다.

"음."

"정신이 들어?"

"내가 어떻게 된 거예요?"

"글쎄. 내 사랑이 당신한테 벅차긴 한가 보네. 정신을 잃었거든."

"내, 내가요?"

화들짝 놀라서 돌아눕자 그가 기다렸다는 듯이 냉큼 그녀의 위로 올라왔다. 부끄러워 발그레 달아오른 얼굴을 바라보는 시선이 사뭇 뜨거웠다.

"왜, 왜요?"

"왜라니? 난 제대로 시작도 못했는데 설마 이대로 멈추라고 하는 건 아니지?"

"……."

"진짜 사랑은 이제부터라고."

"하지만. 웃."

그는 단 한 번의 움직임으로 그녀의 안으로 파고들어 갔다. 놀라서 커진 시선 안으로 묵직한 신음 소리를 토해내는 그의 모습이 보였다.

"후우, 기다리는데 미치는 줄 알았어."

"너, 너무해."

"미안, 많이 힘들어?"

허리를 부드럽게 움직이며 묻자 그녀는 대답 대신 고개를 가로저었다. 놀라긴 했지만 들었던 것처럼 아프지는 않았다. 아니, 오히려 몸을 꽉 채우는 느낌이 짜릿하기까지 했다. 힘든 게 아니라고 하자 그는 감질맛나도록 느리게 또는 폭주하는 열차처럼 힘차게 그녀의 안으로 밀고 들어왔다가 빠져나갔다. 퍽퍽 몸이 부딪혀 올 때마다 세포들이 미친 듯이 날뛰었다. 맞잡은 열 개의 손가락이 마치 하나처럼 꽉꽉 움켜쥐어졌다. 거친 움직

임과 함께 출렁이는 가슴을 삼키고 빨아 당기자 그녀가 진저리
를 치며 몸을 떨었다.

"아, 준우 씨."

처음 만난 그 순간부터 4년의 시간을 훌쩍 건너뛰고 싶었다.
아이가 있는데도 감정을 끊어버리지 못하는 자신에게 미친 짓
이라며 비난을 했지만 도저히 멈춰지지 않았다. 결혼을 한 게
아니라는 걸 알았을 땐 이미 머릿속으로 차곡차곡 계산을 하고
있었다. 다시 되돌리고 말리라. 어쩌면 집착이고 미련일지도 모
른다는 생각을 아주 잠깐 했었다. 처음으로 심장 깊숙한 곳까지
들여놓은 여자. 아무도 지나간 적 없는 새하얀 눈길에 찍힌 단
하나의 발자국처럼 너무 깊고 선명해서 지워도 그 흔적이 사라
지지 않은 그런 느낌, 그래서 놓지 못하는 것이 아닐까. 시간이
더 흐른다면, 원하지는 않지만 다른 발자국이 찍힌다면 변하지
않을까. 말도 안 되는 억지라는 걸 알면서도 수도 없이 생각했
었다. 그러나 놓기 싫었다. 잡고 싶었다.

"사랑해."

목에서 울컥 터지는 고백이 심장까지 활활 타오르게 했다. 세
상이 온통 불덩이들로 가득해서 들이쉬는 숨결까지 뜨거웠다.
황홀한 목마름, 온전히 내어주고 온전히 갖는 한 치의 기움도
없는 완벽한 평형. 헉헉대며 뱉어내는 숨결이 다시 서로의 몸속
으로 스며들었다.

"사랑해."

"사랑…… 해요."

✳

"음."

묵직한 신음 소리가 조용한 룸 안에 울려 퍼졌다. 오래전 따라놓은 술은 얼음이 녹아서 그 색이 옅어졌고 유리잔에 맺힌 물방울이 또르르 굴러서 바닥으로 떨어졌다. 하 사장은 테이블 위에 놓인 두 개 중 열지 않은 봉투를 뚫어지게 노려보았다. 굳이 보지 않아도 알고 있는 사진들일 것이다. 그날 이후 매일 봉투 하나가 그의 앞으로 날아왔다. 진즉부터 서 회장한테는 보고가 갔겠지만 여자가 있을 거라는 생각은 하지 못했다. 더구나 그…… 아이일 거라고는.

똑똑, 노크 소리가 들렸지만 그는 아무런 인기척도 내지 않았다. 잠시 후 문이 열리고 한 남자가 안으로 들어섰다.

"부르셨습니까?"

일부러 펼쳐 놓은 사진 몇 장으로 남자의 시선이 머물고 있다는 걸 알고 있었지만 모른 척했다.

"앉지."

하 사장은 대답없이 고개만 살짝 숙이고 맞은편 소파에 앉는 오 비서를 표정없는 시선으로 바라보았다.

"우리 인연이 벌써 이십 년이 넘었더군."

"……."

"내가 결혼을 하고 몇 년 동안 직원으로 일을 하다가 처음으로 제대로 된 직책을 얻은 그때였었지. 오 비서가 나한테 온 것이."

좋아하던 여자와 헤어지고 얼마 지나지 않아서 서 회장이 찾아왔었다. 하나밖에 없는 외동딸의 짝으로 생각하고 있었다는 말에 덥석 그 손을 잡아버렸다. 솔직히 욕심이 없었다면 거짓말일 것이다. 평생 노력해도 절대 오르지 못할 그 자리를 한 여자와 결혼만 하면 모든 게 내 것이 될 수 있다는데 마다할 이유가 없었다. 그러나 서 회장은 사위가 쉽게 야망을 펼치도록 풀어주지 않았다. 입사하고 2년, 결혼 후 5년 7개월. 그때서야 얻은 직책이 자재부장이었다. 대리에서 부장으로 급승진을 했지만 그건 단지 명함뿐, 혼자서 해결할 수 있는 건 아무것도 없었다. 그렇게 이를 악물고 버티었는데 사장 자리에 오른 건 큰 아이가 고등학교를 졸업한 후였다.

"이래서 사람 속은 모른다는 말이 있는 거겠지."

"무슨 말씀이신지."

"자네일 거라고는 생각도 못했어."

한결같은 사람이었다. 힘겹게 외줄을 타고 버티면서 그나마 속내를 보인 한 사람인데 이렇게 뒤통수를 치다니. 처음엔 잘못 안 것이 아닌가 생각했었다. 그러나 그 아이들의 주변을 맴도는 걸 직접 눈으로 보고 나니 이젠 믿지 않을 수 없었다. 오 비서는 잠시 놀라는 듯하더니 곧 담담한 표정으로 일관했다.

"언제부터였나?"

"사장님."

"처음부터였나 보군."

서 회장은 아내가 살아 있을 때도 미국을 자주 드나들었다. 이미 건설 분야뿐 아니라 호텔 사업도 어느 정도 입지를 굳힌 상태라 미국에서 한꺼번에 두 개의 호텔을 인수했다는 소식을 들었을 땐 그리 놀라지도 않았다. 다만, 대명의 중심부에 있는 자신이 어느 정도 일이 진척될 때까지 그 사실을 몰랐다는 게 기가 막혔다.

"그럼 나에 대해서도 속속들이 보고가 들어갔겠군."

그럴 거라는 생각은 하고 있었지만 그 사람이 설마 오 비서일 줄은 몰랐다. 원래 아내에게 정은 없었지만 자신을 쥐고 흔든 사람이 서 회장이라는 걸 알고 난 후부터는 더더욱 그랬다. 그렇다고 내칠 수 있는 입장이 아닌지라 무시하고 경멸하는 걸 서슴지 않았다. 어쩌면 아내가 자신을 마음에 품고 있다는 걸 방패막으로 삼았는지도 모른다.

아이들한테도 크게 다르지 않았다. 특히 큰 아이는 빈틈없이 꼼꼼한 성격이 딱 제 할아버지를 닮아 더 정이 가지 않았다.

"내가 그동안 헛산 게지."

"죄송합니다."

"아니야. 아니야."

이제 와서 새삼 오 비서를 원망하고 탓할 생각은 없었다. 그러나 쓸쓸한 생각이 드는 건 어쩔 수 없었다. 비서라기보다는 친구 같은 사람이라 두어 번 사표 낸 것을 안 된다고 잡은 사람은 자신이었으니까.

"한 가지만 묻겠네. 그때 회장님이 그 아이를 만난 적이 있었나?"

*

"도대체 왜 이렇게 연락이 안 되는 거야?"

버럭 소리를 내지르며 하 사장이 사무실 안으로 밀고 들어오자 박 비서는 놀라서 어쩔 줄 몰라 했다. 그러나 느긋하게 신문을 보고 있던 준우는 하 사장이 눈을 부라리며 쳐다보고 있는데도 모른 척 허리를 굽혀 인사를 했다.

"일찍 웬일이세요?"

"웬일?"

"세 명이나 되는 비서는 어떻게 하고 이렇게 직접 내려오셨으니 하는 말입니다."

"박 비서, 오늘부로 해고야."

"설마 지금 말씀하신 박 비서님이 제 사무실에 있는……."

"무슨 일을 이따위로 처리해. 비서의 역할이 뭐야. 근무 시간에 상사가 어디에 있는지도 모르는 비서가 무슨 비서야?"

"핸드폰 배터리가 나갔는데 제가 먼저 연락을 하지 않는 이상 박 비서님이 무슨 수로 알겠습니까. 설마 위치 추적이라도 하라는 겁니까?"

"그보다 더한 거라도 할 수 있는 건 다 해봐야지. 도대체 어제 하루 종일 어디를 갔기에 연락이 안 되었던 거야?"

"오전 내내 사무실에 있다가 점심때쯤 나갔는데 무슨 일이십니까?"

하 사장은 집어삼킬 듯한 시선으로 박 비서를 노려보았다. 이제 정말 죽었구나 하는 생각밖에 들지 않았다. 수도 없이 전화했고 문자메시지에 음성메시지까지 남겼는데 연락은커녕 아침에 출근하자마자 일단 커피부터 마시자며 아예 말도 꺼내지 못하게 했다. 아직 전후 사정을 설명도 못했는데 하 사장이 들이닥친 것이다.

"어디 있는지 연락도 못했으면서 출근을 했는데 아직 상황 설명도 안 했다는 거야? 정말 해고를……."

"아무리 아랫사람이지만 직속상관은 접니다."

"그래서?"

"그 해고, 해도 제가 직접 합니다."

잘 막아주는 것 같더니 이건 또 무슨 날벼락인가. 절대 해고는 안 된다고 듬직하게 막아주어도 목이 붙어 있을까 말까 한데 해고를 해도 직접 하겠다니. 박 비서는 오금이 저리다 못해 주저앉고 싶은 걸 겨우 참고 있었다.

"방금 전에 출근을 했는데 몸이 피곤해서 커피 한 잔 마시고 시작하자고 했습니다. 그러니까 무슨 대단한 일이 있었는지 모르지만 아직 상황 설명을 듣지 못한 건 저 때문입니다."

"그럼 무능한 상사를 잘라야겠군."

"그러실 생각이라면 하루라도 서둘러 주십시오."

"뭐야?"

"저 또한 제가 원하는 일을……."

"입 닥치지 못해!"

벼락같은 목소리에도 준우는 흐트러짐없는 시선으로 하 사장을 바라보았다. 손에 쥐고 있는 서류 봉투가 부들부들 떨리는 게 보였다. 꾹 다문 입술은 분을 참지 못해서 비틀어졌다. 짙은 눈썹 사이로 몇 가닥 길게 자란 것이 실룩거리다 못해 살아서 움직이는 것 같았다. 잠시 후, 어깨가 크게 들썩이다 조용히 가라앉았다.

"박 비서, 시원한 물 한 잔 가져와."

"네."

박 비서가 총알처럼 달려나가자 하 사장은 끌끌 혀를 차면서 소파에 자리를 잡고 앉았다.

"와서 앉아라."

방금 전과는 달리 목소리는 한결 차분해졌다. 준우는 보고 있던 신문을 차곡차곡 정리해 놓고 맞은편 소파에 가서 앉았다.

"다 알고 있을 테니 긴 설명은 하지 않겠다. 오후 2시에 꼭 너

하고만 이야기를 하겠다니 내려가서 잘 해결하고 와.”

“……”

“왜 대답이 없어?”

“처음부터 제 일이었는데 왜 송 부장님을 보내셨습니까?”

“따로 생각이 있어서다.”

“일에는 순서가 있고 어느 정도 예의도 있어야 한다고 봅니다. 적어도 제가 맡은 일이 다른 사람 손으로 넘어갔다는 걸 통해서 듣게는 하지 말아야……”

“그래서 지금 날 가르치려는 게냐?”

“설명을 듣고 싶을 뿐입니다.”

노크 소리와 함께 박 비서가 들어와 시원한 물 한 잔을 테이블 위에 내려놓자 하 사장은 그걸 단숨에 비웠다. 그리고 막 나가려는 걸 다시 불러서 이번엔 두 잔을 가지고 오라고 했다.

“좀 큰 잔으로 가지고 오겠습니다.”

“하 이사도 마셔야 하니까 두 잔을 가지고 오라는 거야.”

“네? 네.”

안 그래도 마음에 들지 않아 죽겠는데 일일이 설명까지 하게 하니 더 곱게 보이지 않았다. 보아하니 이 녀석은 박 비서를 믿고 있는 것 같은데 그는 처음부터 서 회장 사람이었다는 게 내내 걸렸었다. 게다가 이곳 사정을 훤히 아는 사람도 많은데 굳이 함께 보내서 저렇게 붙여놓을 건 뭔지. 하 사장은 박 비서가 두 잔의 물을 내려놓고 나갈 때까지 아무 말도 하지 않았다.

“네가 만난다는 여자 말이다.”

준우는 뜬금없이 미라의 이야기를 꺼내드는 하 사장을 못마땅한 시선으로 바라보았다. 용인 일에 대해서 설명을 요구했는데 갑자기 왜 미라의 이름을 언급하는지 알 수 없었다.

“지난번 내가 네 조부에 대해서 이야기했을 때 다 믿을 거라는 생각은 하지 않았다.”

“무슨 말씀을 하시려는 겁니까?”

탁, 하 사장이 들어올 때부터 꼭 쥐고 있던 서류 봉투를 테이블 위에 올려놓았다. 그가 쳐다보기만 하고 살펴볼 생각을 하지 않자 하 사장도 묵묵히 기다리고만 있었다.

“제가 봐야 하는 겁니까?”

“성미라, 28살.”

그 순간 눈썹이 위로 획 추켜 올라가고 검은 눈동자가 번뜩 빛났다. 문득 어제 메시지를 통해 들은, 주위에 사람이 붙은 것 같다는 말이 떠올랐다. 제일 먼저 보인 건 환하게 웃고 있는 미라의 사진이었다. 그리고 그녀의 나이, 학교, 주소…… 심지어 훈과 시골집에 대한 모든 것이 그 안에 있었다.

“지금 뭐 하시는 겁니까?”

“내가 아니다.”

“……?”

“진짜 무서운 건 눈에 보이지 않는 적이지. 화살이 어디서 날아올지 모르니 더 불안한 법이거든.”

“그럼 회장님이 제 뒤를 캐고 있다는 말입니까? 그런데 이것들이 왜.”

“네가 여자가 있다고 하기에 혹시나 하고 주위를 살폈는데 역시나 회장님이 먼저 움직이셨더구나. 이미 이 서류도 받아보셨겠지.”

“상관없습니다.”

“으흠.”

준우는 자꾸 입술이 비틀어지는 걸 겨우 참고 서류를 꼼꼼히 챙겨서 봉투 속에 넣었다. 이제 그는 돌아가는 길을 모른다. 한 번도 누군가에 의해서 이 사랑이 멈출 수 있다는 생각은 해본 적이 없었다. 감히 누가 그럴 수 있단 말인가.

“그 아이…… 4년 전에도 만났던 그 아이더구나.”

하마터면 들고 있던 물 잔을 툭 떨어뜨릴 뻔했다. 4년 전 이야기를 알고 있을 줄은 몰랐다. 마음을 확인한 그 하룻밤이 지나고 나서 다시는 만나지 못했는데 어떻게.

준우가 놀란 시선으로 바라보자 하 사장은 깊게 패인 주름이 일그러지도록 인상을 찌푸렸다.

“네가 왜 갑자기 미국으로 들어갔을 것 같으냐. 두 달 넘게 회장님은 입원을 했있고 넌 그 곁을 지켰지. 나와서 그 아이를 찾았는데 이미 없었을 테지.”

“도대체, 도대체 무슨 말씀을 하시는 겁니까?”

"네가 버린……."

"전 버리지 않았습니다."

단 한순간도 그런 생각을 한 적이 없었다. 버리다니. 얼마나 애타게 찾았는데 사라진 걸 알고 그 터질 듯한 분노로 자신을 얼마나 학대하고 괴롭혔는데, 수렁같이 깊은 늪을 어떻게 빠져나왔는데. 그는 결코 그녀를 버린 적이 없었다.

"갑자기 사라져서 두 달 넘게 연락 한 번 없었는데 버린 게 아니라면."

"……."

"그 아이도 그렇게 생각한다면 다행이겠지."

그러나 순우는 아무 말도 하지 못했다. 한 번도 생각하지 못했지만 어쩌면 그녀도 그렇게 믿어버렸는지 모른다는 생각이 들었기 때문이다. 그날 아침 헤어지고 집으로 돌아와서 아무런 준비도 없이 곧장 공항으로 향했다. 미국에 도착하자마자 병원으로 향했는데 요양원처럼 생긴 그곳은 시내와 한참 떨어진, 한적해도 너무 한적한 곳이었다. 모든 시설은 완벽한데 들어가는 입구에서 개인 소지품은 모두 맡겨야 했기 때문에 외부와 연락할 수 있는 게 아무것도 없었다. 가끔 박 비서가 찾아와서 회사 일을 간단히 보고를 하고 갔지만 그 시간은 극히 짧았다. 미치도록 그녀가 보고 싶었지만 할아버지가 조금씩 건강을 찾아가는 모습을 지켜보는 것도 나쁘지 않았다. 그리고 두 달쯤 지나서 퇴원을 하셨고, 그는 한국으로 돌아갈 수 있을 거라는 생각에 며칠 동안 잠까지 설쳤었다.

"그렇게 좋으냐?"

허허 웃으며 놀리던 목소리를 지금도 선명하게 기억하고 있었다. 좀 더 함께 있고 싶다고 부탁하기에 다녀와서 그렇게 하겠다고 흔쾌히 대답을 할 수 있었던 건, 그가 학교에서 준비하고 있던 논문을 그곳에서도 충분히 할 수 있었기 때문이었다. 그런데 갑자기 모든 게 뒤틀리기 시작했다.
"휴학을 하기 전부터 그 아이는 학교를 나오지 않았었다."
"……."
"왜 그랬을 것 같으냐?"
속이 터질 듯이 부글부글 끓어올랐지만 그는 조용히 기다렸다. 자신이 배신감에 치를 떨면서 사랑 따위, 맹세 따위, 여자 따위 모두 뭉개 버리겠다고 이를 악물고 있을 때, 그녀도 그랬을까. 너 하나라고, 내 심장에 담는 여자는 오직 너 하나라고 수도 없이 속삭여 주었던 그 말이 모두 거짓이었다고, 자신을 원망하고 분노하며 보냈을까.
"임신을…… 했었다."

✳

테이블 위에 놓인 많은 술병을 보니 기가 막혔다. 준우는 빈 병을 맹렬히 노려보며 입술을 비틀었다.

"임신을 했었다."

반복되는 녹음기가 끝도 없이 쏟아져 들어와 귓속을 후벼 팠다. 임신, 그날 하루 수도 없이 탐하고 자신을 쏟아부었던 결과로 그녀가 임신을 했었단다. 그런데 지켜주기는커녕 숨어버렸다고 배신했다고 나약한 믿음을 원망하며 분노했었다.

임신했다는 소리를 듣는 순간 거대한 망치가 머리를 후려치는 것 같았다. 그는 자신이 테이블을 내려쳤다는 것노 몰랐나. 물이 쏟아지고 컵 하나는 바닥으로 떨어져 산산조각이 났다. 무심하게 바라보는 하 사장을 당장이라도 눈앞에서 끌어내고 싶었다. 아니, 할 수만 있다면 더한 거라도 하고 싶은 심정이었다.

"빌어먹을, 젠장……."

손을 거칠게 휘두르자 테이블 위에 놓인 술병과 손도 대지 않은 안주가 우르르 바닥으로 흩어졌다.

"하준우, 너 도대체 뭐 하는 인간인 거냐."

크크크, 하하하. 임신이라니. 임신이라니. 도저히 믿을 수가 없었다. 같은 말을 묻고 또 묻고 몇 번을 되물었다.

"지금 임신이라고 했습니까? 누가…… 아이를…… 설마, 설마 그녀가…… 다시 말씀해 보세요. 납득할 수 있게, 제대로 알아들을 수 있게 다시 말씀을 해보란 말입니다."

그 순간조차도 빌어먹을 이성이란 놈이 존재한다는 것이 더 기가 막혔다. 심장은 멈췄고 오로지 솟구치는 분노만이 이글거리는데 아버지가 보이고 회사라는 걸 인식하고 있다니 심장을 끄집어내서 쥐어짜고 싶었다.

"말도 안 돼."

고작 한다는 것이 깨진 유리잔을 발로 짓이기는 것뿐이었다니. 미친 자식. 욕설을 뱉어내는 순간 테이블 끝에 겨우 걸쳐 있는 빈 병이 보였다. 잡는 순간 벽을 향해 힘껏 집어 던졌다. 쨍그랑 부서지는 유리 조각이 마치 갈기갈기 찢긴 심장이 흩어지는 것 같았다. 그래도 성이 차지 않았다. 테이블을 뒤집어엎고 의자를 발로 걷어찼지만 눈곱만치의 분도 풀리지 않았다.

"널 어떻게 해야 하는 거니. 도대체 날 어째야 하는 거냐고."

벽을 향해 소리쳤다. 바닥을 짓이기고 쾅쾅 가슴을 때리며 분노를 터뜨렸지만 변하는 건 아무것도 없었다. 되돌릴 수 있는 게 단 하나도 없었다.

"다 알고 계셨으면서 그저 지켜보기만 하셨단 말씀입니까? 아

들이 사랑하는 여자가 임신을 했고 두려워서 숨어버리는 걸 지켜
보기만 하신 아버지가 회장님과 다를 게 뭡니까? 아니, 더 나쁩니
다.”

　그러나 누가 더 나쁘고 누가 더 악질인지 따위는 아무 상관
없었다. 그 많은 기억 중에 왜 자신만 지웠을까. 사랑을 맹세했
고 서로의 심장에 손을 얹고 변치 않을 거라고 다짐까지 했는
데. 개의치 않는다고 했지만 그게 가끔 궁금했었다.
　“우악…….”
　깨진 유리 조각을 움켜쥔 손에서 주르륵 피가 흘러내렸다. 털
썩 주저앉는 순간, 무릎에서도 피기 배어 나왔다. 아팠으면 좋
겠다. 심장이 이보다 더 갈기갈기 찢겨서 견디지 못할 통증을
느꼈으면 좋겠다.
　“미안하다. 미안해. 날…… 용서하지 마라.”
　취하기라도 했으면 좋으련만. 빌어먹게도 너무 멀쩡한 정신
이 원망스러웠다. 비틀거리며 클럽을 빠져나와 어딘지도 모르
는 길을 걷고 또 걸었다. 얼마의 시간이 흘렀는지 알지 못했다.
문득 정신을 차리고 보니 한강 둔치였다. 그사이 움켜쥔 손과
무릎에서는 피가 멈춰 있었다. 그는 찰랑거리는 물이 닿을 정도
로 바싹 밑으로 내려가 앉았다.
　“후우.”
　내쉬는 숨결에 진한 알코올 향이 뿜어져 나와 밤바람 속으로

흩어졌다. 그 힘든 시간을 혼자서 견디었을 생각을 하니 숨까지
턱턱 막혔다. 얼마나 아팠니. 얼마나 힘들었니.

"회장님, 도대체 왜……."

꾹꾹 누른 분노가 한 움큼씩 쏟아져 나왔다. 그러나 지금은
누굴 원망할 수도 없었다. 결국 못난 사람은 자신이었으니까.
주먹을 불끈 쥐자 상처 사이로 아릿한 통증이 느껴졌다. 그는
이를 악물었다. 이제 더는 그 누구도 그녀를 털끝 하나 건드리
지 못하게 할 것이다. 그 대상이 누구든 상관없었다. 사랑했고,
자신의 아이를 가진 여자를 지켜주지 못했다. 생각할수록 피가
거꾸로 치솟았다. 똘똘 뭉친 분노가 제멋대로 폭발해 달라고 자
꾸 튕겨 올랐다. 그런데도 그 폭탄 같은 분노를 누르고 있는 자
신이 신기할 정도였다.

검은 물결이 일정한 소리를 내며 흔들렸다. 그는 결연히 몸을
일으켜 핸드폰을 꺼내 들었다. 신호음이 가자 곧 목소리가 들려
왔다.

"한 번 찾아가서 뵌 적이 있는데……."

—알고 있습니다, 하준우 씨.

목소리로 기억을 한 건지 아니면 전화번호를 입력해 놓았는
지 박 원장은 전화를 건 사람이 누구인지 금방 알아챘다. 준우
는 먼저 전화를 걸었지만 한참 동안 아무 말도 못했다.

"찾아가야 하는데 내일까지 기다릴 수가 없어서 전화를 드렸
습니다. 통화하실 수 있으십니까?"

―손님이 오기로 되어 있지만 잠시는 괜찮습니다.

"그럼 말 돌리지 않고 물어보겠습니다. 4년 전 사고가 났을 때 미라가…… 임신 중이었습니까?"

질문을 한 그도 대답을 해야 할 사람도 통화 중이라는 걸 잊은 듯했다. 그는 짧은 머리카락을 거칠게 쓸어 올리며 허공 어딘가를 노려보았다. 한순간, 제발 아니라고 말해주기를 바라고 있는 자신을 느꼈다. 아니라고, 잘못 알고 있는 거라고 그렇게 말해주었으면.

"원장님."

―다 알고 묻는 것 같은데 굳이 내 대답이 필요한 이유를 모르겠군요.

"……."

―과거가 아니라 현재 진행형이라고 말하지 않았던가요? 혹시 그것 때문에 흔들리는 거라면.

"아니요. 절대 그런 일은 없습니다. 다만."

그는 잠시 숨을 골랐다. 한낮과 달리 서늘한 바람이 부는데도 햇볕이 머리 위로 쏟아지는 것처럼 이마에 송골송골 땀방울이 맺혔다. 화륵, 몸 밖으로 치솟는 열기 때문에 땀방울 하나하나가 자글자글 끓어오를 것 같다. 억지로 숨을 삼켰지만 가슴은 더 답답했다.

"다만, 제 자신을 용서하기가 힘들 뿐입니다."

감히 용서라는 말을 떠올릴 수도 없었다. 임신을 했었다는 것도 충격인데 사고가 났을 때쯤이면 아이는……. 점점 불러오는 배를 보면서 무슨 생각을 했을까. 아이의 존재를 느끼면서 어떤 심정이었을까. 생각할수록 내장이 뒤틀리고 심장이 쥐어짜이는 통증이 밀려왔다. 곁에 있었어야 했는데, 지켜주었어야 했는데. 그랬다면, 그랬다면.

　─같은 상황에서 여러 사람들이 해주거나 해줄 수 있는 말을 나 또한 해도 된다면, 더 많이 사랑해 주고 더 많이 아껴주세요. 명색이 의사이긴 하지만 사랑보다 더 좋은 명약은 아직 못 본 것 같아서 말입니다. 그럼.

　짧은 시간에 명쾌한 답을 던져 주고 박 원장은 전화를 끊었다. 더 많이 사랑해 주고 더 많이 아껴줄 수 있는 기회를 그녀가 내게 줄까요? 이런 나라도 받아줄까요? 이 모든 사실을 알고도 함께 있겠다고, 사랑한다고 말해줄까요? 누구든 붙잡고 묻고 싶었다.

　털썩, 무릎을 꿇고 주저앉은 준우는 가슴을 퍽퍽 내려쳤다. 뼈가 부서지고 심장이 터질 것 같았다. 핏물 같은 눈물이 뚝뚝 떨어져 내렸다.

　"어떻게 해야 하는 거니. 미라야, 미라야…… 미라야."

✱

　"어? 이게 뭐지?"

미라는 우편함에 있는 누런 봉투와 월간지를 꺼내 들고 막 도착해서 멈춰 서는 승강기에 올라탔다. 하루 종일 무슨 정신으로 회사 일을 했는지 아직도 몽롱했다. 점심은 마치 모래알을 씹는 느낌이었고 커피는 도대체 몇 잔을 마셨는지 셀 수도 없었다. 오늘은 집에 들어오자마자 번역이고 뭐고 다 접고 일찍부터 잘 생각이었다. 그래서 미리 훈과 통화도 하고 간단히 먹을 저녁거리까지 사 들고 들어왔다.

며칠 시간 내기 힘들 거야. 전화할게. 사랑해.

그날 이후 준우는 몇 번 문자만 보내왔을 뿐, 목소리 한 번 들려주지 않았다. 달랑 '사랑해'란 글씨뿐이지만 그 속에 너무 큰 마음이 담겨 있다는 걸 알기에 기다리는 시간이 초조하거나 지루하지 않았다. 집으로 들어오자마자 누런 봉투만 손에 쥐고 가방과 월간지는 테이블 위에 올려놓았다. 소파에 쓰러지듯 털썩 주저앉아 봉투를 살폈는데 주소도 우체국 소인도 없고 성미라, 이름만 적혀 있었다.

"뭐야, 꼼꼼히도 싸맸네."

끝 부분을 잡고 찢으려고 했는데 잘되지 않았다. 아무래도 가위든 칼이든 있어야 할 것 같아 주방 쪽을 바라보다 귀찮은 생각이 들어서 봉투를 테이블 위에 아무렇게나 던져 놓았다. 꼼짝도 하기 싫었다. 소파에 편안하게 기대고 있으니 눈꺼풀은 자꾸 내려앉고 몸은 더 축축 늘어졌다.

"씻고 자야 하는데."

중얼거리면서도 몸이 움직여지질 않았다. 아주 잠깐 잠이 들었던 것 같은데 그사이 한 시간이나 훌쩍 지나 있었다. 그대로 침대로 올라가고 싶은 걸 겨우 참고 간단히 샤워를 한 뒤 저녁 대신 우유 한 잔만 마셨다.

머리를 대충 말리고 침대로 올라가 누워서 잠들기 전에 전화를 해볼까 하다가 그만두었다. 바쁠 땐 전화를 받는 것도 문자를 확인하는 것도 신경 쓰일 테니까. 천장을 바라보고 누워 있으려니 그날의 일들이 너무도 선명하게 떠올랐다. 때로는 거칠게 때로는 부드럽게 자신의 안을 파고들던 그 느낌, 수도 없이 불러주던 이름, 사랑의 속삼임. 까무룩 정신을 세 번이나 놓았던 걸 생각하면 지금도 얼굴이 화끈 달아올랐다.

"당신이니까."

아, 그 순간 온몸으로 느꼈던 짜릿한 감동은 절대 잊지 못할 것이다. 그 한마디에 그 사람의 마음이 고스란히 느껴졌으니까. 미라는 나른한 미소를 지으며 눈을 감았다.

"음."

오늘쯤이면 찾아올지도 모르는데 집에서 자고 있겠다고 문자라도 해줘야 하는 것 아닌가. 혹시 와서 벨을 눌렀다가 문을 열어주지 않으면 또 백산한테 가서…… 없으면 말겠지. 아, 우편물도 확인해야 하는데. 무거운 눈꺼풀이 내려앉은 지 얼마 지나지 않아서 그녀는 금세 쌕쌕 숨소리를 냈다. 재깍재깍 거실에 있는 시계 초침 소리가 조용한 거실에 울려 퍼졌다.

"우와, 잘 잤다."

쭈욱 기지개를 켜고 침대에서 내려선 미라는 베란다의 창문을 활짝 열어젖혔다. 꽤 이른 시간인데도 시원한 바람과 함께 벌써 한낮의 후끈한 열기도 느껴졌다. 그래도 살랑살랑 불어오는 바람의 느낌이 기분을 한결 개운하게 했다. 모처럼 느긋한 아침 시간을 보낼 수 있을 것 같다. 늘 하던 대로 씻고 나와서 현관문을 열고 신문과 우유를 들고 들어왔다. 훈이 있을 때는 일주일에 세 번씩 받던 우유를 두 번으로 줄였는데도 냉장고에는 아직 개봉도 안 한 것도 있었다. 우유와 커피를 두고 고민을 하다 결국 주전자에 물을 올렸다. 푹 자서 개운한 이 느낌을 좀 더 확실하게 느끼려면 커피가 제격이니까.

"음, 뭐부터 볼까."

신문, 월간지, 정체불명의 봉투를 한 번씩 훑어보다 봉투를 집어 들고 주방으로 가려는데 핸드폰이 울렸다.

―이모?

"훈아."

준우일 거라고 생각하고 폴더를 열었는데 훈이었다. 어제 일찌감치 굿나잇 인사를 할 때도 꽤 목소리가 들떠 있더니 오늘은 다른 날과 달리 아침 일찍 일어났나 보다. 시계를 보니 조금 있으면 출발을 해야 할 시간이었다.

"아침은 먹고 가는 거야?"

—…….

"유훈?"

몇 번 이름을 불렀는데 대답이 없었다. 이 녀석 온천 간다고 들떠서 전화한 것도 잊어버렸나 싶어 다시 '훈아' 하고 불렀는데 모르는 목소리가 들렸다. 웅성웅성 떠드는 소리가 들리는 걸 보니 사람들이 집에 꽤 많이 모여 있는 듯했다.

—혹시 미라니?

"누구…… 아, 아주머니세요?"

—그래, 나다.

"안녕하셨어요?"

—안녕이고 뭐고 큰일 났다. 네 엄마가 갑자기 쓰러지는 바람에 지금 온천도 못 가고 난리도 아니다.

"엄마가 쓰러지다니 그게 무슨 말씀이세요?"

손이 덜덜덜 떨렸다. 웅성거리는 소리가 마치 동굴 속 울림처럼 아주머니의 목소리도 간간이 끊어졌다 이어졌다를 반복했다.

"아주머니, 그래서 우리 엄마, 엄마는요?"

—좀 전에 119 차가 와서 시내 병원으로 싣고 갔는데 아무래도 네가 내려와야 할 것 같다.

"지금 바로 출발할게요."

무슨 정신으로 옷을 갈아입고 아파트를 나왔는지 정신이 하나도 없었다. 마치 세상이 그녀를 놓고 빙글빙글 돌고 있는 듯 어지러웠다. 차에 올라타 시동을 걸었는데 출발을 할 수가 없었다.

"어떻게. 어떻게."

아무리 닦아내도 눈물이 자꾸 쏟아져 내렸다. 가야 하는데, 엄마한테 가야 하는데 생각만 간절할 뿐, 몸이 움직여지질 않았다. 정신 차려야 한다고 연신 주문을 외우고 심호흡을 해도 핸들을 잡은 손의 떨림이 멈춰지지 않았다. 하루에 몇 대밖에 없는 고속버스를 이용하자니 시간이 너무 걸릴 텐데. 이대로 택시라도 타야 하나 싶었다. 그녀는 덜덜 떨리는 손으로 핸드폰의 단축 버튼을 꾹 눌렀다. 한참 동안 신호만 가고 전화를 받지 않았다. 다시 눌렀다가 끊고 간절히 기도하는 마음으로 다시 또 버튼을 길게 눌렀다.

―여보세요?

한껏 잠에 취한 목소리가 들린 건 정말 택시라도 타야겠다고 마음을 먹은 후였다.

"준우 씨, 도와줘요."

―왜 그래. 무슨 일이야?

"어, 엄마가 쓰러지셨대요. 그런데 운전을 못하겠어. 가야 하는데."

―거기 어디야?

"아파트 주차장……."

—금방 갈 테니까 꼼짝 말고 기다려.

전화를 끊자 떨림은 더해갔다. 그녀는 차에서 기다리지 못하고 밖으로 나와 손가락을 잘근잘근 씹어대며 주차장을 헤매고 다녔다. 문득 훈이 떠올랐다. 이 녀석 어떻게 하고 있을까. 얼마나 놀랐을까. 전화만 걸어놓고 이모, 한마디만 한 채 말도 못했는데. 그러나 집으로 전화를 걸었지만 아무도 받지 않았다. 얼마 후 익숙한 차가 주차장 안으로 들어와 멈춰 서자 미라는 황급히 올라탔다. 차가 쏜살같이 달려나가 시내를 벗어났다.

"엄마, 제발 좀."

다행히 기절을 한 것 외에는 별다른 이상이 없다는 말에 안도를 했지만 그래도 완전히 마음을 놓을 수는 없었다. 그러나 고집 센 김 여사는 그녀가 아무리 사정을 하고 협박까지 해도 들은 척도 하지 않았다. 잠깐 기절한 것 가지고 입원을 한다면 돈 지랄한다고 동네 사람들이 흉본단다. 안 그래도 병원이라면 치가 떨리는데 말짱한 정신으로 병원 밥 먹기 싫다며 링거 주사를 다 맞자마자 퇴원을 하겠다고 고집을 부렸다. 이왕 병원에 온 김에 하루 이틀 쉬면서 영양주사라도 맞자는 말에 입으로 들어가는 음식이 최고라며 준우가 보는 앞에서 환자복을 갈아입으려고까지 했다. 결국 김 여사의 고집을 꺾지 못하고 퇴원을 하기로 결정했다.

"네?"

아침 일찍 연락을 받고 병원에 도착할 때까지 무슨 정신으로 그 시간을 견디었는지 지금도 아찔하건만, 집에 들어서자마자 오늘 당장 올라가라는 말에 미라는 냉장고에서 물병을 꺼내 들다 말고 기가 막혀서 한숨을 폭 내쉬었다.

"엄마."

"안 올라가면 여기서 눌러 살 거야?"

"회사에 이삼 일 휴가 냈어요."

"남의 돈 그렇게 쉽게 빼먹으려고 하면 벌받아. 내려가 봤더니 별일 아니었다고 하고 내일부터 회사 나가. 그러고 너만 생각하니? 같이 온 사람도 생각해야지."

"저도 하루 정도는 괜찮습니다."

두 모녀가 티격태격하는 바람에 괜히 어색해진 준우는 슬그머니 미라의 편을 들었다. 그래도 김 여사는 막무가내였다. 잠자리도 불편하고 괜히 동네 소문나서 좋을 것 없다며 부득부득 저녁만 먹고 올라가란다.

"그럼 오늘은 저만 올라가겠습니다."

"어차피 하룻밤 자나 안 자나 마찬가지인데 이왕이면 같이 올라가는 게 낫지. 밤늦게 혼자 올라가는 것도 불안하고."

준우까지 물러나자 미라는 툴툴거리며 오는 길에 장 봐온 걸로 저녁 준비나 하겠다며 주방으로 들어가 버렸다.

"난 밭에 가서 고추하고 오이 좀 따올 테니까 국거리하고 밥만 올려놔."

"고추는 마당에 있는데 뭐 하러 밭에까지 가서 따와요. 그리고 아까 보니까 오이도 냉장고에 있던데."

"오이야 금방 딴 게 싱싱하고 고추는 밭에 있는 게 더 맛나. 금방 올 테니까 귀찮으면 주방에 들어가지 말고 그냥 쉬어."

하라는 말보다 더 무섭네. 구시렁거리며 주방으로 들어간 미라는 쌀통에서 쌀을 꺼내와 물로 한 번 헹군 뒤 박박 문질렀다. 모처럼 이모를 만난 훈이 신이 나서 주방을 왔다 갔다 하면서 노래를 흥얼거리자 금세 풀어지긴 했지만 김 여사한테 서운한 마음은 여전했다.

"이모, 이제 괜찮아요?"

"이모가 뭘?"

"화났잖아요."

"화 안 났거든?"

"에이, 아닌 것 같은데."

찌릿 노려보자 훈이 손가락으로 입술을 쭈욱 잡아당기며 씨익 웃었다. 그 모습에 미라는 어이가 없다는 듯 피식 웃고 말았다.

"졌다."

"헤헤헤."

준우는 문밖에서 두 사람을 지켜보다가 조용히 김 여사의 뒤를 쫓아서 언덕길을 올랐다.

"쉬지 않고 뭐 하러 따라나서나?"

작은 길을 두 사람은 서너 발자국 떨어진 거리를 두고 걸었다. 김 여사가 걸음을 멈춰 서서 주위를 둘러보면 준우도 멈춰 서 벼가 가지런히 줄 서 있는 푸른 논을 바라보다가 다시 움직이면 따라나섰다.

"고맙네."

"제가 한 게 뭐가 있다고요."

"내가 두고두고 갚을 테니 우리 아이 잘 부탁하네."

가슴이 꽉 막혀왔다. 귀한 딸을 주시면서도 두고두고 갚겠다니 얼굴은 시뻘겋게 달아오르는데 온몸에 소름이 쫙 돋았다. 그 말을 해야 할 사람은 오히려 자신인데 울컥 목구멍이 뜨거워졌다.

"사실은 드릴 말씀이 있습니다."

"……."

저녁 바람이 고추밭 사이를 우수수 몰려다녔다. 이파리들이 바람결을 따라 한껏 젖혔다가 펼치기를 반복하고 그 사이로 듬성듬성 심어진 옥수수는 쭈욱 뻗은 기다란 줄기로 저녁 하늘을 받치고 서 있었다. 아직 잠잘 곳을 찾지 못한 고추잠자리 한 마리는 날갯짓도 못하고 바람에 이리저리 쏠려 다녔다. 고추밭 사이에 무릎을 꿇고 앉은 남자도 넋을 놓고 털썩 주저앉은 중년의 여자도 한참 동안 말이 없었다. 노곤해 보이는 입술이 겨우 움직였다.

"그, 그럼."

"네, 그 죄인이…… 접니다."

딸아이 인생을 망친 파렴치한이라고 얼마나 욕을 하고 원망했는지 모른다. 눈앞에 있었다면 무슨 짓이든 하고 말았을 것이다. 한 번도 딸이 허튼 행동을 하고 다닐 거라는 생각은 해본 적이 없었다. 밝고, 맑고 정말이지 환한 미소를 달고 사는 아이였다. 지나가는 말이라도 관심있는 남자가 있다는 말은 들은 적도 없는데 그날 하루 그녀가 알고 있는 모든 세상이 한꺼번에 와르르 무너지고 말았다. 한 달에 두 번 내려오던 아이가 두 달이 넘도록 목소리만 들려주고 내려오지를 않았다. 사위와 큰딸이 내려와서 잘 지내고 있으니 걱정하지 말라고, 오는 길에 잠시 보고 왔다고 하는 말을 철석같이 믿고 있었는데.

사위와 딸과 뱃속의 아이가 죽었다. 그리고 태어난 또 하나의 핏덩어리. 세상이 이렇게 잔인할 수 있구나. 세상이 이렇게 무서울 수도 있구나. 그만큼 살면서 그때 처음 알았다.

"왜, 왜 그랬나. 왜…… 그랬어?"

"죄송합니다. 모두 제 탓입니다. 잘못했습니다."

김 여사는 목소리도 내지 못하고 울었다. 가슴이 답답해서 터질 것 같은데, 주먹으로 퍽퍽, 때리기라도 했으면 이 답답증이 조금은 가실 것도 같은데 무능한 손은 주인을 따라 넋이라도 나

갔는지 움직여지질 않았다. 휘리릭 불어온 바람이 턱 끝에 달린
눈물 덩어리를 어딘지로 모르는 곳으로 날려 버리자 금세 또르
르 굴러와 맺혔다.

"어, 어디까지…… 알고…… 있는 건가?"

아이에 대해서 물어보고 싶은데 입이 떨어지질 않았다. 무슨
말이 나올지 겁이 나서 몸이 부들부들 떨렸다.

"죄송합니다. 몰랐…… 습니다. 제가 지켜줘야 했는데 그러질
못했습니다."

이를 앙다물고 버티었지만 울음소리를 막을 수는 없었다. 가
슴을 쥐어뜯으며 소리도 없이 울고 있는 분 앞에서 감히 목소리
를 낼 수는 없는데 꾹 다문 이 사이로 자꾸 억눌린 신음 소리가
새어 나왔다. 참으려고 할수록 힘줄이 툭 튀어 오르고 얼굴은
더욱 시뻘게졌다.

"자네가 야속하네."

"죄송합니다."

저녁 햇살이 꾸역꾸역 산을 넘었다. 금세 주변은 어둑해졌고
바람마저 잔잔해졌다. 김 여사는 흐르는 눈물을 닦지도 않은 채
멍하니 어둠 저편을 바라보았다. 보고 있는 것이 어둠인지 나무
인지 산인지 그저 눈이 아프도록 노려보고만 있었다.

"평생 그 죄 갚는다고 생각하고 살겠습니다."

어찌나 울음을 삼켰는지 목소리가 탁하게 갈라져 나왔다.
그러나 말을 해야 한다고 생각했다. 그 모든 시간을 곁에서 지

켜봤으니 이제 한 덩어리의 무게라도 내려놓으라 말해주고 싶
었다.
 "미라한테는 어떻게 할 생각인가?"
 "말하지…… 않을 겁니다."
 "그래, 기억도 못하는데."
 기억도 못하는데, 기억도 못하는데. 김 여사는 자신이 뱉어놓
고도 마치 울림처럼 들리는 목소리에 소름이 다 돋았다. 얼마나
괴롭고 무서웠으면 기억마저 지웠을까. 안쓰러우면서도 영원히
그 기억을 묻고 살았으면 하는 생각도 없지 않았다.
 "내 죄인 게야. 내가 죄가 많아서……."
 "그런 말씀 하지 마십시오. 모든 건 제 잘못입니다."
 "하늘도 참 무심하지."
 그래, 어찌도 이리 무심할까 혼자된 몸으로 자식 키우면서 오
직 바라는 건 하나뿐, 예쁜 내 자식들 무사히 잘 자라 알콩달콩
사는 모습 보는 게 다였는데. 그마저도 너무 과한 욕심이라고
하는 하늘이 원망스러웠다.
 "훈이 말일세."
 "어머님이 허락하시고 미라 씨가 괜찮다고 한다면 저희 호적
으로 옮길까 합니다."
 "호, 호적이라면……."
 "조카가 아니라 제 자식으로 키우고 싶습니다."
 이래서 핏줄인가. 이래서…… 천륜이라는 건가. 퍼뜩, 그 생

각부터 들었다. 겨우 멈춘 눈물이 다시 볼을 타고 흘러내렸다. 정말이지 펑펑 소리라도 내고 울고 싶었다.

"할머니, 아저씨."

헐레벌떡 달려오는 훈을 보면서 두 사람은 누가 먼저랄 것도 없이 자리에서 벌떡 일어섰다. 작은 몸이 어찌나 숨차하는지 어깨가 표가 날 정도로 들썩거렸다.

"날도 어두운데 왜 그렇게 급하게 뛰어. 그러다 넘어지면 어쩌려고."

김 여사는 얼른 눈물을 훔치고 괜스레 꾸짖는 목소리를 냈다. 그러나 훈은 배시시 웃으며 준우의 손을 잡아끌었다.

"빨리 오셔서 저녁 드시래요."

"벌써 시간이 그렇게 되었어?"

"이모가 할머니는 고추를 심어서 키운 다음에 따가지고 오신대요."

"애 앞에서 한다는 소리가. 쯧."

서둘러 오이 몇 개와 고추를 한 움큼 따서 밭을 내려왔다. 김 여사는 준우가 훈을 번쩍 안아 올려서 목마를 태우고 앞서 걸어가는 모습을 한참 동안 바라보고 서 있었다.

저녁을 먹은 후 김 여사는 운전할 사람은 쉬어야 한다며, 괜찮다고 하는 준우를 사랑방으로 밀어 넣었다. 한 시간 넘게 누워 있긴 했지만 잠은 오지 않았다.

"아저씨."

할머니 몰래 들어왔다면서 옆에 나란히 누운 훈 때문에 더더욱 잠을 잘 수가 없었다. 씻고 왔는지 비누 향과 함께 조잘조잘 이야기를 할 때마다 달콤한 치약 냄새가 났다. 어느 순간 꽤 피곤했는지 이야기가 끊어졌다 이어졌다를 반복했다. 쌕쌕 숨소리가 들릴 때쯤 팔을 괴고 잠든 아이를 바라보았다. 아이와 나란히 누워 있으니 기분이 참 묘했다. 설레기도 하고 든든한 것 같기도 하고 뿌듯하기도…….

"엄마, 꼭 이렇게 야반도주하는 사람처럼 쫓아내야 해요?"

"말하는 것하고는."

"훈이 잠들어서 아침에 일어나면 찾을지도 모르는데."

"찾기는, 친구들도 몇 명 있어서 노느라 정신없는 걸. 훈인 이왕 여기 내려왔으니 한동안 이대로 두던가."

"그건 안 돼요."

"안 되긴 뭐가 안 돼. 나도 손자 덕에 심심하지 않아서 좋기만 한데."

"일하느라 바쁘시면서 무슨."

"그래도 또랑또랑한 목소리 덕에 요즘 내가 살맛이 난다."

결국 박박 우겨서 데리고 간다는 소리는 하지 못하고 미라는 차에 올라탔다. 밤길을 달리는 차는 흔들림도 없이 조용했다.

“고마워요.”

“뭐가?”

“전부 다.”

“음, 별로 고마운 일을 한 것 같지는 않은데 그렇게 생각을 한다면야 진한 키스…… 아니, 좀 더 진지하고 심오한…….”

“지금 운전 중이거든요?”

“그럼 도착하면 오케이?”

그녀가 핸들 위의 손을 아프지 않게 탁 치면서 운전 중임을 한 번 더 강조했다. 평소보다 조금 일찍 일어나서 꽤 긴 하루를 보냈다. 혼자였으면 많이 허둥대었을 텐데 이렇게 든든한 남자가 곁에 있어서 얼마나 다행인지. 그녀는 검은 유리창에 비치는 준우의 모습을 찬찬히 살펴보았다. 혼자서 내려왔다 갔다는 말을 훈에게 듣고 정말이지 깜짝 놀랐다. 아, 내 남자, 내 사랑, 하준우. 절로 얼굴 가득 미소가 그려졌다.

“아까 밭에서 엄마랑 무슨 이야기 했어요?”

“응?”

“훈이 그러는데 할머니랑 아저씨랑 앉아서 이야기하고 있었다고 하던데요?”

“그냥, 이것저것.”

“이것저것 뭐요?”

“음, 우리 결혼 이야기.”

“우리 결혼 이야기?”

목소리는 부드러운데 정면을 응시하고 있는 그의 눈빛은 차가웠다. 전부를 이야기할 수 없다는 게 이렇게 답답한 것인 줄 몰랐다. 사랑했는데, 처음으로 가슴에 담은 단 하나의 여자라고 했는데, 영원히 함께 갈 줄 알았다. 떨어져 있는 두 달이 그녀에게도 자신에게도 돌이킬 수 없는, 너무 커다란 강을 건너게 했다.

"지금 결혼이라고 했어요?"

"응."

"우리 결혼 이야기를 왜 엄마랑 해요? 그리고 내가 언제 결혼한다고 했어요?"

"아니."

"그런데요?"

"그런데 뭐?"

"자꾸 말 빙빙 돌릴 거예요?"

정말 화가 났다는 걸 보여주려는 듯이 미라는 눈빛을 새치름하게 하고 입술까지 삐죽이 내밀었다. 그러나 준우는 그럴수록 자꾸 웃음이 나왔다. 고속도로가 아니라면 당장이라도 저 붉은 입술을 왈칵 삼켜 버리고 말 텐데. 생각만 하는데도 목 안에서 후끈한 열기가 느껴졌다.

"결혼하면 훈이를 우리 호적에 올리고 싶다고 했어."

"……"

"조카가 아니라 훈이한테 진짜 엄마 아빠를 만들어주고 싶다고.”

“주, 준우 씨.”

“물론 성미라 씨가 허락을 해야 하지만.”

준우는 일부러 그녀 쪽으로 시선을 두지 않았다. 왕창 죄를 지어놓고 마치 선행을 일삼는 이중인격자가 된 기분이었다. 훈에 대해서 어떻게 나올지 뻔히 알고 있으면서 거절하지 못하는 카드를 내밀었다. 미안해. 미안하다. 평생 그 죗값 갚으면서 살게. 다시는 그런 힘든 시간 보내지 않게 할게. 다시는.

“그렇게까지 하지 않아도 돼요. 이모와 이모…… 부로 훈의 곁에 있어줘도…….”

“아니, 훈이한테 이모부가 아니라 아빠 소리 듣고 싶어.”

“…….”

“그런데 지금 그 말, 나와 결혼을 한다는 거지?”

“내, 내가 언제요?”

“방금 날 이모부라고 말했잖아. 후후, 빨리 결혼 날짜 잡아야겠다.”

“어머, 누가 이렇게 구렁이 담 넘어가듯 슬쩍 넘어갈 줄 알아요? 칫.”

“나도 그럴 생각은 없어. 이렇게 예쁘고 사랑스러운 여자를 아내로 맞이하는데 구렁이가 될 수는 없지. 기대해.”

“정말 말을 너무 잘한다니까.”

이 남자는 정말 화를 낼 수도 삐친 척할 수도 없게 만든다. 훈

을 이렇게까지 챙겨줄 줄은 몰랐는데 고마움과 미안함에 가슴
이 터질 듯이 부풀어 올랐다.

"나 지금 꼭 하고 싶은 게 있는데."

"급해?"

"네."

"음, 휴게소까지는 조금 더 가야 할 것 같은데 어쩌지?"

"휴게소가 아니어도 상관없어요. 아무 데나 잠깐 세워줘
요."

"그렇게 급하면 진작 말을 하지."

"갑자기 너무 막, 당장."

"알았어. 잠시만."

늦은 밤 고속도로는 간간이 지나가는 차만 있을 뿐 조용했다.
미라는 지시등을 켜는 소리에 숨을 깊게 들이마시고 갓길에 차
가 멈추자마자 안전벨트를 풀고 그에게 달려들었다.

"어. 왜…… 읍."

무작정 입술을 부딪쳐서 꾹 눌렀다. 놀란 그가 어떤 표정으로
자신을 보고 있는지 신경 쓰지도 않았다. 어느 순간 그의 입매
가 부드럽게 늘어지더니 언제나처럼 힘차고 당당한 혀가 그녀
의 안으로 밀고 들어왔다. 기꺼이 맞아들이는 혀를 낚아채서 부
드럽게 감아올리고 쓰다듬고 훑었다. 하루 종일 참고 있다가 한
꺼번에 포식하는 맹수처럼 게걸스럽게 그녀의 입술을 탐했다.
아무리 먹어도 마셔도 그때마다 늘 새로운 감각이 느껴졌다. 급

하다고 하더니 정말 생각도 못했다.

"으응."

그녀의 몸을 더 당겨 안고 입술을 달게 빨아들이자 가랑가랑한 신음 소리가 들렸다. 손이 제멋대로 몸을 더듬고 다녔다. 등으로 엉덩이로 그리고 봉긋한 가슴을 움켜잡자 참을 수 없는 열기가 불끈 치솟았다. 이제 그만 멈춰야 하는데 몸은 제 욕심을 채워대느라 바빴다.

"후우."

입술을 놓아주자 미라는 참았던 호흡을 들이마시느라 헉헉댔다. 준우는 어둠 속에서도 타액으로 번질거리는 그녀의 입술을 손가락으로 기만가만 쓸어주었다.

"잠시 쉬었다 갈까?"

"……."

"가까운 곳에서."

무슨 뜻인지 몰라 눈을 껌벅거리던 미라는 눈동자 가득 이글거리는 불꽃들을 보고는 준우의 손길을 벗어나 얼른 자리로 돌아와서 안전벨트를 매버렸다.

"음, 아쉽군."

"얼른 가요."

"응?"

"미안…… 하다고요."

괜히 도발한 것 같아 그녀는 진심으로 사과를 했다. 품에 안

겨 입술이 닿자마자 불끈 튀어 올라 확실하게 존재감을 느끼게
하는 그의 중심 때문에 순간, 아차 했었다.
　"그래, 빨리 가자. 도착하면 참지 않을 거야."

아홉

"진짜 사무실에 없는 것 맞아요?"

노크도 없이 문이 열리자 놀란 박 비서는 커피를 한 모금 입에 머금다 말고 풋, 하고 뿜어버렸다.

"아, 아가씨."

다섯 번째 전화를 끝으로 연락이 없어서 이제 그만 포기를 했나 보다 했더니 아예 사무실까지 찾아왔나 보다. 다행히 수빈은 티슈로 책상 위를 닦는 동안 함부로 이사실 안으로 들어가거나 하지 않았다.

"한 시간 정도 있다가 나갈 테니까 그전에 아무도 들이지 말고 전화 연결도 하지 마세요.”

　수빈이 세 번째까지 전화를 했을 때는 회의 중이었고 나머지 두 번은 사무실에 있었지만 연락을 할 수 있는 상황이 아니었다. 오늘 하루 종일 바빠서 시간이 없을 거라고 하면 물러날 줄 알았는데 정말 질긴 아가씨네.
　“이제 그만하면 놀란 가슴도 진정이 된 것 같고 책상도 정리가 된 것 같은데, 아닌가요?”
　“죄송합니다.”
　그나마 중요한 서류엔 누런 자국이 남지 않아서 다행이었다. 박 비서는 휴지를 쓰레기통에 버리고 나서 정중하게 허리를 숙여 사과를 했다.
　“박 비서님.”
　“예, 아가씨.”
　“방법 좀 가르쳐 주세요.”
　“…….”
　“하준우란 사람을 매일, 아니, 내가 보고 싶을 때, 아니, 일주일에 한 번이라도 얼굴을 볼 수 있는 방법 말이에요.”
　“그, 그게…….”
　“제가 뉴스는 거의 안 보는 사람인데 누가 그러더라고요. 뉴스에 나오는 잘나신 사람들만큼 얼굴을 볼 수 없는 사람이라면 포기하라고.”

하마터면 '네, 바로 그겁니다!' 라고 말을 할 뻔했다. 그러나 어찌나 심각한 표정을 하고 있는지 그만 목구멍까지 나온 말이 쏙 들어가 버리고 말았다.

"준우 씨만 바라본 게 일이 년이라야 말이죠. 이렇게 얼굴도 보기 힘든데 어른들은 조금만 더 기다리라는 말뿐이고……. 도대체 언제까지 기다려야 내 남자가 되느냐고요."

그러게 그걸 저한테 물으시면 어쩌란 말입니까. 답답하기는 박 비서도 마찬가지였다. 내내 조용하던 서 회장까지 얼마 전에는 친히 전화를 걸어서 도대체 상사 보필을 어떻게 하느냐고 호통을 쳤지만 비서인 자신이 할 수 있는 건 아무것도 없었다. 보통 상사여야 틈을 비집고 들어가던가 하지 말입니다.

"박 비서님 보기에 제가 어때요? 정말 아니에요?"

참 곤란한 질문입니다. 해줄 수 있는 말이 없다 보니 박 비서는 자꾸 사무실 안쪽을 힐끔거렸다. 이쯤에서 나와 이 상황을 해결해 주면 정말 고마울 텐데 말이죠.

"박 비서님."

"그, 그게 말입니다."

탈칵, 그 순간 문이 열리고 넥타이를 풀고 와이셔츠의 소매를 둘둘 말아 올린 준우가 무심한 표정으로 나타났다. 박 비서는 안도하는 눈빛으로 조용히 숨을 내쉬었다. 그러나 찌를 듯한 수빈의 시선과 마주치자 움찔하고 고개를 숙여 버렸다. 아무리 작은 고래 싸움이라도 새우 등은 터진다니까요.

“들어와.”

그 한마디에 수빈의 얼굴이 활짝 펴졌다. 덩달아 박 비서까지 미소를 지으며 차를 준비하겠다며 후다닥 탕비실로 사라졌다.

“정말 만나기 힘든 사람이네요.”

준우는 들어오자마자 소파에 털썩 주저앉는 수빈에겐 눈길도 주지 않고 열심히 서류를 정리했다. 전화 통화에서도 분명히 말했고 이미 부모님들끼리 이야기가 오고 갔을 텐데 사무실까지 찾아오다니 표 내지 않으려고 했지만 서류를 넘기는 손길이 팍팍, 거칠었다.

“얼굴 좀 보면서 이야기하면 안 돼요?”

“1분만.”

나가기 전까지 해결해야 할 일이 있는데 아직 정리가 되지 않아 안 그래도 마음이 조급한 상태였다. 모른 척하려다가 끙끙대는 박 비서의 모습이 눈에 훤히 보이는 것 같아 하는 수 없이 들어오라고 했지만 솔직히 시간 낭비라는 생각을 하지 않을 수 없었다.

“1분 지났는데요.”

시간만 보고 있었는지 막 서류를 덮고 정리를 하는데 수빈의 목소리가 들렸다. 때마침 박 비서가 커피 두 잔을 놓고 나갔다.

“단도직입적으로 물을게요.”

“내 말부터 들어.”

"좋아요."

커피를 한 모금 마신 수빈이 반짝거리는 눈빛으로 바라보고 있자 준우는 미간에 주름을 잘게 잡았다. 왜 이런 시간 낭비를 해야 하는지 짜증이 났기 때문이다. 좋아한다는 고백에 확실히 거절을 했고 그동안의 행동으로도 충분히 의사 표현이 됐을 거라고 생각했는데 뭐가 문제인지 모르겠다.

"어른들이 무슨 이야기를 어떻게 했는지 모르겠지만…… 난 좋아하는, 아니, 사랑하는 여자가 있어. 곧 결혼도 할 거야."

"……."

"왜 이런 설명까지 해야 하는지 모르겠군. 그 사람하고 난, 내가 미국에 가기 전부터 시작한 인연이야."

"하, 하지만……."

"물론 어른들 눈에는 아니었지. 하지만 난 그 사람뿐이야."

돌려서 이야기를 할까도 생각했지만 조금의 여지도 주고 싶지 않았다. 이런 귀찮은 시간이 또 생기는 걸 원하지 않으니까.

"이제 나도 말 좀 해도 돼요?"

준우는 커피 잔을 집어 들면서 고개를 끄덕였다. 분명 설탕이 반 스푼 정도 들어갔을 텐데 한 모금 마신 커피는 오늘따라 이상하게 쓴맛이 강했다.

"물론 준우 씨는 나한테 한 번도 틈을 주지 않았어요. 나 혼자만 방방 뛴 거죠. 이유는 굳이 설명하지 않아도 알 거라 생각해요."

어른들 때문이겠지. 호텔뿐만 아니라 대명에 비할 바는 아니지만 건설 쪽으로도 그 이름을 충분히 알리고 있는, 게다가 달랑 자식이라고는 수빈 혼자이니 더는 말할 필요도 없겠지.

"언제부턴가 회장님은 절 '아가' 라고 불렀어요."

"……."

"그야말로 떡 줄 사람은 생각도 안 하는데 회장님 혼자서 절 잡고 싶어하셨나 보네요."

"난 충분히 내 의사를 전했다고 생각하는데."

"네, 맞아요. 그런데 회장님 말씀을 더 믿고 싶었거든요. 내가 준우 씨를 정말 좋아하긴 했나 봐요."

"시간은 아무것도 해결해 주지 않아."

준우는 다리를 꼬고 앉아 수빈을 정면으로 바라보았다. 상큼한 레몬 향이 느껴지는 것 같은 수빈을 보면서 커다란 고통의 터널을 지나온 미라를 생각하니 가슴이 찡했다. 처음 만났을 때는 이런 모습이었는데 따스한 봄 햇살 같고 청명한 가을 하늘 같은, 사람을 녹아서 스며들게 만드는 아련한 그 온도, 그러나 사랑을 나눌 때는 불처럼 뜨겁고 열정적인 여자. 문득 모든 걸 품어줄 것 같은 그녀의 품이 그리웠다.

"무슨…… 말이에요?"

"그렇다고 그냥 흘러가지도 않지. 내가 미국에 있던 4년 동안 우린 한 번도 만난 적이 없었어. 회장님을 만나러 와서도 우연을 가장한 만남조차도 없었지. 물론 만났다고 해도 변한 건 아무엇도 없었을 거야. 내가 살았던 시간과 수빈이가 살았던 시간은 합일점이 없으니까."

"미국에 가서도 내가 준우 씨를 만나지 않았던 건 회장님이 아직은 때가 아니라고 해서였어요. 나 또한 해야 할 일이 있었고 회장님을 믿었기에……."

"결혼을 할 사람은 나야. 다시 말하지만 난 수빈을 단 한 번도 여자로 생각한 적 없어. 그러니까 앞으로는 이런 만남 다시는 없었으면 해."

입술 끝이 바들바들 떨리는 걸 준우는 모른 체했다. 처음엔 모르는 번호라 받지 않았고 수빈인지 알고부터는 귀찮아서 받지 않았다. 그럴 시간도 없었지만 허튼 데 시간을 낭비할 여유도 없었으니까.

"그만 일어나지."

"정말, 난 아닌가요?"

"똑같은 대답을 듣길 원한다면 몇 번이고 해줄 수는 있어. 하지만 이번뿐이야."

"시간이 지나면 변할지도 모르잖아요. 사람은 누구나 변해요. 그때까지 내가 기다린다면요?"

"내 생명을 걸고 장담하자면 절대 그런 일은 없을 거야."

준우는 주먹을 꽉 쥔 채 노려보는 수빈을 무심한 표정으로 바라보았다. 생명보다 더한 걸 걸라고 해도 기꺼이 그렇게 했을 것이다. 시간이 흐르고 흘러 또 다른 시간이 이 세상을 채운다고 해도 절대 변하지 않을 테니까.

"아직은 회장님을 믿고 싶은데 어쩌죠?"

아랫입술을 꾹 깨문 수빈을 보면서 준우는 자리에서 벌떡 일어섰다. 시간을 너무 많이 지체했다. 충분히 설명했고 더는 이런 의미없는 데 시간을 낭비하고 싶지 않았다. 그는 문을 열어주면서 그녀가 잡고 싶어하는 끈을 마지막 한마디로 싹둑 잘라버렸다.

"내겐 그 사람뿐이야."

"찾으셨습니까?"

하 사장은 올라오라고 한 지 두 시간 만에 얼굴을 들이미는 준우를 마뜩찮은 표정으로 바라보았다. 어렸을 때도 허튼소리 한 번 안 하고 제 할 일을 똑 부러지게 해내는 큰놈보다는 조금은 틈이 보이는 둘째한테 시선이 더 갔었다. 챙겨주어야 할 것이 없다는 것은 아비로서 해야 할 일이 없는 것과 같다고 생각했으니까. 가끔 학교에서 문제를 일으켜 찾아가는 것도 둘째 때문이었고 필요한 게 있다고 이것저것 사달라고 조르는 것도 둘째였다. 그래서 자로 잰 듯 한 치의 오차도 허용하지 않을 것 같은 큰놈이 회사가 아닌 학교에 남겠다고 했을 때 그다지 신경 쓰지 않았다. 오히려 사업은 인간 냄새나는 둘째가 더 잘할 거라고 믿었으니까. 결국 기대했던 둘째는 생각지도 않게 유치원을 한다고 등을 돌렸고 서 회장이 원하는 대로 준우는 회사로 돌아왔다.

"앉아라."

그가 자리에 앉자 하 사장은 시원한 냉수 두 잔을 가져다 달라고 했다. 사무실은 에어컨이 틀어져 있어서 시원함을 넘어 약간 서늘함이 느껴질 정도인데 하 사장은 목이 타는지 넥타이를 느슨하게 잡아 풀었다.

"찾을 때마다 사무실에 없던데 무슨 생각인 거냐?"

"이미 보고를 받았을 텐데 새삼스럽게 왜 그러십니까?"

"그러니까 묻는 기 이니야. 도대체 무슨 생각으로……."

"설명할 필요성을 못 느끼긴 하지만 굳이 물으신다면 말씀드리죠. 빠른 시일 안에 결혼할 겁니다."

"결혼하면, 뭐가 달라진다더냐?"

"달라지길 바라는 것 없습니다. 그냥 제가 원하는 걸 할 생각입니다."

"음."

하 사장은 묵직한 신음 소리와 함께 소파 뒤로 몸을 기댔다. 저 고집불통 철통같은 옹벽을 어떻게 해야 한단 말인가. 이럴 때 보면 꼭 제 어미를 닮았다. 남편이 다른 여자를 가슴에 품고 있다는 것을, 결혼을 한 이유가 사람이 아닌 배경 때문이라는 것을 알고 있으면서도 결혼 생활 내내 변함이 없었다. 그게 더

숨을 막히게 했다. 온화한 미소, 잠든 척하고 있을 때면 다가와 안쓰럽다는 듯이 등을 쓸어주던 손길, 있는 듯 없는 듯 늘 그림자 같은 존재로 곁을 지켰는데 이상하게 마음이 열리지 않았다. 한 번이라도 흐트러진 모습을 보였다면, 매달리며 원망하는 말이라도 했더라면, 혹시 몰랐을 것이다. 아프고 병들어서 핼쑥한 얼굴을 하고서도 한결같은 그 미소라니. 그래서 마지막 가는 그 순간까지도 따뜻한 말 한마디 해주지 못했다.

"그 아이 내가 한 번 만나봤으면 좋겠는데."

"그럴 필요 없습니다."

"너 모르게 만나면 어쩔 테냐?"

표정은 언제나처럼 고요했다. 그러나 하 사장은 고요함 뒤에 흐르고 있는 그 분노와 냉기를, 살짝 찌르기만 해도 불같이 터지고 말 그 무시무시한 뇌관을 품고 있는 녀석이라는 것을 알고 있었다. 함부로 꺼내 들지는 않겠지만 언제 어디서 누구를 향해 터뜨릴지 모르니 아비인 자신조차도 불안할 때가 있었다. 그래서 더 무서운 놈이지.

서 회장 또한 그걸 알고 있기에 시간이 걸려도 빙빙 돌아서 원하는 걸 손에 넣었을 것이다.

"제가 지금 어떤 심정으로 어떤 생각을 하고 있는지 짐작이라도 하신디면 그냥, 계십시오."

"상대의 생각을 모르는 건 피차 마찬가지겠지. 아침 일찍 미국에서 연락이 왔었다."

"……."

"몸이 안 좋아지셨다고 하더구나."

"그 말씀을 제게 하는 이유가 뭡니까?"

"알아야 하지 않겠니? 할아버지인데."

"제 인생을 흔든 걸로 끝났다면, 그게 전부였다면 혹시 모르지요. 하지만 아니었고 그것 때문에 저보다 더 아픈 사람이 있습니다. 제가 보낸 시간은 그녀에 비하면 새 발의 피도 되지 못합니다. 어젠 누구도 용서하지 않을 겁니다."

"그럼 지난 일은 덮겠다는 소리냐?"

준우는 숨을 꾹 참고 하 사장을 바라보았다. 분노가 끓어 넘쳐서 당장이라도 심장을 뚫고 나가려고 아우성을 치는네 아직은, 지금은 자신의 분노 따위가 문제가 아니었다. 오직 미라, 그녀를 위한 최선의 방법만 생각할 것이다. 그다음에 이 미칠 것 같은 분노를 터뜨려도 늦지 않을 테니.

"이제 아흔을 바라보고 계시는 분이다. 분노도 이해도…… 용서도 그 대상이 있어야 가능한 거지."

"무슨 말씀을 하고 싶으신 겁니까?"

"널 위해서 하는 말이다. 화를 낸다고 해서 지난 시간이 돌아오는 것도 아니고 묻을 수 있는 건 묻고…… 굳이 꺼내 들춰서 지금 이 시간들까지 힘들게 할 필요는 없다는 게 내 생각이다. 그래야 네가 얻는 게 있지 않겠니?"

"제가 원하는 건 하나뿐입니다."

"함부로 경거망동하지 마라."

"제 화가 할아버지한테만 닿을 거라고 생각하십니까? 두 분 모두 제겐 똑같습니다. 아신다면 제발 절 그냥 놔두십시오."

"기다리고 있으마."

"……."

"네 화를 다 쏟아낼 때까지."

긴 시간이 마치 압축이라도 된 듯 너무 빨리 흘러가는 게 아닌가 싶었다. 그래서 낯설기까지 했다. 귀한 남의 열매를 주인 허락도 없이 흔들어서 따먹는 사람과 땅에 떨어진 걸 몰래 훔쳐가는 사람 중에 누구의 죄가 더 클까.

문득 사랑의 크기로 다른 사람의 상처를 얼마만큼이나 감싸줄 수 있을지 궁금했다. 온전히 다 덮을 수 없을 것이다. 닿지 못하는 틈이 있겠지. 아무리 작은 틈이라도 그로 인해 힘들어하고 아파한다면 그 모습을 지켜보지 못할 게 뻔했다.

"자식을 키워보니 그렇더구나. 사실 나 또한 좋은 부모는 되지 못했지만 늘 마음은 다른 부모들과 다르지 않았지. 더 좋은 것, 더 귀한 걸 주고 싶었다. 다만, 난 하지 않았고 그걸 회장님이 대신…… 해주신 것뿐이지."

"그 기준을 누가 정하는 겁니까?"

"회장님은 널 최고의 자리에 앉히고 싶어하셨다. 처음부터 경우는 아니라고 하셨지. 넌 모르겠지만 항상 네 주위엔 회장님 시선이 닿아 있었다. 그런 네가 학교에 남는다고 한 것도 기가 막힌데 보잘것없는 배경의 여자와 사랑놀이를 한다니 막아야겠다고 생각하셨을 게다. 물론 이건 회장님 기준일 테지만. 나 또한 그때는 회장님이 옳다고 생각했다."

"제겐 그때도 지금도 그 여자가 전부입니다."

"지나가는 바람일 수도 있다는 걸 왜 몰라. 나를 봐라. 결혼했으면서도 돌아가려고 했었지만 결국 이 자리에 머물고 말았잖니. 그러니까 너도……."

"다시 한 번 분명히 말씀드리지만 전…… 다릅니다."

하 사장은 느리게 고개를 끄덕였다. 그래, 이 녀석은 분명 다를 것이다. 어쩔 수 없이 주저앉아 포기하는 걸 모르는 녀석이지. 하 사장은 처음으로 아들이 남자로서 부럽다는 생각을 했다. 아들은 분노를 억누를 줄도, 무섭게 터뜨릴 때가 인제인지도 정확히 알고 있었다. 그러나 너무 곧으면 부러지는 법이다.

"이번엔 좀 심각한 것 같은데 병원에 연락이라도 한 번 해보는 게……."

"아니요."

그는 단칼에 잘랐다. 화를 낼 줄 모르고 분노를 터뜨릴 줄 몰라서 가만히 있는 것이 아니다. 그러니 지금은 자신을 건드리지 말아달라고 말하려다 그만두었다. 한편으론 제발 건드려 보세요. 내가 어떻게 반응하나. 하는 생각도 없지 않았지만 지금은 해야 할 일들이 너무 많았다.

"네가 가진 걸 모두 잃을 수도 있어. 그러니까 현명하게 행동해.”

“아무도 제 것은 못 건드리게 할 겁니다. 그리고 내 것이 아닌
건 이제 다 버릴 생각입니다.”

“무슨 소리냐?”

“말씀드린 그대로입니다. 그럼 그만 나가보겠습니다.”

사무실로 돌아와서 그는 분주하게 움직였다. 맡은 일은 일단
완벽하게 처리를 해놓고 마무리가 되는 대로 움직일 생각이었
다.

✻

“잘 해결하고 왔습니다.”

점심시간이 한참 지나서야 사무실로 돌아온 박 비서는 두툼
한 서류 봉투를 두 개나 들고 있었다.

“수고하셨습니다. 충주 일은 어떻게 되었습니까?”

“마침 적당한 장소가 두 군데 정도 나왔는데 내일 아침 제가
직접 내려가서 둘러볼 생각입니다. 요구 조건도 나쁘지 않고 말
씀하신 그 집하고 멀지도 않다고 하니 일단 다녀와서 말씀드리
겠습니다.”

“집은 언제까지 비워주기로 했습니까?”

“좀 급하다고 해서 한 달 후로 했는데 괜찮으십니까?”

“원하는 대로 다 해주세요. 잠깐 머물 곳은 충분하니까.”

박 비서는 서류를 보다가 잠깐씩 눈만 마주치던 준우가 뭔가 골똘히 생각하는 시선으로 바라보자 눈을 껌벅거렸다. 도대체 요즘 무슨 생각을 하는지 도통 짐작도 할 수 없었다. 앞만 보고 달릴 줄만 알던 사람이 변하긴 변했는데 일일이 설명을 하는 친절한 성격도 아니니 답답했다.

"그리고 따로 지시한 그 일은 어떻게 되었습니까?"

"퇴근 전에 마무리하겠습니다."

"자잘한 것은 필요없습니다. 그리고 남들이 다 아는 것도 안 됩니다. 자금 출처와 세금, 주식에 관한 모든 것, 그리고 무엇보다 대신과 명성을 인수할 때 돈 거래가 따로 있었는지도 확실하게 알아봐 주세요."

"네, 알겠습니다. 그런데……."

도무지 궁금해서 묻지 않을 수 없었다. 만약 그동안 곁에서 지켜보지 않았다면 위험한 생각을 하고 있는 거라고 오해를 했을 것이다. 그러나 그럴 이유가 없지 않은가. 대명의 전부를 거머쥘 사람인데. 혹여 하 사장이라면 모를까.

"궁금한 게 많다는 것 알고 있습니다."

어디 많다 뿐인가요? 차곡차곡 쌓아 올리면 10층 석탑은 되고도 남을 정도인데.

"당분간은 지금 제가 하는 모든 일은 비밀로 해주셨으면 좋겠습니다."

"……."

설마 이게 다인가 싶어 박 비서는 눈을 껌벅거리며 어정쩡한 자세로 서 있었다. 아예 말을 꺼내지나 말지, 뭔가 해줄 듯하더니 입을 꾹 닫고는 그대로 다시 서류를 펼쳐 보는 것이 아닌가.

"충주는 회사 일 정리하는 대로 움직일 거니까 서둘러 주세요."

"그럼 정말 충주로 내려가실 겁니까?"

"외국으로 나갈 수 없으니 이왕이면 가까이 있는 것이 좋겠지요."

가까이라, 충주에 누가 있다고 가까이란 말인가. 요 며칠 출근도 하지 않더니 갑자기 전화를 걸어와서 집을 처분해 달라는, 그것도 최대한 빨리 부탁한다는 말에 처음엔 잘못 들었나 싶었다. 현금도 꽤 있고 하준우란 이름으로 보유하고 있는 주식과 한 달에 따박따박 월세 들어오는 건물이 세 개나 있는데 왜 굳이 집을 팔려는 건지 이해가 되지 않아서 몇 번이나 되물었었다.

"이사님, 지금 살고 계시는 집을 팔겠다는 것 맞습니까?"

게다가 집을 하나 봐둔 게 있다면서 사야겠단다. 갑자기 복부인이 되셨나. 하지만 투자 목적이라면 굳이 충주까지 내려가지 않아도 될 텐데 도무지 무슨 일인지 알 수 없었다. 집은 위치도 좋고 인테리어를 한 지 얼마되지 않아서인지 내놓은 지 하루 만에 계약이 되었다. 가격을 조금 내려서라도 서둘러서 팔아달라고 했지만 살짝 튕겼더니 요구한 금액에서 조금 더 받고 계약을 했다. 집주인이 운이 좋은 건지, 일을 하는 자신이 능력이 좋은 건지. 박 비서는 단연코 후자라고 생각하며 고개를 끄덕거렸다.

퇴근하고 미라는 정신없는 시간을 보냈다. 저녁을 함께 먹고 싶은데 늦게 끝날 거라고 하기에 그녀가 먼저 집에서 먹자고 했다. 준우는 집에서 먹는 거라면 찌개 하나만 있어도 환영이라며 좋아했다. 그런데 어디 그런가 말이다.

한 시간 후, 준비를 마치고 나니 흐뭇할 정도로 식탁이 푸짐했다. 그래 봐야 그녀가 직접 사서 준비한 것은 닭볶음탕뿐이었다. 시골에서 된장찌개를 맛있게 먹기에 김 여사표 된장으로 찌개를 끓였고 다른 것 또한 지난번에 바라바리 싸가지고 온 것들이었다. 냉동실에 넣어두었던 갈비찜은 녹여서 데웠고 멸치와 콩자반은 그릇에 조금씩 덜어서 담아놓고 송이버섯과 호박은 살짝 볶아 새우젓으로 간만 했다. 고추 찍어먹는 걸 좋아하는 것 같아 오이와 함께 한 접시 올려놓고 과일 샐러드까지 완벽하게 준비해 놓고 나니 벌써 9시가 넘어 있었다. 이 모든 걸 한 시간 동안 했다니. 대단하다, 성미라.

딩동. 초인종 소리가 들린 건 샤워를 하고 옅게 화장까지 마친 뒤였다. 미라는 문을 열기 전 거울 속에 비친 모습을 살펴보았다. 은은하게 푸른빛이 감도는 소매 없는 원피스는 허리를 강조하지 않는 평범한 디자인인데도 꽤 늘씬하게 보이게 했다.

"너무 짧은가."

무릎에서 조금 많이 올라간 것 같아 신경이 쓰이긴 했지만 갈 아입기에는 너무 늦었다. 머리는 자연스럽게 핀으로 고정시켰더니 하얀 목이 더 강조되어 보였다.

"왔어요?"

문을 열어주자 사람은 보이지 않고 커다란 꽃다발이 쓰윽 안으로 들어왔다. 꽃 종류가 몇 가지인지 셀 수 없을 정도로 다양해서 향기로 정신이 없을 정도였다. 그녀가 받아 들자 한 손에 작은 케이크를 든 준우가 씨익 웃으며 나타났다.

"너무 늦었지?"

"난 상관없는데 배고프지 않아요?"

"솔직히 말하면 아주 많이 고파."

"얼른 손만 씻고 와요. 밥만 푸면 되니까."

한 손으로 들고 있기엔 너무 무거운 꽃다발을 테이블 위에 내려놓으며 뒤돌아서는 순간 몸이 홱 당겨졌다.

"음, 냄새 좋다."

"무슨 꽃을 이렇게나 많이 샀어요. 꽃향기가 정말 장난 아니네."

"아니. 꽃향기가 아니라 당신한테서 나는 향기가 좋아."

그가 어깨 위에 코를 박고 숨을 깊게 들이마시자 그녀도 두 팔을 허리에 두르며 토닥토닥 등을 두드려 주었다.

"하루 종일 이 순간을 얼마나 기다렸는지 몰라."

"아침에 헤어졌으면서 무슨."

"아침이 아니라 점심때 헤어졌어도 마찬가지였을 거야. 사랑하는 마음이 너무 커서 이러다 나 폐인되는 것 아닌지 몰라."

"훗, 점점 왜 이렇게 느끼해지는지 모르겠어."

달콤하고 심장이 간질거리는 말은 못할 것 같은데 틈만 나면 사랑한다는 고백을 문자로, 전화로, 만나자마자, 만나서 기회만 있으면 들려주는 이 남자. 이젠 말을 하지 않아도 가만히 서로 등을 맞대고 있기만 해도 저절로 이 커다란 마음이 느껴진다. 그래서 행복하다. 미라는 두 손을 그의 등 뒤로 둘러 안고 꼭 껴안았다.

"나 폐인돼도 버리지 않을 거지?"

"버리긴요. 방에 가둬두고 청소시키고 빨래시키고 해야지."

"그것마저 못하게 되면 어쩌지?"

"음, 그래도 옛정을 생각해서 버리지는 않을게요. 시골 엄마네 집에 가서 밭에 풀 뽑는 거라도 시키던가, 우리 똘이 운동시키는 일을 하게 하던가."

"설마 나 혼자 보내지는 않겠지?"

"엄마가 감당 못할 테니까 함께 내려가야겠죠?"

그녀가 생글생글 웃으며 톡톡 농담을 받아치자 준우는 하얀 목 위에 붉은 입술 자국을 짙게 만들어놓았다. 어깨를 움츠려서 도망가려고 하는 걸 단단히 부여잡고 반대편 목도 입술을 대고 쭈욱 빨았다.

"아흑, 아프단 말이에요."

"당신 목에 있는 입술 자국을 보면 기분이 묘해."

"못됐어."

"온몸에 입술 자국을 찍어놓으면 어떤 기분이 들까?"

"해볼래요?"

"정말?"

"대신 난 진통제를 엄청 먹어야겠지만 내 아픔보다는 당신의 그 묘한 기분을 위해서 어떡하든 이를 악물고 참아볼게요."

이런, 결국 준우는 뒤로 한 걸음 물러나서 졌다고 두 손을 번쩍 들어 올렸다. 그 틈을 타서 미라는 얼른 씻고 오라며 등을 떠밀고 주방으로 들어가 버렸다.

준우는 찬물로 얼굴을 씻어내고 한참 동안 거울을 들여다보았다. 턱 끝에 뚝뚝 떨어지는 물방울을 손바닥으로 쭈욱 쓸어내리고 이리저리 살펴보니 요 며칠 잠을 제대로 못 자서인지 꽤 날카롭게 보였다.

'분노도 이해도 용서도 그 대상이 있어야 가능한 거지.'

그래서 더 화가 난다. 마음껏 터뜨릴 수도 없고 가슴에 뭉쳐둘 수밖에 없으니. 한순간 이대로 심장을 폭발해 버릴까 하는 생각도 했었다. 그러나 빌어먹을 이성은 너무도 단단했다. 부숴야 할 상대가 할아버지와 아버지라니. 왜 그러셨습니까. 도대체 왜.

물을 한 움큼 움켜쥔 손이 부들부들 떨렸다.

"젠장."

꾹꾹 누르고 있지만 언제 이 허술한 벽을 뚫고 분노가 터져 나올지 장담할 수 없었다. 질척대고 헤맨 그 시간 따윈 아무 상관 없다. 오직 내 여자, 미라. 그녀만 생각할 것이다.

문득 시선이 나란히 꽂힌 칫솔 두 개에 머물렀다. 곰돌이 푸우 한 마리가 대롱대롱 매달려 있는 걸 꺼내 들고 이리저리 살피다 피식, 웃음이 새어 나왔다. 그 작은 손으로 양치질하는 모습을 직접 보면 어떤 기분일까. 칫솔에선 달콤한 딸기 향이 났다. 칫솔 두 개와 치약 두 개. 이제 칫솔 하나가 더 있어야겠지.

"와, 이게 다 뭐야?"

준우는 푸짐한 식탁을 보고 감탄을 했다. 일이 늦게 끝날 것 같다고 했더니 집에서 저녁을 먹자고 하기에 흔쾌히 좋다고 했지만 이렇게까지 준비를 해놓을지는 몰랐다.

"정말 이걸 집에서 모두 준비한 거야?"

"너무 많은 걸 알려고 하지 말아요."

감탄을 하면서 다시 한 번 혼자서 준비했느냐는 말에 미라는 협박성이 강한 말투로 일축했다.

'다친다니까요.'

"충주? 충주는 왜요?"

굳이 설거지를 하겠다고 해서 준우에게 앞치마를 둘러주고 미라는 케이크와 커피를 준비했다. 그런데 설거지를 마치고 식탁에 마주 앉은 준우가 뜬금없이 충주 이야기를 꺼내는 것이 아닌가.

"그곳에서 일을 하게 되었어. 그래서 말인데 함께 가면 안 될까?"

"회사는 어떻게 하고 또 훈은 어떻게 하고 함께 가요. 다녀와요."

"몇 년이 걸릴지도 모르는데?"

"그래요? 그래도 난……."

"어머님 계신 곳하고 가까우니까 훈한테도 좋을 것 같은데."

"……."

"난 함께 내려가 주었으면 좋겠어."

미라는 갑자기 심각한 표정을 지으며 생크림 케이크 한 조각을 입에 넣고 오물거렸다. 회사 때문에 그렇게 멀리 떨어져 있어야 한다면 꼭 고집을 부릴 정도는 아니었다. 차라리 번역 일을 더 하고 훈과 많은 시간을 보낼 수 있다면 그것도 나쁘지 않겠다 싶었다.

"그게…… 음, 내가 사실 돈을 많이 벌지는 못하거든요. 번역 일이야 그곳에서도 할 수 있지만 회사는……."

"꼭 일을 하고 싶어?"

"……."

　"낯선 곳이니까 한동안 우리 훈이 적응하게 도와주어야 할 거고 당신도 그동안 늘 바쁜 시간을 보냈으니까 이 기회에 조금 쉬면 어떨까 하는데. 그러다 정 일이 하고 싶으면 그때 해도 되고."

　다시 케이크 한 조각을 포크로 콕 찍은 미라는 순간 멈칫했다. 우리 훈이, 우리 훈이란다. 순간, 눈가에 열기가 몰렸는지 뜨끈해졌다. 어떻게 이 남자는 모든 것이 이렇게 자연스러울까. 다가올 때도 사랑을 나눌 때도 받아들인 감정을 평평하게 펼쳐 놓을 때도, 불같이 끓어오르게 할 때도 늘 그래 왔던 것처럼 어색함이 전혀 없다.

　"언제 내려가는데요?"

　"한 달 안에."

　"그렇게 빨리요?"

　"내려가기 전에 결혼식을 올려도 좋고 그건 원하는 대로 해. 난 함께 내려가 주는 걸로도 충분하니까."

　"준비할 것도 많은데 어떻게 그렇게 빨리……."

　"집은 그냥 들어가서 살기만 하면 돼. 아무것도 필요없어."

　"그래도……."

　"모든 준비는 내가 알아서 해. 그러니까 그런 걱정은 하지 마. 어머님께는 내가 따로 연락을 드릴게."

　혹시나 함께 내려가지 않는다고 할까 봐 내심 걱정했는데 그나마 다행이었다. 모든 걸 정리해서 함께 내려갈 생각을 하니 벌써부터 심장이 두근거렸다. 이제부터 정말 함께 시작하는 거야. 당신과 나, 성미라와 하준우. 우리 두 사람. 그리고 귀염둥이 훈.

"그런데 준우 씨 식구들은…… 나를 마음에 들어할까요?"

은근한 눈빛으로 그녀를 바라보고 있던 준우의 시선이 일순 딱딱하게 굳었다. 시골에서 올라오면서 김 여사에게 말했듯이 할아버지는 미국에 계시고 아버지와 경우에 대해서도 간단하게 이야기를 했었다. 경우는 훈이 유치원 원장이라는 말에 꽤 인상이 좋았는지 손뼉까지 치면서 반가워했다.

"아버님이 엄청 든든하시겠어요. 이런 멋진 아들이 둘이나 있으니."

그는 되도록 아버지에 대한 이야기는 하지 않았다. 다만, 경우한테까지 '멋진' 이라는 말을 붙일 필요는 없다고 말해서 질투가 도를 넘었다며 어깨를 한 대 얻어맞았다.

"미리 말해둘 게 있어. 우리 집은…… 음, 서로 부딪힐 일이 거의 없어. 연세가 있으시니 할아버지는 우리가 미국으로 가지 않는 이상 만날 일은 없을 테고, 아버지 또한 그다지 식구들에게 연연하시는 분도 아니고, 경우는…… 그 녀석은 가끔, 아주 가끔 만나게 될지 모르겠다."

"그래도 식구인데 어떻게 그래요."

"당신은 그냥 나와 우리 훈이만 신경 쓰면 돼."

그는 딱 잘라서 선을 그었다. 할 수만 있다면 그녀를 드러내 놓고 싶지 않았다. 사람을 붙였다는 걸 알고 난 후엔 늘 주변을 신경 썼는데 딱히 눈에 띄는 사람은 없었다. 도대체 무엇을 놓치고 있는 것일까.

"생크림 케이크 먹어볼래요?"

그녀가 포크에 콕 찍은 케이크를 그에게 내밀며 물었다. 케이크 위에 불안하게 올려 있는 동그란 체리가 유난히 붉어 보였다.

"더 달콤한 게 먹고 싶어."

"달콤한 것 뭐요'?"

"먹어도, 먹어도 질리지 않는 것."

"그러니까 그게 뭐냐고요."

"당신."

"어멋."

날름 케이크 조각을 입에 넣은 준우는 잽싸게 그녀의 가는 허리를 낚아채 무릎 위에 앉혔다. 놀라서 비명을 지르며 얄밉다고 흘겨보면서도 그녀는 싫지 않은지 배시시 웃었다. 그 입술을 왈칵 삼켜서 체리를 혀로 밀어 넣고 톡 터뜨리자 부드러운 생크림과 달콤한 체리 향이 입속으로 가득 번졌다. 혀의 움직임은 느리면서도 깊었고 반쯤 잘려진 체리는 이리저리 굴러다녔다. 잠시 후 체리도 생크림도 사라졌지만 입안은 여전히 그 향과 맛이 느껴졌다.

"하아."

그는 숨찬 호흡을 뱉어내는 붉은 입술을 혀로 길게 핥아주고 짧게 입맞춤을 했다.

"사실은 오는 내내, 들어와서 얼굴을 보는 순간, 식사를 하면서도 이렇게 하고 싶었어."

봉긋한 가슴 사이에 얼굴을 묻고 있어서 중얼거리는 소리는 제대로 들리지도 않았다. 미라는 짧은 머리카락과 남자답게 생긴 두툼한 목을 부드럽게 어루만지며 빙그레 웃었다.

"사랑해요."

굴곡진 가슴 사이로 그가 내쉬는 뜨거운 호흡이 느껴졌다. 미라는 나직한 목소리로 먼저 사랑한다고 속삭였다. 가슴에 커다란 웅덩이가 생긴 것 같다. 아니, 어쩌면 느끼지는 못했지만 그가 나타나기 전부터 있었던 건지도 모르겠다. 찰랑찰랑 넘치는 건 사랑이겠지. 그 사랑의 존재를 느끼고 나니 두려운 것도 무서운 것도 이젠 없었다.

"으음."

드러난 뽀얀 허벅지 사이로 그의 손이 연신 오르내리자 나른한 신음 소리가 새어 나왔다. 닿을 듯 닿을 듯 수풀 사이를 맴돌던 손가락이 쭉 선을 그으며 통통한 엉덩이 사이의 굴곡 속으로 숨어들었다. 미라는 두어 개 풀어져 있는 와이셔츠 단추를 몇 개 더 풀어내고 단단한 그의 가슴을 콱 움켜잡았다.

“하나만 약속해 줘.”

“말…… 해요.”

뜨거운 숨결을 뱉어내면서 겨우 대답을 한 그녀는 수풀을 가리고 있는 얇은 천 조각이 옆으로 홱 끌어당겨지자 살짝 엉덩이를 들었다. 깊은 키스도 가슴을 자극하는 애무도 없었지만 두 사람은 뜨겁게 달아올랐다.

“으읏.”

불뚝 솟은 불기둥이 찌르듯이 그녀의 안으로 밀고 들어왔다. 하아, 쏟아내는 호흡이 서로의 입술에 닿아 그 붉은빛을 더 짙어지게 했다. 바라보는 시선들이 파르르 떨렸다.

“한 번만, 딱 한 번만 날…… 용서해 줘.”

“무, 무슨 소리…… 으으읏.”

그가 허리를 높게 팅기자 미라는 그 짜릿함을 참지 못하고 고개를 뒤로 홱 꺾었다. 뽀얀 목선이 팽팽하게 당겨졌다. 혀가 춤을 추듯 긴 목을 핥아 내려오다가 봉긋한 가슴을 콱 깨물었다.

“윽.”

잘근잘근 씹다가 정점을 쭈욱 빨아들일 때마다 그 짜릿함으로 엉덩이가 저절로 들썩거렸다. 마주 보고 앉아서 서로를 품고 있는 그 순간이 전혀 어색하거나 부끄럽지 않았다. 미라는 그가 이끄는 대로 엉덩이를 들었다 내려놓으며 온몸으로 퍼지는 아찔한 쾌감에 어찌할 줄 몰라 하며 헉헉거렸다.

“아, 준우 씨.”

"내가 죽도록 미울 때, 도저히 용서가…… 되지 않을 때 딱, 한 번만 날 돌아봐 줘."

"……."

우들우들 튀어 오른 푸른 힘줄이 점점 더 도드라졌다. 준우는 시뻘게진 눈으로 그녀를 바라보았다. 열기 가득한 눈동자를 꽉 채운 자신의 모습이 그녀의 심장에도 깊숙이 새겨졌으면, 온몸으로 온 마음으로 자신을 바라봐 주었으면, 그래서 어느 날 갑자기 그날이 온다고 해도 제발 밀어내지 않았으면. 이렇게 간절히 사랑한 마음을 기억해 주었으면.

"부탁이야. 한 번만 용서해 줘."

"이야."

믿을 수 없다는 감탄사가 벌써 몇 번째인지 셀 수도 없었다. 경우는 술잔을 채우면서도 한 번 돌아보고 잔을 비우면서도 이야, 하고 감탄사를 연발했다.

"어쩐지 뭔가 있어 보이더라니."

"그랬어?"

"살면서 형이 그렇게 관심을 보인 사람은 처음 봤다니까. 눈빛이 반짝반짝, 그러니까 훈이 녀석이 아니라 그 이모가 주인공이었군."

준우는 받아놓은 잔을 비우지는 않고 빙글빙글 돌리기만 하고 있었다. 내려가기 전에 한 번은 만나야지 하고 있었는데 도통 시간이 나지 않았다. 그런데 갑자기 경우가 연락도 없이 사무실로 찾아온 것이다.

"가만, 그럼 뭐야. 설마 내 결혼식을 뒤로 미뤄야 하는 거야?"

"결혼 안 한다면서?"

"하라며!"

"그래서 하려고?"

"내가 원래 말은 잘 듣잖아."

결혼식을 조용히 하고 싶다고 한 건 미라였다. 서로 사랑을 확신하고 있는데 굳이 요란하게 하기 싫다며 몇몇 지인들만 모시고 식사를 하자고 해서 하고 싶은 대로 하라고 했다. 다행히 김 여사도 그녀의 생각에 고개를 끄덕여 주었다.

"갑자기 결혼을 하자고 했더니 승희가 한 번 튕기더라고. 그런 걸 겨우 설득을 했는데 아, 진짜 되는 일이 왜 이렇게 없는지 모르겠네."

"어차피 할 건데 지금 하나 조금 더 있다가 하나 무슨 상관이야?"

"왜 상관이 없어. 난 꼭 32살 넘어서 결혼을 해야 한다고 했단 말이야."

"누가?"

"그러니까 그게 운세를…… 그런 눈으로 보지 마. 딱 한 번 본 거니까."

준우는 고개를 절레절레 흔들었다. 박박 우기면서 결혼을 하지 않겠다고 하더니 이유가 참, 다른 사람도 아니고 평소 운세나 점이라는 말만 나오면 비과학적이니 뭐니 하면서 일장 연설을 하더니. 쯧.

"그런데 정말 이해가 안 되는 건 승희랑 나랑 태어날 때부터 붉은 실로 이어져 있다나 뭐라나 하면서 천생연분이라는 거야."

"제대로 볼 줄 아는 사람인가 보네."

"중요한 건 우리 둘이 결혼을 해야 할 나이가 다르다는 거지. 승희는 올해 하라는데 난 2년 뒤에 하라니. 도대체 어쩌라는 건지."

경우가 구시렁거리며 술잔을 비웠다. 그러게, 고민되긴 하겠다. 준우는 쿡쿡 웃음이 나오려는 걸 겨우 참았다.

"그래서 내일 형이 직접 충주에 내려가 본다고?"

"응, 그동안 박 비서님한테만 맡겨놓고 있었는데 내일 가서 손볼 건 더 보고 해야지."

"꼼꼼한 박 비서님이 어련히 알아서 했을까."

"그렇긴 하지."

"그나저나 학교 일을 하려면 굳이 충주로 내려갈 이유가 있을까? 아무래도 큰물에서 놀아야 앞날이 평탄할 것 같은데 아니야?"

"한동안은 그곳에 있을 생각이야. 아니, 어쩌면 평생이 될지도 모르고.”

“남들은 올라오려고 난리인데, 실력이 안 되는 것도 아니
고…….”

“그곳에서 잃어버린 시간을 찾을까 해.”

한 번 흘러간 시간은, 이미 심장으로 가슴으로 느껴 버린 통
증은 절대 되돌릴 수도 잊을 수도 없다는 걸 알고 있지만 최선
을 다해볼 참이다. 그녀를 위해서, 훈을 위해서, 그리고 자신을
위해서.

“나도 한 번 가볼까?”

“시간 되겠어?”

“대신 난 내 자로 움직일게. 출발할 때 연락줘.”

경우가 잠시 자리를 비운 사이 핸드폰을 확인했는데 아무런
연락이 없었다. 늦게까지 일을 해야 해서 오늘은 들르지 못할
거라는 문자를 보냈는데도 감감무소식, 나오기 전 내일 아침 일
찍 데리러 가겠다고 다시 문자를 보냈지만 여전히 답장이 없었
다. 전화는 벌써 다섯 번이나 걸었는데 신호만 갈 뿐 받지를 않
았다.

“벌써 자는 건가.”

아무래도 잠깐 들러봐야 할 것 같았다. 그는 경우가 돌아오자
마자 내일 보자는 말을 하고 자리에서 일어섰다.

“뭐, 뭐야. 나 또 찬밥이야?”

“날도 더운데 찬밥이 좋지.”

"나 찬밥 싫어하는 것 몰라. 밥은 무조건 따뜻해야 한다는 게 내 신조야."

"그럼 데워서 먹던가. 나 먼저 간다."

술값까지 계산하라는 말에 경우는 기가 막힌지 씩씩거리며 입만 벙긋거렸다. 그러거나 말거나 그는 서둘러 주차장으로 향했다. 연락이 안 되니 불안해서 이대로 사무실로 돌아간다고 해도 일이 손에 잡히지 않을 게 뻔했다. 도대체 왜 전화를 받지 않는 걸까. 혹시나 포장마차에 있을까 싶어서 올라가는 길에 슬쩍 들여다봤는데 없었다.

핸드폰은 전원이 꺼져 있는 것도 아닌데 여전히 받지 않았고 초인종은 벌써 몇 번이나 눌렀지만 인기척도 없었다.

"미라야, 성미라. 문 열어."

쿵쿵 문을 두드리고 이름을 불러도 대답이 없었다. 갑자기 불안감이 엄습해 왔다. 어쩌면 집에 없는 건지 모른다는 생각도 들었다. 하지만 벌써 10시가 넘었는데 어디를 갔단 말인가. 준우는 정신없이 복도를 왔다 갔다 하다가 초인종을 누르고 문을 두드리면서 이름을 불러댔다.

"연락도 없이 어디를 간 거야."

전화를 해볼 수 있는 곳이 없는지라 답답해 미칠 지경이었다. 그럴 리야 없겠지만 문득 시골로 전화를 해볼까 하는 생각도 들었다. 그러나 10시면 잠자리에 든다는 말도 생각이 났고 괜히 걱정만 끼치게 될까 봐 함부로 버튼을 누르지도 못하겠다. 이러지도 저러지도 못하고 속만 시커멓게 타 들어갔다. 지켜보는 눈이 있다는 말만 듣지 않았어도, 주변을 맴돌며 찍은 사진만 보지 않았어도 이렇게 속이 타지는 않을 것이다. 박 비서에게 누군지 확인을 하라고 했는데 다른 때와 달리 아직 확실한 답변이 없는 것도 짜증이 났다.

"젠장, 성미라 전화 좀 받으란 말이야."

다시 초인종이 부서져라 꾹꾹 눌렀다. 더는 참지 못하고 승강기를 향해 막 한 발을 내딛었는데 탈칵, 소리와 함께 현관문이 열렸다.

"……"

홱 고개를 돌린 그는 멍한 시선으로 힘겹게 서 있는 미라를 보고는 깜짝 놀라 달려갔다.

"왜 그래?"

온몸은 땀에 흠뻑 젖어 눅눅하게 느껴질 정도였고 뱉어내는 호흡은 후끈할 정도로 뜨거웠다. 준우는 그녀를 번쩍 안아 들고 방으로 들어갔다. 약을 먹고 잠이 들었던 모양이다.

"도대체 언제부터 이런 거야? 아프면 말을 해야지. 왜 혼자서 끙끙 앓고 있어?"

버럭 내지르는 소리에도 미라는 겨우 입술만 달싹거렸다. 이대로는 안 되겠다 싶어 병원으로 데려가려고 하는데 옷자락을 꼭 잡고 놓아주지 않았다.

"병원 가야 해. 내가 알아서 할 테니까 그냥 있어."

"병원은 싫어요. 나…… 물 좀 줘요."

다행히 주전자에 미지근한 물이 있어서 갖다주었더니 갈증이
심했는지 한 잔을 벌컥대며 금세 마셔 버렸다.

"괜찮으니까 걱정하지 말아요."

괜찮긴, 이런 모습으로 있으면서 괜찮다는 소리가 나와. 목소
리에 힘이 실리려는 걸 겨우 참고 달래듯 말했다. 병원 가자, 병
원 가야 해.

"나 조금만 더 잘게요. 자고 나면 괜찮아요."

"미라야."

"병원은…… 싫어."

자는 건지 기절을 한 건지 알 수 없을 정도로 몸이 축 늘어져
있었다. 빌어먹을. 이 상태면서도 병원이 싫다니. 늦은 시간이
지만 그는 어쩔 수 없이 경우에게 전화를 걸었다.

─날 버리고 가더니 발병이 나셨나. 웬일로 전화를 다 거셨을
까?

"김 박사님 연락처 알고 있지?"

─김 박사님은 왜? 누가 아파?

"급하니까 전화번호부터 알려줘."

─상황을 이야기해야 알려주지.

조금은 느물거리는 목소리였지만 따지고 소리 지를 여유가
없었다. 병원은 싫다고 하니 의사라도 집으로 불러야 한다는 생
각뿐이었다.

"이 사람이 좀 아파. 몸살인 것 같은데 심해."

—지금 어딘데?

"신수동."

—음, 신수동이라. 그럼 김 박사님보다는 내 친구 녀석을 보낼게. 병원이 그쪽 근처니까 시간도 별로 걸리지 않을 테고, 그게 낫지 않겠어?

"그래 줄 수 있어?"

—물론, 그런데 조금 보충 설명을 하자면 그 녀석 성격이 좀 거칠어.

그게 무슨 상관이란 말인가. 경우가 녀석이라고 부른 의사는 30분도 안 돼서 도착을 했는데 의외로 여자였다. 짧은 커트 머리에 몸에 딱 붙는 청바지와 티셔츠를 입은 여의사는 말라도 너무 말라 뒷모습으로는 성별을 가늠하기 힘들 정도였다. 성격이 거칠다더니 침대 위에 누워 있는 미라를 살피는 손길은 어찌나 조심스러운지 부드럽게 느껴질 정도였다.

"열감기네요. 일단 링거 주사를 놓고 갈 테니까 열이 떨어지지 않으면 내일은 병원에 데리고 가세요."

대답 대신 준우는 고개를 끄덕였다. 그녀가 아프지 않게 된다면 지금은 무슨 말이든 무조건 들어줄 수 있었다.

"땀을 너무 많이 흘렸는데 주사 놓기 전에 옷 좀 갈아입혀 주실래요? 아니면 제가 할까요?"

"제가 하겠습니다."

의사가 자리를 비워주자 그는 신속하게 옷을 갈아입혔다. 시트는 바꿀 수 없어서 새로운 걸 꺼내 눅눅한 침대에 그대로 깔았다. 잠시 후 의사가 링거 주사를 놓아주고 거실로 나왔다.

"저 정도면 목이 많이 부을 텐데 심각할 정도는 아니에요. 링거 주사에 해열제가 들어가긴 하지만 혹시나 아침까지 열이 떨어지지 않으면 꼭 병원으로 데려가세요."

"네, 늦은 시간에 정말 감사합니다."

거칠긴 어디가 거칠다는 거야. 의사가 돌아가자 그나마 안심이 되었다. 준우는 방으로 들어가서 헝클어진 머리카락을 쓸어 넘겨주고 손을 매만지며 잠든 모습을 한참 동안 바라보았다. 아침에 헤어질 때는 반질반질 윤이 나던 입술이 그사이 까슬해져 있었다.

"아프지 마, 제발."

조명등만 켜놓고 거실로 나와 소파에 털썩 주저앉고 나니 기운이 쫙 빠졌다. 2시간 조금 넘는 시간 동안 어찌나 긴장을 했는지 이틀은 지난 것 같다. 저녁은 먹은 건가 걱정이 되었다. 일어나면 뭐라도 먹게 해야 할 것 같아 주방으로 가서 쌀을 찾아서 물에 담가두었다. 다시 소파 깊숙이 몸을 기댔는데 문득 시선 안으로 테이블 위에 놓인 월간지 몇 권이 보였다. 잠이 올 것 같지 않아 한 권을 집어 들었는데 이달 건 포장지도 뜯지 않은 채였다. 일부러 뜯긴 그래서 지난달 호를 다시 집어 들었다. 문학 월간지인데 꽤 이름이 알려진 거였다. 펼쳐 들긴 했지만 내용이 눈에 들어올 리 없었다. 며칠 잠을 제대로 못 잔데다 잔뜩 긴장을 했더니 피곤함이 밀려왔다.

"……."

그는 책을 내려놓고 소파에 비스듬히 기댄 채 눈을 감았다가 다시 번쩍 치켜떴다. 얼핏 스쳐 봤는데 월간지가 놓인 그 아래 누런 봉투 하나가 있었다. 튕기듯 몸을 일으켜 그것을 단숨에 잡아챘다. 그냥 봉투뿐일 텐데 왠지 신경이 바싹 곤두섰다.

주소와 우체국 소인이 찍히지 않은 봉투엔 달랑 성미라 세 글자만 적혀 있었다. 도로 내려놓을까 하다가 궁금증을 접을 수가 없었다. 방을 한 번 쳐다보고 봉투를 보고, 다시 방문을 쳐다보고 봉투 보기를 몇 번, 결국 주방에서 칼을 가져와 최대한 표나지 않게 봉투를 뜯었다.

"별거 아닐 거야."

봉투를 본 순간 왜 가슴이 철렁했는지 알 수 없었다. 평범한, 흔하디흔한 봉투일 뿐인데. 하필 그 순간 하 사장이 건넨 빌어먹을 그 봉투가 떠오를 건 뭔지 당장 눈으로 확인해야 했다. 제일 먼저 꺼내 든 건 환하게 웃고 있는 그녀의 사진이었다. 어찌나 밝게 웃고 있는지 보는 사람도 웃음이 지어질 정도였다. 그러나 한 장, 한 장 사진을 꺼내 들 때마다 그의 표정은 성난 맹수의 목을 단숨에 비틀어 버릴 것처럼 험악해졌다. 꽉 앙다문 어금니 안쪽에서 비릿한 피 맛이 느껴지는 줄도 몰랐다.

"으으윽."

부들부들 떨리는 손아귀가 터질 듯이 압박되었다. 준우는 사진이 짓이겨지는 줄도 모르고 부숴 버릴 듯이 움켜잡았다. 목구멍에서 뜨거운 불덩이가 솟구쳐 오르는 걸 겨우 참았다. 입만 열면 비명이 터져 나와 자고 있는 그녀까지 깨울 것 같아서 자리를 박차고 나왔다. 승강기를 기다리지 못하고 계단을 정신없이 달려 내려오다가 발을 헛디뎌 넘어질 뻔했지만 놀라지도 않았다.

쾅, 쾅, 쾅. 준우는 곧장 주차장으로 내려와 차에 올라타자마자 핸들이 부서져라 손을 내려쳤다. 어깨가 들썩일 정도로 숨결은 거칠고 눈에선 시뻘건 불꽃이 튕겨 나왔다.

"빌어먹을."

도대체 어디까지 가려고 하는 것일까. 어디까지 인내하길 바라는 것일까. 눈으로 엄청난 통증이 밀려와서 눈꺼풀이 내려앉질 않았다.

쾅, 쾅. 그는 다시 핸들을 내려쳤다. 손목이 뒤틀려진 듯했지만 아프다는 생각은 들지도 않았다. 심장이 터질 것 같아 차 안에 앉아 있을 수도 없었다. 밖으로 나와 헉헉거리며 바퀴가 부서져라 내려쳤다. 퍽퍽!

"젠장, 빌어먹을."

시커먼 하늘을 향해 속으로 삼긴 분노가, 엄청난 충격 속에서도 그래서, 그다음은, 줄줄이 흘러나오는 이 빌어먹을 이성을 뭉개 버리게 해달라고 빌었다. 부숴 버릴 수 있다. 그런데 하지 못한다. 할 수가 없다.

상대가 아버지와 할아버지이기 때문은 아니다. 내 여자가 다치고 상처 입는 걸 볼 수 없으니까. 더는 힘들고 아파하는 걸 볼 수 없으니까. 그래서는 안 되니까. 터뜨린 분노로 그녀에게 생길 수 있는 만약이라는 상황이 자신을 어디까지 몰고 갈지 모르는 일이었다.

그렇게 되면 결국 알게 되겠지. 잃어버린 기억 속을 헤매면서 괴로워할 테고 아이가 있었다는 것도 알게 되겠지. 후우, 상상하기도 싫었다.

"후우, 후우."

광기가 몰아치고 간 차 안은 거친 숨소리만 가득했다. 의자에 기대고 있던 몸이 마치 뱀이 꿈틀거리듯 천천히 움직였다. 여기저기 흩어진 사진들을 주워 올리는 손길이 부들부들 떨렸다. 턱을 괴고 벤치에 앉아서 어딘가를 하염없이 바라보는 모습, 둘이 나란히 우산을 쓰고 학교를 나서는 모습, 자판기 앞에서 커피를 마시며 환하게 웃고 있는 모습, 그리고 단둘이 카페에서 와인을 마시는 모습……. 두툼한 봉투엔 꽤 많은 사진이 있었다. 함께 모텔을 들어가서 다음날 수줍은 표정을 하며 두 손을 맞잡고 나오는 사진도 있었다. 그러니까 처음부터 지켜보고 있었던 거였다. 그가 없던 시간 속의 모습을 담은 사진도 여러 장 있었다. 배가 봉긋이 솟아오른 사진을 보고는 결국 참았던 울음을 터뜨리고 말았다. 굵은 눈물이 뚝뚝 사진을 적셨다. 고뇌에 찬 모습은 꽤 수척해 보였다. 그는 손가락으로 사진을 쓰다듬으며 크욱 크욱, 울음을 토해냈다. 마지막 사진 한 장은 제법 배가 불러 있었다. 사과를 사가지고 오는 길인 듯했다. 투명한 비닐봉지에 몇 개 들어 있는 사과는 온통 붉은색들뿐이었다.

"……."

사진들을 모아 다시 봉투 속에 넣으려고 하는데 그 안에서 작은 편지 봉투 하나가 툭, 하고 떨어졌다.

다시 엮이는 일 없게 해달라고 했는데 아가씨도 어지간하군. 준우가 왜 연락도 없이 나타나지 않았는지 그때도 말했지만 젊은 날의 취기였을 뿐이야. 사내들은 그럴 수도 있다고 말하지 않았나. 이제 그만 내 손자를 놓아주게. 준우는 아가씨가 임신했던 사실도 몰랐는데 이제 와서 어쩌려는 의도인가. 나한테 전에 그런 말을 했었지. 준우의 배경에 대해서 몰랐었다고. 그때도 지금도 난 그 말을 믿지 못하겠네. 더불어 아이의 존재도, 정말 우리 준우의 아이가 맞는지 아무도 모르는 것 아닌가. 준우한테 어울리는 사람은 아가씨가 아니야. 도대체 내 손자를 위해서 무엇을 해줄 수 있는가. 사진을 보내는 이유는 날 기만하지 말라는 뜻이지. 그러니까 이쯤에서 그만 하게. 보상을 바란다면 충분히 해주겠네. 그러니 지난번처럼 조용히 사라져 주게.

와지직, 편지지를 쥐어짜듯이 움켜쥔 손이 부들부들 떨렸다.

앙다문 입술도 파들파들 떨려서 턱까지 흔들렸다.

"으으…… 윽."

목구멍을 넘어온 신음 소리가 마치 비수처럼 심장을 난도질했다. 바라보는 모든 것을 태워 버릴 듯이 활활 타고 있는 눈동자엔 시뻘건 핏줄이 거미줄처럼 쳐졌다.

읽고 또 읽었다. 글자 하나하나를 눈으로 삼키며 확인하듯 읽어 내려갔다. 그러니까 기다리지 못하고 떠난 게 아닌 거였다. 믿지 못해서, 그 맹세를 그 다짐을 한낱 휴지 조각처럼 버리고 떠난 게 아닌 거였다.

그래서…… 지운 것이다. 그래서 기억 속에서 완전히 긁어내 버린 것이다. 얼마나 괴롭고 힘들었으면 아이의 존재까지 까맣게 잊었을까. 불러오는 배를 보면서 무슨 생각을 하고 있었을까. 저 말을 믿어버렸겠지. 열정적으로 서로를 안고는 흔적도 없이 사라져서 연락 한 번 없었으니. 세상에 이런 일이 있었을 거라고는 상상도 하지 못했다.

"무엇이 널 이렇게 힘들게 하는지 모르겠지만 그만 떨치고 일어나. 곁에서 지켜보는 할아버지 생각도 좀 해줘야지. 현명한 사람은 틈을 비집고 나올 줄 알아야 한다. 괴롭다고 주저앉지 말고 굳건히 일어서서 보란 듯이 살아가야지."

그 말씀이 너무 고마웠었다. 묵묵히 지켜보고 계시다가 손을 내밀어주시는 할아버지를 보며 몇 달 동안의 방황을 과감히 털고 일어났는데, 그랬는데 그 모든 게 교묘하게 짜인 각본이었단 말인가.

"흐흣…… 흐흣."

울음소리도 웃음도 아닌 괴상한 소리를 내고 있다는 것도 몰랐다. 사진을 보고 편지를 보고 멍하니 어둠 저편을 응시하는 동안도 눈물은 저절로 뚝뚝 떨어졌다. 너무 분노가 깊으면 화도 나지 않는지 머릿속이 텅 비어졌다. 무엇을 읽고 무엇을 보고 어디에 앉아 있는 것인지 아무런 감각도 없었다. 그렇게 시간이 흘렀다. 그리고 또 시간이 흘렀다.

그는 어딘가를 오랫동안 노려보았다. 시간이 흐를수록 터질 듯한 분노는 차갑게 식어서 심장 안으로 가라앉았다. 그 심장을 삼켜 버리고 싶었다.

핸드폰을 꺼내 들고 단축 버튼을 꾹 누르는 동안 눈도 껌벅이지 않았다.

"접니다."

문득 시간을 보니 2시가 넘어 있었다. 그러나 개의치 않았다. 아침까지 기다릴 생각은 조금도 없었으니까. 자다 전화를 받았는지 하 사장의 목소리는 착 가라앉아 있었다.

─안 그래도 아침에 전화를 하려고 했었다. 미국에서 연락이 왔는데…….

"내일부터 전 회사에 나가지 않습니다."

―그게 무슨 소리냐?

"미리 알았다면 아무것도 하지 않았을 텐데 박 비서님한테 필요한 모든 서류가 있을 겁니다."

―도대체 무슨…….

"다시는, 누구도, 제 앞에, 내 여자 앞에 나타나지 마십시오. 죽을 각오를 하고 대명을 부숴 버리는 제 모습을 보고 싶지 않다면 제발 부탁인데 조용히 계십시오."

―어디냐? 만나서 이야기하자.

"아니요. 전화도 이게 마지막입니다."

―정신 차려!

확 끊어버리려고 하는데 하 사장이 버럭 소리를 질렀다. 준우는 다시 천천히 핸드폰을 귀에 갖다 대었다.

―풋내 나는 어린놈도 아니고 지금 뭐 하자는 게야?

"어린놈이 아니니까 그나마 멈추고 있는 겁니다. 그러니까 제 이성이 바닥을 드러내기 전에 절 가만히 놔두십시오."

―회장님 오래 못 사실 것 같다. 저녁에도 전화가 왔는데 힘드실…….

"사실이라고 해도 제게 아무것도 기대하지 마세요."

―회사를 네 앞으로 물려받으려면…….

"누가 원한다고요. 필요없습니다. 내일 당장 대명이 공중분해된다고 해도 전 신경 쓰지 않을 겁니다."

그래, 누가 원했다고. 대명도 돈도 원한 적 없었다. 그저 무언

가를 해야 했으니까 그래야만 잊을 수 있었으니까 그래서 일을
했을 뿐이다. 하고자 마음먹으면 천천히 느긋하게 대충, 이란
있을 수 없으니까 정신없이 달렸을 뿐인데 그마저도 후회스러
웠다.

　—멍청한 놈, 내가 이래서 너는 안 된다고 했는데. 그렇게 고
집을 부리시더니. 잘 들어라. 대명이 네 것이 될 때까지만이야.
앉아서도 네 주변을 훤히 보시는 분이다. 그러니까 당장 미국으
로 들어가. 그렇지 않으면……

　"다시 말씀드리지만 대명도 두 분도 이제 제겐 없는 존재입니
다. 앞으로 제 여자 앞에 얼씬도 하지 마세요."

　—설마, 그 아이한테 보낸…… 봉투를 너도 본 거냐?

　쿵, 더 이상 터져 나올 분노도 없건만. 준우는 입술을 꾹 닫고
벌게진 눈동자가 부르르 떨리는 걸 느꼈다. 처음엔 무슨 말을
들었는지 이해하지 못했다. 차라리 귀를 막아버릴 걸, 전화를
하는 게 아니었는데, 친절하게 내일부터 어떻게 할 것인지 말해
줄 필요도 없었는데.

　"봉투…… 라고 하셨습니까?"

　—…….

　"어떻게, 어떻게…… 어떻게!"

　—말했잖느냐. 앉아서도 네 주위를…….

　"그럼, 이번에도 다 알고 계셨던 겁니까? 그런데도 또 지켜보
시기만 했군요."

—내 도움은 바라지 말라고 했을 텐데. 그래도 난 하는 데까지 했다. 수빈이 대신 다른 상대를 골라서 보냈더구나. 널 빨리 결혼시키라는 엄명에 시간을 벌기 위해 경우의 결혼을 서둘렀고…….

준우는 한참 동안 하 사장이 늘어놓는 이야기를 듣고 있었다. 아니, 그저 윙윙거리는 소리로 들렸지만 전화를 끊지는 않았다.

—그 아이랑 살아. 결혼해. 대신, 회장님이 널 대명…….

"필요없다고 했잖습니까."

—네가 지금 미국으로 들어가지 않으면 넌 대명은커녕 단 한 푼도 받지 못할 거다. 그건 나 또한 마찬가지고.

"결국 그거였습니까?"

곁에서 지켜본 이유가, 아들이, 아들의 여자가 진흙탕 속을 헤매고 있는데 빤히 보고만 있었던 이유가 결국 돈, 때문이었다는 건가. 머릿속이 결국 제 용량을 넘었는지 실실 웃음이 새어 나왔다. 흐흐흐, 흐흐, 흐흐흐.

"하하하, 하하핫. 아하하하."

그는 귀가, 목이 아플 정도로 웃어 젖혔다. 얼마나 오랫동안 웃었는지 입술을 꾹 닫고 있는데도 차 안은 웃음소리가 스며든 것처럼 공허한 메아리가 울렸다.

"되도록 빠른 시간 안에, 제 마음이 변하기 전에 사무실 책상 맨 아래 서랍을 확인해 보시는 게 좋을 겁니다. 열쇠는 저한테 있으니까…… 부셔서라도 보십시오."

—무슨 소리냐?

"대명, 아니, 대명과 관련된 모든 것."

—지, 지금 무슨 소리를…… 너 설마.

"이제 더는 부탁도 경고도 하지 않을 겁니다."

무슨 말을 더 하고 전화를 끊었던 것 같은데 기억도 나지 않았다. 다급히 이름을 부르는 소리가 들렸지만 준우는 핸드폰을 끊자마자 밖으로 나와서 집어 던지고 발로 밟아버렸다. 짓이기고 짓이겨서 핸드폰이 와그작 부서졌지만 밟고 또 밟았다. 어두운 밤, 가로등하고 멀리 떨어진 곳에 털썩 주저앉은 그는 바람이 흐르는 눈물을 다 훔쳐 갈 때까지 그렇게 앉아 있었다.

열

“일어났어?”

준우는 밤새 핼쑥해진 모습이 되어버린 미라를 보자 주방에서 후다닥 달려왔다. 금방이라도 쓰러질 표정이면서도 배시시 웃으며 안겨들었다.

“언제 왔어요?”

“밤에.”

“약을 먹고 내내 잔 것 같은데 내가 문을 열어주었어요?”

“엄청 반겨주던데?”

“설마, 잠결에 문만 열어주었겠지. 그런데 주방에서 뭐 한 거예요?”

“죽 끓여. 우리 색시 먹고 기운 내라고.”

“풋.”

“왜 웃어?”

미라는 대답없이 품에서 꼼지락거리며 그의 단단한 가슴에 ‘우리 색시’ 라고 썼다. 간질간질한 느낌을 겨우 참고 준우는 그녀가 손가락으로 쓰는 글씨를 한 자 한 자 읽었다.

“우리 색시.”

“참 예쁜 말이네.”

“우리 색시가 더 예뻐.”

“그러게 예쁘다고 했잖아요.”

“말이 아니라 사람이, 성미라 내 색시가 더 예쁘다고.”

“그거 알아요? 준우 씨는 말을 참 예쁘게 해.”

“그래도 내 색시가 더 예뻐.”

“못 말려 정말.”

밉지 않게 째려보는 그녀를 번쩍 안아 든 준우는 성큼 욕실로 향했다. 해열제 때문인지 열은 떨어졌지만 갈아입힌 옷이 밤새 땀에 젖어 눅눅했다.

“간단히라도 씻고 먹자.”

“……”

“왜?”

돌아서려고 하는데 내려놓은 그대로 가만히 서서 바라보고만 있자 그가 다정한 목소리로 물었다. 혹시 씻기 힘들어서 그런가 싶어 준우는 세면대에 따뜻한 물을 받아놓고 그럼 세수만 하라고 그 앞에 세웠다. 그래도 미라는 말끄러미 쳐다보기만 할 뿐 움직일 생각을 하지 않았다.

"왜, 뭐 할 말 있어?"

"나 씻겨주면 안 돼요?"

보기에도 기운이 없어서 겨우 서 있는 것 같아 생각을 하지 않았던 건 아니지만 직접 부탁을 할 줄은 몰랐다. 준우는 씨익 웃으며 제 손으로 갈아입힌 옷을 다시 천천히 벗겨냈다.

"아프면 고집부리지 말고 병원 가."

"꼬박 하루는 앓아야 하는 거라 병원 가도 소용없어요."

"당신이 의사야?"

"1년에 두 번, 이맘때하고 시고났을 때쯤이면 꼭 열감기처럼 앓아서 이제는 그러려니 해요."

옷을 벗기는 준우의 손길이 움찔 굳었다. 이맘때쯤이면 휴학을 했을 때다. 그렇다면……. 꼬박 밤을 새면서 겨우 누르고 누른 분노가 다시 솟구쳤다. 그는 이를 앙다물고 마지막 속옷을 벗겨냈다. 눈물이 핑 돌아서 일부러 샤워 물줄기를 얼굴에 뿌렸는데도 자꾸 눈 주위가 뜨끈해졌다. 머리를 감기고 샤워젤을 몸에 바른 다음 따뜻한 물로 씻겨냈다. 봉긋한 가슴과 상처 주위, 그리고 은밀한 수풀 속으로 그의 손길이 닿을 때도 미라는 눈을 꼭 감고 서 있었다.

"준우 씨 옷 다 젖었네."

"이 정도는 괜찮아. 얼른 나가자."

수건으로 꼼꼼히 몸을 닦아주고 다시 번쩍 안아 들어서 방으로 돌아와 옷을 입혀준 뒤 머리를 드라이기로 말려주었다. 머리카락이 바람에 휘날리는 모습을 보면서 준우는 왈칵 솟구치는 뜨거움을 목뒤로 꾹꾹 눌렀다. 드라이기를 끄고 머리를 느슨하게 묶어주는 동안도 그녀는 착한 아이처럼 가만히 있었다.

"자, 어디 보자. 누가 씻겨주었는지 정말 예쁘네."

"나 이렇게 행복해도 되는 건지 모르겠어요."

"행복…… 해?"

"엄청 많이. 그래서 막 겁이 나려고 해요."

긴 팔이 그녀를 품으로 꼭 끌어안았다. 행복하다는 말이 한줄기 빛처럼 다가왔다. 그 행복 이대로 영원히 지켜줄게. 다시는 그 누구도 아프고 힘들게 하지 못하게 할 거야. 미안하다. 미안해. 너무 힘들어서 잊고 묻어버린 기억은 나 혼자만 가져갈 테니 그 미소 다시는 잃지 마라.

"겁내지 말고 아프지도 마."

"응."

준우는 품 안에서 고개를 끄덕이는 그녀의 작은 몸을 더욱 꼭 끌어안았다.

"사랑해."

"시작은 준우 씨가 했는지 몰라도 이젠 내가 더 많이 사랑해요."

“무게 재어볼까?”

“사랑을 잴 수 있어요?”

“그럼.”

“어떻게요?”

“몸무게가 많이 나가는 사람이 당연히 사랑도 많이 품고 있겠
지.”

“말도 안 돼.”

말이 안 되는 것 알아. 하지만 당신과 나 사이엔 그랬으면 좋
겠다. 내가 더 많이, 내가 더 큰 사랑을 가지고 당신 곁에 있어
야 하니까.

“배고프겠다.”

다시 번쩍 안아서 식탁 의자에 내려놓자 그녀가 까르르 웃었
다. 웃음소리가 어찌나 예쁜지 준우는 볼에 쪽 소리가 나도록
입맞춤을 하고 같이 환하게 마주 웃었다.

“준우 씨, 이제 나한테 확실하게 발목 잡힌 거예요.”

“환영하는 바야.”

“도망 못 가게 할 건데?”

“원하는 바라니까.”

“후회해도 소용없어요.”

“절대 안 해.”

미라는 죽을 한 수저 떠먹고 나서 그를 빤히 쳐다보았다. 입
이 깔깔해서 무슨 맛인지는 모르겠지만 참기름을 넣었는지 고

소한 향이 느껴졌다.

"왜 그렇게 봐?"

"왠지 앞으로는 아프지 않을 것 같아요."

"……."

"아플 때마다 이대로 죽어버렸으면 할 정도로 힘들었는데 우리 훈 때문에 견디었거든요. 그런데 이젠 당신 때문에, 당신이 곁에 있어서 아프지 않을 것 같아."

"왜 이렇게 오늘 예쁜 말만 골라서 하지? 너무 붕붕 띄우는 것 같아서 나야말로 좀 불안한걸."

"일어나서 지금까지 내 손으로 한 게 아무것도 없잖아요. 씻겨주고, 닦아주고, 머리 말려주고 이렇게 죽까지."

"아프지 않으면 더 자주 해줄게."

"그 약속 꼭 지켜야 해요."

"당근이지."

하루라는 시간이 오늘처럼 느리고 여유있게 흐를 수 있다는 걸 처음 알았다. 함께 죽을 먹고 나란히 침대에 누워서 도란도란 이야기를 하다가 깜박 잠이 들었는데 일어나 보니 혼자였다. 깜짝 놀라 달려나왔는데 어느새 식탁엔 푸짐할 정도로 점심 준비가 되어 있었다.

"이제 정말 괜찮아?"

"보시다시피."

그녀가 두 팔을 활짝 벌리며 환하게 웃었다. 준우는 곱게 앞

치마를 두르고 한 손에 국자를 들고 있는 그녀를 꼭 끌어안았
다. 약속이나 한 듯 두 사람의 입에서 동시에 사랑한다는 고백
이 흘러나왔다.

✳

오늘 하루 쉬라고 아무리 말을 해도 미라는 끝까지 출근을 해
야 한다며 고집을 부렸다. 결국 함께 아파트를 나와서 데려다
주고 그는 곧장 박 비서가 알려준 오피스텔로 향했다. 입구에서
기다리고 있던 박 비서는 그의 차가 멈추자마자 재빨리 올라탔
다.
　"확실한 겁니까?"
　"저도 믿기지 않아서 여러 번 확인을 했습니다."
　처음 사진을 봤던 날 주변을 맴도는 사람이 누구인지 알아보
라고 했지만 다른 때와는 달리 쉬이 대답이 없었다. 혹시 잊은
건가 싶어 중간에 한 번 확인하듯 물었는데 그때 박 비서의 대
답은 '아직' 이라는 말뿐이었다. 그런데 이렇게 뜻밖의 사람일
줄이야.
　"정확히 어느 쪽입니까?"
　"그게……."
　준우는 머뭇거리는 박 비서를 보면서 입술 끝을 비틀었다.
　"상관없습니다."

“죄송합니다. 정말 생각지도 못한 분이라……”

참 대단한 분이라는 생각이 새삼 들었다. 그 멀리서도 사람을 쥐락펴락하다니.

“그런데 며칠 전에 사표를 냈답니다.”

“더는 해야 할 일이 없어진 거겠지요.”

“오늘 저녁 비행기를 예약했답니다.”

그래야 당연한 거겠지. 만약 지금도 주위를 맴돌고 있었다면 이 분노를 그대로 맞고 말았을 테니까. 적은 가까이 있다더니 정말 누굴 믿고 견제해야 하는지 처음 이름을 들었을 땐 잘못 들었나 싶었다. 하 사장과의 사이가 남다르다 보니 어렸을 땐 아저씨라고 부르며 곧잘 따랐는데. 그 긴 세월을 함께 해놓고 이렇게 뒤통수를 치다니.

“어떻게 하실 생각이신지.”

“……”

그러게, 어떻게 해야 하는 것일까. 창밖 어딘가를 노려보는 시선은 철판이라도 뚫을 듯 날카로웠다. 원망의 대상은 될 수 없지만 그동안 오른팔 역할을 충실히 한 대가를 하나쯤은 받아 내야겠지.

“혼자 들어가겠습니다.”

“하지만.”

굳은 얼굴로 차에서 내리자마자 준우는 오피스텔 안으로 들어갔다. 승강기에서 내려 곧장 걸어가 초인종을 눌렀는데 묻지도 않고 문이 탈칵, 열렸다.

"……."

기다리고 있던 사람이 있었는지 그를 보자 오 비서는 놀라서 눈을 동그랗게 뜬 채 뒤로 한 걸음 물러났다. 준우는 뚜걱뚜걱 안으로 들어가 주변을 둘러보았다. 텅 빈 거실에 커다란 여행 가방 두 개만 덩그러니 놓여 있었다.

"여긴 어떻게…… 헉."

조용히 있었으면 좀 더 생각을 했을지도 모르는데 목소리가 들리는 순간 손이 저절로 뻗어나갔다. 그는 최대한 힘 조절을 한 손으로 목을 거머쥐고 벽으로 밀어붙였다.

"컥. 이, 이사님."

"절 지켜봤을 테니 두 번 질문하게 하지 마세요. 4년 전, 누 가…… 내 여자를 만났습니까?"

"……윽."

"버틸 수 있으면 버티십시오."

거머쥔 손끝에 힘을 주자 시뻘건 얼굴에 힘줄이 툭 불거져 나 왔다. 그는 집어삼킬 듯이 번뜩이는 눈동자로 오 비서를 노려보 았다.

"내가 이 손을 놓을 거라고 생각한다면 잘못 안 겁니다. 보시 다시피 통제가 안 되는 상태라 이대로 비틀어…… 버릴 수도 있 으니까 늦지 않게 대답하세요."

"회, 회장님이 직접 만나…… 셨습니다."

"언제, 내가 늘 곁에 있었는데 언제 만났다는 겁니까?"

"퇴, 퇴원하시기 며칠 전에……."

늘 함께 있다가 서 회장의 심부름으로 자리를 비운 건 퇴원하기 일주일 전쯤, 딱 삼 일뿐이었다. 생각지도 못한 일이라 나오면서 미처 핸드폰을 챙기지 못했고 어차피 퇴원을 하면 돌아갈 거라는 기쁨에 별로 신경을 쓰지도 않았었다. 깜짝 놀라게 해줄 생각으로 한껏 부풀어 있었으니까. 그런데 그 삼 일 동안 그녀를 만나고 다시 돌아왔다는 말인가.

"그 자리에 함께 있었습니까?"

대답 대신 오 비서가 겨우 고개를 끄덕였다. 검붉은색을 띠고 있는 얼굴에 숭숭 맺힌 땀방울이 주루룩 볼을 타고 흘러내렸다.

"가서 전하세요."

"……."

"이제 하준우는 회장님 손자가 아니라고."

초점을 잃은 오 비서의 눈동자가 놀라 커지는 걸 본 순간 준우는 거머쥔 손을 획하니 풀어버렸다.

"컥, 콜록콜록."

준우는 바닥에 주저앉은 채 마른기침을 해대는 오 비서를 뒤로하고 창가로 걸어갔다. 고작 할 수 있는 게 이것뿐이라는 게 화가 났다. 부숴 버리고 망가뜨려서 박살 내버리고 싶은데 여기까지라는 게 참을 수가 없었다.

꽝, 벽을 내려치자 유리창이 달그닥 소리를 내며 흔들렸다. 손끝을 타고 어깨까지 뻐근한 통증이 느껴졌다. 투명한 유리창 너머로 인자한 웃음을 짓고 있는 서 회장의 모습이 보였다. 그 모습을 그 손길을 좋아했었다. 무심한 아버지에 비할 바가 아니었는데. 회사에 마음을 두고 있지는 않았지만 많이 따르고 존경했었는데. 그 모든 감정들이 와르르 무너져 비수처럼 심장에 박혔다.

"회장님은 이사님만 믿고 계십니다. 요즘 들어 건강이……."

"살아 계시는 동안 대명이 무너지는 걸 보고 싶지 않으시다면 가만히, 가만히 계시라는 말도 함께 전하세요."

"이사님."

이를 악물고 겨우 말을 뱉어내고 있다는 걸 모르는지 오 비서는 감히 설득이라도 해보겠다는 듯이 주절주절 말을 늘어놓았다.

"제발 회장님의 진심을 알아주세요. 하나뿐인 따님을 잃으시고 외롭게 지내신 분이십니다. 사장님은 아니라고 하셨지만 믿고, 의지하고, 맡기실 분은 이사님뿐이라고……."

쨍그랑, 깨진 유리창이 후두둑 바닥으로 떨어졌다. 그래도 분이 풀리지 않아 서너 발자국 떨어져 있는 가방을 있는 힘껏 걸어찼다. 쿵 하고 쓰러진 가방이 볼썽사납게 쩍 벌어져 속에 든 내용물이 이리저리 흩어졌다.

"……."

　문득 시선 안으로 누런 봉투 몇 개가 들어왔다. 집어 든 순간 확인도 하지 않고 갈기갈기 찢어버렸다. 찢어버린 종잇조각들이 바닥으로 어지럽게 쌓여갔다.

　"한마디만 더 하자면."

　"……."

　"지금 그녀가 내 곁에 있는 걸 다행으로 아시라고 하세요. 그녀가 없었다면 미친 짐승이 날뛰는 걸 보게 되었을 테니까."

　분명 미친 짐승이 되었을 것이다. 눈에 보이는 대로 모든 걸 박살 내고 말았을 테지. 그러니 내 여자가 곁에 있다는 걸 감사하란 말입니다. 이렇게 분노를 억누르고 있는 건 오직 그녀 때문이니까.

　"이, 이사님, 회장님의 마음을 오해하시면 절대 안 됩니다. 마지막까지 바라는 건 오직 하나뿐이라고 하셨어요. 그게 무엇인지……."

　컥, 다시 턱 바로 아래를 거머쥐고 손가락에 힘을 꾹 실었다. 그는 순식간에 벌겋게 변해 버린 오 비서의 얼굴을 뚫어버릴 듯이 노려보았다.

　"다시 내 눈에 띄면……."

　"회장님을 생각하세요. 아니, 대, 대명을 생각하세요. 그 모든 게 다 이사님…… 컥."

　"내가 바라는 건 하나뿐입니다. 가서 당신 회장님한테 분명히 전하세요."

"제발 신중하게 생각하세요. 그런 여자 때문에…… 으악."

함부로 나불거리던 입술이 단말마의 비명을 내지르고 비틀어졌다. 턱을 놓는 순간 손목을 낚아채 가차없이 꺾어버렸다. 준우는 우드득 소리와 함께 바닥에 주저앉아 끙끙거리는 오 비서를 태워 버릴 듯이 노려보았다. 그동안 그녀를 지켜보았던 눈을, 보고라는 명목하에 그녀의 이름을 불렀을 입술을 뭉개 버릴 수도 있었다. 하지만 그는 열심히 셔터를 눌렀을 손목만 꺾어버렸다.

"내 인내심을 시험하고 싶은가 보군요."

얼음처럼 차가운 목소리에 손목을 부여잡고 어쩔 줄 몰라 하던 오 비서의 몸이 움찔 굳었다. 준우는 한쪽 무릎을 꿇고 앉아서 공포에 찬 시선으로 바라보고 있는 오 비서의 멀쩡한 다른 손을 그러쥐고 싸늘하게 웃었다.

"이제 사진 찍는 건 그만두어야 할 겁니다."

으악!

✲

"갑자기 찾아뵌다고 해서 놀라셨지요?"

김 여사는 물 잔을 내려놓으며 눈앞의 남자를 가만히 쳐다보았다. 그 지옥 같은 날, 병원에서 만나기 전에 딱 한 번 본 적이 있었다. 결혼한 지 3년 만에 임신을 했다는 소식을 듣고 한달음

에 달려갔었다. 할머니 품에서 자란 사위가 아이를 얼마나 기다
렸는지 알고 있기에 그 기쁨은 말로 표현할 수가 없었다. 그곳
에 친구이자 의사라는 한 남자가 있었는데 바로 산부인과 원장
인 박수석, 이 남자였다. 왜 하필 진료를 남편 친구한테 받느냐
고 딸에게 넌지시 물었더니 꽤 실력있는 의사라고 했다. 워낙
기다리고 기다리던 소식이라 그때는 남편 친구면 어떠랴 싶었
다. 너무 행복해서 죽을 것 같다는 말에 행복하면 살아야지 무
슨 말을 그렇게 하느냐고 등을 한 대 때려주면서도 함께 웃었
다. 그렇게 좋아했는데 해준 거라곤 잠깐 함께 있는 그 며칠이
전부였다. 가끔 내려오긴 했지만 사위 직장 때문에 하룻밤도 못
자고 간 적이 더 많았다. 아이 낳으면 이것저것 해주려고 챙겨
놓은 것도 많았는데…….

　　김 여사는 반쯤 남은 물 잔을 들이켜며 돌아보고 싶지 않은
그날을 떠올렸다.

　　"이, 이게 무슨 소리야. 미순아, 미라야."

　　무슨 정신으로 병원까지 왔는지 기억도 나지 않았다. 남동생
이 없었다면 아마 병원까지 찾아오지도 못했을 것이다. 병원에
도착했을 땐 사위는 이미 이 세상 사람이 아니었다. 그리고 큰
딸은 겨우 하루를 버티다 제 남편을 따라갔다. 하늘이 무너져
내린다고 해도 이 정도는 아닐 것이다. 땅이 천리만리 꺼져 버
린다고 해도 이 정도는 아닐 것이다.

　중환자실 근처를 떠날 수도 영안실을 지킬 수도 없었다. 몸이 워낙 약한 상태라 미라까지 어떻게 될지 모른다고 했다. 그때 박 원장이 잠시 할 이야기가 있다면서 김 여사를 진료실로 데리고 갔다.

　“지금 그게 무슨 소리입니까? 누가 누구를…… 우리 미라가…… 어떻게 되었다고요?”

　“병원에 도착하자마자 태어났는데 아이는 건강합니다.”

　“……”

　“아이가 태어나면 민이네 호적에 올리기로 했는데.”

　“세상에 이럴 수는, 이럴 수는 없어.”

　땅바닥에 주저앉아서 겨우 한다는 소리가 이럴 수는 없다는 말뿐이었다. 어떻게, 어떻게 이런 일이 있을 수 있단 말인가. 혹시 미순을 미라로 잘못 안 게 아니냐고 몇 번을 물었다.

　“제가 그렇게 해준다고 약속했습니다. 하지만 지금은 저도 솔직히 어떻게 해야 할지를 모르겠습니다.”

　“……”

　“미라 씨 인생이 걸린 문제입니다. 어떻게…… 하면 좋겠습니까?”

　두 번이나 기절을 하고 깨어났을 때 박 원장이 곁을 지키고 있었다. 김 여사는 뿌연 새벽이 환하게 밝아올 때까지 아무 말도 하지 못했다.

　“미라한테는 아이가 죽었다고, 죽었다고 해주세요.”

한마디씩 뱉어낼 때마다 목이 따끔거렸다. 심장의 반이 뚝 잘려 나가듯 숨 쉬는 것도 버거웠다.

"민이 부부가 아이 이름을 미리 지어놨는데 혹시 알고 계십니까?"

"훈, 유훈이라고."

출생신고와 사망신고를 함께 하면서 기구한 자신의 팔자를 욕하고 또 욕을 했다. 차라리 날 데려가지. 차라리 날 대신 데려가지.

그런데 다행인지 불행인지 중환자실에서 깨어난 딸은 뭔가 이상했다. 교통사고로 언니와 형부가 이 세상 사람이 아니라는 걸 알고 한동안 발작을 일으키더니 또 며칠을 멍하게 보냈다. 나중에야 딸이 기억의 일부를 잃었다는 걸 알았다. 아이에 대해서, 아니, 임신을 했다는 것 자체도 까맣게 잊어버린 것이다. 차라리…… 잘되었다고 생각했다.

빈 물 잔이 어느새 채워져 있었다. 김 여사는 시원한 주스는 손도 대지 않은 채 벌써 몇 잔째 물만 들이켰다.

"미라가 만나고 있다는 사람 말입니다."

"……."

"제가 그 사람 몰래 검사를 좀 해봤는데."

"훈이 아빠가 맞던가요?"

"어떻게……."

"4년 전 미라와 함께한 사람이라고…… 집으로 찾아와서 말하더군요."

병원으로 찾아왔던 날 주차장에서 싸움에 휘말리게 해 뽑은 머리카락으로 검사를 했는데 훈의 아빠가 맞았다. 그러나 박 원장은 준우가 임신한 사실이 맞는지 확인 전화를 걸어왔을 때 아무 말도 해주지 않았다.

"어떻게 하실 생각이십니까?"

"아무것도 하지 않을 겁니다. 둘이 결혼을 하면 훈을 호적에 올린다고 하더군요. 친자식처럼 키운다면서."

"그래도 아이 아빠한테는 말을……."

"알고 나면 또 얼마나 힘들어할지…… 그냥 묻으렵니다. 이왕 지은 죄 내가 다 안고 가야지요."

고민하고 또 고민을 했지만 결론은 마찬가지였다. 어느 날 딸이 기억을 찾는다고 해도 아이는 태어나면서 죽은 거니까. 두 사람만 입을 다물면 그만이니까.

김 여사는 물 잔을 한참 동안 노려보다 고개를 들었다.

"그러니까 원장님도 잊고 사세요."

훈을 혼자 두고 나왔기에 김 여사는 버스 정류장을 지나쳐 택시를 잡아탔다. 창밖으로 쏟아지는 오후의 햇살이 눈이 부셨지만 끝까지 노려보면서 눈을 부라렸다.

"검사 결과지입니다."

필요없다고 하는데도 박 원장은 하얀 봉투 하나를 테이블 위에 올려놓고 먼저 나가 버렸다. 선뜻 집어 들 수가 없어서 한참 동안 망설이다가 결국 가방 속에 집어넣고 말았다. 무엇이 옳고 그른지 더는 생각하지 않기로 했다. 아무리 훈이 아빠라고 해도 내 속으로 난 자식이 먼저였다. 이제 겨우 밝게 웃기 시작했는데 행여 지난 일로 다시 그 웃음을 잃게 된다면 생각하기도 싫었다. 제 자식인 양 키울 게 뻔했다. 그러면 되는 게지.

"앗싸, 내가 또 이겼어요."

신이 나서 소리치는 훈의 목소리가 담장 너머까지 들렸다. 온다는 연락도 없이 웬일인가 싶어 김 여사는 서둘러 대문 안으로 들어섰다.

"할머니다, 할머니."

김 여사를 본 훈이 쪼르르 달려와서 품에 안겼다. 물총놀이를 하고 있었는지 준우도 와이셔츠가 제법 젖어 있었다.

"저 또 왔습니다."

준우가 성큼 다가와 인사를 하자 주방에 있었는지 미라도 젖은 손을 탈탈 털면서 나왔다.

"엄마, 이제 와요?"

"연락이라도 하고 오지 않고선."

"준우 씨가 근처에 일이 있다고 해서 갑자기 오게 됐어요. 훈이 말로는 누가 찾아와서 나갔다고 하던데 누구 만난 거예요?”

“마, 만나긴 누굴 만나. 잠깐 일 좀 보러 나간 거지.”

“무슨 일?”

“무슨 일인지 알면 해결해 줄 거야?”

“알아야 해결을 하든지 말든지 하지.”

“됐다.”

김 여사가 불퉁하게 말을 자르고 방으로 들어가 버리자 미라는 준우를 향해 어깨를 으쓱해 보였다. 따라 들어가지도 못하고 둘이서 걱정스레 쳐다보고만 있는데 갑자기 훈이 털썩 주저앉으며 아프다고 소리를 질렀다.

“왜 그래. 왜 그래, 훈아?”

두 사람과 함께 김 여사도 방에서 달려나왔다. 그러나 걱정스럽게 쳐다보는 세 사람을 차례대로 돌아본 훈은 그 작은 혀를 날름 내밀며 심각하게 김 여사를 불렀다.

“할머니.”

“그래, 아가. 왜, 무슨 일이야? 어디가 아픈 거야?”

“할머니 화났어요?”

“응? 할머니가 왜 화가 나.”

“정말요?”

“그럼.”

“휴우, 다행이다.”

“……”

"아저씨가 할머니 오시면 멋있는 집 보여준다고 했거든요."

"멋있는 집?"

무슨 소리냐며 김 여사가 두 사람을 바라보았다. 그러나 미라가 미처 말을 하기도 전에 훈이 냉큼 자리를 털고 일어나 김 여사의 손을 잡아끌었다.

"이모랑 아저씨가 결혼해서 함께 살 집인데 충주에 있대요."

며칠 전 준우가 전화를 해서 알고는 있었지만 일이 이렇게 빨리 진행될지는 몰랐다.

"다음 주라도 미라 씨가 회사 일이 정리되면 내려올까 합니다."

"그렇게 시간이 촉박해서야……."

"집은 당장이라도 들어가서 살 수 있을 정도로 준비를 해놓았습니다."

"그래도. 그게 어디……."

딸 가진 집에서 어디 그런가 말이다. 어차피 결혼을 해서 함께 살 집인데 이것저것 준비해야 할 것도 많은데 이렇게 갑자기 내려온다고 하면 어쩌라는 건지. 그러나 얼른 차에 타라며 서두르는 훈 때문에 이야기는 제대로 나누지도 못했다. 차에 타서 훈은 종알종알 말이 많았다. 와, 이제부터 정말 충주에서 사는 거예요? 제 방도 있어요? 그럼 여기서 유치원을 다니는 거예요? 도무지 말할 틈을 주지 않았다.

"할머니, 이모하고 아저씨가 결혼하면 제 아빠 엄마 해주신대요.”

“그래서 우리 훈이 좋아?”

“그럼요. 이제 정말 진짜 엄마 아빠가 생기는 거잖아요. 너무 너무 신나요.”

“그래, 이제 정말 우리 훈이 진짜 엄마 아빠가 생기는 거네.”

가슴이 뭉클하면서도 짠했다. 어린것이 얼마나 마음을 다쳤으면 저렇게 좋아할까.

이제라도 사실대로 털어놓아야 하는 게 아닌가 하는 생각까지 들었다. 그러나 김 여사는 고개를 가로저었다. 그냥 이대로 흘러가자. 묻고 덮어버리자.

“다음 학기부터는 학교에서 일을 하게 될 것 같습니다.”

“그럼 교수…… 가 된단 밀인가?”

“아직은 아닙니다.”

집은 충주 시내에서 멀지 않은 호암지 근처에 있었다. 한눈에 보기에도 인테리어를 한 지 얼마되지 않았다는 걸 알 수 있을 정도로 눈에 확 들어왔다. 누가 알려주지도 않았는데 차가 멈추자 훈이 냉큼 내려서 어른 키의 반도 안 되는 하얀색 나무 대문을 활짝 열어젖혔다. 차가 넓은 마당 한구석에 멈추자 싱글벙글 웃음을 단 훈이 쪼르르 달려와서 한껏 목소리를 높였다.

“할머니, 대문에 있는 글씨 보셨어요?”

“무슨 글씨?”

차에서 내리자마자 손을 잡아끄는 바람에 김 여사는 다시 하얀색 대문이 있는 곳으로 나와야 했다. 훈이 작은 손가락으로 가리킨 곳은 세 개의 문패가 나란히 걸려 있었다.

하준우, 성미라, 하훈. 김 여사는 눈물이 핑 도는 걸 겨우 참고 훈의 머리를 가만가만 쓰다듬었다.

"그런데 할머니 저 이제부터 유훈이 아니라, 하훈이에요?"

"그래, 이제부터 훈은 아저씨 아들, 아니, 이 아빠의 아들 하훈이야."

김 여사 대신 준우가 얼굴 가득 미소를 담고 말했다. 그러나 훈이 생글생글 웃던 표정을 지우고 심각하게 문패를 바라보자 준우 또한 미소를 싸악 지우고 바싹 긴장을 했다.

"그럼 이제부터 친구들이 놀리면 아…… 빠가 말해줄 거예요?"

"……."

"진짜 훈이 아빠라고, 고아 아니라고 말해줄 수 있어요?"

흑 하고 울음을 터뜨리는 소리가 들렸지만 준우는 훈을 향해 두 팔을 뻗었다. 그리고 가슴에 꼭 끌어안으며 작은 등을, 머리를 쓰다듬으며 눈 주위가 시뻘게지도록 눈물을 삼켰다.

"아빠 아들보고 누가 감히 고아라는 소리를 해. 그런 일은 절대 없을 거야. 아빠가 약속할게."

눈물이 볼을 타고 흘러내려 팔뚝으로 뚝, 떨어졌다. 아릿한 가슴의 통증이 아무리 참으려고 해도 눈물을 밀어냈다. 준우는 그렁그렁 눈물이 고인 시선으로 미라를 바라보았다. 바닥에 주저앉아 두 손으로 얼굴을 가리고 울고 있었다. 김 여사 또한 돌아서서 손수건으로 눈물을 훔치며 호수 어딘가를 바라보고 있었다.

훈만 울지 않았다. 그러나 준우는 작은 어깨가 파르르 떨리는 걸 보고 훈도 속으로 울고 있다는 것을 알았다. 차라리 소리 내서 펑펑 울기라도 하지. 얼마나 사무쳤으면, 떨고 있는 작은 몸을 안고 있으려니 심장이 욱신욱신 쑤셔왔다.

이층집을 돌아보고 나온 건 한참 시간이 지난 후였다. 1층은 넓은 거실과 주방, 그리고 서재로 꾸며졌는데 부엌용품 하나까지 완벽하게 준비가 되어 있었다. 2층 베란다에서는 호암지의 징경이 훤히 내려다보였다. 훈은 제 것으로 꾸며진 방을 보고 환호성을 지르며 좋아했고 미라는 안방을 둘러보고는 얼굴이 발그레해져서 나왔다. 세 명이 나란히 누워서 뒹굴어도 충분한 크기의 침대 옆 한쪽 벽면은 거울로 장식이 되어 있었고 천장의 벽지에 꽃송이 무늬는 금방이라도 쏟아져 내릴 것처럼 선명했다. 방에 딸린 욕실 또한 한쪽 벽 전면이 거울로 되어 있었다.

"그날 피팅룸이 마음에 들었거든."

함께 들어와서 은밀히 속삭이는 말에 귓불까지 확 달아올랐는데 뒤에서 끌어안으며 가슴을 움켜잡고 주무르는 것이 아닌가.

"미, 미쳤어요?"

"아무래도 참아야겠지."

준우는 귓불을 잘근 씹고 어깨 안쪽에 키스 자국을 선명하게 남겨놓고야 놓아주었다. 그녀가 얄밉다고 흘겨보는데도 그는 뜨거운 시선으로 사랑한다고 말해준 뒤 욕실을 먼저 나갔다. 다행히 물이 나와서 세수를 하긴 했지만 붉어진 얼굴은 금세 가라앉지 않았다. 커다란 거울을 본 순간, 그녀 또한 피팅룸을 떠올렸다. 그날 느꼈던 그 뜨거움과 심장으로 스며들던 준우의 마음을 어떻게 잊을 수 있을까.

밖으로 나오자 훈은 넓은 마당을 이리저리 뛰어다니고 있었고 준우와 김 여사는 무슨 이야기를 하는지 웃음소리가 그녀가 있는 곳까지 들려왔다. 미라는 숨을 크게 들이마시며 주변을 둘러보았다.

곳곳에 잠자리가 떼로 몰려다니고 있었다. 기분 좋은 바람을 따라 그 날갯짓이 느긋하고 여유로워 보였다. 사랑이 가슴속 옹달샘을 가득 채우고 심장 밖으로 넘쳐흐르는 것 같다. 아, 너무 행복하다.

"어디 가는 건데요?"

훈을 두고 돌아서는 얼굴 표정이 안쓰러울 정도였다. 그래서 준우는 서울이 아닌 통영으로 핸들을 돌렸다.

"어디 가냐고요?"

“바다 보러.”

“바다?”

바다가 보고 싶다고 했었다. 함께 있었다면 수도 없이 찾았을 그 바다. 저녁 먹고 훈이 잠들 때까지 기다리다 보니 꽤 시간이 늦었다. 김 여사도 전처럼 얼른 올라가라며 서두르지 않았고 오히려 잠든 훈의 곁을 떠나지 않는 미라에게 차를 마시자고까지 했다.

그녀가 은은한 재스민차 한 잔과 커피 두 잔을 들고 올 때까지 김 여사는 아무런 말도 하지 않았다. 어색함을 느낀 그가 잘 알지도 못하는 농사일에 대해 이런저런 질문을 해봐도 짧은 대답이 전부였다. 집에서 나온 건 12시가 가까워서였다.

“나야 좋지만 피곤하지 않아요?”

“색시가 곁에 있는데 피곤할 게 뭐 있어. 정 피곤하면 가다가 한숨 잘 테니까 걱정하지 마.”

바다를 보러 간다는 말에 걱정 반 들뜬 기분 반 종알종알 떠들더니 그녀는 대전을 지날 때쯤 잠이 들어버렸다. 며칠 동안 밀린 일을 하느라 잠도 제대로 못 잤다는 걸 알고 있기에 그는 갓길에 차를 세워 의자를 조심스럽게 뒤로 눕혀주고 다시 출발했다.

통영에 도착한 시간은 5시가 조금 안 돼서였다. 차를 가져가는 걸로 하고 욕지도행 첫 배를 탔는데 그때까지 미라는 깨지 않았다. 혼자 두고 선상으로 올라갈 수가 없어서 준우는 의자 뒤로 느긋하게 몸을 기댄 채 배가 출발하는 소리를 들었다.

　그날 이후 회사엔 나가지 않았다. 박 비서도 며칠 여행을 다녀오라고 했더니 아내와 함께 어딘가로 사라져서 하루에 한 번 문자만 보내왔다.

　"지금껏 내가 어떤 심정으로 버티어왔는데. 여기까지 오는 동안 난 편했을 것 같으냐?"

　마지막 통화 후 삼 일 만에 만난 하 사장은 오후 비행기를 탈 거라면서 찾아왔었다. 그러나 그는 끝까지 냉담한 표정을 지우지 않았다. 부모이기 때문에 터질 것 같은 이 분노를 간신히 누르고 있다는 말은 하지도 않았다.

　"오 비서를 건드린 건 실수한 거다. 굽히지 않을 거라면 가만히라도 있던가."

　끝까지 아버지란 사람은 분노의 중심에서 벗어날 그 어떤 행동과 말도 하지 않았다. 차라리 그게 나을지도 모른다는 생각을 했다. 어쭙잖은 사과로 혼란스러운 건 원치 않으니까.

　"다시 만나는 일은 없을 겁니다."

고작 한다는 소리가 그게 다였다. 부모와 자식, 끊을 수 없는 줄을 그저 외면하는 길밖에 할 수 없다는 게 분노를 더 끓어오르게 했다. 단호한 말투에 하 사장은 목소리를 높였지만 그는 호통 치는 소리가 채 끝나기도 전에 그 자리를 벗어났다.

"여기가 어디예요?"

아직도 잠이 많이 묻어나는 목소리가 들리자 준우는 깊은 상념에서 벗어났다. 그녀가 눈을 동그랗게 뜨고 주변을 둘러보다 그를 향해 돌아앉았다.

"배를 탄 거예요?"

"빙고."

"세상에. 차를 탄 채 배를……. 어디로 가는 건데요?"

"바다."

실실 웃으며 대답을 하자 그녀가 얄밉다며 찌릿 눈을 흘겼다. 차에서 내려 계단을 올라오자 제법 서늘한 바람이 오소소 소름을 돋게 했다.

"추우면 안으로 들어갈까?"

"아니요. 너무 상쾌하다."

난간을 잡고 숨을 깊게 들이마시는 그녀의 볼에 준우는 쪽 소리가 나도록 입을 맞췄다. 활짝 웃으며 입술을 살짝 내밀자 기다렸다는 듯이 다가가 그 붉은 입술을 왈칵 삼켜서 쭈욱 빨아마셨다.

"고마워요. 바다를 볼 수 있게 해줘서."

"앞으로 하고 싶은 것 하나하나 같이할 거니까 기대해도 좋아."

"이렇게 멋진 남자가 내 남자라는 게 믿기지 않아요."

"난 처음 본 순간부터 무조건 내 여자다 생각했는데."

"거짓말."

"증명해 볼까?"

"어떻게 증명할 건데요?"

"도착할 때까지 키스해 줄게."

"됐거든요. 그냥 믿고 말지."

바람이 그녀의 머리카락을 이리저리 흩날리게 했다. 볼을 간질이는 머리카락이 귀찮은지 움켜잡고 호주머니에서 작은 끈을 하나 꺼내어 질끈 묶었다.

"아, 좋다."

크고 작은 섬들이 배 뒤편으로 물러나자 또 다른 섬들이 다가왔다. 준우는 미라의 어깨를 감싸 안고 경계선이 불분명한 수평선을 바라보았다. 뭉게뭉게 떠 있는 구름들 사이로 뽀얀 아침 햇살이 쏟아져 내렸다.

"싫다고 했잖아요!"

갑자기 들려온 목소리에 두 사람은 동시에 건너편 난간을 바라보았다. 나란히 선 두 여자가 서로를 비스듬히 외면한 채 이야기를 하고 있었다.

"은아, 제발. 이번 한 번만 엄마 말 좀 들어줘. 응?"

"가고 싶으면 혼자 가라고 했잖아. 기억에도 없는 아빠를 나 보고 어쩌라고. 난 싫어요."

"기억에 없다고 아빠가 아닌 건 아니잖아. 널 세상에 태어나게 하신 분이야. 그런 분이 보고 싶……."

"난 원한 적 없어."

"뭐?"

"태어나게 해달라고 원한 적 없다고."

느슨하게 따서 묶은 여자의 긴 머리는 허리에서 한 뼘 위까지 내려와 있었다. 순간 미라는 얼마나 길러야 저 정도가 될까 생각했다.

"말이면 단 줄 아니? 네가 아직도 철부지 어린아이야? 도대체 언제까지……."

"철부지 어린아이가 아니니까 이 정도인 거야. 나한테 아빠라는 사람이 어떤 모습으로 남아 있는지 알아요? 딱 한 번 본 뒷모습이 전부야. 그때 내 나이가 몇 살인지……. 젠장, 할 수만 있다면 그 기억마저 잘라내고 싶어. 달랑 생명 하나만 던져 놓고 끝인 줄 아는 그런 사람 따위 깨끗이 지워 버리고 싶다고."

찰싹. 뺨을 내려치는 소리에 헉 하고 입술을 가리자 준우가 얼른 그녀를 품에 안았다. 여자가 더 때리라며 악을 쓰는 소리와 함께 아빠, 기억이라는 말들이 파도 소리에 묻혀서 듬성듬성 들렸다. 품에 안겨 있으니 쿵쿵 심장이 울리는 소리가 들렸다.

"준우 씨."

"……응."

"숨 막혀요."

그래도 준우는 그녀의 몸을 꼭 끌어안고 놓아주지 않았다. 듣지 않았으면 좋겠다. 아무 상관도 없는데 기억이라는 말이 들리는 순간, 심장이 거칠게 요동을 쳤고, 그 느낌이 불안할 정도로 머릿속을 지배했다.

"기억이라는 게 뭘까요?"

"……."

"가끔, 아주 가끔 나 또한 이상한 느낌을 받을 때가 있어요. 뭐랄까. 한 칸, 한 칸 밟아 올라왔는데 어느 순간 훌쩍 뛰어넘은 것 같은, 분명 내가 지나온 길이 맞는데 아무 생각도 기억도 없는 그런 느낌."

순간 가슴이 쿵 하고 내려앉았다. 설마 어느 날 갑자기 기억이 돌아올 수도 있다고 하더니 그런 건가 싶어 손끝이 부들부들 떨렸다.

"준우 씨는 그런 느낌 없어요?"

"그, 글쎄."

"나만 그런가. 진짜 없어요?"

"없는 것…… 같은데."

태연한 척 대답을 했지만 머릿속은 강한 펀치를 맞은 듯 정신이 없었다. 준비하고 있어야 하는데 조금만, 조금만 더, 하는 마음이 컸나 보다.

준우는 고개를 돌려서 불안한 숨결을 길게 뱉어냈다.

"그 순간을 기억 못한다고 해서 있었던 일이 없어지는 건 아니겠죠. 정확한 사정은 모르지만 두 사람이 잘 해결되었으면 좋겠다. 그쵸?"

"으, 응."

욕지도에 도착해 차로 주변을 둘러보는 동안 준우는 묻는 말에만 겨우 대답을 했다. 준비하고 있어야 한다는 걸 알고 있었다. 그러나 그 순간이 온다면 그녀가 다시 또 그때의 고통을 느껴야 한다면, 생각하는 것만으로도 심장이 옥죄어왔다.

탁, 가슴을 치는 소리에 놀라서 돌아봤는데 새치름한 표정을 한 미라가 입술을 삐죽거리며 눈을 흘겼다.

"미안, 무슨 말을 했는지 듣지 못했어."

"못 들은 게 당연하죠."

토라진 목소리에 준우는 그녀의 어깨를 돌려 안고 가슴에 꼭 끌어안았다.

"다시 말해봐."

"싫어요."

"키스해 줄까?"

"흥, 누구 좋으라고."

그러나 그녀는 준우가 다가오자 턱을 들고 입술까지 살짝 벌리고 기다렸다. 머금었다 놓아준 입술을 혀로 길게 핥고 다시 달콤한 입술을 끝까지 삼켰다. 바다가 내려다보이는 언덕에서 유리창을 열어놓은 차 안은 시원한 바람이 불어왔다. 저 멀리 하얗게 부서지는 파도 소리가 그곳까지 들려왔다.

준우는 의자를 뒤로 물리고 그녀를 번쩍 안아 올려서 무릎에 앉혔다. 짜릿함을 기억하고 있는 혀끝은 부드러우면서도 달콤하게 미끄러지듯 움직였다.

"으응."

인적 없는 한적한 도로가, 길게 나무 그늘이 진 차 안에서 얽히듯 끌어안은 두 사람은 뜨겁게 달아올랐다. 준우는 머리끈을 풀어내고 까만 머리카락을 흩뜨려서 어깨 아래까지 길게 늘어뜨려 놓았다. 커다란 손이 티셔츠 속으로 들어가 풍만한 가슴을 왈칵 움켜잡자 삼킨 입술 사이로 달뜬 신음 소리가 새어 나왔다.

"하아, 준우 씨, 그만."

"멈추기 싫어."

"하지만 여긴……."

"아무도 안 올 거야."

머리카락을 움켜쥐고 뽀얀 목을 손으로 어루만지며 귓불을 잘근잘근 씹어대자 미라는 어깨까지 움츠리면서 까르르, 웃었다.

"그, 그만 해요."

"진심이야?"

어쩌면 불안한 마음을 숨기고 싶은 건지도 몰랐다. 그러나 그 부드러운 입술을 느끼는 순간 이미 마음은 그녀의 안 깊은 곳까지 탐을 내고 있었다.

"조금만 더 허락해 줘."

대답을 하기도 전에 티셔츠와 브래지어를 위로 올린 준우는 이미 보란 듯이 고개를 치켜들고 있는 가슴을 왈칵 삼켰다. 아, 이 향기. 짙게 묻어나는 체취에 그는 더욱더 풍만한 가슴에 매달렸다. 상처 위에 입술을 대고 혀를 길게 핥을 때마다 움찔움찔 떨리는 몸이 꽤 자극적이었다.

"정말…… 멈추길 바라?"

"으, 응. 몰라."

"대답 안 하면 끝까지 갈 거야."

"그, 그만 해요."

"휴우."

대답과 동시에 준우는 그녀의 가슴에 얼굴을 묻고 긴 숨을 토해냈다. 미친 듯이 날뛰는 심장을 진정시켜야 했다. 불뚝 솟은 중심이 아플 지경인데 멈추라니 어쩔 수 없었다.

"많이 힘들어요?"

"참을 만해."

"기특하네."

"그럼 이따가 더 많이 사랑해 줘."

"아주 많이 사랑해 줄게요."

쪽, 이마 위로 입술이 닿았다 떨어졌다. 철썩철썩, 그제야 잠시 멈췄던 파도 소리가 선명하게 들려왔다.

"전에 내가 했던 말."

"무슨 말이요?"

"한 번만 날 용서해 달라고 했던 말……."

"아니, 용서할 일도 없겠지만 앞으로는 사랑만 할 거예요. 당신이 지겨워서 도망가겠다고 해도 쫓아가서 사랑해 줄 거니까 더는 그런 말 하지 말아요."

"제발 꼭, 그렇게 해줘."

"준우 씨, 고마워요. 내가 이런 사랑을 할 수 있게 해줘서. 이런 날 사랑해 줘서."

"나도 고마워. 내 앞에 나타나 줘서. 내 사랑을 받아주어서. 그리고 이런 나를 사랑해 주어서."

돌아보는 곳마다 바다가 보였다. 짙푸른 색들이 끝도 없이 펼쳐져서 하늘과 바다의 경계가 사라졌다. 두 사람은 자동차 밖으로 나와 손을 마주 잡은 채 오랫동안 바다 저 끝, 햇살이 무수히 쏟아지는 그곳을 바라보았다.

"사랑해."

✻

충주로 내려와서 한 달쯤 지났을 때 결혼식을 했다. 그녀가 원하는 대로 간소하게 했고 경우와 승희도 함께 다녀갔다.

"아버님도 안 계시는데 결혼식을 올려서 어떡한대요? 아무래도 미루는 건데 그랬나 봐."

갑자기 미국을 들어가서 참석하지 못한다고 했더니 결혼식 전날, 걱정스럽게 말하는 미라를 보고 준우는 괜찮다며 가만히 안아주기만 했다. 어차피 앞으로 마주칠 일은 없을 테니까 그렇게 말할 수밖에 없었다. 한순간은 두 분이 그토록 지키려고 했던 대명을 부숴 버릴까도 생각했었다. 그러나 그는 대명에 관한 모든 자료를 서랍 속에 그대로 놓아두고 나와 버렸다.

[대명의 큰 별이 지고 한 달 후, 경영진 전면 교체]

일주일 전, 아침 신문 경제란을 크게 장식한 문구를 보고도 그는 담담한 표정을 지었다. 대대적인 인사이동 중에 하 사장이 자리에서 물러났다는 기사도 얼핏 보였다. 오후에 경우가 전화를 걸어와 잠시 올라올 수 있느냐고 물었지만 그는 싫다고 딱 잘랐다. 어디까지 알고 있는지 모르지만 경우는 긴 한숨만 내쉴 뿐 더 보채지도 원망 어린 말도 하지 않았다.

출근 준비를 마치고 막 현관으로 나가는데 전화벨이 울렸다. 아내한테 출근 키스를 받지 않은 터라 그는 전화를 끊을 때까지 기다리고 서 있었다.

"장모님 전화야?"

"네, 잠깐 집에 다녀와야겠어요."

"왜?"

"우체국에 등기 부칠 게 있는데 그걸 놓고 모임에 나가셨대요. 한 달에 한 번씩 엄마가 고아원에 이것저것 보내시는 게 있거든요. 매달 셋째 주쯤 받아볼 수 있게 했는데 오늘 안 보내면 다음 주로 넘어간다고 부탁 좀 한다고 해서 그런다고 했어요."

"그럼 내가 갔다가 오지 뭐."

"바쁘잖아요."

"차로 가면 얼마나 걸린다고. 내가 가져다 우체국에 들러서 출근할게. 어젯밤에 당신 힘들었잖아."

은근한 눈빛으로 볼을 쓰다듬으며 말하자 아내가 얄미워 죽겠다는 표정으로 그를 흘겨보았다. 훈을 재우고 난 후 피곤하다면서 먼저 잔다는 걸 그예 안고 말았다. 급하게 마감을 해줄 게 있어서 이틀 내내 잠도 못 잤다는 걸 알면서도 아내를 보면 도저히 절제를 할 수가 없다. 사랑을 나누고 힘들어하는 아내를 욕실로 안고 가서 씻겨주는데 슬금슬금 장난을 걸어오는 바람에 또 한 번 폭풍처럼 사랑을 나눴다. 그 황홀감과 짜릿함은 사랑을 나눌수록 더 깊고 강해지는 것 같다.

"정말 그래 줄 수 있어요?"

"응, 그래야 오늘 밤 또……."

"아휴, 됐네요. 차라리 내가 갔다가 올래."

그는 떠밀듯이 아내를 방으로 데리고 가서 훈이 유치원에서
올 때까지 쉬라며 침대에 눕혔다. 그리고 이제는 주변의 나무들
까지 익숙한 도로를 달렸다. 겨울이 꽤 깊었는데 아직 첫눈은
오지 않았다. 싸늘한 바람이 불자 앙상한 가지에 대롱대롱 매달
려 있던 나뭇잎 한 장이 허공으로 휘날렸다.

나오다 보니 호수 주변이 살짝 얼어 있었다. 하얗게 서리가
내린 풀밭은 마치 얼음땡을 하고 있는 것처럼 바람이 부는데도
흔들림이 없었다.

눈이 오면 훈과 눈사람을 만들어볼 생각이다. 어서 눈이 내렸
으면. 눈싸움을 하고 눈밭을 뛰어다니는 상상을 하니 벌써부터
가슴이 설레었다.

시내와 반대 방향이라 그린지 지나가는 차는 별로 없었다. 마
을 앞으로 고속도로가 나고부터 그나마 다니는 차가 더 줄었다
고 했다. 준우는 일부러 속도를 줄여서 천천히 도로를 달렸다.
마당까지 차가 들어가긴 했지만 늘 그랬듯이 마을 입구에 차를
세우고 걸어 내려갔다.

대문 안으로 들어서는 발자국 소리에 똘이 녀석이 꼬리를 흔
들며 반기는 걸 모른 체하고 곧장 방으로 들어갔다. 손때가 묻
어서 반질반질한 화장대 위에 중간 크기의 상자가 놓여 있었다.
꽤 여러 번 들어온 방이지만 주인이 없는지라 상자만 들고 나오
려고 했다. 그런데 하필이면 서랍이 열려 있었고, 하필이면 하
얀 봉투가 눈에 들어왔다. 봉투엔…… 봄빛병원이라고 쓰여 있

었다.

"……."

손이 저절로 움직였고 눈이 저절로 읽어 내려갔다. 읽고 또 읽을수록 글씨는 점점 흐릿해지고 종이를 잡고 있는 손은 달달 소리를 낼 정도로 떨려왔다.

하준우, 유훈, 유전자 검사에 대한 결과.

눈을 믿을 수 없었고 읽은 그대로를 받아들이는 머릿속이 이상한 거라고 생각했다. 유전자 검사라니, 어째서 이런 게 있을 수 있단 말인가. 다리에 힘이 빠져서 털썩 주저앉았던 것 같은데 어느 순간 방 안을 이리저리 휘젓고 있었다.

"말도 안 돼."

그래, 이건 말이 안 된다. 그때의 아이가 건강하게 태어났더라면 훈과 비슷할 거라는 생각을 전혀 안 했다면 거짓말일 것이다. 그러나 그건 단지 머릿속의 상상일 뿐이었고 단 한 번도 입 밖에 내본 적도, 낼 수도 없는 거였다. 아니, 그 순간을 떠올리는 것조차 아내한테 더 큰 죄를 짓는 것 같아 한 번씩 떠오를 때마다 황급히 지워 버리는 데 급급했다. 그런데 지금 도대체 무엇을 읽은 것인가.

준우는 시뻘겋게 충혈된 눈으로 다시 글자 하나하나를 새기듯 읽어 내려갔다. 눈앞이 뿌옇게 흐려지면 손등으로 휙 닦아내면서 끝까지 읽었다.

유전자 검사가 일치하여 친자임을 확인합니다.

마지막 그 글씨가 마치 살아서 움직이는 것처럼 머릿속에 콕
콕 들어와 박혔다.
'아빠, 아빠, 아빠…… 아빠.'
서류 정리가 모두 끝났다는 통보를 받고 세 사람은 나란히 동
사무소에 들렀었다. 하준우, 성미라, 하훈. 큰소리로 이름을 읽
어대는 바람에 아내가 조용히 하라고 주의를 주었지만 흥분한
훈은 좀처럼 가만히 있지를 못했다. 어린 마음에도 이제 정말
가족이라는 울타리로 엮였다는 게 실감나는지 밖으로 나와서는
팔딱팔딱 뛰기까지 했다. 그 모습을 보면서 어찌나 가슴이 찡하
던지.
그런데 가슴으로 받아들인 아들이 아닌, 처음부터 내 아이였
다니.
주먹 쥔 손으로 방바닥을 부술 듯이 내려치고 또 내려쳤다.
어깨까지 뻐근하게 느껴지는 통증 따윈 아무 상관 없었다. 멍한
머릿속으로 하나둘씩 차고 들어오는 생각들 때문에 압박되어진
심장이 터질 것처럼 팽창되어 갔다.
"도대체 내가 미라 당신한테 무슨 짓을 한 거냐."
사랑해 놓고 지켜주지 못했기 때문에 아이를 갖고도 그 힘든

시간을 보내게 했고 사고 후에는 기억마저 잃게 만들었다. 이 모든 게 자신으로 인해 일어났다고 생각하니 미칠 것 같았다. 앙다문 입안에서 비릿한 피 맛이 느껴졌다. 욕지기가 치밀어 올랐지만 뱉지 않고 그대로 삼켰다. 눈이 튀어나올 것처럼 아팠다. 아니, 심장이 비틀리는 것처럼 욱신거렸다. 그러나 아내와 훈을 떠올리면 통증을 느끼는 것마저 미안하고 죄스러웠다.

[사랑해, 사랑해. 너 없이는 단 하루도…….]

핸드폰 소리에 겨우 정신을 차려보니 언제 집에서 나왔는지 차에 올라타 있었다. 핸드폰 음악 소리가 끝나자마자 그는 시동을 걸고 차를 출발시켰다. 덜덜 떨리는 손으로 어딘지도 모르는 길을 정신없이 달렸다. 눈앞이 다시 뿌예져서 차를 세웠는데 그곳이 도로 한가운데라는 것도 알지 못했다. 아내의 웃음을 볼 때마다 감사한 마음으로 하루하루를 살았는데 다시 어둠 속으로 빨려 들어가는 것 같은 불안감이 엄습해 왔다.

"내 아이…… 라니. 훈이가 내…….."

그는 아직도 종이를 손에 쥐고 있는 것처럼 맹렬히 노려보았다. 시뻘겋게 충혈된 눈에서 눈물이 뚝뚝 떨어졌다. 흐르는 눈물이 핏물처럼 뜨거웠다. 빵빵, 클랙슨을 누르고 지나가는 차를 보고도 아무 생각도 할 수 없었다. 가슴이, 머릿속이 텅 비어서 마치 허수아비 하나가 앉아 있는 것 같다.

몇 대의 차가 클랙슨을 누르고 지나가고 난 뒤에야 그는 도로에서 떨어진 곳에 차를 세웠다. 핸드폰이 울려서 액정을 보니 아내였다.

"……."

받을 수가 없었다. 그사이 부재중 전화가 세 번이나 왔었는데 몰랐다. 의자 뒤로 몸을 기댄 뒤 눈을 감자 지난 시간들이 주마 등처럼 스쳐 지나갔다. 그럴수록 지켜주지 못했다는 자책감이 등을 후려쳤다.

"미라야, 훈아."

아이를 낳고도 그 기억을 까맣게 잊은 아내. 제 친자식을 키 우고 있으면서…… 아, 미라야, 이 죄를 어쩌야 하는 거니. 이 모든 사실을 알고도 침묵하고 지켜보는 것밖에 할 수 없었던 장 모님은 또…… 어쩌야 하는 건가. 훈은, 우리 훈은.

얼마의 시간이 지났는지 알지 못했다. 다시 정신없이 차를 몰 고 다니다 어스름한 저녁때쯤 돌아온 곳은 김 여사의 집 앞이었 다. 그러나 차마 들어가지는 못했다.

모두 아픈 사람투성이다. 누가 더 그 아픔이 깊고 독한지 가 늠할 수조차도 없었다. 집 안에 불이 켜지고 온 동네가 어둠 속 에 잠길 때까지 준우는 그저 멀리서 바라보고만 있었다.

어둑한 어둠이 물러나고 새벽빛이 흐릿하게 주변으로 퍼질 때야 그는 아내와 아들이 있는 집으로 돌아왔다.

곤히 자고 있는 아내를 보고 있다가 조용히 훈의 방으로 향했 다. 새근새근 잠을 자면서 무슨 행복한 꿈을 꾸는지 배시시 웃 는 모습을 보니 지옥 같은 오늘 하루가 마치 사르르 녹아지는 것 같았다. 준우는 좁은 침대에 함께 누워서 고사리 같은 작은 손을 꼭 잡았다. 손톱을 깎아야겠다. 그사이 머리도 많이 자란 것 같고…….

보고 있자니 눈앞이 다시 뜨끈해졌다.

"훈아, 미안하다. 아들아, 미안하다."

콧등을 톡톡 두드리는 느낌에 눈을 떠보니 품에 꼭 안긴 훈이 활짝 웃고 있었다.

"잠꾸러기."

"누가, 아빠가?"

"훈이는 아까, 아까 일어났단 말이에요."

"그랬어? 그럼 아빠를 깨우지 그랬어."

"뽀뽀도 하고 콧구멍도 간질간질했는데 아빠가 일어나지 않았잖아요."

입술을 삐죽거리며 손가락을 쑥 추켜세우는 걸 그대로 입속으로 삼켜 버리고 품으로 더욱 끌어안자 훈이 빠져나가려고 발버둥을 쳤다.

"잠꾸러기 아들과 아빠는 이제 그만 욕실로 들어갈래요?"

어느새 방으로 들어온 아내가 허리에 손을 쩍 올린 채 짐짓 엄한 목소리를 낼 때까지 준우는 훈과 침대에서 이리저리 뒹굴며 장난을 쳤다. 훈이 침대에서 내려가 쪼르르 욕실로 달려가자 준우는 머리를 긁적거리며 아내를 향해 다가갔다.

"훈이와 자면 내가 새벽에 들어온 걸 모를 줄 아는 모양인데 다 알거든요."

"미안, 다시는 안 그럴게."

"흥, 이따 훈이 보내고 봐요."

"오늘은 바쁜 일이 있어서 훈이하고 같이 나가봐야 하는 데……."

찌릿 노려보는 시선에 준우는 정말이라며 볼에 쪽, 입을 맞추고 도망치듯 욕실로 들어갔다. 세수를 하고 훈과 나란히 서서 양치질을 했다. 거품이 뽀록뽀록 입술 주변으로 나온 걸 닦아주는 척하면서 볼까지 길게 묻혀놓았다가 훈에게 엉덩이를 한 대 콩 얻어맞았다. 한바탕 아내에게 잔소리를 듣고 난 다음에 준우는 외출 준비를 마치고 현관 앞에서 기다리고 있는 훈에게 다가갔다.

"내가 아빠 때문에 못살겠어요."

"아빠가 뭘 어쨌는데?"

"개구쟁이에다 장난꾸러기에다, 철 좀 드세요, 아빠."

툴툴대면서도 훈은 준우가 내민 손을 꼭 잡았다. 따듯한 온기가 심장까지 빠르게 전해져 발걸음이 한결 가벼워졌다.

"그 철이 얼마나 무거운데 아빠보고 들라는 거야. 그건 나중에 우리 훈이가 아빠처럼 힘이 세지면 그때 가서 같이 들자. 알았지?"

훈이 고개를 절레절레 흔들자 몇 발자국 뒤에 서 있던 아내도 혀를 끌끌 차며 못 말리겠다는 표정을 하고 집으로 들어가 버렸다.

"훈아."

"네?"

"아빠가 널 얼마나 사랑하는지, 아빠 곁에 우리 훈이가 있어서 얼마나 고맙고 다행인지……."

아빠로 아들로 함께 살면서 늘 해주었던 말인데 오늘은 목이 멨다. 변함없이 아들이고 아빠인데, 사랑하는 내 아들인데.

준우는 하늘을 한 번 올려다보고 다시 훈을 내려다보았다.

"아빠는 너무 행복해. 사랑해. 아주 많이, 많이."

훈이 걸음을 멈추고 그를 빤히 올려다보았다. 집에서 얼마 멀어지지도 않았는데 그사이 코끝이 빨개져 있었다. 준우는 훈을 번쩍 안아 올리고 눈동자를 마주 보았다.

"저도 아빠 엄마 모두 사랑해요."

품에 안고 볼에 입맞춤을 하자 그 작은 손이 목을 꼭 끌어안았다. 아이가 숨이 막힌다고 하는데도 그는 유치원 차가 올 때까지 품에서 내려놓지 않았다. 사랑해. 사랑한다, 훈아.

결국 변한 것은 아무것도 없었다. 아내는 여전히 지운 기억이 있다는 것조차 모르고 훈은…… 이름을 떠올리는 것만으로도 명치끝이 쑤시지만 하나씩 버리고 한 걸음씩 뒤로 물러날 수밖에. 각자의 무게를 가슴에 안고 살아가는 수밖에.

아내의 웃음소리를 들을 때마다 행복하다고, 사랑한다고 속삭여 줄 때마다 그는 분노 한 덩어리씩을 잊는다. 결코 완전히 잊을 수는 없겠지만 남은 분노와 죄책감을 더 완벽한 사랑으로 되돌려서 어제보다는 오늘, 오늘보다는 내일, 내일보다는 더 많은 날들을 아내를 사랑하고 아껴주리라 매일 아침 다짐을 한다.

세 달이라는 시간이 잔잔한 냇물처럼 흘렀지만 다행히 더는 아무 일도 일어나지 않았다. 서로 알면서 모르는 척, 혹은 모른다고 생각하면서 각자의 사랑을 서로에게 퍼붓고 있을 뿐이다. 무엇이 옳고 그른지 수도 없이 생각했지만 결국 제자리였다. 지금은 이 모습 이대로 함께 가는 수밖에.

뒤늦게 알게 된 무게가 너무 벅차고 무거웠지만 아내에 비하면, 아들 훈에 비하면, 그런 딸과 손자를 지켜보는 장모님에 비하면 어쩌면 그는 덜 아픈지도 모르겠다.

준우는 학교에서 집으로 돌아와 샤워를 하고 편한 옷으로 갈아입은 뒤 아내에게 이제 출발한다고 전화를 걸었다. 결혼을 하고 일주일에 한 번은 장모님과 함께 식사를 하는데 오늘은 갈비찜을 했다면서 할머니네 집으로 오라고 훈에게 전화가 왔었다. 통화를 하는데 옆에서 훈이 '아빠, 빨리 오세요' 하고 소리치는 목소리가 들렸다.

"그래, 아빠 지금 간다. 조금만 기다려."

갑자기 마음이 급해진 그는 차에 올라타자마자 급하게 집을 벗어났다. 유리창 문을 열고 이른 봄 공기를 깊이 들이마시자

폐부 깊숙한 곳까지 그 기분 좋은 서늘함이 느껴졌다. 아내는 가을이 다 가고 겨울이 지날 때까지 열감기를 앓지 않았다. 무심코 지나쳤다가 그걸 깨닫고는 그 밤 뜨겁게 자신을 안았다. 내년에도 후년에도 또 그다음 해에도 이제 아내는 열감기를 잊고 살 것이다. 그보다 더 뜨거운 사랑이 아내를 지킬 테니까.

마을 입구엔 아직도 며칠 전에 내린 눈이 군데군데 쌓여 있었다. 모퉁이를 돌자 아내와 훈이 대문 밖에서 손을 호주머니에 넣고 발로 가위바위보를 하면서 장난을 치고 있었다.

"아빠다."

훈이 준우를 보자 쪼르르 달려와 품에 폭 안겼다. 번쩍 안아든 준우는 아내에게 다가가 볼에 입을 맞추고 걱정스럽게 말했다.

"추운데 뭐 하러 나와 있어?"

"훈이 하도 졸라서 나왔어요."

마당으로 들어서자 구수한 된장찌개와 갈비찜 냄새가 식욕을 자극했다.

"아휴, 배고파 죽는 줄 알았네."

"우리 아들 배가 엄청 고팠구나. 그럼 먼저 먹지."

"그래도 전 잘 참았어요."

"응? 그럼 누군 못 참았어?"

말은 하지 않고 훈이 힐끔 아내를 바라보았다. 그 눈길에 아니라고 펄쩍 뛰더니 손가락을 세우며 갈비찜 딱 한 조각이라고 말하면서 훈을 찌릿 노려보았다.

"거짓말은 나쁜 건데."

"딱 두 개, 그래, 네 개 먹었다. 어쩔래?"

더 찌릿 노려보면서 목소리를 높이자 뒤에서 김 여사가 물 컵을 들고 나오다 말고 툭 한마디 던졌다.

"훈이 몰래 두 개 더 먹은 건 갈비찜이 아닌가."

하하하하.

까르르 깔깔.

흥.

아내가 곱게 골라낸 뼈는 이미 똘이의 차지가 되어 있었다. 어쩐지 들이오는데 꼬리도 흔들지 않더라니.

에필로그

"근처에 산부인과도 있는데 꼭 여기까지 와야 해요?"

어젯밤에 테스터로 임신 사실을 확인하고, 날이 밝자마자 당장 병원을 가자고 흥분해 있던 사람이 잠깐만 나갔다 온다고 하더니 오전 내내 소식이 없었다. 기다리다 못해서 혼자 병원을 가볼까 하던 참인데 이제야 나타나서는 지금껏 괜찮은 병원을 알아봤단다.

"병원은 가까운 데가 좋다고요."

"이 정도 거리는 괜찮아."

"괜찮기는, 그러다 갑자기 애라도……."

"절대 그런 일 없어. 그리고 이제 임신했는데 벌써 낳을 생각을 하는 거야?”

“말이 그렇다는 거지 누가 지금 낳는대요?”

팽 토라진 목소리를 내는 아내가 귀여워 준우는 부드러운 볼살을 톡 튕겼다. 결혼한 지 2년이 넘었는데 왜 아이가 생기지 않는지 모르겠다며 걱정하는 아내에게 준우는 저렇게 큰아들이 있는데 무슨 걱정이냐며 훈을 앞에 내세웠다. 이제 곧 초등학교에 입학하는 훈은 키가 제법 커서 또래들끼리 모여 있을 때면 단연 눈에 띄었다.

“아이고, 아빠하고 아들하고 꼭 닮았네.”

사람들이 한마디씩 할 때마다 훈은 당연히 아들이니까 닮죠, 하고 준우보다 더 뿌듯해했다. 얼마 전 경우가 내려와서는 같이 살아서 그런가 하는 행동까지 닮아도 너무 닮았다며 감탄을 하고 돌아갔다. 아직 가슴 저 아래는 녹지 않은 두꺼운 얼음이 있지만 그는 행복하느냐는 질문에 조금의 망설임도 없이 대답한다. 그럼, 행복하고말고.

“축하드립니다. 7주 되셨네요.”

초음파 사진을 받아 든 아내의 눈은 촉촉히 젖어 있었다. 그동안 아이를 얼마나 원했는지 알고 있기에 준우는 가만히 어깨를 감싸고 토닥여 주었다.

“첫 아이니까, 임신 초기에 조심해야 할 사항들을 우리 간호사한테 듣고 가세요. 그리고 병원 오는 날짜 잘 지키시고 혹시 궁금한 것 있으면 언제든지 전화주세요.”

친절한 여의사의 말에 미라는 기쁨을 감추지 못하고 말 잘 듣는 학생처럼 냉큼냉큼 대답을 했다. 아내는 마치 산모 수첩을 귀한 보물단지 다루듯 어루만졌다.

“훈이 오면 당장 말해줘야지.”

“깜짝 놀랄 거야.”

“아, 너무 행복해. 준우 씨, 사랑해요.”

준우는 눈물까지 글썽이며 사랑한다고 말하는 아내를 꼭 안아주었다. 병원 복도를 지나가는 사람들이 힐끔거렸지만 상관하지 않았다. 내 아내가 행복하다는데 시내 한가운데에서도 안아줄 수 있었다.

“이런, 진료실에 내 수첩을 놓고 왔나 봐. 잠깐만 여기 앉아서 기다려.”

볕이 잘 드는 창가에 아내를 앉게 하고 그는 서둘러서 진료실로 달려갔다. 문을 열고 들어오자 의사는 올 줄 알았다며 수첩을 건네주었다.

“첫…… 아이라고 말씀해 주신 것 감사합니다.”

“박 원장님한테 사고 때 진료했던 내용들 모두 받아봤는데 특별한 이상은 없더군요. 너무 걱정하지 마세요.”

“네, 끝까지 잘 부탁드립니다.”

미리 병원을 알아보려고 돌아다니다 문득 박 원장이 떠올랐다.

핸드폰을 꺼내 들고 그는 꽤 긴 시간을 고민했지만 역시 도움을
받는 게 낫다는 결론을 내렸다. 아내가 임신을 했다고 말하자 박
원장은 진심 어린 목소리로 축하를 해주었다. 그곳까지 진료를 받
으러 다닐 수 없으니 혹시 이 근처에 소개해 줄 병원이 있는지 묻
자 실력있는 후배가 하는 병원이라며 알려준 곳이 이곳이었다.

"제가 말한 명약을 잘 사용하고 계신 것 같군요."

박 원장의 말에 준우는 소리없이 웃기만 했다. 두 사람은 일
상적인 인사를 하고 전화를 끊었다. 그리고 준우는 미리 의사를
만나서 상황 설명을 한 뒤 부탁을 했다. 혹시 실수라도 임신한
적이 있다는 말은 절대 꺼내지 말아달라고.
그는 진료실을 나와 의자에 앉아서 산모 수첩을 보고 또 보고
있는 아내를 한참 동안 바라보았다. 열어놓은 창문으로 바람이
불어와 어깨 아래에서 찰랑거리는 머리카락을 흔들고 지나가고
쫘르르 쏟아져 들어온 햇살은 빙그레 웃고 있는 아내의 몸을 살
포시 감쌌다. 아내가 햇살보다 더 눈이 부셨다.
"나 사과 먹고 싶어요."
"사과?"
"반질반질 윤이 나고 아주 빨간 걸로. 어흑, 생각만 해도 입에
서 군침이 도네."
"가자, 원하는 것 다 사줄게."

점심을 먹고 준우는 사과를 두 상자나 사 들고 왔다. 다른 과일도 좋아하긴 하지만 훈도 유독 사과를 좋아해서 넉넉하게 샀다. 미라는 집에 들어오자마자 김 여사에게 전화를 걸었다.

"엄마, 저 드디어 임신했어요."

—…….

"엄마 딸 임신했다고요."

—몸은, 몸은 괜찮은 거야?

"그럼, 아기도 나도 건강하대요. 이따 저녁에 집으로 오실래요?"

—뭐 먹고 싶은 것 있어?

"아니, 그냥 엄마가 막 보고 싶어서. 올 거죠?"

—알았어. 너 좋아하는 갈비찜하고 반찬 몇 가지 해가지고 갈게.

"갈비찜은 내가 아니라 훈이하고 하 서방이 좋아하는 거잖아요."

—너도 잘 먹잖아. 먹고 싶은 것 있으면 언제든지 말해. 내가 금방 해서 가지고 갈 테니까.

"네. 아, 엄마, 하 서방이 이따가 집으로 간다고 기다리고 계시래요."

미라는 전화를 끊고 아직 훈이 오자면 두 시간은 기다려야 한다면서 투덜거렸다. 결혼식을 올린 다음날부터 훈은 동생 하나만 만들어달라고 졸랐다. 그러더니 어느 날은 유치원에서 돌아오자마자 책 한 권을 내밀었다. 〈아기는 어떻게 생길까요?〉라는 성교육에 관한 책이었다. 한 장 한 장 넘기면서 꼬물꼬물한 올

챙이가 어떻고 엄마 뱃속에 있는 계란이 어떻고 하는 설명을 들으며 그녀와 준우는 웃음을 참느라 허벅지를 꼬집어야 했다. 왜 그렇게 동생을 원하느냐고 물었더니 대장이 되고 싶어서란다.

"그러니까 많이많이 낳아주세요."

그때부터 두 사람은 성교육도 받았겠다 큰아들을 대장으로 만들어야 할 의무가 생겨 버렸다. 그러나 몰래 훔쳐본 훈의 일기장은 전혀 다른 글이 쓰여 있었다.

난 가족이 많았으면 좋겠다. 누나나 형도 있으면 좋겠는데 그건 내가 첫 아들이라서 안 된다고 하셨다. 우리 세 식구, 아니, 할머니까지 네 식구는 아주 많이 행복하다. 동생들이 많으면 그만큼 더 행복하겠지. 엄마 아빠, 동생들 좀 많이 낳아주세요.

아직 훈이 돌아오려면 30분은 기다려야 하는데 두 사람은 손을 꼭 잡고 일찌감치 밖으로 나왔다. 호수까지 갔다 오기엔 늦을 것 같아서 반쯤 걸어가다 다시 되돌아왔다. 그녀가 조잘조잘 말을 하면 그는 조용히 듣고 있었고 준우가 가게나 학교 이야기를 하면 미라는 귀를 종긋 세우고 열심히 들었다.

"평생 해도 질리지 않는 말 해볼까요?"

"그럼 난 평생 들어도 질리지 않는 말 해줄게."

사랑해요.

사랑해.

　구름 사이로 흩어지는 햇살이 심장을 간질일 것처럼 따스했다. 준우는 살랑살랑 부는 바람을 두 손으로 가득 가두고 그녀의 코 바로 앞에서 쫙 펼쳤다.

　"뭐예요?"

　"내 사랑."

　"사랑? 아무것도 보이지 않는데?"

　"바람, 공기, 내 마음. 보이지는 않지만 확실히 존재하지. 늘 곁에 있고, 모든 걸 함께하고 아무리 주고 또 주어도 결코 작아지거나 사라지지 않는 것."

　"알아요. 당신 마음, 당신 사랑."

　"나도 알아. 당신 마음, 당신 사랑."

　저만치서 유치원 버스가 오고 있었다. 두 사람은 나란히 서서 버스가 멈추기를 기다렸다. 문이 열리고 노란색 원복을 입은 훈이 인디언처럼 종이로 만든 깃털을 머리에 달고 환하게 웃으며 내렸다.

　"엄마, 아빠."

The End

이 글을 쓰면서 마지막을 남겨놓고 시골집을 다녀왔습니다. 지금은 아무도 살지 않는, 제 어린 시절이 고스란히 담겨 있는 곳이죠. 돌담이었다가 농촌을 개발하자는 운동이 한창일 때 커다란 나무 대문으로 바뀌었는데 색도 바랬고 군데군데 흠집도 있더군요. 문을 열고 들어갔더니 여러 마리가 주인으로 있었던—처음엔 짚으로 엮은 것이었는데 어느 날부턴가는 제법 폼나게 나무로 지어준—개집이 없어지고 텅 비어 있었습니다. 마당엔 사람이 살지 않은 지 꽤 시간이 지나서 풀이 무성하게 자라 있어 안으로 들어서기가 망설여질 정도였어요.

뒤뜰엔 어릴 적 수도 없이 올랐던 감나무가 아직도 초록색 잎

사귀 사이로 동그란 감을 키우고 있었고 겨울이면 여물을 끓여서 날랐던 마구간은 낡은 여물통만 주인 없는 곳을 지키고 있었습니다. 돌아보는 곳마다 어린 제 모습이 보였지만 너무 휑해서 기분이 묘하더군요.

장독대까지 가는 길은 앞마당과 약간 경사가 졌는데 눈이 많이 내린 다음날은 비료 푸대를 깔고 미끄럼을 타다가 오빠한테 들켜서 일장 연설을 듣곤 했지요. 엄마가 된장이나 고추장을 가지러 가시다 넘어지면 어떻게 할 거냐고. 그땐 오빠가 참 무서웠는데.

책을 읽으면서 밤을 꼬박 샜던 제 방과 숨바꼭질을 할 때면 당연 제일 먼저 찾곤 했던 창고는 자물통으로 잠겨 있어서 들어가 보지는 못했어요.

완전히 잊은 게 아니라 언제고 새록새록 떠오를 기억이 있는 사람들은 행복한 거라고 새삼 생각했습니다. 그래서 고민을 했지요.

미라를 어떻게 할까. 아픈 기억일지라도 그 속에 함께 스며 있는 추억과 그리움, 그마저도 잊은 여인. 찾아주는 게, 기억해 내는 게 옳은 걸까 하고요.

차를 타면 기절한 사람처럼 잠을 자버리는 제가 그날은 올라오는 내내 깨어 있었습니다. 그리고 결론을 내렸지요. 물론 마지막 마침표를 찍은 지금도 잘한 건지 확신은 없습니다만, 전부를 껴안고 가는 준우를 위해 제 이기적인 생각을 밀고 가기로 했습니다. 어느 날 문득, 잃어버린 기억이 돌아온다고 해도 끝없는 사랑으로 곁을 지키고 있는 남편 준우를 보면서 조금은 덜 아프길 바라면서 말입니다.

사랑이 모든 것을 해결해 주지는 못해도 사랑만큼 좋은 명약이 없다는 말, 맞지 않을까요?

늘 그렇듯이 고마운 분들이 참 많습니다.
먼저 팀장님과 청어람 편집부 식구 여러분, 감사의 하트를 마구 날려 드립니다. 복받으실 겁니다.
소심한 제게 동생으로 언니로 소중한 인연을 맺게 해준 모든 분들 감사합니다.
그리고 삼겹살의 인연으로 엮어진 멋진 그대들, 제가 쏟아붓는 하트를 피하시면 찌릿, 삼겹살이 시커멓게 탈 때까지 노려볼 겁니다.
제가 숨어 있는 깨으른 여자들의 모든 식구들도 사랑해요. 파이팅입니다!!!
늘 한결같은 모습으로 곁을 지키고 있는 남편, 사랑스런 딸, 아들. 사랑해요. 사랑해.
무엇보다 이 글을 읽은 모든 분들도 사랑으로, 행복으로 가득한 날들 되시길 진심으로 바랍니다.